W0406571

Bain de minuit à Buckingham

ŒUVRES DE S. J. BENNETT
AUX PRESSES DE LA CITÉ

Bal tragique à Windsor, 2021

S. J. BENNETT

SA MAJESTÉ MÈNE L'ENQUÊTE

Bain de minuit à Buckingham

Traduit de l'anglais
par Mickey Gaboriaud

Les Presses de la Cité

Publié au Royaume-Uni sous le titre original A THREE DOG PROBLEM par Zaffre, une marque de Bonnier Books, en 2021.

Ce livre est une œuvre de fiction. Les noms, les personnages, les lieux et les événements sont le fruit de l'imagination de l'auteur ou sont utilisés fictivement. Toute ressemblance avec des personnes réelles, vivantes ou mortes, serait pure coïncidence.
Le Code de la propriété intellectuelle n'autorisant, aux termes de l'article L. 122-5, 2e et 3e a), d'une part, que les « copies ou reproductions strictement réservées à l'usage privé du copiste et non destinées à une utilisation collective » et, d'autre part, que les analyses et les courtes citations dans un but d'exemple et d'illustration, « toute représentation ou reproduction intégrale ou partielle faite sans le consentement de l'auteur ou de ses ayants droit ou ayants cause est illicite » (art. L. 122-4).
Cette représentation ou reproduction, par quelque procédé que ce soit, constituerait donc une contrefaçon, sanctionnée par les articles L. 335-2 et suivants du Code de la propriété intellectuelle.

Les Presses de la Cité, un département Place des Éditeurs
92, avenue de France 75013 Paris

© S. J. Bennett, 2021. Tous droits réservés.
© Presses de la Cité, 2022, pour la traduction française.

ISBN 978-2-258-19474-8
Dépôt légal : janvier 2022

Presses de la Cité | un département **place des éditeurs**

place des éditeurs

Ce livre a été écrit avant le décès du prince Philip, le 9 avril 2021, à l'âge de 99 ans. Il lui est dédié avec affection et respect, en hommage à une existence bien vécue. Je ne vais pas nier ressentir une petite pointe d'appréhension. Aurait-il éclaté de rire avant de l'envoyer voler à travers la pièce, exaspéré ? Je l'espère de tout cœur.

Avertissement

Ce livre est une œuvre de fiction. Les références à des personnes, des événements, des institutions, des organisations ou des lieux existants ou ayant existé ont pour objectif d'apporter un sentiment d'authenticité, mais restent fictives. De même que les faits relatés et les dialogues, les autres personnages sont issus de l'imagination de l'auteure et n'ont pas vocation à être considérés comme réels.

PROLOGUE

OCTOBRE 2016

Sir Simon Holcroft n'était guère féru de natation. Bien sûr, mille ans plus tôt, quand il était élève pilote, les exercices en mer l'avaient souvent amené à passer des heures dans l'eau. En cas de besoin, il aurait même su s'extraire d'un hélicoptère sombrant dans l'océan Atlantique. Mais il ne lui serait jamais venu à l'idée de faire des longueurs dans une piscine couverte. Hélas, alors qu'il approchait le grand âge de 54 ans, son tour de taille avait quelques centimètres de trop et son médecin avait poussé les hauts cris en voyant son taux de cholestérol. Il allait donc devoir faire d'autres sacrifices que celui de son bouton de pantalon.

Il se sentait fatigué et flasque. Dans le train qui le ramenait d'Écosse, il s'en était voulu d'avoir mangé autant de Dundee cake, et si peu accompagné la reine dans ses grandes promenades. De retour chez lui, dans son cottage au palais de Kensington, il avait prévu de se reprendre en main. Ces quelques semaines à Balmoral avaient été un vrai bain de sang : on aurait dit que les moustiques y tenaient leur congrès mondial annuel. Presque tous les matins, sir Simon avait travaillé sur le plan de rénovation de Buckingham avec le prince Philip, très investi depuis toujours dans la gestion des résidences royales. Et il avait passé pratiquement toutes ses soirées au téléphone à débattre avec ses collaborateurs des suggestions et des interrogations du duc d'Édimbourg, ou à leur faire part des siennes. Si le dossier n'était pas finalisé au moment de le présenter au Comité des comptes publics, dire qu'il y aurait du grabuge serait l'euphémisme du siècle.

Il lui fallait retrouver de la vigueur, de la vitalité. Faute de mieux, la piscine de Buckingham lui semblait être la meilleure solution. Certes, le personnel n'était pas censé se baigner quand la famille royale logeait là, mais ses fonctions voulaient précisément qu'il se trouve toujours au même endroit que la reine. Alors, ce soir-là, en s'apercevant dans le miroir en pied de sa chambre, il avait décidé de prendre le risque et d'y aller de bonne heure. Avec ses piqûres de moustique et ses bourrelets qui distendaient son maillot de bain Vilebrequin informe, il priait pour ne pas croiser quelque jeune écuyer en parfaite condition physique ou, pire encore, le duc d'Édimbourg au sortir d'une royale trempette.

Après avoir traversé Hyde Park et Green Park – l'un des rares trajets permettant de marcher quarante minutes dans la verdure en plein centre de Londres –, sir Simon arriva à 6 h 30 au palais. Il avait fait l'erreur stupide de mettre son maillot sous son pantalon, et c'était très inconfortable. Une fois son attaché-case posé sur son bureau, il suspendit sa veste à un porte-manteau en bois et se déchaussa. Il retira ensuite sa cravate de soie ornée de petits koalas roses et la rangea, soigneusement roulée, dans son soulier gauche. Puis, le sac à dos contenant sa serviette sur l'épaule, il se dirigea en chaussettes vers le pavillon de l'aile nord. Il était à présent 6 h 45.

Donnant sur Green Park, le pavillon avait d'abord été une serre conçue par l'architecte John Nash. Et sir Simon estimait qu'il aurait dû le rester. Fils d'une amoureuse des plantes, il considérait les serres comme des hymnes à la nature, alors que les piscines chauffées lui semblaient quelque peu surfaites. Mais, dans les années 1930, le père de la reine avait décidé de convertir le bâtiment afin que sa petite princesse puisse s'y baigner. Et le résultat était là, avec ses colonnes grecques à l'extérieur et son carrelage Art déco défraîchi à l'intérieur. Et comme nombre d'autres parties de la résidence royale fermées au public, il aurait supporté quelques menus travaux.

Depuis l'intérieur du palais, on accédait à la piscine par une porte tapissée de consignes de sécurité incendie et d'affichettes rappelant qu'il était interdit de se baigner seul. Sir Simon les ignora. L'air étant déjà lourd et humide dès le couloir, il se félicita d'avoir enlevé sa cravate. Arrivé aux vestiaires des hommes, il ôta sa chemise, ses chaussettes et son pantalon, puis prit sa serviette sur son bras. Il remarqua un verre en cristal abandonné sur un banc. C'était un peu étrange, la famille n'était rentrée des Highlands que la veille au soir. La jeune génération avait dû fêter son retour. Les verres étaient strictement interdits ici, mais on ne dit pas aux princes et aux princesses ce qu'ils ont le droit de faire ou non chez leur grand-mère : on se contente de faire le ménage derrière eux. Le secrétaire particulier de la reine se nota d'avertir l'équipe d'entretien.

Après une douche rapide, il entra dans l'enceinte de la piscine – dont les baies vitrées donnaient sur les platanes entrelacés du jardin – en se préparant au choc de l'eau fraîche contre son corps potelé.

Mais ce fut un autre choc qu'il reçut.

Au début, son cerveau refusa d'interpréter ce qu'il voyait. Était-ce une couverture ? Une illusion d'optique due à l'éclairage ? Tout ce rouge. Cette grande mare écarlate, tranchant sur le carrelage vert. En son centre, une jambe dénudée jusqu'au genou. Un mollet de femme. L'image s'imprima sur sa rétine. Il cligna des yeux.

Le souffle court et rapide, il fit deux pas. Et encore deux. Il se retrouva les pieds dans le sang, au-dessus d'une scène d'horreur.

Une femme en robe claire, recroquevillée sur le flanc dans une flaque brunâtre. Ses lèvres étaient bleues, ses yeux ouverts sur un regard éteint. Paume de la main tournée vers le ciel, son bras droit couvert de sang coagulé vers ses pieds. Le gauche était tendu vers le bord du bassin d'eau limpide, où s'arrêtait enfin l'immense tache foncée. Le secrétaire sentait son propre sang battre à coups redoublés dans ses veines et l'entendait marteler ses tympans.

Il s'accroupit doucement et plaça avec réticence ses doigts sur le cou de la femme. Pas de pouls. Comment aurait-il pu en être autrement avec des yeux pareils ? Il eut envie de baisser ses paupières mais se dit qu'il ne valait mieux pas. Étalés en un éventail désordonné, les cheveux de la morte dessinaient un halo rouge et mouillé autour de sa tête. Elle avait l'air surprise. Ou bien était-ce le fruit de son imagination ? Elle était si petite et frêle qu'il n'aurait eu aucun mal à la soulever pour la conduire en lieu sûr, si elle avait été en vie.

En se relevant, il ressentit une vive douleur au genou. Il tenta d'essuyer la substance visqueuse sur sa peau mais ses doigts s'arrêtèrent sur quelque chose. En y regardant de plus près, il comprit qu'il s'agissait de minuscules bouts de verre. S'écoulant de deux plaies dentelées, son propre sang se mêlait à celui de la victime. Il vit alors ce qui l'avait blessé : des morceaux de cristal luisaient faiblement dans cette mer cramoisie.

Il connaissait ce visage, ces cheveux. Que faisait-elle ici avec un verre à whisky ? Bien que son corps rechigne à lui obéir, il réussit à se forcer à sortir pour appeler à l'aide. Même s'il était déjà trop tard.

PREMIÈRE PARTIE

Sang-froid

« Je vais montrer à Votre Illustre Seigneurie
ce qu'une femme peut faire. »

Artemisia Gentileschi, 1593-1652

CHAPITRE I

TROIS MOIS PLUS TÔT…

— Philip ?

— Oui ? fit le duc d'Édimbourg en détachant son regard du *Daily Telegraph*, calé contre un pot de miel sur la table du petit déjeuner.

— Vous savez, ce tableau ?

— Quel tableau ? répondit-il, juste pour embêter son épouse. Vous en avez sept mille.

Sa Majesté soupira intérieurement. Elle s'apprêtait justement à le lui expliquer.

— Celui du *Britannia*. Qui était autrefois en face de ma chambre.

— Ah, l'affreux petit tableau de l'Australien qui ne savait pas peindre les bateaux ? Celui-là ?

— Oui.

— Et alors ?

— Eh bien, je l'ai vu hier, à la Semaphore Tower, à Portsmouth. Dans une exposition de peinture de marine.

— Pour un yacht, ça paraît logique, grommela Philip, les yeux rivés sur l'éditorial de son journal.

— Vous ne comprenez pas. Comme j'étais là-bas pour le lancement de la nouvelle stratégie numérique de la marine, ils avaient accroché quelques tableaux dans le hall.

Si la conférence sur la modernisation technologique de la Royal Navy s'était révélée assez pointue, l'exposition était beaucoup plus accessible.

— J'y ai surtout vu des croûtes grisâtres représentant des navires de guerre. Comme toujours, il y avait aussi un yacht de régate de classe J. Et juste à côté, notre *Britannia* tel qu'en 1963.

— Comment savez-vous que c'était le nôtre ? demanda le duc, toujours sans lever les yeux.

— Parce que c'était lui, rétorqua la reine, soudain affligée par le manque d'intérêt de son époux. Je connais mes tableaux.

— J'en suis convaincu. Du premier au sept millième. Vous n'avez qu'à demander aux zigotos qui travaillent là-bas de vous le rendre.

— C'est fait.

— Bien.

La reine se doutait que l'article du *Daily Telegraph* devait traiter du Brexit, d'où l'humeur de Philip, plus irritable que d'habitude. Adieu Cameron. Le parti en déroute. Tout ce travail de sagouins... À côté de ça, un malheureux tableau peint par un artiste médiocre bien avant l'entrée de la Grande-Bretagne dans le Marché commun ne semblait pas bien important. Elle jeta un œil aux paysages de Stubbs, avec leurs chevaux magnifiques, qui ornaient les murs de la salle à manger privée. Des années plus tôt, Philip avait fait son portrait tandis qu'elle lisait le journal dans cette même pièce. Et il fallait bien admettre qu'il s'était mieux débrouillé que le peintre du *Britannia*. Pourtant, un jour, ce tableau avait pris beaucoup de valeur à ses yeux.

C'était devenu son préféré pour des raisons qu'elle n'avait jamais expliquées à personne. Et elle était bien déterminée à le récupérer.

Deux heures plus tard, Rozie Oshodi se présenta dans le bureau de la reine pour y prendre, comme chaque matin, les boîtes rouges contenant les documents officiels de Sa Majesté. Après avoir fait ses preuves dans l'armée puis dans une banque privée, elle était récemment entrée au service de la reine en tant que secrétaire particulière adjointe. Même si elle était encore relativement jeune pour ce poste, elle y accomplissait un travail admirable... y compris pour les aspects les moins conventionnels de ses fonctions.

— Des nouvelles ? demanda la reine en levant les yeux de la dernière feuille de la pile.

La veille, elle avait chargé Rozie de découvrir comment le tableau de l'ancien yacht royal avait pu atterrir où il était. Et de le faire rapatrier dans les meilleurs délais.

— Oui, Madame. Mais elles ne sont pas bonnes.

— Comment ça ? s'étonna la monarque.

— J'ai parlé au directeur des services généraux de la base navale. Selon lui, il s'agirait d'une erreur d'identification. L'artiste aurait peint plusieurs versions du *Britannia* en Australie. Le tableau n'est pas estampillé. C'est le second lord de l'Amirauté qui l'a prêté pour l'exposition. Or, il affirme qu'il provient de la collection du ministère de la Défense et qu'il se trouve dans son bureau depuis des années.

La reine fixa intensément Rozie à travers ses lunettes à double foyer.

— Vraiment ? La dernière fois que je l'ai vu, c'était dans les années 1990.

— Madame ?

Une lueur belliqueuse brillait derrière les royales lunettes.

— Le second lord de l'Amirauté n'en détient pas une autre version, dit Sa Majesté. Il a *ma* toile. Dans un cadre différent. Et vous avez donc raison de souligner qu'il l'a depuis longtemps.

— Ah… Bien, je vois.

Mais rien qu'à son expression, il était clair que Rozie ne voyait rien du tout.

— Retournez chercher des explications, vous voulez bien ?

— Bien sûr, Madame.

La reine signa distraitement le papier qui se trouvait sur son bureau et le remit dans la boîte. La laissant à ses réflexions, Rozie emporta les documents.

CHAPITRE 2

— Ce palais est un véritable champ de mines.

— Allons, James, vous exagérez.

— Pas du tout, répondit le trésorier au secrétaire particulier de Sa Majesté. Avez-vous idée de la quantité de caoutchouc vulcanisé qu'on y a découvert ?

— Je ne sais même pas ce que c'est.

Le sourcil levé de sir Simon exprimait à la fois de l'amusement et de la curiosité. En tant que secrétaire particulier, il lui revenait de gérer aussi bien les visites officielles de la reine que ses relations avec le gouvernement et la presse. Cela l'obligeait à s'intéresser à tout ce qui pouvait avoir des retombées sur elle. Et il était indéniable qu'un palais qualifié de « véritable champ de mines » entrait dans cette catégorie.

Sir James Ellington, le trésorier de Sa Majesté, collaborait avec sir Simon depuis des années. Il avait ses quartiers dans l'aile sud, et il n'était pas rare qu'il s'inflige dix minutes de marche soutenue pour venir se lamenter dans le bureau georgien du secrétaire particulier, dans l'aile nord. En bon Anglais, il savait dissimuler une explosion imminente derrière un masque flegmatique. Sir Simon devinait pourtant que ce caoutchouc vulcanisé le tracassait beaucoup. Même s'il ignorait ce que c'était.

— Du caoutchouc durci à l'aide de soufre pour en

faire des gaines de câbles, lui expliqua sir James. Enfin, c'est ce qu'on faisait il y a cinquante ans. Ça fonctionne mais ça se dégrade avec le temps, juste à cause de l'air, de la lumière, et cetera. Ça devient fragile.

— Un peu comme vous ce matin.

— Ce n'est pas drôle. Vous n'avez pas idée...

— Et donc ? Quelles sont les conséquences ?

— Ça s'effrite. Il aurait fallu remplacer ces câbles il y a des dizaines d'années. Nous les savions déjà en mauvais état, mais quand nous avons eu la fuite dans les combles le mois dernier, on en a retrouvé partout. Ce maudit truc s'est pratiquement désintégré. Ce qui signifie que le réseau électrique de tout l'édifice ne tient plus que par l'opération du Saint-Esprit. Cent cinquante kilomètres de fils. Le moindre faux contact et... *Pfouit !*

De son élégante main droite, sir James mima de la fumée ou une petite explosion.

Sir Simon ferma un instant les yeux. Ce n'était pas comme s'ils ignoraient ce que pouvait faire un incendie. Après la catastrophe de 1992, la réfection du château de Windsor avait nécessité cinq ans de labeur et plusieurs millions de livres. Quelques pompiers avaient fini à l'hôpital, et c'était un miracle si personne d'autre n'avait été blessé. C'était d'ailleurs pour contribuer au financement des réparations que Buckingham ouvrait ses portes au public tous les étés. Hélas, quand on avait fait expertiser ce palais par mesure de précaution, on s'était aperçu qu'il était encore plus dangereux que l'autre. Un plan de rénovation était en cours d'élaboration, mais on découvrait sans cesse de nouveaux problèmes.

— Qu'est-ce qu'on fait, alors ? demanda le secrétaire particulier. On la déménage ?

Préciser de qui il parlait aurait été superflu.

— Il le faudrait sûrement, et même dare-dare, mais elle ne voudra jamais partir, c'est certain.

— Naturellement.

— Nous avons soulevé la question l'année dernière et on ne peut pas dire qu'elle ait été franchement séduite, répondit le trésorier, l'air maussade. On ne peut pas lui en vouloir. Pour continuer à remplir ses obligations, il faudrait qu'elle s'installe à Windsor. Les allers et retours des ministres, des ambassadeurs et des invités aux garden-parties créeraient de sacrés bouchons sur la M4. Et il faudrait reconfigurer Windsor. Elle s'accrochera tant qu'elle le pourra. Tant que cet endroit ne sera pas complètement délabré…

— Mais il est déjà complètement délabré, objecta sir Simon.

— Vous avez tout à fait raison, confirma sir James en soupirant avant de lever les yeux au ciel. S'il s'agissait d'une maison de ville à Birmingham, les experts apposeraient une notification sur la porte et interdiraient à la famille d'y retourner avant la fin des réparations. Mais comme c'est un palais dans lequel on travaille, c'est impossible. Il nous faut donc aménager notre programme de manière à pouvoir effectuer les réparations sans déplacer Sa Majesté. Cela va ajouter un ou deux millions à l'addition, c'est sûr. Oh, et j'ai failli oublier. Vous connaissez Mary, ma secrétaire ? La femme efficace qui répond aux e-mails dans les délais et connaît l'agenda du plan de rénovation par cœur. Celle qui est à la limite du génie ?

— Oui ?

— Elle vient de me donner son préavis. Je n'ai pas compris les détails mais, ce matin, elle pleurait toutes les larmes de son corps. Donc…

Sir James fut interrompu par l'arrivée de Rozie, qui

posa ses boîtes sur une console Régence près de la porte, à l'intention du bureau du Cabinet.

— Tout va bien ? s'assura sir Simon.

— Dans l'ensemble, oui, répondit la jeune femme. Comment pourrais-je vérifier si nous avons prêté un des tableaux privés de la reine au ministère de la Défense dans les années 1990 ?

À cette question d'intérêt négligeable, le trésorier de Sa Majesté se leva et prit congé.

Rozie observa son départ avec curiosité. Sir Simon se pencha en avant, joignit le bout de ses doigts et se concentra sur la demande de son adjointe. Il excellait à passer d'un problème à l'autre sans transition. *Comme un gymnaste pratiquant les barres asymétriques ou un écureuil dans une course d'obstacles*, pensait chaque fois Rozie.

— Mmm... Adressez-vous au Royal Collection Trust, lui suggéra-t-il. Ils ne s'occupent pas uniquement des œuvres qui appartiennent à la Couronne, mais aussi de celles que la reine possède à titre privé. Pourquoi cette question ?

— La patronne a vu ce tableau à Portsmouth. Les gens du ministère de la Défense disent que c'est le leur, mais elle affirme que l'artiste le lui a offert personnellement. Il me semble qu'elle est bien placée pour le savoir.

— En général elle sait ce qu'elle dit, oui. Quelle est l'excuse du ministère de la Défense ?

— Ils laissent entendre qu'il doit en exister deux.

Sir Simon lâcha un petit sifflement.

— Eh bien, ils n'ont peur de rien. Pouvez-vous interroger l'artiste ?

— Non, il est mort, j'ai vérifié. Il s'appelait Vernon Hooker. Décédé en 1997.

— Il a peint beaucoup de bateaux ?

— Des centaines. Tapez son nom sur Internet et vous verrez.

Quand les images apparurent sur son écran, sir Simon ne put réprimer un mouvement de recul.

— Mon Dieu ! Cet homme a-t-il jamais navigué ?

Rozie n'était pas experte en peinture de marine, mais la réaction de son supérieur ne la surprit pas. Vernon Hooker aimait représenter ses sujets avec des couleurs vives, et un mépris affiché pour la lumière. Ses toiles comportaient beaucoup de vert émeraude, de bleu électrique et de lilas pour des scènes où le ciel et la mer avaient une égale importance. Cela dit, l'un des peintres préférés de Sa Majesté était Terence Cuneo, dont les trains et les batailles n'étaient pas vraiment monochromes. Et, à sa plus grande surprise, quand Rozie avait cherché « Hooker » sur Google la veille, elle avait découvert que ses œuvres valaient généralement plusieurs milliers de livres. Il fallait donc croire qu'il était assez prisé des collectionneurs.

— Ils ont sûrement raison, non ? conclut sir Simon, se penchant de nouveau sur son ordinateur. Au ministère, je veux dire. Il existe des dizaines de ces satanés machins. Je parie que ce Hooker gagnait plus avec un yacht royal fluo qu'avec une bonne vieille marine classique. Il a dû en peindre des tas.

— Elle est formelle. Et, soit dit en passant, je n'ai vu aucune autre représentation du *Britannia*.

— Comme je vous le disais, voyez avec Neil, qui gère la collection royale. Demandez si nous avons prêté ce tableau. Vingt ans, c'est assez long pour que le ministère se soit habitué à l'avoir.

— OK, fit Rozie avant de changer de sujet. Pourquoi

sir James avait-il l'air si mal à l'aise, tout à l'heure ? J'espère ne rien avoir interrompu.

— Crise existentielle. C'est ce satané plan de rénovation. En plus, sa secrétaire s'en va et on a découvert de la vulcanisation ou quelque chose comme ça. Des problèmes avec l'électricité, en tout cas. A priori, le palais serait un vrai champ de mines.

— Bon à savoir, répondit Rozie d'un ton enjoué, tout en se dirigeant vers la sortie. J'imagine que ça va coûter cher ?

— Oui. Le budget s'élève déjà à plus de 350 millions. Il faut absolument que le Parlement le vote en novembre, alors que ses membres ne peuvent même pas augmenter leurs salaires.

La jeune femme s'arrêta sur le pas de la porte.

— Oui, mais c'est la deuxième des résidences les plus connues au monde, fit-elle remarquer.

— 350 millions, lâcha sir Simon en croisant les bras, son regard dépité rivé sur son écran. Curieusement, cela ne paraissait pas aussi terrible quand ce n'étaient « que » 300 millions.

— Sur dix ans, lui rappela sa collègue. Et ce sera terminé plus tôt que prévu, et sans avoir mangé tout le budget, comme avec le château de Windsor, parce que nous sommes bons pour ces choses-là. Sans compter qu'aux dernières nouvelles, l'addition pour la réfection des chambres du Parlement s'élevait à 4 milliards.

Le secrétaire particulier s'égaya un peu.

— Vous avez tout à fait raison, Rozie. Ne faites pas attention à moi, j'ai juste besoin de vacances. Comment faites-vous pour rester de si bonne humeur ?

— Grand air et exercice physique, répondit-elle avec conviction. Vous devriez essayer, un jour.

— On ne se moque pas de ses aînés, mademoiselle. Je suis très en forme pour mon âge.

Comme Rozie l'était beaucoup plus que la moyenne, y compris pour quelqu'un de 30 ans, elle lui répondit d'un simple sourire amical avant de retourner dans son bureau, juste à côté.

Sir Simon n'en montra rien, mais il n'avait pas très bien pris la remarque de son adjointe. C'était une belle jeune femme élancée, avec une coupe afro stylisée et un physique athlétique. Ses performances n'avaient pratiquement pas baissé depuis son passage à la Royal Artillery. Lui avait presque vingt-cinq ans de plus et ses genoux n'étaient plus ce qu'ils avaient été. Son dos non plus. Quand il était jeune pilote d'hélicoptère dans la marine ou, plus tard, diplomate au ministère des Affaires étrangères, il avait été plutôt sportif : après avoir pratiqué l'aviron à l'université, il s'était encore montré vaillant au rugby et redoutable au cricket. Mais, au fil des ans, sa consommation de bon bordeaux avait augmenté de façon inversement proportionnelle au temps passé à tenir une rame, un ballon ou une batte. Il fallait à tout prix qu'il réagisse.

CHAPITRE 3

De retour dans son bureau, Rozie s'installa devant son PC et cliqua sur plusieurs images archivées. Afin de mieux visualiser ce dont parlait la reine, elle avait demandé au directeur des services généraux du ministère de la Défense, à la base navale de Portsmouth, de lui faire parvenir une photo du tableau du *Britannia*. L'ancien yacht royal y apparaissait tous drapeaux au vent et entouré de petits voiliers, avec une longue étendue de terre dans le fond. Elle se demanda un instant pourquoi la patronne tenait tant à cette peinture. Cette femme possédait des Vinci et des Turner... sans oublier un petit mais ravissant Rembrandt au château de Windsor, pour lequel Rozie aurait volontiers vendu sa Mini.

Le directeur des services généraux avait été très ferme. Le second lord de l'Amirauté – un officier responsable des aspects « humains » de la Royal Navy – possédait un certain nombre de tableaux dans son bureau, tous fournis par le ministère de la Défense. Toute œuvre provenant de l'extérieur était consignée dans les registres, et toujours restituée en temps et en heure. Étant donné que ce n'était pas le cas de celle-ci, il devait effectivement en exister deux.

Et pourtant, Sa Majesté était catégorique.

Rozie passa un coup de téléphone. Le galeriste de

l'artiste à Mayfair n'avait jamais entendu parler d'autres toiles du *Britannia* que son regretté client aurait pu peindre.

— En ce qui concerne son œuvre, le véritable expert, c'est son fils Don. Il approche les 80 ans, mais il a encore toute sa tête. Il vit en Tasmanie. Je vous envoie son numéro. C'est le soir là-bas, bien sûr, mais je suis certain que cela ne le dérangera pas de s'entretenir avec vous.

Rozie trouva d'abord cette proposition très généreuse, puis elle se souvint de la part de qui elle appelait. Non, cela ne dérangerait probablement pas le fils de l'artiste de répondre à ses questions concernant le petit problème de la reine. En général, personne n'y voyait le moindre inconvénient.

Don Hooker s'avéra fidèle à la description du galeriste.

— Le yacht royal à Hobart, pour la régate ? Oui, je vois très bien. C'était en 1962 ou 1963, quelque chose comme ça. Sa Majesté était en tournée. J'entends encore mon père me raconter ça. Il était si fier de ce tableau ! C'était un fervent monarchiste, mon père. Et voilà que cette femme magnifique, parcourant le monde sur son bateau, était de passage ici. Il ne manquait aucune de ses retransmissions aux infos, il nous forçait à les écouter aussi. Pour être honnête, je n'étais encore qu'un jeune écervelé et ça ne m'intéressait pas trop. Mais papa adorait tout ça. Il avait accroché une carte au mur et plantait une petite épingle verte à chaque endroit où la reine passait. Il collectionnait les cartes postales, les mugs, tout. Selon lui, elle semblait vraiment heureuse lors de ce voyage. C'est pour cette raison qu'il voulait lui offrir quelque chose qui le lui rappellerait plus tard. « Une bribe de cette joie », comme il disait. Alors il a pris comme modèle une photo dans le journal puis ajouté les couleurs et tout ça, quoi… La dame de compagnie de Sa Majesté lui a envoyé une lettre de remerciement *so british* sur du papier à en-tête du palais, avec un gros blason rouge. Elle disait que la reine n'avait jamais vu le *Britannia* aussi lumineux et chamarré. Mon père n'a réalisé qu'un seul tableau. Nous avons probablement toujours cette lettre dans ses archives. Je peux essayer de vous la trouver, si vous voulez…

Lorsque Rozie le rappela, l'homme du ministère de la Défense sembla perdre beaucoup de son assurance au sujet de la théorie des tableaux multiples.

— Le nôtre est peut-être une copie, alors ? suggéra-t-il. Je reconnais que c'est difficile à croire, mais je peux vous assurer qu'il ne s'agit pas d'un prêt du palais.

Sir Simon devait voir Sa Majesté pour parler de la nouvelle Premier ministre. À la demande de Rozie, il lui communiqua les dernières nouvelles.

— Elle maintient que ce n'est pas une copie mais bien l'original, annonça-t-il à son retour. Découvrez comment il est arrivé chez eux et dites-leur de cesser de tergiverser. Elle l'a vraiment mauvaise.

— Comment peut-elle être aussi sûre que c'est l'orignal ?

Rozie voulait comprendre. Après tout, Sa Majesté n'avait aperçu ce tableau qu'une minute ou deux, sous un mauvais éclairage, lors d'une exposition improvisée dans un QG de la marine où elle se trouvait pour une tout autre raison.

— Aucune idée. Mais elle en est certaine.

Puisque la patronne en était certaine, Rozie allait élucider cela.

— Juste un peu plus vers la lumière.

La reine rectifia l'angle de son cou, qui commençait à lui faire mal.

— Comme ça ?

— Merveilleux, Madame. Parfait.

Elle ferma les yeux. Dans le salon jaune, l'ambiance était très paisible. Derrière les lourds rideaux ajourés, le soleil se reflétait sur la statue ailée du Victoria Memorial – le gâteau d'anniversaire, comme l'appelaient les gardes. Des rayons chauds se posaient sur sa joue. Si *on* n'avait pas été obligée de conserver cette fichue pose, *on* aurait pu s'assoupir…

Mais c'était impossible. Elle ouvrit grand les yeux et les posa sur la pagode chinoise, dans un coin de la pièce. Avec ses neuf étages, elle atteignait presque le plafond. George IV, son arrière-grand-oncle, n'avait pas fait les choses à moitié.

— Tout se passe bien ? demanda-t-elle.

— C'est parfait. Ce ne sera plus très long. Vous pouvez vous dégourdir les épaules quelques instants.

Lavinia Hawthorne-Hopwood, l'artiste occupée à réaliser des croquis préparatoires derrière son chevalet, était de nature prévenante. Elle était consciente de ce que ses modèles enduraient et s'efforçait de limiter leur inconfort. C'était une des raisons pour lesquelles la reine aimait travailler avec elle. Ce n'était pas leur « premier rodéo », comme l'aurait formulé Harry. (Quelle magnifique expression. Sa Majesté adorait le rodéo. Elle avait toujours pensé qu'en d'autres circonstances, elle aurait pu être assez douée dans cette discipline.)

— Vous travaillez sur quelle partie ?

— Les yeux, Madame. C'est toujours le plus délicat.

— Très bien.

Par la fenêtre, elle regarda quelques personnes en train de se faire photographier ou filmer devant les grilles du palais. L'une d'entre elles exécutait des mouvements de danse. Était-ce pour une de ces modes sur les réseaux sociaux dont lui avait parlé Eugenie ? La reine tendit un peu le cou pour mieux voir.

— Si je puis me permettre, Madame...

— Comment ?

Brusquement tirée de ses pensées, la reine se rendit compte qu'elle avait bougé. Lavinia avait arrêté de dessiner.

— Désolée, c'est mieux ?

— Oui, merci. Encore une petite minute et... voilà. Un de terminé. Ouf ! Voulez-vous un verre d'eau ?

— Une tasse de thé me ferait le plus grand bien.

Comme par enchantement, Alec Robertson, le page de Sa Majesté, fit apparaître illico une tasse et une soucoupe en porcelaine à côté d'elle. Après une bonne gorgée de Darjeeling, elle s'étira discrètement et frotta son genou ankylosé tandis que l'artiste passait ses croquis en revue.

La séance était enregistrée par deux caméras vidéo et un micro fixes. En tee-shirt et pantalon de tous les jours, trois personnes faisaient des allers-retours silencieux entre leur matériel et les chaises qui leur avaient été assignées le long du mur du fond. Un jeune homme efflanqué, vêtu de l'uniforme rouge et bleu marine de la Maison royale, se tenait prêt à les aider ou à les rappeler à l'ordre, au besoin. La petite équipe tournait un documentaire sur les œuvres que détenait Sa Majesté et celles dont elle était le sujet : « La reine et l'art », ou quelque chose comme ça. Le nom n'était pas encore arrêté.

La séquence en cours concernait l'élaboration de la dernière œuvre pour laquelle elle avait accepté de poser : un buste en bronze. Pour aller au bout des choses, il aurait aussi fallu filmer le tournage. Voire écrire un article sur le making of du tournage de la réalisation des croquis… et ainsi de suite jusqu'à l'infini. Elle représentait une source de fascination, et elle était observée depuis si longtemps qu'elle avait l'habitude que ses observateurs soient eux-mêmes observés.

— Il sera grandeur nature, ce buste ? demanda-t-elle à Lavinia.

Elle connaissait parfaitement la réponse, mais il fallait bien bavarder un peu pour les caméras. Elle tenait surtout à discuter d'autre chose que du sordide divorce de l'artiste ou de l'arrestation de son fils, pris à vendre de la drogue dans son prestigieux pensionnat. La pauvre femme avait droit à sa vie privée.

— Oui, répondit Lavinia tout en se penchant au-dessus de quelques esquisses posées sur une table, près de son chevalet. Et même un peu plus, en fait. La Royal Society ne voudrait pas que vous passiez inaperçue.

— Mmm. Le dernier était plus grand aussi ?

— Je crois, Madame… de mémoire. Il vous a plu ?

— Oh oui. Je l'ai trouvé plutôt réussi. Vous avez fait du très bon travail. Je ne ressemblais pas trop à mon arrière-arrière-grand-mère, dit-elle en gonflant les joues, ce qui fit pouffer Lavinia. Bouffie. Les joues flasques… Vieille.

L'artiste retourna à son chevalet.

— Mon but, c'est que vous apparaissiez lumineuse. Même en bronze… Bien. Êtes-vous prête, Madame ? Si vous pouviez tourner la tête vers ma main. Encore un petit peu. C'est parfait.

Lavinia continuait à entretenir la conversation en travaillant. Elle obtenait plus de ses modèles quand ils parlaient que lorsqu'ils restaient silencieux. En mouvement, le visage de la reine brillait de mille feux. Au repos, ses traits pouvaient paraître sévères, voire austères, ce qui donnait une fausse idée d'elle.

— Avez-vous vu de bonnes expositions, ces derniers temps ?

Lavinia regretta aussitôt sa question et se dit qu'elle aurait mieux fait de lui parler de courses de chevaux. Mais cela ne sembla pourtant pas poser de problème.

— Nous allons en présenter une l'année prochaine et je l'attends avec impatience : « Canaletto à Venise ». Nous avons pas mal de Canaletto. (Par cela, elle entendait la plus grande collection du monde.) Achetés en une fois par George III à son consul à Venise. Joseph Smith. J'ai toujours trouvé que c'était un nom bien banal pour un homme aussi intéressant.

Lavinia déglutit.

— Quelle bonne nouvelle !

La reine sourit pour elle-même. Elle avait récemment eu une discussion animée à ce sujet avec l'inspecteur des tableaux de la collection royale. Après plusieurs dizaines d'années passées auprès d'eux, elle connaissait très bien ses Canaletto, même si elle leur préférait ses propres souvenirs de la ville. Quand elle avait voyagé d'Ancône à Venise à bord du *Britannia* en 1960 (ou était-ce en 1961 ?), Philip et elle avaient visité la petite cité antique de Torcello et fait un tour de gondole au clair de lune...

Elle se remémora ses premières tournées à bord du yacht royal. L'Italie, le Canada, les îles du Pacifique... Le *Britannia* ayant été armé après la guerre, dans une période d'austérité, son intérieur était plus fonctionnel qu'extravagant. Cela convenait mieux au tempérament de la reine que toutes les dorures et la splendeur qui l'entouraient aujourd'hui. Comme ils avaient été heureux, Philip et elle, lorsqu'ils faisaient le tour des coins les plus reculés de la planète. Tant de souvenirs merveilleux. Et l'« affreux petit tableau » en ravivait certains en particulier.

— Il y a peu, j'ai vu une de mes toiles dans une exposition de la Royal Navy, dit-elle.

Elle n'arrivait toujours pas à le digérer.

— Oh, c'est fantastique, répondit machinalement Lavinia.

— Non, pas vraiment. Je ne la leur ai jamais prêtée. La dernière fois que je l'ai vue, c'était face à la porte de ma chambre.

— Ça alors, fit Lavinia en sursautant.

— Exactement, « ça alors », approuva la reine.

— Mais comment est-elle arrivée là ?

— C'est toute la question.

Il s'écoula très peu de temps avant que la voix de Sa Majesté retentisse de nouveau :

— Voilà. Je crois que nous avons terminé.

L'intonation était chaleureuse mais ferme. Étonnée, l'artiste releva la tête et consulta sa montre. L'heure était écoulée. Son modèle était déjà en train d'ôter le diadème orné de diamants qu'elle avait aimablement accepté de porter pour la sculpture… et dont le décalage avec son chemisier et son cardigan produisait un effet délicieux. L'équipe de tournage entreprit de ranger ses caméras sous l'œil de lynx du jeune homme efflanqué de la Maison royale. L'écuyer de Sa Majesté l'attendait déjà sur le pas de la porte, prêt à l'escorter jusqu'à son rendez-vous suivant.

— Merci beaucoup, Madame, dit Lavinia.

La reine hocha la tête.

— J'ai hâte de me voir scintiller, conclut-elle d'un ton sec mais l'œil pétillant.

CHAPITRE 4

Avec son efficacité habituelle, Rozie profita de l'annulation d'une réunion pour se rendre au Royal Collection Trust, comme le lui avait suggéré sir Simon. Le soleil brillait et cela lui ferait du bien de se dégourdir les jambes tout en s'occupant du petit problème de la reine.

Après avoir emprunté une sortie proche de son bureau, elle traversa énergiquement le macadam rose poussiéreux, se faufilant entre un taxi noir et deux touristes sur des vélos en libre-service. L'air était chaud et des cirrus glissaient sur le ciel lumineux. En coupant par Green Park, elle passa devant Clarence House, imposante et blanche, où résidait le prince Charles quand il se trouvait à Londres. Juste derrière se trouvait sa destination : le palais Saint-James.

L'atmosphère y était bien différente. De style Tudor, les bâtiments de brique rouge trapus étaient beaucoup plus anciens que tout ce qui les environnait. Passionné d'histoire, sir Simon adorait raconter des anecdotes sur ce lieu. La préférée de Rozie concernait le prince Jacques, fils cadet de Charles Ier, qui y avait été emprisonné par Oliver Cromwell. Il s'était évadé en jouant à cache-cache avec ses geôliers. À chaque partie, il faisait en sorte d'être trouvé un peu plus difficilement et, un beau jour, il était sorti par le portail du jardin à l'aide d'une clé volée. Le temps qu'on s'aperçoive de sa disparition, il était déjà à Westminster. Il s'était ensuite enfui en France. D'après sir Simon, qui était un vieux romantique, quand Charles Ier avait été conduit du palais à l'échafaud, à Whitehall, il avait demandé à se vêtir de trois chemises. Il ne voulait pas que d'éventuels tremblements causés par le froid puissent être interprétés comme un signe de peur.

Rozie fit le tour du bâtiment jusqu'à l'entrée du personnel, côté Stable Yard, en songeant au fait que les ambassadeurs étrangers étaient toujours, pour une raison qui lui échappait, rattachés « à la cour de Saint-James ». Au portail, elle montra son laissez-passer à un agent de sécurité, sous l'œil impassible d'un garde en tunique rouge et bonnet à poil. On l'escorta ensuite sur des kilomètres de couloirs jusqu'à un bureau au premier étage. Neil Hudson, l'inspecteur des tableaux de la collection royale, l'y accueillit avec un sourire perplexe.

— Qu'est-ce qui vous amène ici ? Je passe souvent, vous savez. Il était inutile de venir me chercher jusque dans ma tanière.

Rozie inspecta la pièce. Pas trop mal pour une tanière. Deux fenêtres donnaient sur une large rue menant à Piccadilly, à deux pas de Fortnum & Mason et du Ritz. Un mur lambrissé était orné d'œuvres d'art, probablement inestimables malgré leur petit format, et les trois autres couverts de livres. Le bureau en noyer était si grand qu'on aurait dit qu'il y en avait deux collés l'un à l'autre. S'y étalait un véritable fatras de documents, de presse-papiers, de statuettes en bronze et de photos dans des cadres en argent. Pas le moindre ordinateur en vue. Rozie supposa que l'inspecteur des tableaux le cachait dans un tiroir quand il recevait du monde. Il n'écrivait tout de même pas à la plume, si ? À en juger par son gilet cuivré et ses cheveux mi-longs ondulés, il aurait sûrement adoré qu'on le croie.

— Je suis là pour remonter la piste d'un tableau. Un bien de Sa Majesté. Nous savons où il est mais ignorons comment il s'est retrouvé là. Il a été perdu il y a un certain temps.

— Stop ! fit Hudson en levant la main. Je vous arrête tout de suite. Je peux vous assurer que non. À la collection royale, nous ne perdons jamais rien.

— Et moi, je pense que si, le contredit Rozie d'un ton catégorique, les yeux dans les yeux. De temps en temps.

— Très, très rarement. Pour ainsi dire jamais. Et je n'apprécie guère qu'on laisse entendre le contraire.

— C'est parfait, dans ce cas. Vous allez pouvoir me dire ce qui lui est arrivé.

L'inspecteur des tableaux écouta Rozie résumer la situation en hochant la tête.

— Les années 1990 ? dit-il enfin. Ça devrait s'arranger. Les registres de cette période sont très fiables. En revanche, s'il s'est, disons, « égaré » avant... À l'époque, notre fonctionnement était beaucoup plus souple, surtout pour les tableaux privés de Sa Majesté. Je n'imagine cependant pas qu'il puisse avoir été prêté. Il est courant que nous prêtions des œuvres de la collection royale, dans la mesure où elles sont transportables. Mais quelque chose d'aussi petit et de personnel...

Il plissa le nez avant de poursuivre :

— En outre, pour demander cette toile, il aurait fallu que l'emprunteur ait déjà eu l'occasion de la voir. Quoi qu'il en soit, ne vous gênez pas pour vérifier.

Il appela une assistante qui guida Rozie dans un labyrinthe de couloirs ternes et de demi-étages, passant devant de lumineux ateliers où quelques restaurateurs travaillaient en silence. Elles se retrouvèrent deux bâtiments plus loin, dans une arrière-salle mal aérée avec une fenêtre condamnée et une lumière vacillante. Trois des murs étaient couverts de vitrines contenant des cartons de registres dépareillés remontant jusqu'à 1952. Sous la fenêtre crasseuse, un ordinateur permettait de consulter les données numérisées.

— Je vous laisse regarder, annonça l'assistante. Pas besoin de gants. Nous ne prenons pas de précautions particulières avec le XXe siècle. Remettez tout où vous l'avez trouvé et éteignez la lumière en partant. Bonne chance dans vos recherches.

Rozie remercia son accompagnatrice, même si la chance était un facteur aléatoire. Après une heure d'investigations minutieuses dans les cartons, tout ce qu'elle avait déniché était une ligne dans un registre jauni accusant sa réception.

Peinture à l'huile : Yacht de Sa Majesté au 125e anniversaire de la régate royale de Hobart, en 1963, cadre doré, 15 x 21 pouces.

La toile était signée Vernon Hooker et datée de 1964. Elle eut beau éplucher tous les cartons et la base de données jusqu'en 2010, elle ne tomba sur aucune mention d'une éventuelle sortie.

Avant de partir, elle décida de jeter un dernier coup d'œil au registre de 1964 consulté plus tôt. Quelque chose aurait-il pu lui échapper ? Quand elle voulut prendre en photo la page qui l'intéressait avec son téléphone, elle remarqua un mot écrit au crayon dans la marge. Il lui avait d'abord semblé qu'il devait concerner la sculpture mentionnée en dessous, mais il était tout aussi possible qu'il s'applique au tableau. Elle étudia de plus près ce gribouillis.

RATAGE.

« Ratage » ? Vraiment ?! Quoique, en repensant aux photos du tableau en question... Les responsables des registres notaient-ils dans les marges leur avis non filtré sur les acquisitions ? La personne avait-elle ensuite essayé de l'effacer ?

Rozie examina une nouvelle fois le gribouillis. Il y avait un petit espace entre les lettres, vers la fin du mot. Mais non, les deux derniers signes n'étaient pas des lettres. C'étaient des chiffres. Un 8 et autre chose. Était-ce « 82 » ? « 86 » ? Et il y avait un « u » ou un « o » dans la première partie. Ce ne pouvait donc pas être « Ratage ».

Elle s'assura que sa photo était suffisamment lumineuse pour pouvoir mieux l'analyser une fois dans son bureau.

À l'heure du déjeuner, la secrétaire particulière adjointe se remémora une remarque de sir Simon.

Elle venait juste de se faire son plateau à la cantine du personnel. Le terme « cantine » était un de ces euphémismes typiques de la Maison royale. Il s'agissait en fait d'un self-service composé de deux salles à manger aux boiseries ornées de tableaux de maîtres anciens et gardées par une statue à l'effigie de Burmese, un des chevaux favoris de la reine, cadeau de la police montée canadienne.

D'après sir Simon, il y avait encore peu de temps, les employés mangeaient dans des salles différentes en fonction de leur statut hiérarchique. Mais désormais tout le monde était mélangé et c'était ce qui plaisait à Rozie. On ne savait jamais sur qui on allait tomber. En général, l'ambiance était détendue et la nourriture aussi bonne qu'on était en droit de l'attendre avec des cuisines rompues à travailler pour des chefs d'État.

Aujourd'hui pourtant, quelque chose n'était pas comme d'habitude. Aux tables de la salle du fond, impeccablement dressées avec leurs nappes blanches et leurs couverts en argent, les gens étaient assis par deux ou trois et discutaient de tout et de rien. Le plateau de Rozie semblait aussi appétissant que les autres jours, mais il y avait une certaine tension dans l'air. Était-ce à cause du récent référendum sur le Brexit ? À en croire ce qu'en disaient quelques vieux briscards de la cour, la question avait agité les eaux de l'opinion personnelle et fait apparaître des rivalités jamais exprimées jusqu'alors. Était-on nationaliste ou pro-européen ? Était-on pour le Commonwealth ou pour l'Allemagne et la France ? Rozie estimait qu'on pouvait très bien être tout ça à la fois. Quelques mois plus tôt, c'était encore le cas de tout le monde. Mais ces derniers temps, la secrétaire particulière adjointe avait senti l'atmosphère changer au Bureau privé.

Son regard fut attiré par deux femmes installées dans un coin à l'autre bout de la salle : une jeune et une plus âgée, qui se parlaient très près l'une de l'autre. Elle reconnut la plus jeune, dont la flamboyante chevelure rousse très préraphaélite descendait jusqu'au milieu du dos. C'était Mary Van Renen, une des assistantes de sir James Ellington. Rozie la salua d'un hochement de tête et se dirigea vers elle. Ce n'est que lorsqu'elle eut atteint la table qu'elle remarqua ses yeux cerclés de rouge et son expression abattue.

— Oh, désolée. Préférez-vous que je m'installe ailleurs ?

— Non, je vous en prie, l'invita Mary en lui indiquant la place en face d'elle. Asseyez-vous.

Un sourire se dessina sur son visage, mais il était aussi triste que forcé. Mary n'avait quasiment pas touché à son poulet rôti. La femme guindée aux traits anguleux qui se tenait à ses côtés avait presque fini le sien.

— Vous allez pouvoir m'aider, déclara soudain cette dernière, visiblement insensible à la détresse de Mary. J'essayais juste d'expliquer à cette jeune fille combien elle était bête.

Rozie interrogea son amie du regard.

— Voici Cynthia Harris, marmonna faiblement Mary. Cynthia, je vous présente le capitaine Oshodi, la secrétaire particulière adjointe de Sa Majesté.

— Rozie, ajouta l'intéressée en tendant la main.

— C'est bien ce qu'il me semblait, répondit Cynthia Harris, dévoilant sa denture irrégulière et sans éclat.

Elle chargea sa fourchette de pommes de terre et de carottes sans se soucier de la main de Rozie.

— Je vous ai déjà aperçue. Comme c'est excitant, Mary, d'avoir une des grosses légumes à notre table.

— Pas tant que ça, tint à rectifier Rozie.

— Oh, mais si. Vous êtes du Bureau privé. Tout là-haut. Votre présence nous honore, n'est-ce pas, Mary ?

Rozie ne parvenait pas à savoir si elle plaisantait. Mary, qu'elle connaissait assez bien, fixait son assiette, l'air dépité. Elle ne répondit pas. Rozie se souvint alors que sir Simon avait mentionné une des secrétaires du trésorier.

— Ne me dites pas que vous partez vraiment. C'est vous qui avez donné votre préavis ?

Mary hocha la tête sans relever les yeux. Deux larmes tombèrent dans sa purée intacte.

— Pauvre enfant écervelée, intervint Cynthia Harris. Quelle idée ! Elle fait une montagne d'une taupinière.

Ayant pour habitude d'apprécier les gens jusqu'à ce

qu'ils la déçoivent, Rozie observa bien cette femme. Maigre comme un clou, avec un carré strict de cheveux presque blancs et de petits yeux noirs qui faisaient penser à un oiseau inquisiteur. Elle portait l'uniforme des femmes de chambre : robe blanche immaculée et cardigan bleu foncé. Malgré son apparente forme physique, elle semblait un peu âgée pour le poste. Rozie lui donnait au moins 65 ans mais se demandait si ses traits ne la vieillissaient pas. Elle avait les joues creuses. Des rides profondes entouraient ses lèvres fines et ses yeux. Son nez crochu était légèrement couperosé. Tout en la regardant enfourner ses carottes comme si de rien n'était, Rozie essayait d'interpréter son expression. Était-elle calme, triomphante, désapprobatrice ?

La femme planta soudain ses yeux noirs dans ceux de la secrétaire particulière adjointe, qui prit alors conscience qu'elle était en train de la dévisager. Elle se tourna vers Mary.

— Vous partez vraiment, donc ?

— Il le faut. Je ne peux pas continuer comme ça.

— Quel cinéma ! ricana Cynthia Harris.

— Je crains pour ma sécurité.

— Vous devriez plutôt être flattée.

— Pour votre sécurité ? demanda Rozie. Mais pourquoi ?

Mary leva enfin les yeux.

— Il y a... Quelqu'un m'épie. Un homme. Qui m'envoie des choses.

— Vous n'en savez rien, la contredit la femme de chambre.

— Je l'ai vu devant mon appartement.

— Vous savez qui c'est ? demanda Rozie.

— J'ai reçu des messages de quelqu'un dont le nom ne

me rappelle rien. Il dit que nous nous sommes rencontrés via Tinder puis que je l'ai ignoré.

— Et c'est vrai ? Vous l'avez rencontré ?

— Je ne crois pas. J'ai plusieurs fois passé en revue tous les types avec qui j'ai eu des rendez-vous. Certes, il y a bien eu quelques tordus, mais je ne crois pas qu'un seul d'entre eux aurait pu me…

La voix de Mary s'éteignit.

Rozie intégra sans mot dire que sa collègue était sur Tinder. Mary Van Renen – timide, ordonnée, vieux jeu – lui avait toujours paru du genre à bien vivre son célibat ou à être en couple avec un gentil garçon qu'elle connaîtrait depuis des années. Au moins, elle cherchait l'amour. Il était rare que Rozie en ait le temps.

— Que vous a-t-il écrit ? demanda-t-elle.

— Aucune importance, lui répondit Mary, l'air si bouleversé que Rozie n'eut pas le cœur d'insister.

— Vous ne savez même pas si c'est bien lui que vous avez aperçu devant chez vous, si ? intervint la femme de chambre. C'était peut-être juste quelqu'un qui passait un coup de fil.

— Il n'avait pas de téléphone.

— Il y a des écouteurs, de nos jours, vous savez ? rétorqua Cynthia Harris. Invisibles, sans fil, tout ce que vous voulez. Ou peut-être qu'il attendait quelqu'un ?

— Je l'ai vu là au moins trois fois.

Mary ferma les yeux.

— C'est ce que vous pensez, rétorqua la femme de chambre en haussant les épaules à l'intention de Rozie. Et même si c'était vrai… La police estime que ça ne prouve rien.

— Vous êtes allée voir la police ?

Mary opina de la tête.

— Mais ils ont dit qu'il leur fallait plus d'éléments pour pouvoir agir. Ils semblaient croire que j'avais tout imaginé. Pourtant, après, il y a eu mon vélo.

Les bras de la jeune fille tremblaient tandis qu'elle tordait ses mains sous la table. Mary était clairement très chamboulée, voire traumatisée. Rozie n'arrivait pas à comprendre pourquoi Cynthia Harris tentait de tout minimiser, sans montrer la moindre compassion.

— Qu'est-il arrivé à votre vélo ?

Mary dut respirer un grand coup avant de pouvoir répondre. Les paupières baissées, elle débita les mots à toute vitesse et à voix basse.

— Il y avait un mot scotché sur la selle. Ça disait qu'il aimait que ce soit là où je mettais mon…

La jeune femme sembla sur le point de vomir puis se ressaisit.

— Je n'arrive même pas à le dire… Que ce soit là où une certaine partie de mon corps se posait. Là où je m'asseyais. Ça disait qu'il aimait m'observer.

Elle rouvrit les yeux.

— D'habitude, je viens travailler à vélo. Mais là, je ne peux plus. Maman m'a proposé de rentrer à la maison et c'est ce que je vais faire. Dès que possible.

— Oh, Mary, je suis désolée. Avez-vous aussi parlé du vélo à la police ?

— Je n'ai pas pu, dit-elle en secouant la tête tandis que les larmes recommençaient à couler sur ses joues. Chaque fois que je le raconte, je le revis. Je…

Rozie lui prit la main pour tenter de la réconforter.

Cynthia Harris émit un sifflement désapprobateur puis toisa Mary, l'air scandalisé.

— Vous allez le regretter. Tout ça pour un mot sur un vélo ! Eh bien partez alors ! Retournez donc chez maman en laissant sir James dans la panade ! Toutes les mêmes, ces gamines. Un rancard qui tourne mal et regardez-moi ça… une épave larmoyante. Quand on pense à tout ce que la reine a traversé au cours de sa vie. Vous vous croyez loyale ?

— Je… je ne peux pas… Je suis désolée.

Mary attrapa tant bien que mal son sac sur le dossier de sa chaise et se dirigea vers la porte d'un pas mal assuré.

— Bon…

Cynthia Harris arborait à présent un étrange sourire.

— Comme je l'ai toujours dit, rien que des mauviettes… Tiens, ça m'a l'air bon, ça.

Elle prit un grain de raisin dans un bol posé à côté de son assiette et le fit disparaître dans sa bouche.

CHAPITRE 5

Mi-juillet, cœur de l'été. Le Parlement s'apprêtait à prendre des vacances et les activités habituelles de l'État tournaient au ralenti. Cela permettait à la reine de disposer d'une heure pour elle par-ci, par-là. Après le déjeuner, sa prochaine obligation était un essayage de robes de soirée. Mais ce n'était pas pour tout de suite. Et ce n'était pas encore l'heure des courses hippiques. Comment allait-elle occuper ce précieux temps libre ?

Dans l'aile Est, celle qui donnait sur le gâteau d'anniversaire et The Mall, une fuite s'était récemment produite dans les combles. Un ballon d'eau des années 1950 s'était fissuré et avait inondé deux chambres à l'étage inférieur. Sa Majesté avait pu constater les dégâts le jour de l'incident : des tapis et des meubles détrempés. Depuis, le cumulus avait été remplacé par quelque chose de plus adapté. D'après le grand-maître de la Maison royale, les chambres seraient de nouveau fonctionnelles après une bonne aération et une nouvelle couche de plâtre.

Elle préférait s'en assurer. La reine envisagea d'emmener un ou deux chiens, mais ils avaient déjà fait une longue promenade et semblaient apprécier leur sieste. Après avoir averti son page, elle partit donc seule, ravie qu'on la laisse un peu avec ses pensées.

Elle se voyait déjà dans les Highlands. Les deux

semaines à venir allaient être essentiellement consacrées à son départ prochain pour Balmoral et le palais était en effervescence. Exécrant toute cette agitation, Philip partait toujours quelques jours assister aux régates de Cowes. Pour sa part, la reine avait grand hâte de retourner dans le Nord. Là-bas, *on* pouvait respirer du bon air pur tout en étant un peu plus « Lilibet » et un peu moins « Madame ». Les arrière-petits-enfants et les chiens pouvaient gambader partout sans craindre de casser quelque chose de précieux. Il lui tardait de voir George galoper et de faire plus ample connaissance avec bébé Charlotte.

En arrivant au deuxième étage, dans le couloir menant aux chambres touchées par le sinistre, un frisson parcourut sa colonne vertébrale : elle aurait pu jurer avoir perçu de fantomatiques senteurs de cèdre. Comme c'était étrange. Elle s'attendait plutôt à de l'humidité. Et voilà qu'elle se retrouvait transportée quatre-vingts ans en arrière. Était-ce d'avoir pensé à George et Charlotte ? Pourquoi cette subite impression d'être une petite fille un peu espiègle, rêvant que Margaret soit là pour la pousser à l'être plus encore ?

Continuant son chemin, elle s'arrêta devant chacune des chambres, des deux côtés, pour tenter de trouver la source de cette odeur insaisissable. Peu à peu, son attention se resserra sur une grande armoire en acajou à moitié cachée par un pilier. Une de ses portes était entrouverte et, en approchant, la reine remarqua le pompon doré terni accroché à sa clé. Mais oui !

Des souvenirs en suspens dans le brouillard du temps se précisaient un peu plus à chaque pas. C'était le meuble qui se trouvait autrefois devant la nursery, où la première habilleuse de sa mère rangeait les vêtements devenus trop petits. L'armoire était grande et robuste, avec une belle patine rouge conférée par les ans. Elle posa sa main à plat dessus, comme si elle saluait une vieille amie.

Sa porte entrebâillée révélait un espace dans lequel seuls les tasseaux fixés aux parois laissaient deviner qu'on avait dû autrefois y entreposer du linge de maison sur de profondes étagères. Mais l'armoire avait été vidée de ces dernières, prête à être déplacée, et elle était donc presque telle que la reine se la rappelait.

Quand l'oncle David avait abdiqué, fin 1936, la famille n'avait eu aucune envie de quitter sa confortable maison de Piccadilly pour s'installer dans cet immense palais glacial et délabré. Mais c'était là que papa allait travailler désormais et maman avait expliqué qu'ils devaient « vivre au-dessus de la boutique ». Cette nouvelle demeure n'était plus ou moins qu'un dédale d'immenses couloirs bordés de grands valets en veste rouge, où l'on avait constamment le sentiment d'être observée et l'obligation de se comporter en vraie princesse sans trop savoir comment. Mais il y avait des compensations. Il n'existait pas meilleur endroit pour jouer à cache-cache, par exemple.

Les grandes fourrures de maman étaient accrochées dans leurs housses du côté droit de l'armoire et ses châles en cachemire soigneusement roulés et rangés dans une corbeille suspendue à gauche. Au milieu, il y avait les visons et les manteaux d'opéra, et en montant sur le solide plancher du meuble, on pouvait disparaître parmi eux. Elle entendait encore Margaret Rose lui chuchoter « Lilibet ! Vite ! », avant de se glisser entre les housses en coton. Elle-même était incapable de résister. Ses semelles étaient propres (elle avait vérifié), et leurs petits corps minces entraient si facilement, sans abîmer les beaux vêtements. C'était fantastique d'être entourée des tenues de soirée de maman, de distinguer son parfum derrière la forte odeur du plaquage en cèdre qui servait à éloigner les mites.

Elle devait avoir environ 11 ans et Margaret ne pouvait pas en avoir plus de 6 ou 7. Elles se cachaient de Crawfie, leur gouvernante, qui était loin de se douter qu'elle participait malgré elle au jeu des fillettes. C'était très, très mal, et c'était ce qui faisait battre leur cœur aussi fort. Pauvre Crawfie. Elle les appelait encore et encore. Et Margaret riait à en avoir des convulsions.

Elles s'étaient plusieurs fois cachées dans cette armoire mais n'avaient été prises et punies qu'en une seule occasion. Sa Majesté ne se souvenait pas de la nature du châtiment – elles avaient probablement été privées de sucreries au goûter –, mais Margaret avait décrété que cela en valait la peine et elle avait raison.

L'armoire était vide désormais, mais elle devait encore pouvoir y entrer, malgré son grand âge. Même avec un genou capricieux.

La reine sourit à cette idée puis se surprit à grimper dedans, juste pour voir. Elle s'agrippa à la porte de droite. Le plancher de l'armoire était à moins de vingt centimètres du sol. Son genou droit lui faisait mal, certes, mais elle perçut la présence de Margaret. Et celle de maman aussi, même si les senteurs satinées de *L'Heure bleue* avaient disparu. Tout comme l'odeur de cèdre. Elle avait dû rêver.

À l'intérieur, il faisait noir et chaud, et tout était paisible. Vers la fin des années 1950, Anne s'y cachait également – tout aussi indifférente aux punitions –, expliquant que cela lui rappelait Narnia. Derrière la cloison, on pouvait en effet facilement imaginer Narnia, ce monde magique réservé aux enfants. La reine ferma à demi la porte derrière elle et prit le temps de humer de nouveau cet air. C'était à peine si elle devait se courber.

Non seulement l'armoire était spacieuse, mais il y avait parfois quelque avantage à mesurer 1,63 mètre. Elle salua silencieusement sa sœur, qui aurait été tordue de rire de la voir ici.

Puis, sans prévenir, l'image du pauvre jeune Russe qui avait été trouvé mort dans une penderie peu de temps auparavant lui revint en tête. Elle ressentit soudain le besoin de sortir tout de suite. Mais alors qu'elle était en train de se retourner pour redescendre prudemment à reculons, elle entendit des voix et les pas de deux personnes qui approchaient à vive allure.

Que faire ?

La solution la plus évidente aurait été de garder son calme et de faire comme si tout était normal. Mais descendre de l'armoire serait plus délicat que monter. Était-il acceptable que des employés voient leur souveraine s'extraire maladroitement d'un meuble à reculons ? Non, bien sûr que non.

Les nouveaux arrivants n'étaient plus qu'à quelques pas. Elle referma un peu plus la porte, ne laissant qu'un interstice de quelques centimètres. En regardant bien, ils auraient pu la voir. Mais qui s'attendrait à trouver une reine dans une armoire ?

Fébrile, elle les entendit s'arrêter, ouvrir la porte d'une chambre et se mettre à discuter sur le seuil. Son genou avait beau lui faire un mal de chien, elle n'avait pas d'autre choix que de patienter.

Les deux individus baissèrent subitement la voix. Jusqu'à présent, ils avaient parlé des préparatifs pour l'Écosse sans discrétion mais, après un bruit de froissement, l'ambiance avait changé du tout au tout.

— Il y en a trois. Demande-lui d'en déposer une dans quinze jours et les deux autres plus tard. Tu sais quand ?

— Oui, bon sang ! Tu m'as déjà tout dit. Je suis pas idiot.

— Même méthode qu'avant.

— Elle encaisse bien, non ? Pour l'instant, elle ne s'est plainte à personne. Par contre, elle déteste ça, putain.

— Tu crois que j'en ai quelque chose à foutre de ce que ça lui fait ?

— Non. (Ton vexé.)

— Alors sois gentil et contente-toi d'obéir. Et si tu parles de quoi que ce soit…

Une pause suivit cette menace.

— Allez, barrons-nous. Cet endroit me met mal à l'aise.

Sur ce, les deux individus repartirent d'où ils venaient. Dès que la reine entendit la porte du couloir se refermer derrière eux, elle s'extirpa tant bien que mal de sa cachette. Cela fait, elle se pencha pour frotter son genou, qui était déjà en train d'enfler. Cette aventure aurait fait frémir de bonheur la fillette de 11 ans qu'elle avait été. Mais à 90 ans, elle s'en serait volontiers dispensée. Elle resta un moment à attendre que son corps meurtri récupère, tout en pensant à ce qu'elle venait de surprendre.

S'agissait-il de deux hommes ? Ou l'une des deux voix appartenait-elle à une vieille femme bourrue ? Que diable pouvaient-ils mijoter ? Il faudrait qu'elle creuse la question.

Elle alla retrouver ses chiens en clopinant avec toute la dignité dont elle pouvait se parer, c'est-à-dire assez peu dans l'immédiat.

CHAPITRE 6

À l'heure du thé, la reine fut surprise quand son page lui demanda si elle pouvait recevoir sa secrétaire particulière adjointe un bref instant. Elle regarda avec dépit la tranche de gâteau au chocolat qu'elle venait à peine d'entamer. Elle en aurait bien mangé un peu plus. Elle accepta néanmoins, espérant que ce ne serait pas trop long.

— Madame, je me suis dit que vous aimeriez être informée du fait que je crois savoir comment votre tableau a disparu, lui annonça Rozie. Ou plus précisément quand.

C'était sans conteste une bonne raison d'interrompre sa collation.

— Comme c'est intéressant. Dites-moi tout.

Rozie lui parla de son passage à Stable Yard le matin même et de l'annotation dans le registre.

— Après l'avoir étudiée de nouveau, je crois avoir déchiffré « Rénov. 86 ». Cela vous évoque quelque chose ?

La reine se creusa un instant la cervelle.

— Pas vraiment. Je vais y réfléchir. Poursuivez.

— En m'adressant au service logistique, j'ai appris que vos appartements privés avaient été rafraîchis cette année-là. Les gens à qui j'ai parlé ne travaillaient pas encore là – c'était il y a trente ans – mais je vais continuer à chercher, Madame. Je vous tiens au courant dès que j'ai du nouveau.

— Merci, Rozie.

Après le départ de la jeune femme, la reine avala une autre bouchée de gâteau et se mit à penser à 1986. Que s'était-il passé à l'époque ? Parfois, les années se fondaient les unes dans les autres. Mais elle aurait tout de même dû se souvenir de la rénovation de sa propre chambre, non ? Cela n'avait pu se dérouler sans causer quelques perturbations. Si ça ne l'avait pas marquée, c'était qu'elle devait être à Balmoral. Pourtant, cela ne lui évoquait toujours pas le moindre souvenir. À moins que… Ah ! À moins qu'elle n'ait pas été là du tout, qu'elle ait été loin. En ce temps-là, elle aurait tout aussi bien pu être à Acapulco ou à Oslo qu'en Écosse. Où diable s'était-elle rendue en 1986 ?

Elle tapa son propre nom sur son iPad. Plus rapide que de téléphoner à quelqu'un pour poser la question.

Mais oui, bien sûr : en Chine. Une tournée très importante, en amont de la rétrocession de Hong Kong en 1997. Elle avait vu l'armée de terre cuite et invité le gouvernement chinois pour un banquet à bord du *Britannia*. Puis Philip et elle avaient descendu la rivière des Perles de Canton à Hong Kong sur le yacht royal. C'était si beau et apaisant de regarder les autochtones faire leur taï-chi-chuan matinal sur les rives. Il y avait aussi eu des moments particulièrement intéressants, lorsqu'il avait fallu résoudre quelques petits problèmes à Hong Kong. Mary Pargeter, sa secrétaire particulière adjointe de l'époque, l'y avait beaucoup aidée…

Occupée comme elle l'était, elle n'avait pas dû beaucoup penser aux affaires domestiques ordinaires. Ce devait être à ce moment-là que le service des travaux avait rafraîchi ses appartements. Elle n'avait pas observé de grands changements à son retour : toujours cette même nuance de jade, peut-être légèrement plus nette au niveau des plinthes et des baguettes murales.

Et un tableau de moins sur le mur en face de sa chambre… Oui, évidemment, c'était à cette époque qu'il avait disparu. Pas au début des années 1990. Elle l'avait provisoirement fait remplacer par une esquisse du jardin signée Terence Cuneo (avec la petite souris, qui était sa marque de fabrique). Elle était ravissante, mais ce n'était pas pareil.

L'esquisse était toujours là. Depuis trente ans. Comme le temps passait vite. Ou pas. Parfois, on se demandait comment on allait tenir jusqu'à l'heure du thé. D'autres fois, en un clin d'œil, une décennie s'était écoulée.

Rozie avait été déstabilisée par sa rencontre avec Mary Van Renen et la femme de chambre à la cantine. Elle voulait en savoir plus et avait sa petite idée pour y parvenir.

Quand elle était entrée au service de la reine, huit mois plus tôt, on lui avait accordé un logement provisoire au palais, le temps de trouver un appartement décent à proximité. Les pièces qui lui avaient été attribuées étaient situées dans l'aile ouest, au dernier étage, au-dessus de l'atelier de confection. Il y en avait trois : minuscules, de vrais fours en été et glaciales en hiver, entourées de tuyaux qui ronronnaient et gargouillaient en continu pendant la nuit. La salle de bains était encore plus petite que celle de sa chambre à l'école militaire de Sandhurst, ce qui n'était pas peu dire. Cependant, les fenêtres donnaient sur les jardins et la vue était magique à toute heure. Ayant grandi dans une maisonnée animée où ses parents, sa sœur et ses cousins n'arrêtaient pas d'aller et venir, elle aimait l'ébullition qui régnait à Buckingham. Elle n'avait donc toujours pas déménagé.

À 19 h 45, on frappa doucement à sa porte. Ce n'était pas un hasard si elle se trouvait dans sa chambre, car c'était à cette heure-ci que quelqu'un passait voir qui avait besoin de serviettes ou de draps propres. Et Lulu Arantes, la femme qui s'occupait généralement de son couloir, était toujours bien plus au fait des dernières rumeurs que ce pauvre sir Simon.

— Entrez ! s'écria Rozie.

Lulu passa sa tête par la porte.

— Bonsoir, capitaine Oshodi.

— Comment allez-vous, Lulu ? Et cette épaule ?

Lulu frotta son bras droit.

— Vous ne pouvez pas savoir comme ça fait mal. Je prends toujours des analgésiques. Je ne peux pas le monter plus haut que ça, regardez.

Elle leva le bras droit jusqu'au niveau de la clavicule, grimaça et le laissa retomber.

— Par contre, la bonne nouvelle, poursuivit-elle, c'est que la cheville va mieux. Ça lance de temps en temps mais c'est tout.

Rozie ne comprenait pas comment cette femme pouvait abattre un travail aussi physique en ayant toujours mal quelque part. Comme c'était une vraie boule d'énergie, elle ne demandait jamais d'arrêt de travail, préférant boitiller vaillamment d'une tâche à l'autre en serrant les dents.

— Je suis ravie pour votre cheville. Dites-moi, vous allez peut-être pouvoir m'aider… Aujourd'hui, j'ai rencontré une femme de chambre et je me suis dit que vous deviez la connaître. Si je suis curieuse, c'est parce qu'elle m'a paru très âgée pour ce poste et je…

— Oh, vous voulez sûrement parler de Cynthia Harris. Pauvre de vous.

Après avoir jeté un coup d'œil dans le couloir, Lulu entra et referma la porte derrière elle. Elle s'adossa contre celle-ci, maintenant son bras droit de sa main gauche. Rozie avait prévu quelques questions anodines pour l'amener à lui faire des confidences, mais elle n'en eut pas besoin.

— Je suis étonnée que vous ne l'ayez pas rencontrée avant. Cette peau de vache est ici depuis la nuit des temps. Elle a commencé en faisant la chambre de la reine puis elle a joué des coudes. Ensuite, on lui a confié toutes les meilleures missions. Elle aurait dû prendre sa retraite il y a trois ans. Pas trop tôt ! Nous nous sommes même tous cotisés pour son cadeau de départ. Sauf que devinez quoi ? La femme engagée pour prendre sa relève, que tout le monde aimait bien, très sympa, calme et efficace, tout ça… elle a été virée. Il paraît qu'elle ne faisait pas « comme il faut ».

— Qu'est-ce qu'elle ne faisait pas comme il faut ?

— Préparer la suite belge pour les chefs d'État, surtout. Vous devez savoir combien la reine tient à ce que les choses soient faites d'une certaine façon et pas autrement. C'est bien normal, aucun problème avec ça… Eh bien, apparemment, seule Cynthia Harris parvenait à tout faire comme elle le voulait. Bref, la nouvelle a été renvoyée et Solange Simpson est montée en grade. Elle travaille ici depuis des lustres. Une femme très capable, très professionnelle. Vous la connaissez ? C'est donc elle qui s'est occupée de la suite quand le président du Mexique est venu l'année suivante. Mais ça n'allait toujours pas. Elle a pourtant juré avoir suivi toutes les consignes à la lettre, et je suis sûre que c'est la vérité. Par contre, qu'est-ce qui prouve qu'on lui avait remis les bonnes instructions ? Ça, j'aimerais bien le savoir. Au final, le pauvre gars des ressources humaines qui avait essayé de trouver une remplaçante s'est fait remonter les bretelles et ils ont rappelé Cynthia. Juste « temporairement », à ce qu'ils disaient. Ils savaient bien que tout le monde la détestait.

— Aïe.

— Et devinez quoi ? Là, tout redevient parfait du jour au lendemain. Le président chinois vient dormir ici – c'est du lourd, bien sûr –, et la reine est satisfaite. Cynthia reçoit des éloges, une année s'écoule, et elle est toujours là. Et qui sait combien de temps elle va encore rester ? C'est vraiment quelque chose, celle-là.

— Mais quel est le problème avec elle, exactement ? Pour quelle raison la déteste-t-on comme ça ?

— Euh, vous l'avez rencontrée, non ? Vous en avez pensé quoi ?

Lulu croisa les bras, grimaça, décroisa les bras et posa ses poings sur ses hanches.

Rozie soupira.

— Elle était avec quelqu'un quand je l'ai rencontrée. Elle n'était pas très agréable.

— Elle est toujours comme ça. Elle était avec Mary, du bureau du trésorier ?

— Je ne saurais vous dire.

— Je parie que c'était elle. Cynthia lèche toujours les bottes des gens bien placés. Les « grosses légumes », elle les appelle. Elle a copiné avec Mary parce qu'elle pensait que ça lui apporterait une sorte d'aura de connaître une collaboratrice de sir James Ellington. Elle a dû être gentille au début. Elle en est capable. Mais, une fois qu'elle vous a pris dans sa toile, elle adore vous regarder vous débattre. Pauvre Mary. Et ces messages…

— C'était quel type de messages ?

À la cantine, Rozie n'avait pas voulu presser Mary davantage, mais elle mourait d'envie de savoir.

— Oh, vous n'êtes pas au courant. C'est incroyable tout ce que le Bureau privé peut ignorer, si je puis me permettre. Où en étais-je ? Ah, oui. Il a commencé par lui laisser des messages sur Facebook, alors elle l'a bloqué. Puis elle s'est mise à trouver des petits mots pliés dans ses vêtements. Carrément flippant. Elle s'est dit qu'il devait faire ça dans le bus, vu que c'est comme ça qu'elle venait ici. Du coup, elle s'est mise au vélo, mais ça a continué.

— Et ces messages, que disaient-ils ? Ceux dans les vêtements ?

Lulu fit une drôle de tête et haussa les épaules.

— Il la traitait de… vous imaginez… de salope, de pute. Le genre de trucs que disent les mecs, vous savez bien.

Non, Rozie ne savait pas. Contrairement à ce que semblait penser Lulu, elle n'avait jamais été confrontée à cela personnellement.

— Il disait ce qu'il voulait lui faire. Qu'elle le méritait. Qu'il la suivait.

— Comment êtes-vous au courant de tout ça ? Vous êtes amie avec elle ?

— Qui ça ? Moi ? Je ne l'ai jamais rencontrée. Mais c'est partout sur WhatsApp. Tout le monde sait tout, ici. Enfin, tout le monde sauf le trésorier et le secrétaire particulier, bien entendu. Il ne faut pas qu'ils sachent, sinon qui sait ce qui pourrait arriver ?

Elle sourit à Rozie. C'était juste une discussion entre femmes. L'idée que le capitaine Oshodi puisse rapporter cette conversation à sir Simon ne semblait pas l'effleurer.

Ce qui tombait très bien : cela permettait d'éviter les promesses impossibles à tenir.

En entendant une pendule carillonner dans le couloir, Lulu réalisa qu'il était temps qu'elle s'y remette.

— La police n'a pas pris Mary au sérieux, ajouta-t-elle en tordant la bouche.

— Elle n'a pas l'air d'avoir trop apprécié la façon dont ils l'ont traitée, confirma Rozie.

— Ils ne comprennent rien. C'est arrivé à la cousine de ma belle-sœur. Le type l'a rendue folle pendant six ans et au final il l'a tuée.

— Non !

— Si. À coups de marteau. À quelques mètres de chez elle. Il a dit que c'était elle qui l'y avait poussé. Vous pensez bien, ça faisait cinq ans qu'elle ne lui avait pas adressé la parole ! Il y avait eu une mesure d'éloignement. Mais bien sûr, ça n'a eu aucun effet. Allez, je vais chercher vos serviettes. Bonne soirée.

— Je crois qu'il y a une chose que vous devriez savoir, annonça Rozie à sir Simon le lendemain matin. Au sujet de Mary, la secrétaire de sir James qui veut démissionner. Elle est harcelée par un homme qui lui envoie des messages répugnants. Et par-dessus le marché, une femme de chambre lui rend la vie impossible. Pas étonnant qu'elle veuille s'en aller.

Le secrétaire particulier fronça les sourcils.

— Vous voulez parler de Mrs Harris ?

— Vous êtes déjà au courant, en fait.

— Oui, une horrible bonne femme aux dires de tout le monde. Il y a des années qu'elle aurait dû prendre sa retraite.

— Elle l'a fait, mais elle est revenue à la demande

du grand-maître, je crois, répondit Rozie, l'air contrarié. Nous devrions peut-être lui en toucher deux mots, non ?

Le grand-maître de la Maison royale s'appelait Mike Green et il appartenait au triumvirat des huiles du palais, dont les deux autres membres étaient sir James et sir Simon. Son bureau se situait dans l'aile sud, près de celui du trésorier. Il y convoquait régulièrement les employés ayant fauté pour des discussions « debout et sans café », que les initiés qualifiaient simplement d'« engueulades carabinées ».

Il était en charge du personnel dans toutes les résidences, des chefs aux pages en passant par les blanchisseuses, que leur spécialité soit les cheminées, les fleurs ou le vernis au tampon. Durant sa carrière dans la Royal Air Force, il avait atteint le grade de vice-général de corps aérien et acquis la réputation de savoir organiser une bonne fiesta. C'était une compétence fort utile au palais, car en comptant les invités de la garden-party, la famille royale y recevait cent mille personnes par an. Par ailleurs, il était de ceux qui œuvraient à la cruciale proposition de plan de rénovation tant attendue. Rozie n'aurait donc pas été surprise qu'il n'ait rien remarqué au sujet de Cynthia Harris.

Mais tel n'était pas le cas.

— Croyez-moi, il est au courant, répondit sir Simon tout en étirant ses bras derrière sa tête. Cette femme est une vraie peste. Mais la reine a toujours eu un faible pour elle ; elle lui cache évidemment tous ses défauts.

— Pourquoi est-ce que personne ne lui en parle ?

Sir Simon se raidit et fixa sévèrement Rozie.

— On n'ennuie pas la patronne avec ce genre de choses. C'est justement pour ne pas avoir à y penser qu'elle nous paie. Qu'elle paie le grand-maître, dans le cas présent. Et il s'en occupe. Mais c'est délicat.

— Pourquoi ?

— Eh bien, disons qu'en matière de ressources humaines, les procédures sont pour le moins compliquées. Et – j'insiste bien pour que cela reste entre nous – Mrs Harris a elle-même reçu des lettres assez virulentes. Si nous nous débarrassions d'elle, elle pourrait se tourner vers la justice. C'est tout à fait son genre.

— Mais je l'ai vue brimer Mary Van Renen !

— Ça ne me surprend pas. Quoi qu'il en soit, les attaques contre elle étaient particulièrement sordides. À vrai dire, Mary et elle ne sont pas les seules victimes. Il y a eu une grosse vague de lettres anonymes, ces derniers temps. Mike en est malade.

— En a-t-il parlé à Sa Majesté ? demanda Rozie, horrifiée.

— Bien sûr que non.

Sir Simon se dressa de toute sa hauteur. Cet effort ne lui permettait pas d'égaler le 1,83 mètre avec talons de son interlocutrice, mais cela ne l'empêcha pas de la toiser avec fermeté.

— Notre travail consiste à épargner les désagréments de cet ordre à Sa Majesté, pas à les lui soumettre. Mike a commencé à enquêter. Nul doute qu'il trouvera le coupable et saura agir en conséquence. Comme vous le savez, Rozie, notre mission est de trouver des solutions.

— Oui, mais…

— Il n'y a pas de « mais ». Promettez-moi de ne rien dire à la patronne. Je sais que vous vous entendez bien avec elle mais c'est important, et hautement confidentiel. Je regrette un peu de vous en avoir parlé, maintenant. Jurez-le.

Rozie n'avait pas souvent droit aux injonctions formelles de son supérieur, et cela la déstabilisa un peu.

Les employés qui s'y connaissaient en chiens comparaient volontiers sir Simon à un brave beagle. Les relations professionnelles étaient toujours fluides, mais si la situation l'exigeait il pouvait remettre un ambassadeur à sa place d'un regard ou faire rentrer un ministre indiscipliné dans le rang en deux minutes par un simple coup de fil. À cet instant précis, il émanait de lui une autorité impitoyable qui lui rappelait le sergent-major auquel elle avait eu affaire durant sa formation militaire à Sandhurst.

— Je le jure, capitula-t-elle.

— Merci. Et n'allez pas vous imaginer que je ne le saurai pas juste parce que vous serez à l'autre bout du pays.

Rozie partait bientôt pour Balmoral avec la reine et le premier convoi d'employés. Entre-temps, après de brèves vacances en Toscane, sir Simon avait l'intention de prendre la température de Whitehall et de Westminster, où la nouvelle Premier ministre constituait un cabinet et préparait sa réaction par rapport au référendum sur le Brexit. Si tout semblait calme en surface, il fallait s'attendre à une sacrée pagaille en coulisses. Se faire une opinion réaliste des situations les plus épineuses comptait aussi dans ses attributions.

CHAPITRE 7

Un mois s'écoula paisiblement dans les Highlands. Ici, elle pouvait s'entourer de gens sensés – les Écossais étaient tellement plus pragmatiques que les Anglais. Elle appréciait aussi que la famille puisse pleinement participer à la vie du lieu. Avec ses murs de granit et ses tourelles gothiques, le château paraissait peut-être un peu inhospitalier, mais il était entouré de jardins et conçu pour que l'on puisse jouir au maximum de la nature environnante. Idéal pour la détente et les loisirs.

À Buckingham, elle était obligée de faire appel aux domestiques pour tout, car le fonctionnement de l'ensemble reposait sur des milliers d'individus. À Balmoral, elle pouvait elle-même seller un cheval ou prendre le Land Rover pour aller faire un tour. Si la météo s'y prêtait, toute la famille pouvait partir pique-niquer sur un coup de tête. Cet été-là, il était même arrivé à Sa Majesté de rester collée devant les jeux Olympiques, avec quiconque souhaitait se joindre à elle, pour encourager Nick Skelton au saut d'obstacles ou Charlotte Dujardin au dressage, jusqu'à en avoir la voix enrouée. L'ambiance était très joyeuse. L'unique source d'inquiétude de la reine était Holly, une très vieille corgi qui avait de moins en moins de goût pour la nourriture et les balades. Veillant de près sur sa fidèle compagne, elle lui proposait les meilleurs mets en continuant d'espérer qu'elle se rétablisse, en dépit de l'évidence.

Septembre approchant à grands pas, la visite traditionnelle de la nouvelle Premier ministre n'allait plus tarder. Sa Majesté ne pouvait l'oublier.

— Cameron a peut-être fichu le bazar dans le pays, dit-elle, mais, au moins, il était chaleureux. J'ai dans l'idée qu'avec sa remplaçante, ce ne sera pas pareil.

Derrière un plat de saucisses fumantes, Philip approuva d'un grognement avant de développer :

— J'ai toujours apprécié Samantha Cameron. Un vrai plaisir pour les yeux. D'excellentes manières, aussi. Et toujours partante pour la rigolade. Qu'allons-nous bien pouvoir faire avec une Première ministre pour qui le comble de l'humour, c'est de porter des chaussures léopard ?

La reine regarda son époux avec une expression impassible.

— Un strip-poker ?

Le duc rit si fort que cela lui déclencha une quinte de toux.

Mais le problème n'en restait pas moins bien réel. À l'instar de celle qui l'avait précédée, la deuxième femme à occuper cette fonction au Royaume-Uni ne chassait pas, ne pêchait pas et ne s'intéressait pas beaucoup aux animaux. Elle n'était réputée ni pour son esprit ni pour ses talents de danseuse. Elle était plutôt connue pour ses chaussures très colorées, sa sévérité envers la police et la formule qu'elle rabâchait sans cesse : « Brexit veut dire Brexit » – ce qui en somme ne voulait pas dire grand-chose. Sir Simon avait mentionné qu'elle aimait marcher. Il n'y aurait donc qu'à l'emmener se promener.

Après quatre semaines, sir Simon prit le relais de Rozie auprès de la reine à Balmoral. Bien que célibataire, la secrétaire particulière adjointe ne vivait pas comme une nonne : l'un des écuyers était devenu un « ami amélioré », et la villa de famille aux Caraïbes n'était pas le plus négligeable de ses atouts. Elle consacra donc les deux premières semaines de septembre à siroter des piña coladas et à jouer au volley sur la plage.

De retour au travail, elle passa ses week-ends chez diverses personnalités politiques, à déguster du saumon en croûte avec de nouveaux ministres ou à chasser le canard avec des conseillers du gouvernement. Sa mission consistait à glaner le maximum d'informations sur leurs projets post-Brexit. Comme convenu, elle faisait le rapport de ses découvertes à sir Simon en Écosse, mais plus elle en apprenait, moins elle comprenait. La seule chose qui était claire, c'était que nul ne savait rien mais que tout le monde était prompt à se disputer avec quiconque soulevait le sujet.

Au palais, elle parla du tableau du *Britannia* à plusieurs personnes mais ne progressa pas vraiment dans ses recherches. Elle était préoccupée par la santé mentale de Mary Van Renen. Bien qu'elle ne soit plus que l'ombre d'elle-même, celle-ci devait encore travailler jusqu'à la fin de son préavis car sir James affirmait ne pas pouvoir se passer de ses services. Elle ne recevait plus de messages, mais elle était persuadée que c'était juste parce qu'elle ne restait jamais seule. Ses amis se relayaient pour l'accompagner durant les trajets entre son domicile et son travail. Elle ne mettait pratiquement plus le nez dehors et toute vie sociale lui semblait désormais interdite.

À l'abri des regards des quelque cinq cent mille personnes qui payaient chaque été pour visiter les appartements d'État, Rozie et Mary avaient pris l'habitude d'aller se baigner à la piscine en début de soirée. C'était une idée de Rozie : la meilleure façon qu'elle avait trouvée d'aider sa collègue en souffrance. Elles discutaient en faisant tranquillement leurs premières longueurs à la brasse. Ensuite, Mary s'asseyait sur une chaise en rotin tandis que la secrétaire particulière adjointe nageait le crawl à sa vitesse habituelle, ses longs membres fendant l'eau comme si elle cherchait en permanence à battre son propre record. De temps en temps, un employé de sexe masculin lui proposait de faire une petite course. Il le regrettait le plus souvent, pour le grand plaisir de Rozie.

— Content de voir que vous ne portez pas de talons, plaisanta Philip tandis qu'ils sortaient des Land Rover et commençaient à grimper la colline.

Theresa May lui répondit par un sourire tendu. Tout politicien se devant d'arborer un signe distinctif, le sien avait toujours été de fièrement exhiber ses chaussures. Lorsqu'elle était encore ministre de l'Intérieur, celles-ci lui avaient valu plusieurs unes de journaux que ses discours n'avaient pas suffi à lui garantir. Mais ses talons avaient beau être chers au cœur des conservateurs, elle était loin de se résumer à cela, et le ton du duc lui faisait soupçonner l'existence de plaisanteries qu'elle n'aurait pas approuvées.

— J'y ai bien pensé, dit-elle, toujours prête à renvoyer la balle. Mais je n'avais rien à assortir avec mon Barbour.

Le duc d'Édimbourg éclata de rire et son regard se fit plus amical. Ils s'enfoncèrent sur le chemin, parmi les pins et les mélèzes, passant devant deux cairns construits à l'occasion des mariages des enfants de la reine Victoria. Ils représentaient un sujet de conversation assez réduit, mais le Premier ministre se prêta au jeu. Elle n'en fut pas moins soulagée de découvrir que leur véritable destination était la crête, d'où la vue était splendide.

Enfin quelque chose qu'elle pouvait réellement admirer. Devant eux, des nuages filaient à travers un vaste ciel dégagé et, en contrebas, des pentes verdoyantes alternaient avec des arbres biscornus jusqu'à de lointaines collines, dont le vert bouteille s'estompait au profit d'un bleu nuit sur la ligne d'horizon. Face aux lumineuses étendues d'herbe tendre qui lui rappelaient des prés alpins, elle se sentit un instant comme Maria dans *La Mélodie du bonheur* et fut prise de l'envie de les traverser en courant, les bras grands ouverts.

— Vous devez adorer venir ici, se contenta-t-elle de dire à son hôte.

N'obtenant pas de réponse, elle se retourna et constata qu'il n'était plus à ses côtés. Il se tenait quelques pas derrière et s'entretenait avec un garde-chasse. Elle entendit ses deux derniers mots.

— Vraiment ? Mince.

— Il y a un problème ? s'enquit-elle.

— Changement de temps, répondit-il en pointant le doigt devant elle. De la pluie. Imminente. Nous ferions mieux d'y aller.

Elle regarda vers l'est, dans la direction qu'il indiquait. Des nimbus gris foncé arrivaient en effet de la mer du Nord. Et l'air commençait à bien se rafraîchir. Étonnamment alerte, le duc ouvrit la voie pour redescendre vers les Land Rover, auprès desquels la reine les attendait avec les chiens. Ils n'arrivèrent cependant pas tout à fait à temps. Theresa sentit une grosse goutte atterrir sur son nez, puis une autre sur sa joue, avant qu'un déluge ne s'abatte sur eux.

— Juste ciel ! s'esclaffa la reine quand ils la rejoignirent enfin. Vous êtes dans un bel état !

Ce n'était pas ainsi que Theresa May avait imaginé ses débuts en tant que Premier ministre. Jamais elle n'aurait pensé devoir un jour s'ébrouer comme un labrador mouillé devant sa souveraine en ciré et bottes de caoutchouc, avant que celle-ci ne la reconduise à l'abri d'un coup de volant expert. Cela dit, jusqu'à présent, rien ne s'était déroulé comme elle s'y attendait. Elle commençait à comprendre qu'il ne servait à rien de chercher à deviner ce que lui réservait cette existence : nul ne pouvait le savoir et il fallait s'en accommoder.

Quoi qu'il en soit, la reine passait un bon moment. Les May n'étaient certes pas de joyeux drilles, mais ils étaient bien intentionnés et faisaient de leur mieux. Que demander de plus ? Le Premier ministre avait parlé de tous ses projets pour les mois à venir. Un emploi du temps chargé l'attendait en termes d'échanges avec l'Union européenne. Quand elle avait été élue à la tête de son parti, elle avait écarté l'idée d'élections anticipées, ce qui paraissait raisonnable. C'était un soulagement. Le pays avait déjà eu sa dose de bouleversements ces derniers temps. Un peu de stabilité ne pouvait pas faire de mal.

Les deux femmes étaient en train de parler des imprévus et de leurs désagréments quand le Land Rover s'arrêta devant le château. Alec Robertson, le page de Sa Majesté, attendait celle-ci muni d'un parapluie.

— Vous souhaiterez peut-être vous rendre à l'étage, Madame, lui dit-il d'un ton pressant. Ils ont sorti les filets.

— Ah bon ? Dans quelle pièce ?

— Votre chambre, Madame.

— Juste ciel ! Oui, bien sûr. J'arrive tout de suite.

Le Premier ministre demanda quel était le problème. La reine lui sourit avant de grimacer.

— Les chauves-souris.

C'était à la fois risible et exaspérant. Les pauvres créatures ne demandaient qu'à sortir du bâtiment mais leur fameux sonar semblait incapable de détecter une fenêtre ouverte. D'habitude, c'était dans la salle de bal aux murs blancs, à l'étage inférieur, qu'elles causaient des soucis. C'était d'ailleurs là qu'on rangeait les filets à long manche servant à les attraper avant de les relâcher dans la nature. Il était rare qu'elles s'en prennent à la chambre royale. Sa Majesté s'efforçait de ne pas penser aux excréments qu'elles lâchaient un peu partout. Puisque, selon Charles, leur guano faisait un bon engrais, il aurait mieux valu qu'elles fassent leurs besoins dans le jardin.

En sécurité dans le couloir auprès du Premier ministre, la reine encourageait ses employés. (Bien que n'ayant rien contre ces pauvres bêtes, elle ne raffolait ni de leurs mouvements imprévisibles ni de leurs cris.) Tout compte fait, il s'avéra qu'il n'y avait que deux pipistrelles, qui finirent par sortir. Sa Majesté félicita l'homme et la femme qui avaient réussi ce bel exploit. Ils formaient un couple plutôt comique tant ils étaient mal assortis. Petite et mince, la femme de chambre n'était autre que la dévouée Mrs Harris, celle qui faisait toujours des miracles avec la suite belge. La reine lui sourit et l'employée fit de même avec une petite révérence. En revanche, le visage de l'homme dégarni, imposant et large d'épaules qui portait le gilet rouge des valets ne lui disait rien.

— Et vous êtes ? l'interrogea-t-elle.

— Spike Milligan, Votre Majesté, répondit-il en inclinant la tête.

— Tiens, vraiment ?

Elle sourit, non sans une certaine perplexité : Spike Milligan était un célèbre comédien que Charles adulait quand il était adolescent. Un comédien tout ce qu'il y avait de plus mort.

Le valet rougit quelque peu.

— Mon vrai prénom est Robert, Madame, mais avec un nom de famille comme le mien..., fit-il en haussant les épaules. À l'école, un gros malin a trouvé que c'était une bonne idée, et puis c'est resté.

— C'était la première fois que vous chassiez une chauve-souris ?

— À vrai dire, je crois bien. Ç'a été du sport. J'ai brûlé quelques calories.

La reine gloussa par politesse mais quelque chose dans la voix de Spike Milligan venait de la frapper.

— Vous ne travaillez pas à l'année dans ce château, n'est-ce pas ? lui demanda-t-elle, juste pour l'entendre parler de nouveau.

— Pas du tout, Madame. Je suis nouveau. Ça me plaît beaucoup, je dois dire.

— J'en suis ravie. Et merci pour votre aide.

Il se courba et s'éclipsa tandis que la reine constatait les dégâts, se disant qu'il allait falloir remplacer son couvre-lit. Mais elle avait l'esprit ailleurs. Elle était de retour dans son armoire, surprenant une conversation furtive. Était-ce Spike Milligan qu'elle avait entendu recevoir des ordres ?

C'était bien lui, elle en était quasi certaine.

Mais que diable lui avait-on demandé de faire ?

CHAPITRE 8

L'automne arrivait. Dans les vallons, les vertes étendues luxuriantes avaient viré au brun. La reine prenait désormais son gin au crépuscule plutôt que dans la plénitude d'une belle soirée estivale et il lui fallait constamment avoir un gilet matelassé à portée de main. Ainsi qu'un châle bien chaud après le dîner. Il serait bientôt temps de quitter la tranquillité de Balmoral pour retourner à l'immeuble de bureaux sur le rond-point.

Outre les lettres de ses sujets qu'elle lisait quotidiennement, Sa Majesté remarqua que les boîtes se remplissaient chaque jour un peu plus à mesure que le nouveau cabinet ministériel prenait ses marques. Il y avait aussi toujours plus d'informations sur les élections américaines. Les États-Unis allaient bientôt choisir leur nouveau président, et les confrontations entre les candidats avaient pris une tournure déplaisante. Jusqu'alors, il semblait plus que probable que Hillary Clinton s'installe bientôt dans le Bureau ovale, où son mari avait officié avec tant d'assurance. Pour la première fois, le pays s'apprêtait à avoir une femme à sa tête, une ex-secrétaire d'État ayant une bonne expérience du gouvernement et secondée par une grande équipe. Et pourtant... Pour chaque article se réjouissant à cette perspective, il y en avait un autre pour critiquer la candidate et émettre des doutes sur ses facultés de jugement. Avec sa minuscule garde rapprochée et ses diatribes sur Twitter, Donald Trump avait accompli d'extraordinaires prouesses. On nageait en pleine incertitude. Devrait-elle vraiment un jour recevoir une ex-star de la téléréalité au palais de Buckingham ? En tout cas, à en juger par ses meetings, l'homme avait de très fervents partisans.

Tel que c'était parti, il ne resterait peut-être plus grand-chose du palais d'ici là. Si le gouvernement approuvait la proposition de plan de rénovation, on démantèlerait tout autour de Sa Majesté et beaucoup de ses trésors seraient stockés ailleurs pendant quelque temps. Les travaux avaient notamment pour objectif de rendre l'endroit plus praticable pour tout le monde. Il était ridicule, par exemple, que les valets doivent parcourir huit cents mètres des cuisines à la salle à manger d'État, dont le plafond menaçait de s'effondrer et qu'on avait dû cesser d'utiliser. Pour son usage personnel, la reine n'avait besoin que de six pièces, toutes déjà fonctionnelles. C'étaient les sept cent soixante-dix autres qui posaient problème.

Que feraient-ils si le gouvernement refusait ? La reine gardait un souvenir beaucoup trop vivace de la fois où, sous la pression du Parti travailliste de Tony Blair, le gouvernement leur avait sucré le *Britannia*. Dieu merci, aucune élection imminente ne risquait d'aggraver les controverses. Elle décida de ne s'en soucier que le moment venu.

Pendant ce temps, la santé de Holly ne s'améliorait pas. Alors que le retour à Londres approchait, la pauvre bête se mit à dépérir à vue d'œil. Appelé au château, le vétérinaire déclara que l'heure tant redoutée était arrivée. Bien que cela lui fende le cœur, la reine savait ce qu'il lui restait à faire.

Dans un cottage du domaine, Cynthia Harris se préparait à revenir à la capitale. L'été avait été difficile. Elle était bien consciente que les autres employés n'étaient pas fans d'elle, mais là, il semblait s'agir d'une véritable campagne de haine. Plusieurs femmes de chambre et valets ne lui adressaient même plus la parole. Peu après son arrivée, un de ses uniformes avait été « détérioré » à la laverie (couvert de traces de marqueur, ce qui n'évoquait guère un accident). Elle avait continué comme si de rien n'était, gardant ses états d'âme pour elle. Il y avait aussi eu trois lettres, toutes répugnantes et véhémentes à l'extrême. L'une d'entre elles l'accusait même d'être une meurtrière. Une sorte de haricot blanc représentant sûrement un fœtus y avait été dessiné en rouge, avec une pression si forte que le papier en était presque déchiré. *Ça fait bientôt trente ans.*

Elle en avait parlé à la responsable des femmes de chambre du château… et maintenant tout le monde était au courant. À la Maison royale, la vie privée, ça n'existait pas. De nos jours, on lavait son linge sale en public, et pas que dans les quartiers des employés ou à la cantine. Cela se pratiquait aussi sur Snapchat, WhatsApp et StaffList, l'intranet du personnel, qui n'était rien d'autre qu'un révoltant ramassis de ragots et d'allusions scabreuses. Qui savait ce qu'on y disait d'elle ? Elle était probablement le sujet de la moitié de ces fielleuses et infamantes conversations.

Mais elle n'était pas la seule. L'autre moitié concernait sûrement Leonie Baxter, de l'économat, qui recevait des lettres la traitant de salope et de pute. Rien d'aussi créatif que ce à quoi Cynthia avait eu droit. Mais elle le méritait bien, de toute façon. Elle n'arrêtait pas de causer des problèmes. Toujours à jouer les tyrans et à critiquer le travail des autres. Il n'y avait rien d'étonnant à ce qu'elle ait des ennemis. Ces derniers temps, au foyer des domestiques, on ne parlait plus que d'elle.

Cynthia monta d'un pas lourd l'escalier qui menait à sa chambre. Cet été, elle avait partagé le cottage avec trois autres membres du personnel d'accueil. Inutile de préciser qu'ils l'avaient traitée en paria. Sa chambre était son sanctuaire. Elle avait transformé cette pièce purement fonctionnelle avec des saris en guise de jetés de lit et quelques fleurs mendiées au jardinier, un de ses rares amis de longue date. Elle savait voyager léger tout en apportant sa touche personnelle. En dehors de son travail, ses vêtements étaient sa plus grande fierté. Elle portait surtout du vintage, ce qui seyait à sa poitrine menue et à sa silhouette fine. Certaines de ses tenues favorites étaient signées Ossie Clark ou Zandra Rhodes, des modèles peu courants, chinés au fil des ans, aussi parfaits qu'irremplaçables. Mais elle en confectionnait aussi elle-même en s'inspirant de ce qu'elle voyait sur Instagram ou Pinterest. Sa vieille penderie en contreplaqué dissimulait une myriade de soies et velours colorés, cousus avec un soin infini.

Elle était en train d'y penser quand elle ouvrit la porte de sa chambre. L'instant d'après, un hurlement strident troubla le calme de cet après-midi bucolique.

Une assistante du réfectoire qui logeait au cottage grimpa les marches deux à deux pour venir voir ce qu'il se passait. Mrs Harris était plantée sur le seuil, tremblant de tous ses membres. Ses yeux étaient rivés sur son lit, couvert d'un tas de chiffons étalés comme un corps humain. Ses spasmes étaient tels qu'elle parvenait à peine à parler.

— Qu'est-ce que c'est ? demanda l'assistante.

— Mm… mes… mes vêtements, parvint à dire Cynthia, son index osseux pointé vers le lit. On a la… on a lacéré tous mes vêtements.

Mary Van Renen était en train d'empaqueter quelques affaires, impatiente de quitter sa colocation à Fulham. Il ne lui restait plus que quelques jours de travail avant de pouvoir rentrer à Ludlow, où l'attendait la chambre de son enfance. Elle pourrait bientôt retourner nourrir les poneys dans le pré. Et sa mère avait déjà rempli le congélateur de coq au vin et de bœuf Stroganoff pour fêter son retour.

Bien qu'elle donne sur l'arrière du bâtiment, en vis-à-vis avec une demi-douzaine de bureaux et de logements, Mary avait choisi cette chambre parce que c'était celle qui avait la plus grande penderie. À l'époque, les vêtements lui avaient semblé importants. Des tenues pour faire la fête ; pour son boulot prestigieux au palais ; pour les déjeuners dans des cafés dont on poste les photos sur Insta ; et pour les rendez-vous galants dans des restaurants où on vous sert des amuse-bouches entre les plats, où tout vous arrive encore fumant sous une cloche de verre, et où le plateau de fruits de mer proposé en entrée est présenté de façon à évoquer une plage.

On ne trouvait pas de restaurants comme ça dans le Shropshire, ou alors ça tenait du miracle. C'était aussi rare qu'un homme hétéro s'intéressant à la culture et à l'art… et recherchant un minimum de stabilité. Hélas, tout cela ne s'était pas révélé plus facile à Londres. Enfin, pour ses colocataires peut être. Elles voyaient des mecs sexy et dévoués, des joueurs de foot ou de rugby dont un occupait même un poste important à la National Gallery.

Mais pour Mary… On aurait dit qu'elle ne plaisait qu'aux tarés. En tout cas, elle en avait au moins attiré un. Et c'était amplement suffisant.

Elle se mit à regarder le patchwork de rectangles lumineux sur l'immeuble d'en face. En été, les gens avaient tendance à ne pas tirer les rideaux. Quelques jours plus tôt, elle avait surpris un couple en pleins ébats au-dessus d'une rangée de garages. Aujourd'hui, leur fenêtre était noire. En revanche, celle qui se trouvait juste à l'étage supérieur, à gauche, était légèrement éclairée. Une sorte de pantin était appuyé contre la vitre, ses contours se dessinant sous une faible lueur ambrée. En essayant de distinguer ce dont il s'agissait, elle crut un instant le voir bouger. Prise d'une sensation de vertige qu'elle ne connaissait que trop, elle réprima un cri. Était-ce un humain ? Est-ce que ça l'épiait ? Depuis combien de temps était-ce là ?

— Ella ? appela-t-elle en s'efforçant de ne pas laisser la panique transparaître dans sa voix.

Bien que rentrée depuis une demi-heure, sa colocataire la plus proche ne se déplaça pas. Mary ferma ses rideaux mais continua à regarder par l'interstice, tremblant comme une feuille. Elle marmonnait encore le nom d'Ella dans le silence, incapable de s'éloigner de la fenêtre.

De l'autre côté, la lumière s'éteignit et la silhouette se fondit dans l'obscurité.

Au palais, Rozie rentrait d'un footing. Elle avait la permission de faire quelques tours derrière l'étang quand il était fermé au public, et il l'était de nouveau pour un bon bout de temps. Déjà, le palais se préparait au retour de Sa Majesté. Rozie réfléchissait à l'élaboration du programme de l'année prochaine, sa mission principale pour les semaines à venir. Les demandes de visite étaient beaucoup trop nombreuses pour pouvoir satisfaire tout le monde mais la patronne allait, bien entendu, vouloir en effectuer le plus possible.

Rozie avait laissé sa tenue de travail dans les luxueuses toilettes jouxtant son bureau, équipées d'une douche et d'un confortable espace pour se changer. L'absence de Sa Majesté ne justifiant aucun laisser-aller, sa veste en lin se trouvait sur un portemanteau en bois derrière la porte et la jupe crayon Prada qu'elle avait achetée en solde à Selfridges était soigneusement posée sur un tabouret capitonné. En soulevant la jupe pour prendre la serviette de bain qui se trouvait dessous, elle remarqua une enveloppe blanche, coincée entre les deux.

Étrange.

Les toilettes et le couloir étaient déserts. De plus en plus mal à l'aise, elle décacheta l'enveloppe vierge.

À l'intérieur, elle trouva une page arrachée à un cahier d'écolier, pliée en trois de sorte à faire la taille d'une carte de visite. Rozie la déplia lentement. On y voyait trois dessins enfantins au stylo à bille bleu, et quatre mots tracés au normographe en lettres capitales. Elle reçut comme un coup de poing dans l'estomac. Le temps s'arrêta : elle était comme une petite fille perdue voyant la peur et la colère traverser le visage de sa mère. Puis, chiffonnant le mot dans sa main, elle se redressa tandis que l'onde se propageait jusqu'au plus profond d'elle-même.

DEUXIÈME PARTIE

Le trafic de biens endommagés

CHAPITRE 9

— Simon, vous avez une mine à faire peur. Que se passe-t-il ?

Le lendemain matin de son retour au palais, en sortant de sa chambre, tout juste habillée et coiffée, la reine trouva son secrétaire particulier qui l'attendait dans le couloir. Cela n'avait rien de protocolaire.

— Votre Majesté, fit-il en inclinant la tête. Je tenais à vous en informer en personne. J'ai trouvé… Il y a eu un très regrettable accident. Quelque chose de terrible. J'ai trouvé… Il y a un corps dans la piscine. Enfin, pas dans la piscine, mais sur le rebord. Une femme de chambre, Mrs Harris. C'est moi qui…

La reine fixait sir Simon avec incrédulité. C'était l'un des hommes les plus compétents du pays. Ancien de la Royal Navy et du bureau des Affaires étrangères, pilote et diplomate. Elle ne l'avait jamais vu dans un tel état. Et, pour couronner le tout, une tache rouge scintillait sur le lobe de son oreille et sa cravate était de travers.

— Venez, vous allez me raconter ça dans mon bureau. Vous êtes sûr que vous ne voulez pas vous asseoir ?

En chemin, tout en boitillant, sir Simon continua à débiter des informations confuses. Apparemment, la femme de chambre était tombée et s'était cogné la tête. Le sang était dû à des bris de verre. La police était là.

Le corps semblait très froid. Il l'avait trouvé au petit matin.

À son teint gris, Sa Majesté comprit que le contrecoup allait le frapper d'un instant à l'autre et qu'il risquait de s'effondrer.

— Faites venir Rozie, lui ordonna-t-elle en arrivant à son bureau alors qu'il commençait à radoter. Ensuite, rentrez chez vous et ne revenez pas avant que je vous le demande.

— La police, Madame…

— Rozie pourra s'en occuper. Et ils n'auront qu'à passer chez vous, ce n'est pas bien loin. Vous ne me serez d'aucune utilité ici.

Si elle s'était exprimée aussi sèchement, ce n'était pas pour le réprimander mais parce qu'elle savait qu'il ne partirait que contraint et forcé, même s'il n'était pas en état de travailler.

Ce fut donc à Rozie que la police rapporta les circonstances de la mort de la femme de chambre.

— Un gros morceau de verre brisé a tranché l'artère juste au-dessus de la cheville, résuma-t-elle deux heures plus tard, debout devant la fenêtre d'un bureau situé un étage au-dessus de l'endroit où le corps avait été trouvé.

Elle ne semblait pas tout à fait dans son assiette non plus, mais son comportement restait professionnel.

— Un accident improbable, poursuivit-elle. A priori, Mrs Harris aurait glissé et laissé tomber le verre qu'elle tenait. Le fond du verre cassé lui aurait alors mortellement entaillé la cheville. La police pense qu'elle a dû rester étendue là toute la nuit.

— Mais que faisait-elle au bord de la piscine avec un verre à whisky ?

— Elle avait dû le ramasser là-bas, Madame. Il est arrivé qu'on en retrouve, ces derniers temps.

— On peut mourir d'une coupure à la cheville ?

— Apparemment oui. Avec beaucoup de malchance. L'artère saigne abondamment. Il semblerait qu'après s'être assommée dans sa chute, Mrs Harris se soit réveillée et ait tenté d'arrêter l'hémorragie. Ses mains étaient couvertes de sang. Mais elle était trop affaiblie pour ça, ou pour se lever et appeler à l'aide. Elle n'avait qu'une ou deux entailles, mais c'est suffisant. En tout cas, c'est ce que pense l'inspecteur à qui j'ai parlé. Comme il a demandé une autopsie, le légiste nous le confirmera.

La reine était reconnaissante à Rozie de ne pas interrompre sans arrêt son récit pour lui demander si tout allait bien, comme le faisaient les autres. Quand on a grandi parmi les chiens et les chevaux, on est rompu à toutes sortes d'accidents épouvantables. À la mort. Et elle avait lu tant de rapports de soldats tués au combat qu'elle n'aurait su les compter. Elle s'imaginait la pauvre femme en train d'essayer d'endiguer le flot de sang sortant de son artère. Le fait que personne n'ait été là pour lui venir en aide l'attristait beaucoup.

— Pourquoi était-elle seule ?

— Le grand-maître ne sait pas trop. Il n'y a qu'une caméra de surveillance dans ce secteur et elle ne fonctionne plus depuis des lustres. Il est possible qu'elle soit venue remettre de l'ordre après une petite réunion de la famille. Elle était en uniforme et n'avait pas apporté de maillot. Elle ne pensait sûrement pas rester plus de cinq minutes.

— Pauvre Mrs Harris, dit la reine. Elle était avec nous depuis des années. Je l'avais encore vue tout récemment, à Balmoral.

— Oui, elle y était allée avec le deuxième convoi de personnel, me semble-t-il.

La reine hocha la tête, l'air songeur.

— Et ils pensent qu'elle a glissé ?

— A priori, oui.

— Prévenez-moi s'ils font d'autres découvertes malheureuses.

Rozie savait exactement ce que la reine entendait par là.

— Je suis sûre que c'est un accident, cette fois, hasarda-t-elle.

La dernière fois qu'un corps avait été trouvé dans une résidence royale, il s'était avéré que ce n'en était pas du tout un.

— Ne soyez jamais trop sûre de rien, lança la reine en observant la jeune femme à travers ses lunettes à double foyer. On gagne toujours à garder l'esprit ouvert.

— Oui, Madame.

— Pouvez-vous vérifier si Mrs Harris avait des ennuis ?

Rozie avait conscience que si sa Majesté ne l'avait toujours pas lâchée des yeux, c'était parce qu'elle était préoccupée. Elle se demandait donc si elle devait tenir ou non la promesse qu'elle avait faite à sir Simon cet été. Elle devait se décider sur-le-champ. Et si elle choisissait de parler, devait-elle tout dire ? Il était sûrement préférable qu'elle garde certaines informations pour elle. Pour l'instant, il n'était question que de Cynthia Harris, et c'était très bien comme ça.

— Il se trouve que je sais déjà qu'elle en avait, Madame.

— Ah ?

Rozie prit une grande inspiration et expliqua :

— Il y a eu une vague de lettres anonymes. Beaucoup

de gens ne l'aimaient pas. En fait, ils semblaient avoir de bonnes raisons pour cela.

— Quelles raisons ?

Rozie résuma ce qu'elle avait appris de Lulu Arantes et de sir Simon, à propos du départ en retraite de Mrs Harris et de son retour.

— Il y avait beaucoup de rancœur et…

La jeune femme s'interrompit.

— Et ?

Le regard bleu était inébranlable.

— Eh bien, Madame, je crois que plusieurs personnes estimaient que Mrs Harris était injustement… qu'elle était très proche de vous. Parce qu'elle était chargée des suites des invités, pour lesquelles votre exigence est connue.

Rozie se demandait si elle n'avait pas été impolie, mais elle n'avait pas eu le temps de trouver une façon noble et courtoise de lâcher le morceau. Sir Simon, lui, y serait parvenu… mais il était chez lui, auprès de sa femme, avec un brandy bien tassé.

Si la reine était offensée, elle n'en montra rien.

— Merci, Rozie, dit-elle en pinçant de nouveau les lèvres. Pourquoi ne m'en a-t-on pas parlé avant ?

— De quoi, Madame ? demanda Rozie pour gagner du temps.

— De ces tensions. De l'animosité à l'égard de Mrs Harris. Des lettres anonymes. J'aurais pu faire quelque chose.

— Je… je ne sais pas. Sir Simon pensait… Enfin, le grand-maître…

Rozie avait du mal à finir sa phrase sans laisser supposer que ses supérieurs avaient commis une terrible erreur. D'autant que, selon elle, c'était bel et bien le cas.

— Tout était sous contrôle, sans doute, dit froidement Sa Majesté en hochant la tête d'un air agacé.

— Oui, Madame.

— Le fait que cela sous-entende que je puisse être sous la coupe d'une femme de chambre ne les a pas dérangés.

Bien que choquée par les paroles crues de la reine, Rozie ne pouvait pas lui donner tort.

— Si, bien sûr. Mais les ressources humaines ne pouvaient pas lui demander de partir une nouvelle fois sans passer par un certain nombre de démarches. Et les lettres anonymes sont venues compliquer la situation.

À sa fenêtre, le regard rivé sur Constitution Hill, la reine resta pensive un moment. Quand elle se retourna, sa voix était devenue tranchante.

— Cherche-t-on à m'épargner d'autres choses ?

Un million, se dit Rozie.

Mais dans l'immédiat, aucune ne justifiait d'en parler.

— Pas que je sache, Madame. Si quelque chose me vient à l'esprit, je vous en informerai.

— Merci, ce sera tout.

Une fois seule, la reine se remit à contempler le paysage. En cette fraîche journée d'octobre, le ciel était bleu pastel au-dessus des arbres. Mais même si l'air était clair et lumineux pour la capitale, elle le trouvait pollué et grisâtre comparé à celui des Highlands.

Elle s'attendait toujours à trouver quelques problèmes à son retour… mais pas ça.

D'une certaine façon, c'était vrai, Cynthia et elle étaient assez proches. Quand on tient à ce que tout dans sa maison soit réglé au millimètre, on s'appuie sur des professionnels qui anticipent les attentes et ne négligent jamais le moindre détail. Toute chambre préparée par

Mrs Harris était immanquablement irréprochable. On n'y trouvait jamais ni une once de poussière ni une retouche à faire. Les tissus élimés étaient remplacés comme par magie. Les requêtes de livres ou de fleurs spécifiques étaient respectées à la lettre. Même les allergies des accompagnants des invités étaient prises en compte. Il n'y avait pas si longtemps, un fâcheux incident s'était produit : on avait mis des lys Casablanca dans la chambre Orléans de la suite belge, et le coordinateur de l'équipe du président du Mexique avait été victime d'une grosse rhinite. Ce qui ne serait jamais arrivé avec Mrs Harris. Cela coïncidait sûrement avec la période où elle était absente. CQFD.

À défaut d'être très avenante, cette femme était pragmatique, pleine de bon sens, inépuisable, et d'une loyauté sans faille. À Balmoral, elle n'avait jamais peur de se munir d'un filet et de se démener pour attraper ces maudites chauves-souris. Cependant, la reine et elle n'étaient pas proches de la manière dont l'entendait Rozie.

Sa Majesté soupira. Après soixante-quatre ans de règne, elle n'était pas aussi naïve que certains membres de la Maison royale semblaient le croire. Elle avait bien remarqué que Mrs Harris était un peu flagorneuse. Elle l'avait plusieurs fois surprise à se montrer impitoyable envers de petites bonnes et rayonnante l'instant d'après en s'adressant à des VIP. Elle s'était aussi étonnée qu'elle travaille encore à son âge. Elle avait interrogé le grand-maître à ce sujet, mais il lui avait répondu que c'était par choix et que tout était « sous contrôle ». Avec lui, c'était toujours la même chose. Sous contrôle, vraiment ? Avait-il contrôlé de qui Mrs Harris s'était fait des ennemis ? En était-il seulement capable ?

Elle posa ses lunettes et se mit à triturer son stylo à

plume. Elle ressentait de la culpabilité et de la frustration mêlées. Si Cynthia avait causé des problèmes, on aurait dû l'en informer. Elle pouvait s'accommoder à l'occasion de quelques fleurs mal choisies pour la suite Belge, si cela devait permettre à toute la Maison royale d'être satisfaite. Cela faisait-il partie des choses qu'elle aurait dû préciser dans ses recommandations au personnel ? Elle aurait bien aimé que les gens ne s'imaginent pas que se plier à ses moindres lubies était selon elle l'attitude à avoir. Elle tenait avant tout à ce que ses employés s'entendent bien, et cela n'avait rien d'une lubie.

Quoi qu'il en soit, Mrs Harris manquerait à Sa Majesté, car sa fiabilité et sa perspicacité étaient des qualités rares. Dire que cette pauvre femme recevait des lettres anonymes… et qu'aujourd'hui elle était morte.

Mais ce n'était pas tout.

Elle se concentra un moment, le regard dans le vide. Rozie avait dit quelque chose qui lui avait donné envie de réagir.

Une vague de lettres anonymes. Mrs Harris n'était donc pas la seule victime.

Sa Majesté décrocha aussitôt son téléphone et demanda le grand-maître de la Maison royale.

— Bonjour. J'aimerais vous voir immédiatement dans mon bureau. Ce serait très aimable à vous.

CHAPITRE 10

— Vous avez *quoi* ?

De retour à son bureau, et visiblement remis de ses émotions, sir Simon fulminait.

Rozie défendait sa position.

— Je lui ai parlé des lettres. Il le fallait.

— Ah bon, il le fallait ? Et pourquoi cela ?

— Elle me l'a demandé.

— Elle vous a demandé s'il y avait des lettres anonymes ? Précisément ? Et des biens endommagés, peut-être ?

— Non. Elle m'a demandé si Mrs Harris avait des ennuis. C'est quoi, cette histoire de biens endommagés ?

— Peu importe. Je vous ai parlé des lettres de façon confidentielle. Bon Dieu, Rozie ! Le grand-maître m'en a parlé, à moi, de façon confidentielle aussi. Je ne peux donc plus vous faire confiance ?

Il se tenait devant la cheminée en marbre sculpté de son bureau, les poings serrés, et elle lui faisait face. Il ne s'agissait pas d'une conversation ordinaire. On était même pas loin de l'« engueulade carabinée » version sir Simon.

— Si, évidemment.

— Comment ? Mais comment ?!

— Je ne peux pas mentir à la reine !

Rozie avait élevé la voix afin de s'adapter au volume de celle de sir Simon, et celui-ci devint soudain très froid.

— Je ne vous ai jamais demandé de mentir, mais juste de laisser à qui de droit le soin de faire son propre rapport. C'est si difficile que ça ?

Rozie se tut. Jusqu'à un certain point, elle comprenait. Mais depuis son arrivée, vers la fin de l'année précédente, elle avait développé avec Sa Majesté des liens que sir Simon ne soupçonnait même pas. C'était à *lui* qu'elle avait menti quand la reine en avait eu besoin. S'il en suspectait ne serait-ce que la moitié, elle serait bientôt aussi mal vue que Cynthia Harris.

Pas du genre à se démonter, elle décida sans mal de l'attitude à adopter : mentir de nouveau. Sans vergogne. Et aussi souvent que nécessaire.

— Entendu, sir Simon. Cela ne se reproduira plus.

Elle ne l'appelait « sir Simon » que lorsqu'il lui passait un savon, ce qui était rare. À son tic à la joue, elle sut qu'il avait un peu honte de lui. C'était toujours ce qui le trahissait. Respirant un peu trop vite, elle s'éclipsa en refermant la porte derrière elle avec une précaution infinie.

Il ne saurait pas ce qu'elle pensait. Ça le rendrait dingue. Bien fait pour lui. Et, Dieu merci, il n'avait aucune idée de tout ce qu'elle lui cachait d'autre. Il aurait été bien plus furieux que ça.

Une fois seule, Rozie envoya un texto à sa sœur, à Francfort, pour évacuer son stress. Il était rare qu'une journée s'écoule sans qu'elles échangent quelques mots – généralement accompagnés d'un mème, de blagues ou d'une sélection d'émoticônes. Rozie ne racontait jamais ce qui se passait au palais et Fliss savait qu'il était inutile de le demander. Cela lui permettait juste de décompresser un peu de faire quelques grimaces et d'ajouter les filtres les plus gnangnans qu'elle pouvait trouver. Et Fliss lui faisait régulièrement découvrir un nouveau mot allemand. Aujourd'hui, c'était *Backpfeifengesicht* : « tête à claques ».

Rozie envoya deux lignes pleines de smileys qui applaudissaient.

La reine passa le week-end à rendre visite à des amis. Le lundi matin, l'humeur de sir Simon avait viré du froid au glacial. Il convoqua de nouveau Rozie dans son bureau.

— Puis-je vous aider ?

— Oui, sans aucun doute. Nous allons bientôt recevoir la police métropolitaine. Un inspecteur-chef arrive ce matin. Vous vous occuperez de lui. J'ai des choses à faire. Vous imaginez combien les journalistes sont à l'affût d'informations sur le cadavre.

Bien que son agenda soit plein également, Rozie hocha la tête.

— Bien sûr. Qu'est-ce qu'il...

— Il vient au sujet des lettres. Bravo. Je vous laisse le soin de le présenter au grand-maître de la Maison royale. La conversation va être intéressante : « Comme nous ne vous pensions pas capable de gérer cette affaire, nous en avons parlé à Sa Majesté, qui a appelé la police... »

— Entendu, je ferai les présentations, répondit Rozie, s'attendant à voir de la fumée sortir des oreilles de son supérieur. Savez-vous où il va travailler ?

— Je ne sais pratiquement rien. Elle a tout organisé pendant ses déplacements du week-end. Dieu sait comment. Autant que je sache, ce policier pourrait très bien arriver avec une centaine d'agents. Installez-les dans la salle de bal. Faites-y mettre des ordinateurs et un tableau blanc. Ce sera leur salle des opérations.

— Bien, sir Simon.

Après lui avoir décoché un regard noir, le secrétaire particulier tourna les talons.

Un instant plus tard, Rozie reçut un appel lui annonçant que son visiteur était arrivé. Elle se rendit à l'entrée nord, d'où elle aperçut le policier traverser à grands pas la cour de devant, tandis que les dernières tuniques rouges de l'infanterie de la garde disparaissaient en direction du palais Saint-James. Quand l'homme approcha, elle fut étonnée de le reconnaître.

Celui qui venait de saluer la sentinelle d'un signe de tête n'était autre que l'inspecteur-chef David Strong, qu'elle avait rencontré à Windsor. Il faisait partie de l'équipe qui avait résolu une affaire de meurtre au château. Vêtu d'un costume, le petit homme trapu portait également une écharpe en laine à franges adaptée à la fraîcheur de ce mois d'octobre. Ses cheveux poivre et sel avaient un peu grisonné depuis le printemps, mais son visage rond et ses joues roses lui donnaient un air enfantin qui le faisait paraître d'une gaieté désarmante. Elle l'accueillit d'un sourire et d'une poignée de main.

— David ! C'est un plaisir de vous revoir.

— Pareillement, Rozie. Désolé, j'aurais dû arriver plus tôt mais j'ai pris le temps de contempler la relève de la garde. Je n'y avais pas assisté depuis tout gamin. Tous ces soldats avec leurs drôles de couvre-chefs. Comment appelle-t-on ces trucs, déjà ?

— Des bonnets à poil.

— C'est vrai que c'est de la fourrure d'ours ?

— Mauvaise question. Entrez donc.

Elle le guida jusqu'à son propre bureau et demanda à une assistante de lui préparer un café. (Car malgré l'intitulé de leurs postes, son supérieur et elle n'étaient pas véritablement secrétaires, mais disposaient de deux assistantes qui, elles, l'étaient bel et bien.) Strong s'assit confortablement dans une vieille bergère, entre la cheminée en marbre et une haute fenêtre georgienne dont les lourds rideaux les abritaient des regards extérieurs.

— Vous êtes bien installée, dites donc.

— J'aime à le penser.

Strong supposait que les rideaux étaient résistants aux bombes, c'est-à-dire conçus pour retenir les éclats de verre et protéger les occupants de la pièce. Vivre parmi les antiquités, mais aussi les risques d'attentat… On perdait d'un côté ce qu'on gagnait de l'autre.

— Sa Majesté vous a-t-elle expliqué les raisons de ma présence ici ?

— Je crois que sir Simon m'en a donné une vague idée, répondit Rozie. On vous a chargé d'enquêter sur les lettres anonymes qu'a reçues l'une de nos femmes de chambre, hélas décédée il y a quelques jours.

— C'est à peu près ça. Et sur les autres aussi. Elle n'était pas la seule, ai-je cru comprendre.

Rozie opina du chef en se penchant pour déplacer quelque chose sur son bureau.

— Oui, deux autres personnes sont concernées. Une secrétaire et une économe. Mrs Harris n'était pas très appréciée.

— C'est ce qu'on m'a laissé entendre.

— Faut-il en déduire que la reine pense que c'est un meurtre ? demanda la jeune femme en relevant les yeux.

— Pas plus que vous. C'en est un, vous croyez ?

— Non, répondit fermement Rozie avant de le répéter d'un ton moins assuré. Non.

— J'ai étudié le rapport du médecin légiste. Plausible. Et plutôt moche comme façon de mourir. Tout semble corroborer la thèse selon laquelle le verre se serait brisé au moment de la chute et lui aurait entaillé l'artère. Un manque de pot assez phénoménal. On a vite fait de se vider de son sang. Le légiste conclut à un décès accidentel… du moins, à la lumière des éléments en sa possession.

Rozie s'efforça de paraître moins soulagée qu'elle ne l'était. Bien sûr que ce n'était pas un meurtre.

— Mais Sa Majesté n'est pas totalement satisfaite de l'enquête interne au sujet des lettres, poursuivit l'inspecteur-chef.

Il se tourna en souriant vers l'assistante qui lui apportait son café et la remercia. Comme Rozie ne voulait pas critiquer le grand-maître de la Maison royale devant sa subalterne, elle changea de sujet.

— C'est une sacrée coïncidence que ce soit vous qui ayez été appelé. Vous êtes spécialisé dans les palais royaux ou quoi ?

— Je voudrais bien ! s'esclaffa Strong. Il paraît que la reine a tenu à ce que ce soit moi. Pourquoi ? Ça, je ne sais pas. La première et dernière fois que nous nous sommes rencontrés, c'était à Windsor, et je n'y ai pourtant pas brillé par mes prouesses.

— Vous avez résolu l'affaire.

— Non, dit-il avec un sourire malin avant de prendre une gorgée de café. D'autres l'ont fait pour moi et je ne saurai jamais comment ils ont reconstitué le puzzle. Mais il faut croire que je n'ai pas laissé un trop mauvais souvenir. Disons que je connais déjà des gens sur place, comme sir Simon et vous. Ça aide. Et je suis à la tête d'une équipe du SCD11.

— C'est-à-dire ?

Rozie savait vaguement ce que c'était, mais elle n'en maîtrisait pas les complexités administratives. Bien sûr, sir Simon aurait pu les lui expliquer.

— C'est une petite unité qui s'occupe des affaires les plus intéressantes, lui apprit l'inspecteur-chef. Nous sommes plus ou moins le SIS de la police : le Service d'investigation sournois. En vrai, c'est « spécialisé », mais je préfère dire « sournois ».

Quand il eut fini son café, Rozie lui proposa de le conduire au bureau du grand-maître de la Maison royale. Après avoir traversé un couloir, ils franchirent plusieurs doubles portes puis se retrouvèrent tout à coup dans la splendeur dorée du Hall de marbre. Strong contemplait les moulures du plafond et les piliers néoclassiques, le cou tendu, comme s'il doutait d'être vraiment là. Un peu blasée, Rozie reprit la parole.

— Vous allez faire venir une grosse équipe ? demanda-t-elle, se rappelant la remarque irritée de sir Simon à propos de la salle de bal.

— Non, répondit Strong, détachant son regard d'une sculpture inestimable tout en allongeant le pas pour ne pas se faire distancer. En fait, aussi longtemps que possible, il n'y aura que mon sergent et moi. Nous allons juste poser quelques questions ciblées. Rien de trop effrayant. De façon que sir Mike n'ait pas trop l'impression que je marche sur ses plates-bandes.

— Je vous en suis très reconnaissante, répondit Rozie, tout sourire.

Strong lui lança un regard en coin. Ses yeux marron perçants contrastaient avec ses joues roses et lisses.

— Dois-je en déduire que c'est vous qui avez vendu la mèche à Sa Majesté au sujet des lettres ?

— Je crains de ne pouvoir vous répondre. Et c'est Mike Green, au fait. Pas sir Mike.

— Ah ! Je suis sûr que ça doit lui plaire.

— Les titres ne sont pas automatiques. Et Mike Green est encore relativement nouveau ici. Il finira par obtenir le sien.

— Un jour, vous m'expliquerez tout ça en détail, suggéra l'inspecteur-chef.

— Ce n'est pas ma spécialité. C'est plutôt celle du lord-chambellan.

— Ah, et lui, comment faut-il l'appeler ?

— Lord Peel.

La façon dont Strong ricana dans sa barbe n'était pas très respectueuse.

Ils passèrent devant des portes en acajou ornées de dorures et des portraits grandeur nature d'ancêtres de la patronne. Rozie guida encore le policier jusqu'au bout d'un couloir où le tapis rouge laissa brutalement place à une solide moquette marron de type industriel.

Quand elle tourna à gauche, Strong fut contraint de trottiner pour pouvoir la suivre.

— Désolé de poser la question, mais sommes-nous bientôt arrivés ?

— Presque. Nous voilà dans l'aile sud.

— Vous faites ce trajet tous les jours ?

— Plusieurs fois même si nécessaire. Mais les appartements de la reine se trouvent au-dessus de nos quartiers, de l'autre côté du bâtiment, ce qui est tout de même plus pratique.

— Mais comment faites-vous ? demanda l'inspecteur-chef en désignant du regard les talons de la jeune femme.

— Question d'habitude, dit-elle en souriant. Nous y sommes. Je vais vous présenter le grand-maître. J'espère qu'on l'a informé de notre venue.

L'expression de l'intéressé ne leur laissa aucun doute.

CHAPITRE 11

Après une journée bien remplie, la reine appréciait un petit gin Dubonnet avant le souper. Ce soir, elle était avec lady Caroline Cadwallader, une de ses dames de compagnie. Alors qu'elles regardaient le JT, elle se demanda soudain comment le grand-maître de la Maison royale allait encaisser l'arrivée de l'inspecteur-chef.

À cet instant précis apparurent à l'écran la façade du palais de Buckingham puis le pavillon de la piscine vu du ciel.

— Oh, bonté divine, regardez ! s'exclama lady Caroline. C'est nous ! N'est-ce pas affreux ? Voulez-vous que je monte le son ? À propos, dans les quartiers des domestiques, la rumeur circule qu'un policier enquête déjà ici. C'est vrai ?

La reine acquiesça plus ou moins de la tête et jeta un regard à la télécommande posée à côté de sa dame de compagnie.

— Il ne soupçonne pas un mauvais coup, si ?

— Pas que je sache.

— Remarquez, ça n'aurait rien de très étonnant, continua lady Caroline. Mrs Harris était une vraie plaie, à ce qu'il paraît. Elle a été tellement pénible à son retour de retraite. Tout le monde se plaignait d'elle.

— Mais ce n'est jamais arrivé jusqu'à moi, maugréa la reine.

— Oh, Madame ! Bien sûr que non ! Vous avez des choses bien plus importantes à gérer. Je suis sûre que le grand-maître s'en occupait. Il…

On frappa à la porte et Philip entra avec sa prestance coutumière.

— Êtes-vous en train de regarder ces idioties ? Avez-vous entendu ce qu'ils viennent de dire ?

— À vrai dire, non, répondit la reine en lâchant un léger soupir. Caroline était en train de me parler.

— Ils sont allés inventer des salades selon lesquelles Beatrice et Eugenie auraient laissé traîner des coupes à champagne à la piscine. À les croire, cette femme serait tombée sur une bouteille de Dom Pérignon cassée.

— Quelle imagination ! s'exclama lady Caroline. On les admirerait presque.

— Certainement pas moi.

— Alors c'est là-dessus qu'enquête le policier ? Du verre brisé ? demanda lady Caroline.

— Toutes ces normes de sécurité…, grommela Philip. Ça devient n'importe quoi.

— En fait, non, répondit la reine à sa dame de compagnie.

Puis elle lui parla de la vague de lettres anonymes et du fait que le grand-maître de la Maison royale n'avait rien découvert jusqu'à présent.

— Pouah ! fit le duc. Je m'interroge vraiment sur ce Mike Green. Pas du tout à la hauteur. Toujours à pleurnicher. Ce n'est pas la première fois que tout part en cacahuète sous sa responsabilité.

— C'est grave à ce point ? demanda lady Caroline. Les lettres anonymes, je veux dire.

La reine prit le temps de réfléchir aux aspects qui la contrariaient le plus.

— Une des secrétaires a trouvé un mot assez dégoûtant sur sa selle de bicyclette, et les vêtements de Mrs Harris ont été lacérés.

— S'il n'est question que de guenilles et de vélo, je vous laisse entre filles, lança Philip en grimaçant. Et si quelqu'un pouvait dire à ces guignols de la BBC que nous ne passons pas nos journées à boire du Dom Pérignon en pyjama au bord de cette fichue piscine…

Une fois seule avec la reine, lady Caroline chercha à obtenir plus de détails sur la selle de vélo.

— Cette pauvre jeune fille – Mary Van Quelque chose – était désespérée, lui expliqua Sa Majesté. J'en ai parlé avec le grand-maître ; il s'est voulu rassurant, m'affirmant qu'il en avait discuté avec elle. Selon lui, il ne s'agissait que d'un « rendez-vous galant qui avait mal tourné » et d'un peu d'orgueil froissé. Aucune importance, à son avis.

— Non !

— Si. La malheureuse a pourtant été victime de harcèlement. Être traquée jusque devant sa porte, ça n'a rien à voir avec de l'orgueil froissé.

— En effet. En avez-vous discuté avec la duchesse de Cornouailles ?

Non, la reine n'en avait rien fait. Mais elle savait que Camilla serait aussi alarmée qu'elle. Très investie dans des organisations consacrées à ce problème, c'était elle qui l'avait alertée de l'ampleur et des conséquences de la violence domestique. Mais pouvait-on parler de violence domestique quand la femme affirmait ne pas connaître son bourreau ? La reine l'ignorait et, en toute honnêteté, elle s'en contrefichait. Cela relevait des fonctions du grand-maître, lui aurait dû le savoir.

Sa Majesté soupira. Le précédent grand-maître de la

Maison royale aurait réagi sans attendre. Doté du tact et de la sensibilité nécessaires pour asseoir une autorité naturelle, c'était un véritable roc. Voilà pourquoi la famille avait toujours préféré les officiers comme lui pour ce genre de poste. Ils faisaient généralement preuve de l'esprit de corps indispensable et de l'efficacité impitoyable mais subtile que la reine escomptait de son personnel de haut rang. Philip avait raison. Certes, sachant qu'il plaçait la Royal Navy au-dessus de tout, il n'aurait jamais reconnu à leur juste valeur les mérites d'un gradé de la RAF, même ex-pilote de chasse comme Mike Green. Mais cette fois, on ne pouvait pas trop lui donner tort.

Le lendemain, à son bureau, la reine eut le plaisir de constater qu'il existait encore des officiers à la hauteur. En plus de ses boîtes, elle trouva un courrier du second lord de l'Amirauté. Elle lui avait écrit deux semaines auparavant à propos de sa vieille peinture à l'huile du *Britannia*, l'« affreux petit tableau » comme l'appelait Philip. Il n'avait jamais trop compris pourquoi elle y était aussi attachée.

Il se trouvait que l'actuel second lord de l'Amirauté avait justement été l'un des écuyers de Philip. Sa Majesté le connaissait donc suffisamment pour lui avoir fait parvenir un mot. De temps en temps, une petite touche personnelle ne pouvait pas faire de mal. Elle y expliquait, poliment mais sans ambages, que cette œuvre lui appartenait et avait disparu vers le milieu des années 1980. Elle savait que ce n'était pas sa faute si la toile s'était retrouvée chez lui : il n'était en poste que depuis l'été dernier, alors que le tableau venait de passer au moins dix ans dans ce bureau. Quoi qu'il en soit, elle lui saurait gré de bien vouloir prendre les mesures nécessaires pour procéder à sa restitution.

La réponse du second lord commençait par des excuses : lui aussi rentrait tout juste de vacances mais avait aussitôt chargé un lieutenant très compétent de déterminer comment il avait pu se retrouver en possession d'un bien personnel de Sa Majesté. En examinant la toile, il avait constaté qu'elle était sale (nouvelles excuses) et avait ordonné qu'elle soit nettoyée aux frais de la Royal Navy.

La reine poussa un gros soupir. Non ! Vraiment ? Était-il trop tard pour l'y faire renoncer ? Elle ne savait quel prétexte invoquer.

En tout cas, contrairement aux contacts peu coopératifs dégotés par Rozie au ministère de la Défense, le jeune lieutenant débrouillard n'avait pas tardé à découvrir que c'était le second lord en place dix ans plus tôt qui avait choisi le tableau.

Je l'ai contacté en personne alors qu'il coule une retraite heureuse dans le parc national de New Forest. Par chance pour nous, il a encore toute sa tête. Il fait des mots croisés et regarde les jeux de la BBC quotidiennement, m'a-t-il écrit. Il se souvient bien du tableau et affirme l'avoir d'abord vu au ministère de la Défense, à Whitehall, dans les années 1990, dans le lumineux bureau vitré d'un haut responsable des acquisitions. Bien plus tard, quand il a été nommé second lord, il a cherché à savoir s'il était disponible. S'attendant à une réponse négative, il a posé la question à tout hasard et on a alors déniché le tableau à moitié oublié au fond d'une réserve. Il l'a fait accrocher dans le bureau en 2004. Et depuis, il est toujours resté sur le mur qui se trouve face à moi.

Les registres du ministère de la Défense sont mieux tenus que les miens, se dit la reine. Mais cette conclusion était peut-être un peu injuste. Désormais, des équipes d'archivistes et de conservateurs pouvaient retrouver une aiguille dans une botte de foin en l'espace de quelques secondes. Au début de son règne, quand un Caravage se perdait, on pouvait s'estimer heureux s'il réapparaissait quelque part dans les entrailles de l'un ou l'autre des palais. En fait, tout avait changé dans les années 1980. À cette époque était arrivé Sholto Harvie. Elle gardait un souvenir chaleureux de cet ancien inspecteur adjoint des tableaux de la collection royale. Un homme dont le sens de l'anticipation et de la planification était particulièrement appréciable après le désastre Anthony Blunt[1] – et de si agréable compagnie, de surcroît. Incollable sur Léonard de Vinci, il lui avait enseigné en une semaine plus de choses sur l'art que tous ses prédécesseurs en une vie entière. Dommage qu'il soit resté si peu de temps.

Quoi qu'il en soit, l'« affreux petit tableau » était sur le chemin du retour et c'était une excellente nouvelle. Même si elle se demandait dans quel état il serait quand la marine finirait par le lâcher.

Mais là n'était plus la question. On ignorait toujours comment cette toile avait pu atterrir dans le bureau d'un fonctionnaire de Whitehall alors qu'elle aurait dû reprendre sa place, devant sa chambre, à son retour de Chine. Si Sa Majesté avait retenu quelque chose de ses soixante ans de règne, c'était que les petits détails étaient souvent ceux dont il lui fallait se soucier le plus. Les gros problèmes étant apparents, les ministres et la cour

1. Grand historien d'art, conseiller de la reine et agent double au service de l'URSS pendant la Guerre froide. *(N.d.T.)*

se précipitaient au grand complet pour les résoudre. Les petits découlaient souvent de la négligence de quelqu'un. Était-ce le cas ici ? Si oui, qu'avait-on laissé passer d'autre ?

Voilà ce à quoi elle songeait lorsque sir Simon revint pour récupérer les boîtes et l'informer de l'emploi du temps de la journée.

— La présidente croate sera accompagnée de son époux, annonça-t-il en consultant ses notes. Elle rencontrera le Premier ministre dans l'après-midi et il est fort probable que le Brexit soit à l'ordre du jour. Sachant que le prince de Galles et la duchesse de Cornouailles l'ont rencontrée il y a sept mois, je me suis dit que vous souhaiteriez sûrement lui transmettre leurs amitiés. Je vous ai apporté un exemplaire imprimé de leurs notes.

Lorsqu'il ouvrit le fin dossier en cuir qu'il tenait à la main, il sembla un instant horrifié puis se ressaisit aussitôt.

— Je suis vraiment désolé, Madame. Il semblerait que j'aie laissé le document sur mon bureau. Je peux aller le chercher, si vous voulez…

— Vous vous sentez bien, Simon ?

— Oui, Madame. Parfaitement bien.

— Vous avez l'air absent.

— Pas du tout, nia le secrétaire particulier tout en réajustant sa cravate pendant que la souveraine l'observait en silence. Si vous faites référence à l'incident de la piscine, Madame, je puis vous assurer que j'en suis complètement remis.

Il lui donnait du « Madame » comme jamais. Il faisait souvent cela quand quelque chose l'ennuyait. Ainsi qu'elle l'escomptait d'un ancien officier de la Navy, il semblait avoir bien récupéré depuis la découverte du corps la semaine passée. Mais peut-être se trompait-elle.

— Vous êtes sûr ?

L'homme se pétrifia sous le regard bleu pénétrant de sa patronne. Il était vrai qu'il avait connu des jours meilleurs. En temps normal, il n'aurait rien laissé paraître, mais pas cette fois. Bien sûr, il ne supportait pas l'idée qu'elle puisse le croire incapable d'encaisser le spectacle d'une morte baignant dans une mare de sang coagulé. Il trouvait cela navrant au possible, mais se sentait parfaitement bien. Son problème, c'était Rozie. Et même si ses propos risquaient de mal passer à cause des liens que la reine semblait entretenir avec elle, il préférait être honnête.

— Juste quelques menus remous avec la secrétaire particulière adjointe. Je suis certain qu'elle va se ressaisir, mais elle a causé de petites difficultés internes ces derniers temps. Nous nous en occupons. Tout est sous…

Sous contrôle, pensa la reine une milliseconde avant que les mots ne parviennent à ses oreilles. Mais oui, bien sûr.

— Juste ciel. Rien que je puisse faire pour aider ?

— Rien du tout, Madame.

Sa Majesté se dit que cela devait avoir un rapport avec l'arrivée de l'inspecteur-chef. Le grand-maître de la Maison royale devait fulminer. Pauvre Rozie : en lui parlant des lettres anonymes, elle n'avait fait que répondre à sa demande. Sir Simon se méprenait sur la loyauté de la jeune femme.

— Je suis convaincue que vous arrangerez cela, le rassura la reine avec son sourire habituel, ce qui sembla l'apaiser. Maintenant, si vous pouviez juste m'apporter les notes, ce serait fort aimable.

Quand sir Simon se retira, la reine réfléchit aux mesures à prendre. De toute évidence, cet homme était encore sous le choc, et même une personne aussi compétente que lui pouvait malencontreusement évacuer son stress aux dépens d'une innocente subalterne. Elle se sentait un peu coupable de lui avoir livré une cible aussi facile. Elle seule avait poussé Rozie à lui parler de Mrs Harris et des lettres anonymes. Et c'était elle également qui avait coupé l'herbe sous le pied du grand-maître de la Maison royale en faisant appel à la police.

Trois femmes avaient été visées par ces lettres. Une avait démissionné, une autre était en arrêt de travail et la dernière était morte de la plus invraisemblable des façons. Cela ne semblait perturber personne outre mesure mais la reine ne regrettait pas le moins du monde d'avoir fait venir l'inspecteur-chef. Même si elle lui avait demandé d'être aussi diplomate que possible, visiblement cela en agaçait certains.

Pour le moment, c'était Rozie qui portait le chapeau. Peut-être vaudrait-il mieux l'éloigner quelques jours. Pendant ce temps, sir Simon et le grand-maître se calmeraient un peu.

La reine consulta la liste de ses engagements pour la journée. Après la visite de la présidente croate, elle avait rendez-vous avec trois hauts représentants des forces armées. William s'occupait des remises de décorations dans la salle de bal. Philip accueillait des agriculteurs de la filière laitière en bas, dans la Bow Room, puis un congrès de cardiologues et de pneumologues dans le salon 1844 adjacent. Deux audiences privées étaient prévues dans l'après-midi. Enfin, le soir, elle devrait se mettre sur son trente-et-un pour une réception à la Royal Academy. Quoi qu'il en soit, si elle s'y prenait bien, elle devrait pouvoir se libérer quelques minutes entre la promenade des chiens et l'habillage pour la soirée. Elle le nota dans un coin de sa tête.

À l'heure convenue, Rozie se présenta dans le salon privé de Sa Majesté. La pièce était cosy et accueillante, avec d'épais coussins sur les fauteuils tapissés, des photos de famille disposées un peu partout et quelques lampes diffusant une lumière tamisée. Mais rien de tout cela ne semblait mettre la jeune femme à l'aise. La pauvre avait beau tout faire pour le cacher, la reine ne l'avait encore jamais vue autant sur le qui-vive. Elle se tenait toute droite au milieu de la pièce, comme si elle se préparait à recevoir de mauvaises nouvelles. Quoi qu'ait pu lui dire sir Simon, cela n'avait pas dû la rassurer.

— J'ai une proposition un peu inhabituelle à vous faire, Rozie, annonça la reine depuis son canapé.

— Madame.

— J'aimerais que vous rendiez visite à quelqu'un qui a travaillé pour moi autrefois.

— Ah oui ?

Les yeux de Rozie s'écarquillèrent. Elle ne s'attendait pas à ça.

— Un homme du nom de Sholto Harvie. Un historien de l'art. Il a été inspecteur adjoint des tableaux de la collection royale dans les années 1980 et il sera peut-être capable de nous éclairer sur la façon dont ma petite toile a atterri dans les réserves du ministère de la Défense.

— J'avais cru comprendre que le tableau allait vous être restitué.

— En effet, confirma la souveraine. Mais je ne sais toujours pas ce qui s'est passé. Il y a quelque chose qui ne colle pas.

— Je suis désolée de ne pas être parvenue à éclaircir ce mystère. J'ai fait tout ce que j'ai…

— J'en suis persuadée. Étant donné que vous avez

tendance à réussir ce que vous entreprenez, cette exception à la règle m'a semblé bizarre.

Rozie paraissait gênée.

— Je ne...

— Si tout s'était passé normalement, vous n'auriez eu aucun mal à reconstituer toute l'histoire sans bouger d'ici. Le fait que ce n'ait pas été le cas me tarabuste. L'inspecteur des tableaux de l'époque n'étant plus de ce monde, j'espère que Mr Harvie, son ancien adjoint, pourra nous aider. Il vit dans les Cotswolds, je crois, et j'aimerais que vous lui rendiez visite. Comme c'est une affaire qui date, il se peut qu'il lui faille un peu de temps pour se souvenir de quelque chose d'utile. Je vous suggère donc de vous installer à proximité de chez lui de manière à pouvoir passer le voir deux jours d'affilée.

Sous l'effet de la surprise, les yeux de Rozie formèrent deux ronds presque parfaits.

— Vous voulez que je me rende dans les Cotswolds ? Et que j'y passe un jour ou deux ?

— Voire trois, précisa la reine avec une grimace d'excuse non dénuée d'humour.

— Je ne suis pas certaine de pouvoir me libérer, Madame. Il y a l'inspecteur-chef, la visite officielle à organiser, votre discours sur le processus de paix...

— L'inspecteur-chef peut se débrouiller tout seul. Pour la visite et le discours, vous êtes à jour dans votre travail, non ?

— Euh, oui, tout à fait, mais...

— Vous pouvez terminer ça sur votre tablette ?

— Je pourrais, mais...

— Pouvez-vous partir ce week-end ?

Rozie déglutit. La reine sentit que quelque chose coinçait.

— Vous aviez un autre engagement ?

— Une de mes amies se marie samedi, avoua la jeune femme.

— Je m'en voudrais de vous faire manquer ça. Partez dimanche. Vous pouvez même rester là-bas jusqu'au mardi... si Sholto y est, bien sûr.

— Mais, le patriarche de Moscou et l'archevêque. Le haut-commissaire...

— Sir Simon pourra s'en charger. Ils m'ont déjà rencontrée. Tout le monde sait ce qu'il a à faire.

Rozie lui adressa un regard extrêmement perplexe. *Tout ça pour un tableau ?* semblait-il signifier.

Eh bien, oui. Et aussi pour la tenir un peu à distance de sir Simon. En son for intérieur, la reine réalisait combien cela pouvait paraître étrange, mais elle ne pouvait se défaire de l'idée que quelque chose clochait. Ne pas chercher à en savoir plus aurait été de la pure négligence.

CHAPITRE 12

Ainsi que le découvrit Rozie, Sholto Harvie habitait l'un des villages les plus pittoresques des Cotswolds, dans un cottage si beau qu'il avait déjà eu les honneurs de magazines nationaux.

Il sembla ravi de l'appel de la jeune femme.

— Quel plaisir d'avoir des nouvelles du palais !

Il insista aussi pour qu'elle s'installe chez lui plutôt que « dans n'importe quel B&B miteux en pleine cambrousse ». S'il était étonné d'être ainsi contacté après tout ce temps, il n'en laissa rien paraître. Au contraire, ce fut tout naturellement qu'il prit l'adresse mail de la jeune femme, lui donna la sienne et lui envoya un itinéraire détaillé. Il lui demanda même de lui rapporter de chez Fortnum & Mason deux ou trois fromages français introuvables dans le Wiltshire. Il la rembourserait, évidemment.

Le vendredi soir, Rozie travailla tard afin de traiter autant d'e-mails que possible dans sa boîte surchargée. Le lendemain matin, dans son petit logement sous les combles, elle fut réveillée par le bruit d'un chariot métallique malmené et les vocalises de Lulu Arantes.

En ouvrant la porte pour dire bonjour, elle remarqua que Lulu portait un bras en écharpe mais ne lui posa aucune question. Comme à leur habitude, elles discutèrent d'abord de serviettes et de draps, puis Lulu demanda à

Rozie quels étaient ses projets pour la journée. Celle-ci lui parla alors du mariage.

— Ah, c'est génial ! Moi j'adore les grosses fiestas. Ils font ça dans un endroit chicos ?

— Juste une église à Canterbury et un hôtel des environs.

— Vous y passez tout le week-end ? Je demande ça parce que j'ai une cousine tout près, à Whitstable, qui fait un *fish and chips* à se damner. Idéal pour un dimanche.

— J'aurais adoré, dit Rozie d'un ton mélancolique.

Il y aurait à ce mariage un homme avec qui elle aurait beaucoup aimé déguster un *fish and chips* à se damner le dimanche. Mais cela n'arriverait pas et c'était probablement mieux ainsi. En général, raviver les vieilles relations finissait en catastrophe. En plus, il serait probablement accompagné. Et de toute façon, les coups d'un soir, c'était nul.

Elle venait de perdre le fil de la conversation.

— Qu'est-ce que je disais, déjà ?

— Vous auriez adoré mais…, lui rappela Lulu, curieuse.

— Je dois me rendre dans le Wiltshire, lui confia Rozie, qui remarqua alors que l'énoncer à haute voix rendait cette perspective plus réelle. En fait, je dois y retrouver un ancien de la Maison. Quelqu'un qui travaillait ici dans les années 1980. Je crois savoir qu'il possède un magnifique cottage dans les Cotswolds.

De sa main valide, Lulu prit appui sur son chariot.

— Ne me dites pas qu'il s'agit de Mr Harvie ?

— Mais si ! Comment avez-vous deviné ?

Lulu leva les yeux au ciel.

— J'ai tout entendu sur lui. Un horrible bonhomme, à ce qu'il paraît.

— C'est aussi comme ça que vous m'avez décrit Cynthia, pouffa Rozie. Tout le monde ne peut quand même pas être horrible.

— Un vrai faux jeton si vous voyez ce que je veux dire. Je vous souhaite bien de la chance.

Rozie regarda de nouveau Lulu. Comment pouvait-elle savoir ça ? Même s'il était évident que le brun de ses cheveux frisés n'était pas naturel, elle n'avait pas assez de rides pour avoir plus de la quarantaine. Quand cet homme travaillait ici, elle devait être adolescente. Et encore...

— Vous l'avez connu ? lui demanda-t-elle, sceptique.

— Moi, non. Mais j'en ai entendu de belles. C'était l'inspecteur des tableaux, c'est ça ?

— Son adjoint.

— Il est arrivé juste après cette terrible histoire avec Blunt. L'espion russe ! Ce n'est peut-être pas un hasard. Vous ne pourrez pas dire que vous n'avez pas été prévenue. Sur ce, bonne journée.

Rozie se rappela la dernière fois que Lulu lui avait souhaité une bonne journée, juste après lui avoir raconté comment la cousine de sa belle-sœur avait été tuée à coups de marteau.

— Merci, répondit-elle sans grande conviction.

S'apercevant qu'elle était désormais vraiment en retard, elle se précipita sous la douche et enfila la robe hors de prix à laquelle elle avait succombé sur Net-À-Porter en pensant à Mark, son ex qui n'en valait pas la peine.

Mark n'arriva pas en galante compagnie. À vrai dire, il n'avait d'yeux que pour la robe inabordable de Rozie, et semblait se demander si elle avait autant investi dans sa lingerie. (La réponse était oui.) Il avait tout – l'air, la voix et l'attitude – du parfait candidat à la dégustation d'un *fish and chips* à se damner au lendemain d'un samedi soir tout aussi délicieux. Les mains serrées sur le volant de sa Mini, Rozie s'entendait encore lui expliquer qu'elle devait partir vers 21 heures car le Wiltshire n'était pas la porte à côté.

Il avait pris une chambre dans l'hôtel où était célébré le mariage. S'ils avaient voulu, ils auraient pu y monter vite fait. Mais ça, ç'aurait été vraiment nul. Pour l'instant, elle s'en voulait de ne pas l'avoir fait. Le lendemain matin, elle s'en féliciterait.

Et si elle était là, à 23 h 30, en train de rouler en pleine nuit sans avoir bu la moindre goutte d'alcool au lieu d'être au bar de l'hôtel en compagnie de Mark, c'était sa faute. Elle n'avait pas su refuser quand Sholto Harvie lui avait dit : « Venez samedi soir, aussi tard que vous voudrez, comme ça vous serez en forme le dimanche ; mes brunchs ont excellente réputation. » Mais, au fond, n'avait-elle pas fait exprès d'accepter cette invitation afin de se retrouver au volant sur la M4, plutôt que de se livrer à des frasques arrosées qu'elle aurait forcément fini par regretter ?

Non. Elle avait accepté parce qu'elle avait supposé que Mark serait accompagné et qu'elle n'aurait pas pu endurer ce spectacle. Mais il n'était pas accompagné. Et les nuits d'ivresse qu'elle avait passées avec lui comptaient parmi ses préférées.

Bon sang.

La Mini se mit à jouer un petit air, puis à le rejouer et le rejouer encore. Rozie s'ébroua et appuya sur la commande pour accepter l'appel.

— Allô ?

— Rozie ?

— Je conduis.

— Ça s'entend à ta voix, répondit sa sœur. Ça te met dans une humeur massacrante à chaque fois.

— C'est seulement que je suis concentrée sur la route, lui assura-t-elle. Quoi de neuf ?

— Rien. J'étais sur le point de me coucher et j'ai juste eu envie de t'appeler. Comment ça va ?

Rozie réfléchit un instant. Fliss n'appelait jamais le samedi soir. Que lui valait donc ce coup de fil ? Oh, Mark. Fliss était copine avec la mariée. Elle se doutait qu'il serait là.

— Je suis seule et je n'ai pas bu. Merci de t'inquiéter pour moi.

— Mais pas du tout ! Je… euh, comment ça s'est passé ?

— C'était bien. Jojo portait une robe Amanda Wakeley. Dos nu. À l'église, la moitié des vieux ont failli faire une crise cardiaque.

— Elle a toujours eu un dos magnifique.

— Ça n'a pas changé. Son frère m'a fait des avances, tiens.

— Encore ?

— Il ne comprend pas ce que veut dire le mot « non ». Sa femme était juste à côté.

— J'adore la robe que tu portais. Elle était supeeeeerbe. Très Iman Bowie fin nineties.

— Mais comment tu sais… ? Ah !

Rozie comprit. Son compte Instagram. Elle avait posté un selfie et une ou deux photos avec des amis. Et elle avait oublié que sa sœur suivait chacun de ses faits et gestes en ligne.

— Et Nick ?

Fliss voulait dire Mark mais Rozie ne la reprit pas.

— Rien. Il était là, c'est tout. Écoute, je suis en route

pour les Cotswolds et je suis encore loin. On pourrait peut-être se rappeler demain ou plus tard ? La nuit, je dois rester hyper attentive.

— D'accord, répondit Fliss, repartant aussitôt de plus belle. Tout va bien ?

— Oui. Pourquoi cette question ?

— Juste comme ça. Et sir Simon ?

— Il va très bien. Écoute, on peut en discuter demain si tu veux.

Un silence s'ensuivit. La curiosité de sa sœur l'irritait tellement qu'elle sentait sa poitrine se serrer. Toutes ces contrariétés bouillonnaient en elle comme dans une grande marmite. Mark. Ce trajet ridicule. La lettre. Peut-être que Lulu Arantes avait raison, que Sholto Harvie était une sorte de pervers sexuel. Et qu'allait penser sir Simon de l'absence de son adjointe pendant trois jours ? C'était à la demande de la reine mais il aimait bien se prendre pour le chef, même s'il ne l'était pas.

— Il n'arrête pas de me casser les pieds, t'es contente ? reprit sèchement Rozie. Mais ça peut se comprendre. Il a trouvé un cadavre la semaine dernière.

— J'en ai entendu parler. Alors comme ça, c'est lui qui a découvert le corps ? La victime s'est cogné la tête ou quelque chose dans le genre, non ?

— Oui. C'était un accident. Mais sir Simon me fait un peu la gueule. J'ai raconté quelque chose à quelqu'un… et il ne l'a pas bien pris.

— Cet été, tu m'avais déjà dit que l'ambiance était pourrie.

— Oui. Et elle l'est encore. On… on marche sur des œufs en permanence. Ce n'était pas comme ça avant. On dirait que tout le monde surveille et juge tout le monde. Et personne ne sait ce que les autres pensent du Brexit ou de toute cette affaire avec Trump. Dès que tu commences à dire un truc, on te regarde d'un drôle d'air. En plus, il y a ce plan de rénovation qui va coûter des millions. Sir Simon a peur que le budget soit refusé et que… Oh, nom d'un chien. Oublie ce que je viens de dire. Il est tard. Je suis crevée.

Durant le bref silence qui suivit, elle s'aperçut qu'elle avait beaucoup parlé. D'habitude, elle n'en révélait jamais autant à sa sœur. En général, elle arrivait à peine à en placer une. Rozie avait toujours trouvé amusant que Fliss ait choisi de devenir psychothérapeute alors qu'elle était bavarde, grande gueule et prompte à couper la parole. C'était seulement quand elle était en mode professionnel qu'elle…

Putain !

— Attends, tu m'*écoutes*, là ? demanda Rozie, furieuse.

— Bah oui, bien sûr.

— Je veux dire tu m'écoutes « activement » ? Comme au boulot ? Tu es en train de m'analyser ?!

— Mais non ! Pas du tout ! Je ne ferais ja…

— Eh ben n'essaie même pas !

Rozie savait parfaitement quand sa petite sœur lui mentait. Elle avait toujours été la plus perspicace de la famille. Toujours. Et si elle avait réussi à revenir entière d'Afghanistan, alors elle pouvait se passer des foutues séances de thérapie de sa sœur.

— Je vais bien, déclara-t-elle fermement. Merci de me poser la question. Un peu de sport en chambre avec Mark ne m'aurait pas fait de mal, mais ce n'est pas si grave.

— Je n'ai jamais dit que ça l'était.

— Mes amitiés à Viktor. Allez, à plus. Bye.

Après avoir brutalement raccroché, elle fit défiler les

stations sur l'autoradio et finit par tomber sur du jazz, ce qui l'aida à retrouver un peu son calme. Filant sur l'autoroute à 130 kilomètres-heure, elle se laissa aller jusqu'à un petit 145, jusqu'à ce qu'elle visualise les gros titres de son arrestation dans la presse à scandale :

LA PREMIÈRE ASSISTANTE NOIRE DE LA REINE ARRÊTÉE POUR EXCÈS DE VITESSE

À contrecœur, elle ralentit de manière à rester juste au-dessus de la limite. Dans sa Mini sportive, elle avait l'impression d'avancer au pas. L'autoroute était aussi droite que monotone et l'obscurité empêchait de distinguer l'éventuelle beauté du paysage. Cela lui laissa le temps de repenser à l'agressivité dont elle avait fait preuve à l'égard de sa sœur. Ça ne lui ressemblait pas du tout. En général, ses appels lui faisaient toujours plaisir.

Qu'est-ce qui avait déclenché une telle irritabilité ? Mark y était pour quelque chose, d'accord, mais ce n'était qu'un mec qu'elle avait connu autrefois. Non. Ça s'était envenimé quand sir Simon et le palais étaient venus sur le tapis. Cependant, il n'y avait pas qu'avec lui que l'ambiance était tendue. Avec tous les autres aussi. Et même si le plan de rénovation mettait tout le monde à cran, l'équipe avait plutôt l'habitude de se serrer les coudes. Enfin, il y avait eu la mort de la femme de chambre, bien sûr... Mais quelque chose n'allait déjà pas avant. Quelque chose clochait déjà la première fois qu'elle avait rencontré Cynthia Harris. Elle se souvenait de ce qu'elle avait ressenti à la cantine. Sur l'instant, elle avait eu l'impression d'être une simple observatrice, mais elle comprenait maintenant qu'elle aussi s'était laissé prendre au piège. La lettre glissée entre ses vêtements pliés : c'était ça qui avait tout changé. Elle s'efforçait de faire comme si de rien n'était mais, depuis qu'elle l'avait reçue, elle était sans cesse sur ses gardes.

Tandis qu'elle roulait vers l'ouest dans l'obscurité, elle vit défiler son existence londonienne avec plus de précision. Au palais, une force était à l'œuvre pour tenter de saboter le « joyeux vaisseau » sur lequel elle s'était embarquée, comme l'aurait formulé sir Simon. C'était difficile à expliquer mais cela se manifestait par des regards noirs, des amitiés brisées, des messages cruels et des effets personnels vandalisés. Et la mort. Dans une ambiance pareille, comment pouvait-elle encore affirmer à sa sœur que la chute tragique de la femme de chambre avait été accidentelle ?

La patronne avait appelé la police. Elle aussi était donc inquiète. Cependant, si elle avait choisi Strong, cela signifiait qu'elle ne savait pas où chercher.

Rozie fit rouler ses épaules. Pour l'instant, elle était bien contente de s'éloigner de tout ça. Le panneau qu'elle attendait depuis si longtemps apparut enfin dans la lueur de ses phares.

ROYAL WOOTTON BASSETT

Elle quitta l'autoroute. Le panneau venait de faire remonter de tout autres souvenirs. La dernière fois qu'elle était passée par là – de nuit aussi –, elle se trouvait à l'arrière d'un camion et la ville s'appelait juste « Wootton Bassett ». En pleine nuit, pour elle comme pour les autres soldats rentrant de mission, l'endroit n'avait rien de spécial. Mais à la lumière du jour, quand tous ceux morts en Afghanistan étaient arrivés de l'aérodrome de la RAF à Lyneham dans leurs cercueils couverts d'un drapeau, les habitants s'étaient rassemblés pour rendre hommage aux troupes. Étrange spectacle. Difficile de ne pas être ému. Après cela, la reine avait décidé de faire ajouter le mot « Royal » au nom de la commune.

C'était la première fois que Rozie le voyait ainsi inscrit sur un panneau. Sa gorge se serra. Elle repensa aux discussions à l'arrière des camions en rentrant d'un théâtre d'opérations. Cela la ramenait aussi à ces minutes de silence où on pensait aux parents sur le point de revoir un être qu'ils ne reconnaîtraient pas ou aux familles qui ne retrouveraient qu'un cercueil, aux amis disparus pour de bon.

D'après le GPS, elle arriverait à Easton Grey un peu avant minuit. Sholto Harvie lui avait assuré que l'heure n'avait pas d'importance. « Si je suis déjà couché, n'hésitez pas à vous servir dans la cuisine. Votre chambre est à l'étage, la première sur la gauche. Je vous verrai demain matin. »

Elle se gara devant le cottage à 0 h 02. Tandis qu'elle sortait son sac, une chouette hulula. La clé de la maison se trouvait là où son hôte l'avait dit, sous une jardinière à côté de la porte. Elle entra.

CHAPITRE 13

Dans l'une des cuisines du personnel du palais de Buckingham, deux valets en livrée qui venaient de finir leur journée discutaient avec un standardiste et un chef de la sécurité qui, eux, prenaient leur service pour la nuit. Les sujets de conversation n'avaient pas varié de la semaine : les chances de l'Angleterre à la Coupe du monde, les propos scandaleux de Donald Trump dans son ancienne émission de télé, et les dernières nouvelles au sujet du corps découvert près de la piscine.

— D'après ce qu'on raconte, sir Simon était couvert de sang, dit le plus jeune valet, balayant son auditoire du regard. Le visage, les mains, tout. Et il a filé tout droit à la chambre de la reine. Elle a failli faire une crise cardiaque.

— Il s'est évanoui dans sa chambre, intervint le standardiste. Ordre a été donné de la fermer.

— Quoi ? La chambre ? s'enquit le veilleur de nuit.

— Mais non, de la fermer au sujet de l'évanouissement. Personne ne devait être au courant mais moi, je le tiens d'une femme de ménage.

— Et qu'est-ce que sir Simon faisait dans la chambre de la reine, déjà ?

— Vous exagérez tout ! déclara le valet le plus âgé avec un regard méprisant. Ce ne sont que des ragots. S'évanouir dans sa chambre ? Ne racontez donc pas n'importe quoi. La question qu'il faut se poser, c'est plutôt... que faisait-il à la piscine ?

— Pourquoi ça ?

— C'était quand, la dernière fois que vous avez vu sir Simon aller se baigner, vous ? Jamais, voilà quand ! C'est tout ce que je dis.

Le vieux valet croisa les bras et s'appuya contre le dossier de sa chaise.

Le standardiste n'était pas sûr de ce que ça signifiait, mais il était vrai qu'à bien y réfléchir tout cela était louche.

— Et elle, qu'est-ce qu'elle faisait là ? fit le jeune valet, profitant d'un court silence.

— Cynthia Harris ? demanda le chef de la sécurité. Elle fourrait toujours son nez partout. Elle devait espionner quelqu'un. La famille, je dirais.

— Elle n'aurait jamais fait ça. Avec eux, elle était tellement lèche-c...

— Ou alors l'un d'entre nous, spécula le standardiste.

— Peut-être qu'elle buvait en cachette ? suggéra le chef de la sécurité. Vous savez qu'on l'a trouvée avec une bouteille de whisky ?

— Je croyais que c'était du gin, intervint le jeune valet.

— Ah bon ?

— Bien fait pour elle, conclut le vieux valet. C'était une vraie sorcière.

— En tout cas, ajouta le chef de la sécurité, ils ont dit qu'elle avait passé toute la nuit étendue là. Si on regarde bien, on voit que les joints sont encore tachés.

Et ça, il en était certain, parce qu'il l'avait constaté de ses propres yeux.

Rozie fut réveillée par une odeur de café fraîchement moulu et le son d'un piano virtuose au rez-de-chaussée.

Gardant les yeux clos, elle mit un moment à se rappeler où elle se trouvait. Ah oui, chez un inconnu à la campagne. Toute seule. Dans un lit très confortable, à vrai dire. Avec des draps doux, des oreillers moelleux et une couette légère comme l'air, tel un nuage de plumes d'oie bien chaud. Et il régnait dans la pièce un parfum fabuleux. Étaient-ce des épices ou un feu de bois qu'elle percevait derrière l'arôme du café ? Elle n'en savait trop rien, mais c'était extraordinaire. Elle aurait aimé rester ainsi toute la vie, mais son hôte aurait peut-être fini par en être offensé. Elle se força à se lever. Un kimono traditionnel vert était suspendu au dos de la porte de sa chambre. Elle passa la main dans ses cheveux coupés très court puis enfila le kimono par-dessus son tee-shirt et son boxer avant de descendre pieds nus saluer le propriétaire des lieux.

— Ah ! Rozie, je suppose.

Replet et les cheveux coiffés en arrière, l'homme qui se tenait devant sa cuisinière de luxe arborait un demi-sourire décontracté. Il portait un tablier à rayures sur un pantalon bleu de France et une chemise en coton impeccable. Rozie était bien contente d'avoir le kimono : elle se sentait un peu moins nue.

— Et vous êtes donc Sholto. Bonjour déjà, et merci de me recevoir.

— Il n'y a pas de quoi. Ravi que vous soyez arrivée à bon port. Vous avez trouvé facilement ?

— Sans aucun souci, grâce à vos instructions.

L'homme sourit.

— Et maintenant ? Que puis-je vous offrir ? Un café ? Du jus d'orange, des œufs, des saucisses ? Qu'est-ce qui vous fait envie ? Je tiens à préciser que les œufs sont frais de ce matin, des poules du voisin. Le pain est d'hier mais il est bon, je suis assez fier de mon levain. Et si ça vous dit d'améliorer un peu le jus de fruit, j'ai du champagne au frigo.

— Non merci, sans façon, pouffa-t-elle. Je ne pourrais pas. Le café ira très bien.

L'homme fit une légère moue puis entreprit de remplir d'eau du robinet la partie inférieure d'une cafetière en métal. Il ajouta ensuite le café moulu dans la section du milieu, vissa une dernière pièce au-dessus et posa le tout sur le feu. Pendant ce temps, Rozie s'était assise sans réfléchir de l'autre côté de l'îlot central, où étaient disposés deux appétissants bols de fruits rouges. Sholto se retourna, s'apprêtant à dire quelque chose mais il se contenta d'opiner du chef en murmurant : « Je m'en doutais. » Il se dirigea alors vers le frigo, dont il sortit une bouteille de champagne et des saucisses. Sur le point de refuser une nouvelle fois, Rozie s'aperçut qu'elle avait déjà mangé la moitié des fraises et sérieusement attaqué les framboises. En fait, il fallait croire qu'elle avait faim.

— Oh, désolée !

— Mais non, je les ai achetées exprès pour vous. Et ne me proposez pas de m'aider, car je n'en ai ni besoin ni envie. Détendez-vous. Je vous rejoins dans un instant.

Elle posa ses coudes sur l'îlot et regarda son hôte à l'œuvre. Il mit les saucisses à frire dans une poêle, coupa du pain, pressa des oranges… Il semblait presque danser au son du piano qui sortait d'une enceinte posée sur un plan de travail. Le geste sûr et souple, il fredonnait en même temps.

— Qui c'est ? demanda-t-elle. Le compositeur.

— Mmm. Chopin. Interprété par Horowitz. Parfait pour un dimanche matin. Un, deux, trois… et…

Elle crut d'abord qu'il comptait les temps de la musique mais à la seconde où il dit « et », la cafetière métallique se mit à siffler comme une bouilloire. Un jet de vapeur fusa de son bec. Sholto l'observa un bref instant tout en battant la mesure avec la cuillère en bois qu'il tenait à la main, puis la retira du feu d'un coup et versa un café noir et épais dans les deux tasses en porcelaine qui l'attendaient.

— Ça suffit pour nous deux, jugea-t-il. J'en ai déjà pris un mais la journée ne commence pas avant le deuxième. *Tchin.*

Il ajouta un peu de lait qu'il avait fait chauffer dans une minuscule casserole en cuivre. Le mélange qui en résulta était le breuvage le plus délicieux que Rozie ait jamais goûté.

— C'est la seule façon de le préparer. J'ai appris ça à Florence, il y a des années. Je vous montrerai avant votre départ.

— Avec plaisir.

Rozie commençait à réaliser que ce qui l'attendait n'était pas un week-end de dur labeur mais une master class en art de vivre. Et elle ne demandait qu'à apprendre tout ce que Sholto voudrait bien lui enseigner.

Pendant qu'il faisait frire les saucisses et les œufs, elle observa ce qui l'entourait. La cuisine était spacieuse et carrée, avec des fenêtres bordées de pierres donnant sur un jardin intérieur à peine masqué par un rideau de chèvrefeuille. Des poutres de vieux chêne étaient couvertes de bouquets d'herbes aromatiques et de pots en cuivre. De la porcelaine dépareillée était exposée avec goût dans des vitrines de couleur crème. Une porte ouvrait sur un garde-manger généreusement garni. Nul doute que l'éclatante coupe verte contenant des citrons frais s'avérerait utile si on voulait faire de la limonade. Mais son véritable rôle, c'était d'être belle.

Rozie aurait vraiment eu très, très envie de tout ça. Tel quel et rien que pour elle. Elle espérait que cela ne se voyait pas trop.

— Et voilà. Dites-moi si vous voulez de la sauce brune ou du ketchup. *Bon appétit**.

Sholto la servit. L'odeur des saucisses tout juste cuites mêlée au picotement du champagne et du jus d'orange sur la langue n'en était que plus agréable encore. La pièce baignait maintenant dans le crescendo orchestral de la *Rhapsody in Blue* de Gershwin, qu'elle adorait depuis la fac.

Si ce type est horrible, il l'est d'une façon qui me convient tout à fait, se dit Rozie en repensant aux propos de Lulu.

— Et maintenant, parlez-moi de vous, dit Sholto. Vous avez dû avoir une vie passionnante pour vous retrouver à travailler en si étroite collaboration avec Sa Majesté. Je veux tout savoir dans les moindres détails.

Dans la soirée, après une journée passée à bavarder et à jardiner un peu, ils cuisinèrent ensemble. Rozie prépara une salade tandis que Sholto apportait la dernière touche à un ragoût.

Surpris par le coup de téléphone de la jeune femme, Sholto avait d'abord craint de ne pas savoir comment l'occuper, mais il lui était vraiment très agréable de se replonger dans la période où il travaillait au service de Sa Majesté. C'était un privilège dont assez peu de monde pouvait se targuer. Un peu comme voyager dans l'espace. Il lui semblait qu'à l'époque, des liens s'étaient tissés entre la reine et lui. L'idée qu'elle ait pu se dire

* Les mots en italique suivis d'un astérisque sont en français dans le texte. *(N.d.É.)*

la même chose l'émouvait. Rozie était aussi tombée sous le charme de la patronne, il le voyait. Rien n'était plus facile. Pour être tout à fait honnête, il était même un peu jaloux d'elle.

Il fut fasciné par le récit de son enfance à Notting Hill et de son brillant passage à l'armée, au sujet duquel elle ne s'était pourtant guère montrée loquace. C'était maintenant à elle de l'interroger sur son expérience d'inspecteur adjoint des tableaux de la collection royale. Elle lui posa des questions sur un certain été mais il ne savait pas trop ce dont il serait capable de se souvenir. Il pouvait au moins lui en décrire l'ambiance.

— Londres, dans les années 1980. Vous n'imaginez même pas à quel point c'était glamour. Vous étiez née, au moins ?

— Je suis née en 1986.

— Ah, pile à l'époque qui nous intéresse ! Où ça ?

— À Kensington.

— C'est là que je vivais. Au palais de Kensington. Ne vous moquez pas – nous étions nombreux dans ce cas. J'avais un petit appartement qui donnait sur l'arrière, c'était fantastique. C'était l'époque de Charles et Diana, quand tout était en train de partir à vau-l'eau mais que presque personne ne le savait. Il passait ses week-ends ici. Nous sommes tout près de Highgrove. Diana restait en ville avec les garçons. Au palais de Kensington, je la voyais constamment. En pantalons cigarette et gros pulls moelleux. Superbes chevilles, superbes cheveux. Sans oublier le plus charmant et le plus coquin de tous les sourires. « Comment allez-vous, Sholto ? » Elle vous donnait toujours l'impression de penser – voire d'espérer – que vous étiez en train de mijoter quelque mauvais coup. J'aurais bien aimé que ce soit vrai.

Il y avait de la mélancolie dans sa voix.

— Quelles étaient précisément vos missions ?

— Je n'avais pas de mission précise, dit-il avant de prendre une gorgée de vin et d'en ajouter dans son ragoût. Ou disons que rien n'était très défini. Le service fonctionnait encore à l'ancienne. L'ambiance était très « histoire de l'art sérieuse », un peu comme à Oxford ou à l'institut Courtauld. Mais nous avions cette fabuleuse collection et il fallait que les gens le sachent, qu'ils la voient. Je veux dire tout le monde. Pas juste les habitués des couloirs de la cour tels que nous. Il fallait les nettoyer, les répertorier et… bref, nous n'avions pas le temps de nous ennuyer. Nous improvisions à mesure que nous avancions, mais nous étions très doués.

— Je ne pense pas qu'ils fassent encore ça aujourd'hui. Improviser, je veux dire.

— Oh non, plus du tout ! s'esclaffa Sholto. Ils sont toute une armée, au Royal Collection Trust – car c'est une vraie entreprise maintenant. Ils sont des centaines. On s'y perd. Et tous ces intitulés de poste ! Nous, nous n'étions qu'une douzaine à tout casser. Nous avions plus de liberté…

Il s'interrompit et Rozie leva les yeux. Elle avait dû entrevoir l'expression douce-amère de son visage.

— J'ai contribué à structurer ce service. C'est probablement la chose la plus importante que j'aie faite de ma vie.

Ils s'installèrent à une petite table couverte d'une nappe brodée. Le cottage était en vérité une ancienne mercerie convertie en maison une centaine d'années plus tôt. Sholto examinait Rozie tandis qu'elle observait ce qu'il avait fait de la pièce. Qu'en pensait-elle ? Sur la cheminée, un très vieux miroir vénitien était flanqué d'un assortiment de porcelaine moderne et de verre ancien. Des tableaux comblaient tous les espaces qui n'étaient pas déjà pris par des étagères de livres : huiles et aquarelles, d'hier ou d'aujourd'hui, dans diverses sortes de cadres, formant des figures imprévisibles du sol au plafond. L'homme était convaincu que dans quelques années, quand sa jeune invitée en aurait les moyens, elle ferait la même chose chez elle.

Quand ils eurent fini leur ragoût, le bordeaux et le fromage de chez Fortnum & Mason, ils emportèrent leurs verres dans le salon. Rozie s'assit en tailleur sur un des canapés. Son hôte lui demanda à quoi elle pensait.

— Je me disais que cette pièce était magnifique. Et je me demandais qui avait peint la toile avec les arbres, dans l'escalier, près de ma chambre, avec une signature qui ressemble à celle de Cézanne. Et aussi pourquoi vous aviez quitté la capitale si vous l'aimez tant.

Sholto tapota son verre du bout des doigts en réfléchissant.

— Eh bien, il m'a fallu vingt ans pour que le salon ressemble à ce que je voulais, mais merci de l'avoir remarqué. Le tapis vient de Katmandou, par exemple. Mon épouse avait de très jolies choses.

— Oh, je suis désolée, fit Rozie en l'entendant employer l'imparfait. Votre femme est décédée ?

— Oui, confirma-t-il en hochant brusquement la tête. Un problème cardiaque, il y a longtemps. Désolé, quelle était votre autre question, déjà ? Ah oui, l'artiste dans l'escalier. Félicitations, c'est bien un Cézanne.

— Quoi ?! fit-elle en le dévisageant. Un vrai ?

— Très petit. Très joli. Je raffole de ses arbres.

— Il appartenait à votre femme ?

— Bien raisonné mais non, répondit-il. C'est un

tableau que j'admirais du temps où je travaillais chez une veuve fortunée dans le Hampshire. Je conseille des propriétaires de collections d'art, voyez-vous ? Et cette toile était remarquable. Que le défunt mari de ma cliente soit un milliardaire scandinave lui facilitait les choses, mais elle avait aussi un très bon œil. Quoi qu'il en soit, quand elle est morte...

Il esquissa un geste de la main.

— Sacré veinard.

— Sacré veinard, comme vous dites.

— Pourquoi l'avoir mis dans l'escalier ? se demanda Rozie à voix haute.

— Parce que c'est amusant. C'est le plus précieux de tous mes biens, cela va de soi. Alors c'est un peu comme exposer un oscar dans ses toilettes. Que vouliez-vous savoir d'autre ? Ah oui, pourquoi j'ai quitté Londres. Il fallait que je m'en aille. Après la perte d'un ami. C'était trop douloureux. Mais ça me manque toujours. Surtout le palais.

— J'imagine, répondit Rozie. J'y ai une chambre, qui donne sur l'étang, c'est...

— Je ne parle pas de Buckingham, je parle de Saint-James.

— Ah ?

— Il est beaucoup plus intéressant. Saviez-vous qu'il s'agit toujours de la résidence officielle du monarque ?

— Voilà donc pourquoi on y nomme encore les ambassadeurs.

— Exactement, confirma Sholto, qui était lancé. Henri VIII l'a fait construire sur le site d'une léproserie. Et Buckingham a été bâti sur le site d'un ancien verger de mûriers. Un jour, la patronne m'a expliqué que Jacques Ier avait voulu produire de la soie mais qu'il n'avait pas pris la bonne variété de vers. Ou de mûriers. Elle raffole des anecdotes de fiascos historiques. Je trouve ce palais tellement laid. Pas vous ? Cette affreuse façade. Il faudrait vraiment l'abattre.

— Abattre la façade ? s'étonna Rozie. Et le balcon, alors ?

— Bah, ils se débrouilleraient, fit Sholto, repoussant la question d'un revers de la main. Ils s'en sont passés pendant des siècles. Toute la façade Est n'a l'aspect qu'on lui connaît que depuis 1913. Ça peut paraître ancien mais, honnêtement, à l'échelle de l'histoire, ce n'est rien du tout. Je pense qu'il va nous falloir plus de whisky, non ? Je vais nous en sortir une bouteille correcte.

Dans sa chambre de l'aile nord, la reine repensait au temps où, enfant, elle pouvait voir le palais depuis sa maison à Piccadilly et dire bonjour de la main à « Grandpa England », son grand-père, le roi George V. À l'époque, l'endroit lui paraissait magique. Aujourd'hui, il lui semblait particulièrement sinistre.

Elle n'ignorait pas que, dans les quartiers des domestiques, les commérages relatifs au corps trouvé à la piscine allaient bon train. Néanmoins, plusieurs quotidiens et magazines qui avaient proposé des sommes colossales pour obtenir des photos récentes de l'intérieur du pavillon de l'aile nord avaient fait chou blanc. De ce point de vue-là, le personnel se montrait exemplaire. Évidemment, la présence permanente d'un garde à chaque porte évitait de tenter le diable.

En réalité, ce qui intéressait surtout la presse, c'était le fait que le palais possédait une piscine. Les inquiétudes de Philip s'avéraient fondées : un nombre incalculable d'articles spéculaient sur le train de vie de la famille royale, déplorant le coût « exorbitant » de ses « spas de luxe » pour le contribuable.

La reine s'attendait à ce que les médias s'emparent de l'histoire des lettres anonymes à tout moment. Au moins, on pourrait les informer qu'une enquête était en cours. Cela donnerait l'impression qu'elle prenait les mesures nécessaires... bien que Sa Majesté les trouve très insuffisantes.

Alors que plusieurs employées du palais avaient été harcelées, la mort violente de l'une d'entre elles pouvait-elle réellement être un accident ? La reine aurait adoré qu'on lui en apporte les preuves. Mais elle savait aussi que si quelqu'un essayait de l'en convaincre, elle n'y croirait pas un seul instant. L'inspecteur-chef devait lui faire son premier rapport le lendemain, et elle était très impatiente de l'entendre.

David Strong, en revanche, n'était pas très pressé de se présenter devant Sa Majesté. Sans qu'il parvienne à déterminer pourquoi, elle lui faisait un peu peur. Elle n'était pas particulièrement réputée pour ses capacités intellectuelles mais il l'avait vue à l'œuvre à Windsor, lors de la première enquête qu'il avait menée pour elle. Elle lui avait paru beaucoup plus fine qu'on ne voulait bien le prétendre. Elle ne laissait passer aucune faille. Les remarques sarcastiques fusaient. Et cette façon qu'elle avait de lever les yeux au ciel ! Il n'avait pas envie de voir la reine d'Angleterre faire ça demain après-midi. Pas du tout, du tout envie.

C'était pour cette raison que, à 23 h 30, son sergent et lui étaient toujours dans leur bureau improvisé au palais, à récapituler tout ce qu'ils savaient de l'affaire – c'est-à-dire pas autant qu'ils l'auraient voulu. Il leur avait fallu du temps pour s'installer et pour s'accoutumer à leur nouvel environnement de travail. Loin de disposer d'une rangée d'ordinateurs dans la salle de bal, ils devaient se contenter d'une sorte de débarras qu'on fermait à l'aide d'un cadenas. Située dans l'aile sud, un étage au-dessus des quartiers du grand-maître, la pièce n'était équipée que de deux PC portables sécurisés, de quelques blocs-notes et de deux chaises ayant connu des jours meilleurs. Strong se doutait que le vice-général de corps aérien ne souhaitait pas qu'il se sente trop à son aise. Mais ce n'était pas un problème. Il travaillait toujours mieux dans un environnement minimaliste.

Dès le départ, le jargon de la Maison avait un peu compliqué les choses. Le sergent Highgate et lui avaient dû s'habituer rapidement à des sigles et des surnoms n'ayant rien à envier à ceux en vigueur à la Met : PSJ désignait le palais Saint-James ; PK, le palais de Kensington ; et SPA, cette charmante et efficace Nigériane appelée Rozie. D'ailleurs, pouvait-on dire qu'elle était nigériane alors qu'elle était née à Londres ? Il n'en était pas certain. Peut-être plutôt d'origine nigériane. Le DE était le duc d'Édimbourg (ça, il le savait déjà). Welly B signifiait Wellington Barracks, la caserne où logeaient les troupes qui venaient garder le palais tous les matins. En ce moment, il s'agissait des *Welsh Guards*, que l'on surnommait la « Légion étrangère » pour des raisons que Strong ne s'expliquait pas. Sa mère étant galloise, il s'était senti quelque peu vexé mais n'en avait rien laissé paraître. Dans le cadre professionnel, il accueillait tout par un sourire et un hochement de tête silencieux, ce qui était la plupart du temps perçu comme un signe d'approbation – à tort ou à raison.

Quoi qu'il en soit, l'accident de la piscine ne le faisait

pas sourire du tout. Cette femme avait l'air d'être une vraie mégère, mais tout de même…

— Tout d'abord, la cause de la mort, dit-il à son sergent. Toujours rien sur HOLMES ?

Bien qu'ayant fouillé la base de données de fond en comble, le sergent Highgate ne put que secouer la tête.

— Rien de neuf. Le médecin légiste n'a pas trouvé d'autres blessures que celles pouvant s'expliquer par la chute ou les tessons de verre. « Section de l'artère tibiale postérieure. » Ça semble anodin, mais si on n'arrive pas aux urgences à temps, c'est la mort assurée.

— Que pensez-vous de ma théorie du suicide ? demanda Strong. Cette femme était soumise à un stress épouvantable. Quelques jours avant sa mort, le harcèlement s'était intensifié.

— Non, fit Highgate. Elle n'aurait pas choisi une méthode aussi déplaisante.

— Il y en a bien qui s'ouvrent les poignets. Pourquoi pas une cheville ?

— Mais pourquoi le faire à la piscine ? Elle avait accès à une salle de bains, où elle aurait été plus tranquille. Et puis c'était la *Queen fan* par excellence. Je ne parle pas du groupe, bien sûr. Elle vénérait bien trop la reine pour lui infliger une telle publicité.

— Ça se tient, reconnut Strong.

Ce qu'il y avait de bien avec Andrew Highgate, c'est qu'il était souvent en désaccord avec lui. Cela forçait Strong à rester vigilant et lui permettait d'éviter tout risque de « biais de confirmation ». Autrefois, il avait lui-même joué ce rôle-là pour son supérieur.

— Par contre ABC, quoi qu'il advienne, ajouta l'inspecteur-chef.

— Je ne l'oublie jamais, assura Highgate.

Strong lui avait bien enfoncé sa devise dans le crâne dès le départ : *Abolir les suppositions ; Bannir toute confiance aveugle ; Contrôler toutes les informations.* À vrai dire, Strong aimait mieux remplacer le début par *Arrêter tout le monde*… mais c'était difficilement applicable ici.

Bien que n'ayant encore rien trouvé de suspect dans le journal d'appels du téléphone de Cynthia Harris, ils continuaient à chercher. Ils avaient aussi examiné toutes les lettres anonymes qu'elle avait reçues. Il y en avait onze en tout, dont deux dataient d'avant sa « retraite ». Toutes rédigées à la main à l'aide d'un normographe sur du papier bon marché, parfois au crayon, parfois au stylo. Pas d'autres empreintes que celles de la victime, du grand-maître de la Maison royale et des quatre employés des ressources humaines qui les avaient manipulées. Toutes correctement orthographiées et ponctuées, ce qui était inhabituel. Trois trouvées dans des poches de manteaux, quatre dans son vestiaire, deux dans son sac à main, une dans un cabas, une dans une chambre qu'elle s'apprêtait à nettoyer. Contenant toutes des informations personnelles relatives à son passé.

— Son mariage bidon, rappela Strong. On l'a accusée de l'avoir inventé pour changer de nom. J'aurais tendance à y croire. Ses diverses rétrogradations professionnelles à ses débuts. Nous en avons la liste, non ?

— Euh, oui…, fit Highgate d'un ton mal assuré. Mais elle est un peu trop vague. Les ressources humaines vont essayer de nous en fournir une plus détaillée.

— Commencez par voir si vous pouvez l'obtenir. Il y a aussi l'avortement en 1987. A priori, personne au palais n'aurait dû être au courant. Et pourtant…

— Nous avons aussi une liste des actes de vandalisme, reprit Highgate. Tous assez récents. À deux reprises

– une en juin et l'autre en septembre –, ses vêtements souillés au marqueur indélébile ; une fois, début juillet, son casier vidé et ses affaires éparpillées partout. Une trousse à maquillage de « valeur sentimentale » a aussi disparu cette fois-là.

— Et tous ses habits ont été lacérés trois jours avant sa mort.

— Oui.

— Curieux, ces vêtements, dit Strong pour l'anecdote. Vous avez vu les descriptions ? De vieux trucs… comment on appelle ça, déjà ? Vintage. Parfois de grandes marques. Ça la ferait plutôt passer pour une personne…

— Pittoresque ?

— Démonstrative. Extravertie. Alors que tout le monde s'accorde à dire qu'elle était assez coincée et que c'était même une…

— … vraie garce, compléta Highgate, citant plus ou moins les témoignages recueillis.

Les deux policiers s'accordaient sur le fait que c'était étrange.

— Les principales suspectes sont Solange Simpson et Arabella Moore, poursuivit le jeune sergent. Le mari de Moore a été renvoyé pour ne pas s'être montré un successeur à la hauteur de Mrs Harris. Mrs Simpson peut être innocentée d'emblée, car elle n'était pas en Écosse au moment des faits. Mais à en juger par ce que j'ai pu entendre d'un bout à l'autre du palais, presque tout le monde avait ses propres griefs contre la victime. Selon vous, existe-t-il des raisons de penser que les lettres seraient plutôt l'œuvre d'une femme ?

Ils les examinèrent de nouveau ensemble en prêtant autant attention au fond qu'à la forme. Des mots tels que « sorcière » et « mégère » revenaient régulièrement, tout comme « vieille-peau » (avec un trait d'union injustifié) et « vipère » (très, très souvent). Par expérience, les deux policiers savaient que, à l'écrit, une femme pouvait être aussi cruelle envers une autre femme que n'importe quel homme.

Ils passèrent ensuite au cas de l'économe, Leonie Baxter, qui était allée en Écosse avec le deuxième convoi d'employés mais était rentrée plus tôt au palais pour les préparatifs. Pour elle, le harcèlement avait commencé en juillet, avec des messages racistes et misogynes sur Twitter, en plus des lettres. Cynthia Harris n'était pas sur les réseaux sociaux, ce qui pouvait expliquer cette différence de traitement. Les mots manuscrits, eux aussi rédigés en majuscules au normographe, avaient été découverts dans des endroits similaires : sac, poche de manteau, tiroir de commode. Mrs Baxter n'était pas non plus appréciée de tous, et elle avait aussi la réputation d'être « difficile ». Bien qu'ayant de petites responsabilités dans l'équipe chargée de la budgétisation des réceptions, elle consacrait le plus clair de son temps à lutter pour les droits des femmes au sein de la Maison royale. Elle demandait notamment des uniformes plus confortables, davantage de toilettes réservées et de meilleures possibilités de carrière. Et elle ne manquait jamais de rappeler que les postes les plus élevés étaient tous occupés par des hommes.

— Sauf le plus haut de tous, ha, ha ! s'esclaffa Highgate.

— Elle m'a tout l'air d'une bonne emmerdeuse, celle-là, commenta Strong.

— On ne peut plus parler comme ça, patron, l'avertit le sergent. Les droits de la femme sont les droits de l'homme… euh, ou des droits égaux… enfin, la même différence, quoi.

— Mouais… Moi, je veux bien, mais on doit pouvoir les demander autrement, ces droits.

— Poliment, vous voulez dire ?

— De façon un peu plus amicale, oui. Qu'y aurait-il de mal à ça ?

— Là, on marche sur des œufs, répondit Highgate en haussant les épaules. C'est tout ce que je dis. Sur des œufs.

Il feuilleta ses notes et reprit :

— En tout cas, même si elle n'est pas trop appréciée, elle n'a pas d'ennemis identifiés. Elle est même en très bons termes avec Arabella Moore. Ensuite, il y a la petite Van Renen et, elle, tout le monde l'aime bien. Pas le moindre détracteur.

— Disons plutôt qu'il y a quelqu'un qui reste tapi dans l'ombre.

— Si ce quelqu'un a quelque chose à voir dans tout ça. Il se pourrait qu'il soit vraiment ce qu'il affirme : une personne étrangère au palais, rencontrée sur Tinder.

— Sauf que Van Renen nous assure que non, rappela Strong. Quand la voyez-vous ?

— La semaine prochaine. Elle n'était pas très enthousiaste, mais quand je lui ai dit que c'était la reine en personne qui nous avait demandé de tirer ça au clair, elle a accepté.

— Bien. Et quand recevons-nous le rapport des graphologues sur le normographe utilisé, à propos ?

— Dieu seul le sait. Dans deux ou trois semaines, d'après eux. J'ai pourtant joué la carte « royale » à fond. Vraiment. Les restrictions budgétaires… Il faut attendre son tour pour tout. Pareil avec les gars du service informatique qui passent les réseaux sociaux au peigne fin. Ils sont submergés par la pédopornographie. La file d'attente est longue.

— Rien de nouveau sous le soleil, grommela Strong. Croyez-moi, ce n'était déjà pas de la tarte il y a dix ans.

— J'étais en terminale, à l'époque, dit joyeusement Highgate. Je ne risque pas de savoir. Bien sûr, si Mrs Harris avait été assassinée...

— Nous serions en tête de liste. J'y ai pensé, croyez-moi. Je ne le souhaite pas, mais ça nous simplifierait diablement la vie.

Sur ces paroles, ils s'en tinrent là pour la soirée.

En dépit de son expérience à Windsor, Strong s'était plus ou moins mis dans la tête que résoudre une affaire à Buckingham serait plus facile qu'ailleurs. En vérité, c'était plus difficile. Il aurait bien aimé en savoir plus sur l'état d'esprit de Cynthia Harris le soir de sa mort. Hélas, il n'existait pas la moindre image de vidéosurveillance. La seule caméra du rez-de-chaussée de l'aile nord était en panne depuis des semaines. Contre toute attente, il y en avait très peu, car le prince Philip ne voulait pas de ces « fichues caméras espions » partout. Pourtant, la reine avait déjà été importunée dans sa propre chambre par un homme qui errait à l'intérieur du palais. Elle l'avait fait parler jusqu'à l'arrivée d'un domestique, « comme n'importe qui l'aurait fait » !... ou presque ! Cette femme était faite d'acier – ce qui n'avait rien de rassurant pour l'entrevue du lendemain. Il existait bien un projet d'amélioration du système de sécurité, mais il attendait l'approbation du Parlement depuis une trentaine d'années. C'était bien la peine d'être une tête couronnée, tiens.

CHAPITRE 14

Le lundi, en descendant l'escalier, Sholto surprit Rozie en train de photographier subrepticement son salon. Elle se hâta de remettre son téléphone dans sa poche, mais il avait entendu le déclic de là-haut. Plantée devant la cheminée, elle lui sourit d'un air coupable.

Perçant à travers la fenêtre du côté Est, le soleil matinal la couvrait d'un éclat magnifique. Sholto se dit qu'elle ferait un merveilleux modèle pour un peintre. En tout cas il savait comment il l'aurait peinte s'il l'avait pu, car sa maîtrise de la théorie n'avait d'égale que son manque de talent. Cela ne l'empêchait pas d'admirer les courbes du visage, la puissance de l'élégante coupe courte et le sourire sculptural de son invitée. Il aimait encore plus la façon dont elle habitait ce kimono, cette pièce, cette maison. Elle avait le monde à ses pieds et la vie devant elle. Elle pensait savoir jusqu'où ce poste pourrait la propulser mais n'en avait, en réalité, aucune idée. Selon lui, elle serait obligée de s'élever. Puisqu'elle ne lui semblait pas du genre à épouser un homme pour son argent, il faudrait bien qu'elle en gagne par elle-même.

Était-ce la patronne ou elle qu'il avait envie d'aider ? Il n'arrivait pas trop à le savoir. L'une l'avait charmé trente ans plus tôt, l'autre le charmait aujourd'hui. Rozie avait fait tout ce chemin pour parler d'un tableau auquel tenait beaucoup Sa Majesté. Sachant que cette toile avait dû disparaître à l'époque où il travaillait à Saint-James, il s'en voulait de ne pas être en mesure de la renseigner. Il ignorait encore comment mais il allait faire tout son possible – c'est-à-dire probablement pas grand-chose.

Après le petit déjeuner, la jeune femme l'interrogea une fois de plus sur les travaux de 1986. Il se rappelait être resté vague la veille au soir. Cette histoire remontait à loin.

— Je me creuse la cervelle, dit-il tout en essuyant vigoureusement un récipient avec un torchon à vaisselle. Sorti des œuvres d'art qui s'y trouvaient, je connaissais mal Buckingham. Je pense que je ne savais même pas qu'il y avait des travaux.

— C'est vrai que ça date, lâcha Rozie, l'air déçu. La reine semblait si optimiste…

— Je suis vraiment désolé. Ça m'ennuie beaucoup de ne pouvoir répondre aux attentes de Sa Majesté. Je vais y réfléchir encore.

Après le déjeuner, il lui proposa une balade dans les bois derrière la maison.

— Il y a quelque chose que la patronne devrait peut-être savoir, déclara-t-il soudain tandis qu'ils gravissaient un sentier escarpé.

— Oui ?

— Attention aux racines et aux terriers de lapins. Il n'y a pas pire pour se casser la figure. J'avais oublié, vous avez pratiqué la course d'obstacles. Qu'est-ce que je… Ah oui, les objets portés disparus dans les années 1980. Je ne sais pas si elle était au courant pour le « trafic de biens endommagés ». Ça m'étonnerait.

— Le trafic de biens endommagés ?

— Oui, confirma-t-il avec un petit rire. En haut à gauche, ici... et par-dessus la clôture. Bientôt une vue merveilleuse. Où en étais-je, déjà ?

Rozie lui rafraîchit la mémoire.

— Ah oui, désolé. C'est juste que j'adore cet endroit, pas vous ? Surtout par une journée comme celle-ci. Tournez à droite en suivant le chemin. Nous y sommes presque. Si vous habitiez dans le coin, vous pourriez avoir des chevaux. Je ne monte pas mais je suppose que vous, si. Puisque vous êtes passée par la Royal Horse Artillery. Ça va de soi. Ah oui, désolé, désolé. Le trafic de biens endommagés. Je suppose que ce sont les arnaques à l'assurance qui leur ont inspiré ce nom. Les « biens endommagés »... Vous voyez ce que je veux dire. Ils n'étaient pas très nombreux dans la bande. Pas plus de trois ou quatre, je dirais. En tout cas, leur combine consistait principalement à refourguer des objets dont personne ne remarquerait la disparition. Ou alors ils disaient à certains fournisseurs que leurs produits étaient arrivés en mauvais état et en exigeaient de nouveaux sans en informer les services financiers. Des choses comme ça. Ah, voilà. Arrêtez-vous pile où vous vous trouvez et regardez par l'interstice de la haie. N'est-ce pas merveilleux ? J'aime à penser que cet horizon, c'est la moitié du chemin entre ici et Bath. Fantastique paysage vallonné. Ça rend heureux de vivre en Angleterre, non ?

Sholto se tenait à côté d'elle en veste de chasse usée et bottes de pluie, essoufflé et souriant. Rouge comme une tomate, en appui sur sa robuste canne. Rozie contemplait les dégradés de vert des collines et des haies pour lui faire plaisir mais, à vrai dire, le paysage ne l'intéressait plus du tout.

— Des arnaques à l'assurance ?

L'homme paraissait presque surpris qu'elle en reparle.

— Pas exactement, mais c'était du même acabit, répondit-il avec un haussement d'épaules. Je n'ai jamais bien su. Juste des bribes de conversation interceptées au foyer du personnel, à l'époque où on avait le droit de boire. J'aurais dû dire quelque chose – et je l'ai fait, d'ailleurs – mais cela ne relevait pas de mes attributions. On ne me payait que pour répertorier des tableaux.

— Mais que faisaient-ils vraiment ? D'après ce que vous en avez compris…

Sholto soupira.

— Je crois que ça fonctionnait comme ça : dans tous les palais royaux de Londres, les objets étaient répertoriés. S'il s'agissait d'œuvres d'art ou d'antiquités, cela relevait de la collection royale. S'il s'agissait de meubles ou d'accessoires plus ordinaires, cela relevait du service des travaux. Je crois que c'était son nom. Avec toutes les réorganisations qu'il y a eu, il n'existe probablement plus aujourd'hui.

— Je sais, confirma Rozie. Je l'ai appris à mes dépens.

L'homme semblait compatir.

— En tout cas, il y a toujours quelques pièces ailleurs, mais la vaste majorité est entreposée sur place. Quand on cherche quelque chose, on regarde dans le catalogue. Si cela ne s'y trouve pas, on peut plus ou moins considérer que ça n'existe pas. Le principe du trafic de biens endommagés était de faire disparaître des choses que personne ne réclamerait. De petits objets, des cadeaux bizarres reçus il y a cent ans et jamais revus depuis, des affaires légèrement usées. C'est tout un art que de savoir ce qui est réparable ou non. La reine n'ayant jamais aimé le gaspillage, les responsables étaient censés transférer ce genre de choses à Balmoral ou Sandringham, mais ce n'était pas toujours pratique ni même possible. Alors ils ont trouvé un moyen de... Enfin, c'est ce que j'ai cru comprendre, après avoir surpris des conversations au bar, de simples allusions en passant, vous voyez... Ils ont trouvé un moyen de les escamoter. Puis de les revendre et d'empocher l'argent. Un gentil petit gagne-pain. Pas des Gainsborough ni les joyaux de la Couronne ou je ne sais quoi. Des tapis. Des assiettes. Des cadeaux peu appréciés. La reine en reçoit des centaines par an. Saviez-vous qu'on lui a offert plusieurs centaines de paires de bas Nylon pour son mariage ? Littéralement. Et cinq cents boîtes d'ananas au sirop. Tout cela s'accumule. On ne peut pas tout donner aux associations caritatives. Où ranger tout ça ? L'astuce, c'était d'avoir quelqu'un aux archives pour modifier le catalogue. Comme je l'ai déjà dit, ça ne concernait pas les tableaux. Du moins, pas à ma connaissance. Sinon, il aurait été de mon devoir de mettre le holà à leurs activités. Mais c'est peut-être arrivé une fois. Avec les travaux dans la chambre de la reine, ça n'aurait rien de très étonnant. Hélas, tout ça remonte à des dizaines d'années, ces éléments ne vont probablement pas être d'une grande utilité aujourd'hui.

— Peut-être bien que si, répondit Rozie.

Sholto haussa les épaules puis se retourna afin d'ouvrir la voie pour retourner vers la maison.

— Je l'espère. Si c'est le cas, dites bien à Sa Majesté que c'est de moi que vous tenez ces informations.

Il faisait assez froid ce soir-là pour justifier un feu de bois. La fumée rappela à Rozie le parfum délicieux qu'elle avait senti le matin dans sa chambre.

— Qu'est-ce que c'est ?

— Ma chère, j'ai peur que ce soit au-dessus de

vos moyens. Une bougie commercialisée sous le nom d'Ernesto. Elle est censée évoquer l'odeur du cigare d'un certain révolutionnaire. J'adore.

Ayant des goûts musicaux éclectiques, Sholto passa du Nina Simone et du MC Solaar, ce qui les amena à évoquer Paris. Rozie y avait vécu un été idyllique avant d'entrer à la banque. Lui y avait passé deux ans à étudier Léonard de Vinci au Louvre. Elle lui fit découvrir Fela Kuti et quelques autres de ses stars de l'afrobeat préférées. C'était comme s'ils se connaissaient depuis des années.

— Vous êtes la bienvenue ici quand vous voulez, vous savez ? Vous n'avez qu'un coup de fil à passer. Si je suis en vadrouille, je ferai en sorte que quelqu'un vous remette la clé. Considérez cet endroit comme votre résidence secondaire. Je sais que vous en prendrez soin. Et quelques coups de ciseaux ne font jamais de mal aux herbes aromatiques.

Elle voyait qu'il était sincère. Elle se demandait quels aspects de sa personnalité avaient pu générer une telle complicité. Il lui semblait qu'ils partageaient quelque chose que ni l'un ni l'autre ne trouvait ailleurs. Du moins pas souvent. L'amour de l'art, de la musique et des belles choses, bien sûr, mais elle avait cela en commun avec beaucoup d'autres amis. La différence, c'était qu'il s'agissait de tel type d'art, tel type de musique, tel type de belles choses. Elle était consciente de leurs affinités et il semblait l'être aussi. Et, contrairement à ce qu'auraient pu laisser craindre les propos de Lulu Arantes, cela n'avait rien de sexuel ou de vulgaire. Elle se sentait tout à fait en sécurité avec cet homme.

Avec lui, les choses étaient simples. Il savait quelles étaient les difficultés inhérentes à son poste. La plupart des gens qu'elle rencontrait étaient friands de ragots sur la reine, Kate Middleton (toujours elle) et la politique. Lui ne posait aucune question de ce genre, ce qui était reposant. Il ne l'avait même pas interrogée au sujet du cadavre de la piscine. Elle n'en avait fait mention qu'une fois et, quand il avait vu son expression, il s'était contenté de dire : « Je vois, cela a dû être très difficile. » Il ne voulait pas connaître le point de vue officieux de la reine sur le Brexit. « Sujet interdit. » Amen. Elle aurait dû rentrer ce soir afin d'être fraîche pour reprendre le travail demain matin. Mais quand il lui avait proposé de rester une nuit de plus, elle n'avait pas pu résister. Elle se lèverait tôt et ferait chauffer la Mini sur l'autoroute.

Et, dès son arrivée à Londres, elle s'achèterait cette bougie hors de prix qu'elle n'était pas censée avoir les moyens de s'offrir.

CHAPITRE 15

Debout à la première heure, Rozie fila sur la M4 au son d'une émission consacrée au monde agricole sur Radio 4. Pour arriver au palais, il lui suffisait presque de filer toujours tout droit vers l'est. Ses batteries incroyablement rechargées, elle arriva à Londres avant le début des embouteillages et réussit à se garer sur une des places très convoitées des Royal Mews. Elle eut donc même le temps de faire un saut dans l'aile ouest pour passer se changer dans sa chambre.

Acheter cette bougie était une véritable folie. Elle avait regardé sur Internet, et la plus petite coûtait déjà plus de 60 livres. Il ne fallait pas que sa mère l'apprenne un jour. Mais tandis qu'elle sortait une jupe et une veste de sa penderie, elle imaginait déjà les senteurs de tabac, de cuir et de rhum. Elle mettrait des fleurs près du lit : juste un tout petit bouquet de… peu importe. Elle n'y connaissait pas grand-chose, mais elle verrait ça avec le fleuriste du palais. Et elle apprendrait à faire le café de façon aussi fantastique que celui qu'elle avait bu, même si elle devait y consacrer sa vie entière.

Sholto pensait-il vraiment ce qu'il avait dit à propos du cottage ? Il lui avait paru sincère. L'idée d'avoir un refuge où aller chaque fois qu'elle en ressentirait le besoin était… presque inconcevable pour une fille qui avait grandi en HLM à Notting Hill. C'était le genre de chose dont jouissaient ses amis aisés à l'université ou à l'armée. « Oh, il faut absolument que tu viennes dans le Shropshire cet été. Mes parents seront absents. Il n'y aura que nous et les chiens. C'est un bazar sans nom et une vraie galère à chauffer. Tu auras une des chambres d'amis pour toi toute seule. » Et ses supérieurs à la banque, bien sûr, dont les maisons n'étaient jamais un « bazar sans nom » grâce à leur petite armée de domestiques et de jardiniers. La reine disposait de trois endroits comme ça : deux châteaux et une propriété à la campagne. Mais c'était la reine, alors bon. Pour Rozie, une petite chambre cosy et un Cézanne dans le couloir suffiraient amplement.

Elle venait d'enfiler sa jupe et de changer de chemisier et elle était en train de se glisser dans ses escarpins Francesco Russo quand elle remarqua que quelque chose dépassait de sous son oreiller. Le coin d'une enveloppe blanche.

Pendant un instant, elle eut l'impression de tomber dans un ravin ; une sensation si brutale et subite que sa main faillit chercher instinctivement une corde d'assurage. Des abeilles bourdonnaient dans sa tête.

Devinant ce dont il s'agissait, elle traversa la pièce à son corps défendant et saisit l'enveloppe, qui lui parut presque brûlante. *Ici. Dans ma chambre.* Les mains légèrement tremblantes, elle dut tirer fort pour l'ouvrir. L'expéditeur l'avait solidement cachetée. Trouverait-on des traces de salive ? Elle était déjà en train de chercher comment identifier le coupable et mettre fin à ses agissements. Son cœur battait la chamade et elle avait la bouche sèche.

Comme le précédent, le mot qu'elle sortit de l'enveloppe avait été plié trois fois. Elle le déplia du bout des doigts. Toujours ce même papier bon marché. Malgré les martèlements dans sa poitrine, elle prit connaissance du message. Sous deux lignes de texte en majuscules tracées au normographe, les mêmes grossiers gribouillis évoquant la jungle. Mais aussi un nouveau dessin à l'horizontale en bas de la page : un couteau.

Bien qu'il soit juste esquissé au stylo à bille bleu, elle en reconnut aussitôt le modèle : Fairbairn-Sykes, un poignard de combat à double tranchant qu'utilisaient les commandos durant la Seconde Guerre mondiale. Légendaire dans les forces armées. Elle en avait vu un ou deux en Afghanistan et on avait même voulu lui en offrir un. Mais les couteaux n'étant pas son truc, hors d'une cuisine ou d'un théâtre de combat, et elle avait poliment refusé.

Elle replia le mot, le remit dans l'enveloppe et dut rester une minute immobile afin d'accuser le coup.

Elle pensait que c'était bon. Elle avait grandi à quelques pas de cet endroit, décroché les diplômes qu'il fallait, appris les bonnes manières et fait la fierté de sa famille. L'armée s'était même servie de sa photo pour une de ses affiches (ce qui avait été l'une des raisons de son départ). Et pourtant, quoi qu'elle fasse, où qu'elle aille, il y avait toujours quelqu'un pour l'humilier, la tenir à l'écart, la repousser.

Ça faisait horriblement mal. Elle aurait eu envie de frapper de toutes ses forces contre n'importe quoi, de réduire sa chambre en miettes et de hurler jusqu'à ne plus pouvoir respirer.

Mais Rozie resta silencieuse, à écouter son souffle court en attendant que ça passe.

L'humilier alors qu'elle n'avait rien à se reprocher, c'était pile ce qu'il voulait. Il n'y parviendrait pas.

Une fois sa décision prise, elle mit la lettre dans la pochette frontale de sa sacoche d'ordinateur, à côté de son laissez-passer. Puis elle se dirigea vers sa penderie et en sortit une pile de joggings et de sweats à capuche afin de dégager une boîte à chaussures d'où elle tira la première enveloppe, qui se trouvait sous ses tennis, et la glissa dans la pochette à côté de l'autre.

À partir du moment où elle avait reçu la première lettre, elle avait pris soin d'étouffer ses émotions. Puis, quelques jours plus tard, la mort de Cynthia Harris lui avait permis de penser à autre chose. Mais ce n'était pas si facile. La blessure était encore fraîche.

Elle allait bientôt descendre et s'occuper de cela. À l'armée, son régiment avait pour devise « Trouver, frapper, détruire, éliminer ». Ce n'étaient tout de même pas quelques mots et deux ou trois gribouillis qui allaient l'abattre. Elle devait d'abord s'asseoir un peu sur le bord de son lit. Ensuite, bien respirer et compter jusqu'à 20. Recommencer une fois, se lever et passer à l'action.

La reine s'extirpa du casque de séchage et aida Ellie, sa coiffeuse, à enlever ses bigoudis. En voyant l'expression de celle-ci, elle jeta un œil au résultat.

— Juste ciel, qu'avons-nous fait ?

Leurs regards se croisèrent dans le miroir.

— Je ne sais pas, Madame. Je pourrais jurer que je les ai posés exactement comme d'habitude.

Ellie paraissait mortifiée mais la reine l'aurait juré aussi : bigoudi après bigoudi, le protocole habituel avait été strictement respecté. Et pourtant, deux boucles étaient beaucoup trop serrées et pas du tout en place.

Résistant à toutes les tentatives de domptage de la coiffeuse, elles faisaient ressembler Sa Majesté à une version âgée de Shirley Temple (lui rappelant l'époque où Wallis Simpson la surnommait « Shirley », ce qui n'était pas forcément un compliment).

— Un peu plus de laque ? suggéra la reine.

— Je vais faire de mon mieux, Madame. Rien de particulier aujourd'hui ?

Contrairement à ce qu'elle espérait, la réponse à sa question était « Si ». À moins que « rien de particulier » ne signifie : le patriarche de Moscou et plusieurs autres dignitaires religieux ce matin ; les médaillés des jeux Olympiques et Paralympiques, en présence de la moitié de la famille, dans la soirée. À défaut d'être à son top niveau, il fallait au moins qu'elle soit présentable.

— Nous essaierons de nouveau après déjeuner, soupira la reine.

— Très bien, Madame. Tout sera prêt.

Une demi-heure plus tard, quand Rozie entra dans son bureau, la reine crut bien l'avoir vue marquer un temps d'arrêt. Elle aurait aimé pouvoir plaisanter sur ses mèches rebelles et passer à autre chose mais, ce matin, elle n'y arrivait pas. On ne badinait pas avec les cheveux. Il n'aurait peut-être pas dû en être ainsi, mais c'était comme ça et voilà tout.

— Votre séjour dans les Cotswolds a-t-il été fructueux ? demanda-t-elle dans l'espoir qu'entendre parler de la fameuse hospitalité de Sholto Harvie lui remonterait le moral.

— Oui, Madame. D'une certaine façon. Très.

Le ton de la jeune femme semblait dire le contraire. La pauvre enfant paraissait encore plus crispée que quelques jours plus tôt. Comprenant que ses bouclettes n'y étaient pour rien, la reine la fixa par-dessus ses lunettes.

— Vous allez bien ?

— Oui, Madame.

— Non, je ne crois pas.

— En effet, Madame. Pas vraiment.

— Nous reparlerons des Cotswolds plus tard. Que se passe-t-il ?

Quoi que sa secrétaire particulière adjointe ait pu garder pour elle – et Sa Majesté comprenait maintenant que cela traînait déjà depuis un certain temps –, le moment était venu qu'elle le dévoile. Rozie sortit une feuille de papier du dossier qu'elle tenait, la déplia et la tendit à la patronne, qui la lut aussitôt.

— Oh ! fit celle-ci d'une voix tranchante et glacée en posant la lettre face cachée sur son bureau. Quand l'avez-vous reçue ?

— Ce matin. Mais il y a autre chose que j'aurais dû vous signaler plus tôt. Il s'agit de la deuxième.

— La deuxième ?

— Oui. J'ai reçu la première trois jours avant votre retour d'Écosse.

La reine resta silencieuse. Voilà qui expliquait tout. Elle aurait dû faire plus attention. Elle aurait dû savoir. Se ressaisissant, elle déclara en toute sincérité :

— Je suis vraiment désolée, Rozie. C'est inadmissible. Nous devons tout de suite en parler à l'inspecteur-chef.

— Je comprends, Madame, mais je tiens à ce qu'il ne l'ébruite pas, répondit fermement Rozie, malgré sa nervosité. Dans la mesure du possible.

— Vous voulez dire qu'il ne doit pas en parler au grand-maître ?

— Ni à personne d'autre au palais.
— Pourquoi ?
— Parce que…

Pourtant si éloquente lors des débats et des cours à l'université, lors des conférences à la banque ou lors de la préparation des discours pour des événements nationaux, Rozie avait soudain du mal à mettre des mots sur ce qu'elle ressentait. Ces lettres ne contenaient que des âneries racistes classiques. Leur but était d'humilier et de blesser. Et elle ne voulait surtout pas être perçue comme une victime ou se distinguer pour une autre raison que l'excellence de son travail. Ce n'aurait pas été compatible avec l'image qu'elle avait toujours eue d'elle-même.

— Je préférerais… ne pas avoir à m'en expliquer, si cela ne vous ennuie pas, Madame.

La reine regarda longuement Rozie sans sourciller. Elle percevait la lutte intérieure de la jeune femme et, même si elle ne la comprenait pas tout à fait, elle faisait confiance à son jugement.

— Très bien, dit-elle en lui rendant l'immonde bout de papier du bout des doigts. Si c'est ce que vous souhaitez.

— J'en parlerai à l'inspecteur-chef ce matin, promit Rozie. En attendant, désirez-vous que je vous informe de ce que m'a appris Mr Harvie ? Hier, il était très en verve, mais je ne sais pas à quel point ce qu'il a révélé nous sera utile ou non.

La reine appréciait au plus haut point le professionnalisme et le calme de la jeune femme. Quel dommage que le plaisir de ce bref séjour ait été gâché dès son retour par cette satanée lettre. Mais dans l'intérêt de tout le monde, Rozie resta concentrée sur leur sujet principal.

Et, a priori, Sholto avait bien fait de lui parler du trafic de biens endommagés.

— Pensez-vous que cela pourrait expliquer la disparition de votre tableau ? demanda la jeune femme, une fois son résumé terminé.

— Oui, c'est exactement ce qui a dû se produire. On l'aura laissé traîner quelque part pendant mon absence… Si quelqu'un est tombé dessus et s'est dit qu'il ne manquerait à personne… Pour peu que celui qui l'a pris n'ait eu aucune idée de sa provenance…

— Voulez-vous que je cherche qui officiait au service des travaux dans les années 1980 et vérifie si certains employés sont toujours parmi nous ?

— Oui, si vous le pouvez, merci. Je me dis aussi qu'il pourrait être intéressant qu'une petite rumeur au sujet de ce « trafic de biens endommagés » se mette à circuler et parvienne jusqu'aux oreilles de sir James. Théoriquement, les problèmes de cet ordre relèvent de ses attributions.

— Je vais voir ce que je peux faire, Madame.

— Bien entendu, il ne faut pas que vous soyez à l'origine de cette rumeur, Rozie.

— Je peux toujours confier à sir Simon que j'ai entendu une conversation à la cantine. Il ne pourra pas s'empêcher d'en parler à sir James. C'est impossible qu'il n'en fasse rien.

— En effet. Ces deux-là s'entendent comme larrons en foire.

Rozie retourna à son bureau et la reine se replongea dans ses pensées. Elle s'occuperait de cette histoire de trafic de biens endommagés plus tard. Pour l'instant, le problème le plus immédiat, c'était le corbeau.

Si Rozie avait reçu des lettres anonymes, existait-il

d'autres victimes qu'on ne soupçonnait pas ? Cette question la tourmentait depuis le début. D'autre part, le croquis de poignard était très inquiétant : si le corbeau était l'individu qui avait harcelé Mary, sa secrétaire particulière n'était-elle pas, elle aussi, en danger ?

La reine essayait de se concentrer sur l'emploi du temps chargé de sa journée – et tous les représentants religieux qu'elle devait rencontrer –, mais son esprit ne cessait de vagabonder.

Est-ce un raciste ? Un misogyne ? Les deux ? D'ailleurs, est-ce un homme ? Ou plusieurs ? Ah, oui ! Un détail l'avait interpellée dans le récit de Rozie. « Trois jours avant votre retour d'Écosse. » Jusqu'à présent, la reine avait supposé qu'il ne pouvait y avoir qu'un seul individu derrière tout ça. Quelqu'un qui serait parti de Londres avec le deuxième convoi d'employés, début septembre, et s'en serait pris à Mrs Harris une fois sur place. Tout semblait abonder dans ce sens… si ce n'est que la personne qui avait lacéré les vêtements chéris de Cynthia Harris à Balmoral (mais qui peut bien faire une chose pareille ?) ne pouvait pas être le même jour en train de déposer une lettre raciste pour Rozie au palais de Buckingham.

Quand l'inspecteur-chef lui avait relaté le dernier acte de vandalisme dont Mrs Harris avait été victime, la reine avait retenu qu'il s'était produit l'horrible après-midi où il avait fallu inhumer Holly. Donc, si Rozie avait reçu sa lettre à la même date, trois jours avant son départ de Balmoral, les deux agressions ne s'étaient produites qu'à quelques heures d'intervalle. Certes, il lui aurait été possible, à elle, de commettre les deux méfaits. Mais tout le monde n'avait pas un hélicoptère à disposition.

Lorsque sa mère allait sur ses vieux jours, Sa Majesté avait visionné beaucoup de films policiers avec elle et savait donc qu'il n'était pas rare que des criminels copient les modes opératoires des autres. Était-ce le cas ici ? Après avoir appris ce qui arrivait à Mrs Harris, Mrs Baxter et Mary Van Machin, quelqu'un avait-il décidé de faire subir la même chose à Rozie ? Ou bien Cynthia Harris avait-elle été la cible de plusieurs personnes ? Beaucoup de gens la détestaient. La Maison royale avait été plus intriguée que dévastée par sa mort. N'étant elle-même pas de toute première jeunesse, la reine avait trouvé ce manque de compassion généralisé quelque peu alarmant.

Au moins, Mary Van Bidule (il fallait absolument qu'elle retienne son nom) était désormais hors de danger dans le Shropshire. Enfin, il fallait espérer qu'elle l'était. Mais elle ne le serait pas totalement tant que l'affaire ne serait pas résolue. La reine avait beau être certaine qu'il y avait un lien entre tous ces faits, elle n'arrivait pas à mettre le doigt dessus. Une haine des femmes, de toute évidence… mais il y avait autre chose.

Un souvenir lui revint soudain. La voix androgyne qu'elle avait entendue dire « Tu crois que j'en ai quelque chose à foutre de ce que ça lui fait ? » alors qu'elle était cachée dans l'armoire aux senteurs de cèdre. L'un des deux interlocuteurs était en train de remettre à l'autre quelque chose à distribuer. Des lettres ?

Dans ce cas, celui à qui on les avait remises n'était autre que Spike Milligan. Arrivé à Balmoral avec le deuxième convoi d'employés, il ne pouvait pas avoir donné sa lettre à Rozie. En revanche, il savait peut-être qui l'avait fait.

Elle se nota de demander à l'inspecteur-chef de se renseigner. Enfin… dès qu'elle aurait trouvé comment ne pas avoir à lui révéler où elle se trouvait quand elle avait surpris cette conversation.

CHAPITRE 16

À l'armée, Rozie avait appris à démonter et remonter un fusil d'assaut les yeux fermés en moins de trente secondes, à courir trente kilomètres en rangers sans avoir d'ampoules, à survivre en milieu naturel dans l'Arctique ou le massif montagneux des Brecon Beacons… et à gérer le racisme et la misogynie ordinaires sans perdre le sourire. Une femme noire ne passe pas trois ans dans les forces armées sans développer quelques mécanismes de défense. Elle refusait donc de se laisser atteindre par un ou deux gribouillis. Même si l'un d'entre eux représentait un couteau de combat.

Hélas, son cerveau indocile n'arrêtait pas de déterrer des souvenirs : des domestiques du palais lui lançant des regards bizarres ; la regrettable inaptitude de Mrs Harris à lui serrer la main ; une inconnue à la cantine lui déclarant « Bien sûr, j'ai des tas d'amis en Afrique, ils sont tous tellement intelligents » ; l'inspecteur des tableaux de la collection royale, Neil Hudson, lui lançant « Grands dieux, vous êtes magnifique ! Une vraie reine de Nubie » en la voyant sortir de l'eau à la piscine.

Réalisait-il seulement à quel point de telles paroles étaient racistes ? Ce que ça dénotait ? Sur le moment, elle avait préféré laisser couler. Se pourrait-il que Neil Hudson – l'homme au gilet cuivré qu'on s'attendait à voir écrire avec une plume – soit du genre à dessiner un couteau de combat ? À moins qu'il n'ait plutôt opté pour un poignard ou un sabre ?

Pourrait-il seulement être l'auteur de ces lettres, Rozie ?

Si elle n'enterrait pas de nouveau tout ça pour continuer à vivre comme si de rien n'était, elle risquait de devenir folle. Elle ne pouvait même pas accepter l'idée d'en parler à sa sœur, elle qui était justement psychologue. De toute façon, si elle le faisait, cela rendrait tout encore plus réel, et c'était la dernière chose dont elle avait besoin.

Une semaine plus tard, après une journée relativement remplie, la reine regardait le journal du soir avec sa dame de compagnie en sirotant son gin Dubonnet dans le salon privé. Les nouvelles n'avaient rien de réjouissant. Contrairement à ce que d'aucuns essaieraient de lui faire croire par la suite, Theresa May était loin d'avoir fait un tabac à Bruxelles. Sur les images télévisées, elle avait l'air de la fille avec qui personne ne veut jouer à la fête de l'école, celle qui reste seule dans son coin en prétendant que c'est volontaire. Aux États-Unis, lors d'un débat, Donald Trump avait traité Hillary Clinton de « méchante femme ». Le monde politique avait-il donc perdu toute dignité ? Qu'était-il advenu du talent oratoire d'un Kennedy ou d'un Lyndon B. Johnson ? Mrs Clinton semblait bien s'en sortir, mais la reine ne lui enviait pas les épuisantes investigations auxquelles sa personne était soumise en permanence. Sa Majesté trouvait que le niveau de ces élections baissait de jour en jour.

Mais son opinion n'était pas requise en la matière. Elle ne pouvait qu'observer et attendre.

Son attention s'égara un bref instant sur la lampe qui se trouvait derrière le téléviseur. Constituée d'un abat-jour en soie sur un pied en bois basique datant de la guerre, elle diffusait une lumière qui vacillait un peu, ce qui était assez agaçant. L'installation électrique réservait parfois quelques surprises. Dans dix ans, tout serait réparé. Mais pour cela, il lui faudrait résider quelque temps à Windsor ou dans l'aile Est afin de libérer ses appartements pour les ouvriers. Pour l'instant, elle attendait toujours que sir James vienne lui parler du trafic de biens endommagés. Allait-on tout récupérer ou bien certains petits objets resteraient-ils « endommagés » ou « perdus » à jamais ? Et, le cas échéant, pourrait-elle faire confiance à la personne qui lui annoncerait la mauvaise nouvelle ? C'était ce qu'elle aurait fait d'emblée jusqu'à présent, mais tout était différent depuis que Rozie lui avait fait part des révélations de Sholto Harvie.

Cela dit, dans dix ans, elle serait centenaire. Peut-être tout cela n'aurait-il plus guère d'importance à ses yeux. Elle en doutait fort, cependant. À100 ans, sa mère ne lâchait rien. Elle aurait été furieuse si un objet auquel elle était attachée avait été porté manquant.

— Vous en prendrez un autre ?

La reine revint dans le présent. Lady Caroline était en train d'agiter son verre vide, mais le sien était encore à moitié plein.

— Pas tout de suite. J'étais ailleurs.

— Oui, je vois ça. Vous vous faites du souci à cause de Mrs Harris ? Ou du corbeau ?

Elle ne pensait ni à l'une ni à l'autre mais elle aurait été gênée de lui avouer que c'était l'électricité qui la préoccupait.

— Mmm, se contenta-t-elle de répondre avec un hochement de tête.

— Tellement affreux, poursuivit lady Caroline. Comment s'en sort ce sympathique policier ? Strong, c'est bien ça ? Je suis certaine qu'il est très apprécié du personnel. Poli et discret.

— Ah, bien ! fit la reine, ravie d'entendre quelque chose de positif. C'est ce que je lui ai demandé. Il est très diligent. Et il ne s'arrête pas une minute.

— C'est encourageant !

— Pas tant que ça, avoua la reine à contrecœur. Sa dernière piste n'a abouti à rien.

Elle n'allait pas lui révéler que c'était elle qui l'avait lancé sur cette voie. Elle avait placé de grands espoirs dans l'interrogatoire de Spike Milligan mais, apparemment, celui-ci avait tout nié en bloc.

— Ah, mince, fit lady Caroline tout en fixant son verre, l'air dépité.

La reine sonna pour que son page le lui remplisse mais cela ne sembla pas délivrer la dame de compagnie de ses préoccupations.

— Ces malheureux événements me rappellent l'époque où j'étais écolière.

— Ah bon ? s'étonna la reine.

— Oui. Je n'ai pas arrêté d'y penser depuis que vous m'avez parlé de cette affaire. Une sale histoire qui a duré presque toute une année. Nous n'étions que des gamines de 11 ou 12 ans à qui leurs poneys et leurs mamans manquaient mais qui essayaient de se montrer courageuses. Et, pour la plupart, nous l'étions. En fait, l'internat ne me déplaisait pas, mais certaines filles le vivaient très mal. Une en particulier. Peggy Thornicroft, pour qui c'était terrible, insoutenable.

— Juste ciel, fit la reine, espérant un changement de sujet, car celui-ci était plutôt déprimant et s'annonçait mal.

Sa bonne humeur était déjà suffisamment mise à rude épreuve en ce moment, non ? Mais lady Caroline était déjà lancée et elle ne prêta pas attention au ton de Sa Majesté. Cette dernière continua donc à siroter son gin et prit son mal en patience.

— Ç'a été très, très dur, poursuivit lady Caroline. Nous en avons toutes souffert. Car, bien entendu, nous étions toutes soupçonnées. Alors que nous étions sincèrement tristes pour elle.

— Soupçonnées de quoi ? lui demanda la reine. Quel était le problème ?

Caroline fouilla dans ses souvenirs.

— Tout a commencé avec un lit en portefeuille, si je me souviens bien. Quelque chose de très innocent – vous savez, on essaie de se coucher mais le drap est plié en deux et on ne peut pas étendre ses jambes. Ou peut-être que quelqu'un avait mis de l'eau dans son lit. Nous l'avions aidée à changer les draps. Mais après, son courrier s'est mis à disparaître. Peggy en était vraiment bouleversée. Elle avait une mère attentionnée qui lui écrivait au moins une fois par semaine, mais les nouvelles lettres n'arrivaient plus et on lui avait volé les anciennes. Elle était à la limite de la folie. Tous nos casiers ont été inspectés, mais je crois me souvenir qu'on a tout retrouvé au fond des toilettes.

— Pauvre enfant. Comment était-elle, d'ailleurs ?

— Peggy ? demanda lady Caroline en faisant une drôle de moue. Euh, pas très aimable, disons. Je ne me souviens pas très bien d'elle. Elle est partie au bout d'un an ou deux. Elle n'était ni d'une intelligence exceptionnelle ni d'une bêtise crasse. Avec ses nattes brunes, elle avait un joli petit minois. Mais n'était-ce pas vrai de nous toutes ? Je me souviens qu'elle était précoce, physiquement. La pauvre avait eu ses règles tôt. Elle sentait… enfin, vous voyez… les odeurs corporelles. Elle avait aussi des boutons. Rien de trop affreux mais je crois qu'elle le vivait mal. Elle était très douée en théâtre, mais comme personne ne s'y intéressait trop au pensionnat...

— Et que s'est-il passé ? A-t-on retrouvé le voleur de lettres ?

— Oh, mais ça n'a fait qu'empirer. Et c'est ce qui m'a fait penser à Cynthia Harris. Peggy s'est aussi mise à recevoir des lettres anonymes. Dans son lit, dans son casier, et même jusque dans la poche de son blazer. Je n'ai jamais trop su ce qu'elles contenaient, mais on nous avait laissé entendre qu'elles étaient effrayantes. Au bout d'un moment, ils ont fait venir la police et nous avons dû donner des échantillons de notre écriture. Ils ont interrogé toutes les élèves et le personnel. C'était on ne peut plus sérieux et terrifiant. Et puis son lapin, ou son nounours – bref, l'animal en peluche avec lequel elle dormait –, a disparu. On l'a retrouvé quelques jours plus tard, en pièces et partiellement calciné.

— Non !

— Je sais. Cet objet avait une grande valeur sentimentale pour elle. Comme dans le cas de Mrs Harris. Après ça, un des jardiniers a été sérieusement soupçonné. Mais nous, nous pensions toutes que ça venait de quelqu'un de son dortoir. Et puis, pour couronner le tout, il y a eu le cochon d'Inde.

La reine sentit son cœur flancher.

— Le cochon d'Inde... ?

— Nous avions le droit d'apporter de petits animaux de compagnie – de ceux que l'on peut laisser en cage. On les gardait dans une écurie reconvertie, derrière le bâtiment des terminales, où nous pouvions nous rendre avant ou après la classe... Avec tout ce qui lui arrivait, vous imaginez bien que Peggy était d'autant plus attachée à son cochon d'Inde. Je me souviens encore de cette mignonne petite boule de poils. Pas si petite que ça, en fait… Un jour, on l'a trouvée au fond de sa cage, le cou tordu.

— Oh !

— Je sais, c'est affreux, conclut lady Caroline en voyant l'expression choquée de la reine.

— Abominable, confirma Sa Majesté. A-t-on trouvé le coupable ?

— Oui. Pas les policiers, remarquez. Nous avions bien trop peur de leur uniforme et de leur air sévère pour leur parler. Mais notre directrice a fait venir un gentil petit monsieur. Je pense c'était un prêtre, même s'il ne se comportait pas comme tel, si vous voyez ce que je veux dire. Je ne me rappelle plus son nom. Un homme très calme et sympathique qui se contentait plus ou moins de traîner un peu partout et de discuter avec tout le monde. On ne se rendait même pas compte qu'il parlait de Peggy. Je ne crois pas lui avoir appris quoi que ce soit d'utile. En tout cas, au bout de deux jours, il avait tout résolu…

— Et ?

Lady Caroline écarta théâtralement les bras.

— C'était Peggy !

— La fillette elle-même ?

— Absolument, dit la dame de compagnie en haussant les épaules. Quelle étrange histoire, non ? À l'époque, ç'a été très difficile à vivre. Tellement déconcertant. Je ne sais pas comment s'y est pris ce petit prêtre, mais Peggy lui a tout avoué. Elle voulait qu'on s'intéresse à elle. On peut dire qu'elle a réussi ! On n'a pratiquement parlé que d'elle pendant un an. Ma mère rabâchait sans cesse qu'elle devait être très malheureuse chez elle. Mais nous n'avons jamais su le fin mot de l'histoire. Ses parents sont venus la chercher, et elle était de nouveau là le trimestre suivant.

— Vraiment ?

— Oui. Et nous n'en avons plus jamais reparlé. Nous nous sommes toutes efforcées d'être plus gentilles avec elle. De toute évidence, cette fille avait des problèmes psychologiques. Quand on pense à ce pauvre petit cochon d'Inde et à ce qu'il a dû falloir faire pour…

Les deux amoureuses des animaux se regardèrent, parcourues d'un frisson.

— Comment tout cela s'est-il fini ? demanda Sa Majesté.

— Je ne sais pas trop, admit lady Caroline. Des années plus tard, j'ai essayé de la retrouver sur Facebook. Je suis tombée sur une fille du même nom qui aurait pu être elle, avec plein de photos de sa joyeuse petite famille, en train de faire du bateau, l'air tout à fait normal. Mais Peggy aurait sûrement changé de nom de famille en se mariant. Alors je ne sais pas trop. Elle ne précisait pas où elle était allée à l'école – ce qui, selon moi, indiquait que ça pouvait être elle. Il me paraît évident qu'elle ne doit pas avoir envie qu'on la retrouve et qu'on lui rappelle cette histoire.

— En effet, j'imagine que non.

— Bonté divine, mais je m'éparpille. Et ça n'a aucun intérêt. Je suis vraiment désolée, Madame.

— Vous n'avez pas à l'être.

— C'était un peu macabre.

— Oui. Mais la nature humaine n'est-elle pas fascinante ?

— C'est certain, confirma lady Caroline.

Le journal télévisé était terminé et avait laissé place à un jeu. Elles regardèrent le début puis allèrent se coucher.

Adossée contre ses oreillers pour rédiger son journal, la reine pensait encore à Peggy Thornicroft. Lady Caroline s'était confondue en excuses, persuadée que son anecdote n'avait « aucun intérêt ». Mais sa souveraine ne partageait pas cet avis.

CHAPITRE 17

— Ainsi, Madame, vous suggérez que Cynthia Harris se serait elle-même écrit ces lettres ? Et qu'elle aurait lacéré ses propres vêtements ?

Malgré ses efforts pour le cacher à l'autre bout du fil, un grand scepticisme transparaissait dans la voix de l'inspecteur-chef Strong.

— Je dis seulement que ce serait possible, précisa la reine depuis son bureau de Windsor, où elle passait le week-end comme à son habitude.

— Nous avons bien entendu envisagé cette éventualité. Ce sont des choses qui arrivent. Mais il s'agirait là d'un cas tout ce qu'il y a de plus extrême.

— C'est certain, admit la reine. Mais je vois un certain nombre de raisons pour lesquelles Mrs Harris aurait pu rechercher plus d'attention et de compassion. Tout comme la camarade d'école de lady Caroline, elle se savait peu appréciée, et même haïe. Après avoir été rappelée pendant sa retraite, elle voulait peut-être juste empêcher que le grand-maître de la Maison royale ne la renvoie pour de bon.

— En tout cas, maintenant, tout le monde s'intéresse à elle, c'est sûr, admit Strong avec un enthousiasme modéré.

— Puisque certaines personnes en viennent à s'infliger

de telles horreurs, je me demande simplement si ce n'est pas ce qui lui est arrivé. Vous n'avez pas réussi à établir qui aurait pu avoir eu vent de son avortement, si ?

— Euh… non, Madame. Excusez-moi.

Le policier fut pris d'une quinte de toux. Était-ce parce qu'elle avait prononcé le mot « avortement » ? Lui-même avait pourtant employé le terme dans son propre rapport, qu'il lui avait remis et commenté en personne. Parfois, c'était vraiment usant de constater que même des individus supposément sensés s'attendaient à ce qu'elle s'exprime comme une princesse médiévale dans sa tour d'ivoire. Surtout que les princesses médiévales devaient connaître le sujet aussi.

— C'est bien ce que je pensais, dit-elle.

— Admettons qu'elle ait fait ça. Que dire des autres lettres, dans ce cas ? Celles de Mrs Baxter et Miss Van Renen ? Vous pensez qu'elle aurait pu les leur envoyer pour brouiller les pistes ?

— Je ne sais pas. C'était juste une idée. Mais je m'interroge. Si elle essayait d'attirer l'attention sur elle, pourquoi faire diversion avec d'autres victimes ?

— Par pure malveillance ? Juste parce que c'était une méchante femme ?

La reine tiqua à ces mots de « méchante femme » car elle les avait entendus peu de temps auparavant, dans un autre contexte. Selon lady Caroline, Peggy Thornicroft devait être malheureuse chez elle. Sa Majesté se demandait ce qui avait pu déclencher une souffrance similaire chez Mrs Harris.

— Vous pourriez peut-être tenter de le découvrir ?

Strong lui assura qu'il le ferait.

— Cependant, elle n'aurait pas pu envoyer les lettres reçues par votre secrétaire particulière adjointe. Mauvais endroit, mauvais moment. De plus, elle était déjà morte quand Rozie a trouvé la deuxième.

— Oui, j'y ai pensé aussi. Cela rend la question de l'identité de leur expéditeur très intéressante, vous ne trouvez pas ?

Elle regretta aussitôt de ne pas avoir gardé cette remarque pour elle.

— Oui, Madame, très, approuva Strong avec conviction. S'il ne s'agit pas de la même personne, l'auteur des lettres de Rozie avait forcément vu les premières, du moins certaines d'entre elles. Mais ça, ce n'était pas bien compliqué. Pour être franc, Madame, votre service des ressources humaines est une vraie passoire. C'est donc une piste à retenir.

— Je ne sais pas du tout ce que ça vaut mais c'est fort aimable à vous de vous pencher sur la question, se hâta de conclure Sa Majesté.

Après avoir raccroché, elle poussa un long soupir. *Je dois faire plus attention*, se dit-elle. Strong lui était très utile mais il y avait certaines choses qu'il ne devait pas soupçonner. Parmi ses assistants, seule Rozie savait jusqu'où elle était prête à aller pour résoudre une énigme. L'inspecteur-chef était un professionnel. Alors qu'elle essayait juste de rendre service. Que Dieu la préserve d'être surprise à faire le travail de la police. Cela paraîtrait tout à fait déplacé.

Le dimanche matin, Rozie se leva de bonne heure et prit un bus pour Portobello Green. Elle avait toujours aimé le marché aux puces du quartier, avec ses vêtements rétro et ses antiquités. Sur les bancs de l'école déjà, quand elle n'était pas occupée par les chevaux ou ses devoirs, elle songeait pendant des heures à ce que serait sa vie plus tard, quand elle serait adulte : les robes excentriques qu'elle porterait ; les meubles et les bibelots dont elle s'entourerait ; la magnifique collection de bijoux qu'elle posséderait. Sa visite chez Sholto Harvie le week-end précédent n'avait fait que préciser et intensifier ces fantasmes. Toutes ces choses, elle voulait les toucher, les sentir, savoir en évaluer la valeur. Au moins s'offrir le manteau parfait. Ou un coussin vintage. Un acompte sur ses rêves.

Mais aujourd'hui rien ne lui convenait vraiment et, de toute façon, ce n'était pas la véritable raison de sa venue dans le quartier. Après une heure de lèche-vitrines, elle acheta un bouquet de dahlias à l'étal d'un fleuriste. Dans son sac se trouvaient un bocal de soupe de poulet qu'elle avait mendié aux cuisines du palais et une grande boîte de chocolats Roses. Sa mère lui avait appris à ne jamais rendre visite à un malade sans chocolats Roses.

Le pâté d'immeubles vers lequel elle se dirigeait lui était familier car il était situé entre une rue passante et l'école qu'elle avait fréquentée vingt ans plus tôt. Ses oreilles s'étaient dressées le vendredi précédent quand elle avait entendu deux femmes de ménage préciser où habitait Lulu Arantes.

— Elle a parlé d'un gros accident à Vincent House.

— À Pimlico ?

— Non, Ladbroke Grove. Elle a dévalé tout un escalier. Et *vlan* ! Pile sur l'épaule. Oui, *la même*. Elle s'est de nouveau cassé la clavicule. Avec deux yeux au beurre noir en prime. Elle a dit qu'elle serait de retour lundi. Mais t'y crois vraiment, toi ?

Rozie, elle, n'y croyait pas. Même pour Lulu, venir au travail avec une clavicule cassée, c'était de la pure folie.

S'étant procuré son numéro de téléphone auprès

d'une de ses collègues, elle lui avait demandé par SMS si elle pouvait lui rendre une petite visite. Elle avait précisé que sa mère vivait tout près (ce qui était vrai) et qu'elle devait justement passer la voir (ce qui était un mensonge éhonté). Lulu avait répondu que cela lui ferait plaisir.

Rozie avait comme un mauvais pressentiment.

Elle avait si souvent arpenté ces rues quand elle n'était encore qu'une écolière à tresses. À cette époque, le pire qui pouvait lui arriver était d'oublier de faire ses devoirs ou d'aller à l'église avec les mauvaises chaussures. Mais aujourd'hui de sombres pensées l'envahissaient. Tout ou presque était de mauvais augure. Cynthia Harris était morte. Mary Van Renen avait tellement peur qu'elle avait quitté Londres. La cousine de la belle-sœur de Lulu avait été tuée à coups de marteau par son ex-mari. Et l'image de l'élégant mais redoutable couteau de combat dessiné avec tant de précision, jusqu'aux rainures de la poignée, restait toujours dans un coin de sa tête.

Lulu était-elle réellement tombée dans l'escalier ? Était-ce cela qui avait causé ses deux coquards ? Avec qui vivait-elle ? Certes, elles ne se voyaient jamais en dehors du travail et toutes ces choses ne regardaient pas vraiment Rozie. Pourtant, ce qu'elle ressentait au creux de son ventre signifiait peut-être que si. Et si elle se trompait, il y aurait toujours les chocolats Roses.

Quand elle frappa, la porte s'ouvrit sur un monsieur âgé aux cheveux anormalement noirs, très élégant dans son pantalon en toile et sa chemise en coton ajustée. Il avait certainement été grand, mais désormais il lui fallait étirer un peu le cou pour regarder Rozie dans les yeux.

— Oui ? fit-t-il d'une voix rauque, l'air à la fois curieux et méfiant.

— Je m'appelle Rozie Oshodi. Je travaille avec Lulu au palais. Elle sait que je dois passer.

Le visage de l'homme s'illumina aussitôt.

— Ah, le palais ! Entrez, entrez. Je suis sûr qu'elle sera ravie de vous voir. Elle est au lit. Elle veut sans arrêt se lever et se déplacer, mais on voit bien que le moindre mouvement lui fait mal. Pas moyen qu'elle reste tranquille. Essayez de la convaincre si vous le pouvez, d'accord ?

Rozie promit. Elle commença à se détendre un peu tandis qu'elle suivait l'homme à travers le logement exigu. Elle se disait qu'elle aurait plutôt imaginé Lulu avec un compagnon musclé et en marcel. Pas du tout avec quelqu'un comme ça. En fait, elle ne savait rien du tout de la situation de cette femme. Au diable ses préjugés.

Lulu était assise dans son lit, dans une chambre simple et lumineuse, décorée dans des tons jaunes et verts. Il y avait une table couverte de magazines et des raisins à portée de main. Lorsque le vieil homme s'éloigna, elle sourit à Rozie.

— C'est Max, expliqua-t-elle. Il vit avec moi. Enfin, c'est plutôt moi qui vis avec lui, c'est son appartement. Et il prend soin de moi comme un pro. Il est tellement adorable. Oh, du bouillon ! Et des chocolats ! Et des fleurs ! Vous n'auriez pas dû. Ce n'était même pas la peine de venir. Je vais très bien !

Rozie prit place sur une chaise qui se trouvait là. Lulu était aussi bavarde que d'habitude, mais elle avait des cernes noirs sous les yeux et son visage se crispait chaque fois qu'elle bougeait. Rozie réussit à lui faire avouer qu'elle s'était aussi fêlé trois côtes.

— Dans l'escalier ?

Lulu soupira, grimaça et hocha la tête.

— Eh, oui ! Je ne sais pas ce qui cloche chez moi. Je crois que j'étais en train de penser à mon épaule. Je portais un gros sac de courses bien lourd. J'ai essayé d'agripper la rampe, je l'ai ratée et je suis partie en arrière. Mais là, je me suis retournée et j'ai atterri sur le visage. Le réflexe idiot.

— Ça s'est passé où ?

— Juste devant l'appartement, intervint Max, qui venait d'apparaître à la porte avec un plateau chargé de tout ce qu'il fallait pour le thé. J'ai entendu un cri, j'ai foncé et je l'ai trouvée là, à plat ventre, les bras écartés. Il était évident qu'elle s'était fait très mal. Pour une fois, elle m'a laissé appeler une ambulance. Alors qu'en général, c'est toujours hors de question. Pas vrai, ma chérie ?

Il posa le plateau par terre, rangea quelques magazines pour lui faire de la place et signala qu'il fallait attendre que le thé infuse un peu. Rozie leur demanda comment ils s'étaient rencontrés.

— Je connais Lulu depuis qu'elle est bébé, pas vrai, ma chérie ? C'est la fille de ma sœur, et ma filleule aussi.

Il s'agissait donc de son oncle. En tout cas, ces deux-là avaient l'air très complices.

— Nous avons toujours été proches, pas vrai ? dit Max.

— C'était, de loin, le plus cool de mes oncles. Il m'emmenait danser.

— Vous paraissez surprise, Rozie, enchaîna Max. Le Lindy Hop, ça vous dit quelque chose ? C'est une danse des années 1940, très dynamique. Il faut nous voir, moi avec mes guêtres et mon pantalon à pinces, et Lulu avec sa robe corolle. Même si, pour Lulu, c'est une activité dangereuse. Pas vrai, ma chérie ?

— Je ne sais pas comment je me débrouille, je n'arrête pas de me cogner, sourit Lulu. Et pas que moi, d'ailleurs. L'autre jour, j'ai collé un œil au beurre noir à mon cavalier. Et je suis déjà tombée sur toi, pas vrai ?

— Plus d'une fois. Mais, Rozie, parlez-moi du palais. Lulu en a ras le bol de mes questions. Quels sont les derniers potins ?

Lulu éclata de rire.

— Max a été majordome à la Maison royale, je vous l'ai déjà dit ? C'est pour ça que j'y suis entrée aussi.

— Mais ça fait dix ans que je suis *hors de combat**, ajouta-t-il avec malice.

Après une demi-heure à évoquer tout ce qui avait changé depuis son départ, Max avait le regard embué.

— Ça me manque tous les jours.

— Permettez-moi d'en douter, s'esclaffa Rozie. Vous avez dû travailler incroyablement dur.

— Oh ça, c'est sûr, répondit le vieil homme, les yeux étincelants. Comme chacun d'entre nous. C'est le cas de Lulu aussi. Pas vrai, ma chérie ? Mais aussi quelle fierté. Où auriez-vous le privilège d'effectuer un tel travail entouré de gens que vous aimez et en qui vous avez toute confiance, hein ? Dites-moi.

Ce n'était pas vraiment ce que ressentait Rozie en ce moment, mais elle hocha malgré tout la tête.

— Bien sûr, il y a eu cette mort horrible, poursuivit-il. Ces deux morts, en fait : une à Windsor, l'autre à Buckingham. Je suis sûr que vous en savez beaucoup plus à ce sujet que vous ne voulez bien le dire.

— Je ne sais rien du tout, répondit Rozie du tac au tac.

Max leva légèrement un sourcil.

— C'est ce que vous êtes censée répondre, n'est-ce

pas ? Je ne vais pas insister. Je connaissais Cynthia, bien entendu. Je ne pourrais pas dire que je l'appréciais, mais on ne peut qu'avoir de la peine pour elle.

Rozie se remémorait l'horrible femme qu'elle avait vue mal parler à Mary Van Renen à la cantine.

— Elle a connu une telle dégringolade. Passer d'un poste à la collection royale à femme de chambre… Je crois qu'elle avait commencé comme restauratrice de tableaux, quelque chose dans ce genre. En tout cas, je me souviens qu'elle avait un diplôme d'art. Et qu'elle a brièvement été fiancée au patron du service des travaux. Comment s'appelait-il, déjà ? Non, pas moyen de me rappeler. Encore un dont je ne raffolais pas, d'ailleurs. Mais elle n'a pas baissé les bras, on ne peut pas lui enlever ça. Elle a appris le métier sans broncher, jusqu'à devenir d'une redoutable efficacité. Personne n'a jamais remis son travail en question. Par contre, elle n'était pas très agréable. Vous voyez ce que je veux dire ?

— Une vraie garce, oui ! s'exclama Lulu. Une peau de vache de première. Et je me fiche de son passé malheureux. Elle aurait dû serrer les dents et passer à autre chose.

— Je…

Rozie sentait qu'ils attendaient tous les deux qu'elle fasse un commentaire. Mais rien ne lui venait à l'esprit. Tant d'informations nouvelles lui étaient parvenues d'un coup, il lui tardait de partir pour pouvoir démêler tout ça.

— Je suis sincèrement désolée mais il faut que j'y aille, merci pour votre accueil. Ravie d'avoir fait votre connaissance, Max. J'ai assez abusé de votre temps, Lulu.

C'était la vérité. La convalescente avait beau protester, les marques qui s'assombrissaient sous ses yeux et ses épaules qui s'affaissaient la trahissaient. Max promit de faire chauffer le bouillon le soir même, quand elle aurait fait sa sieste. Rozie repartit, songeant que son mauvais pressentiment de tout à l'heure était injustifié mais qu'elle avait désormais une autre raison de se sentir mal à l'aise.

CHAPITRE 18

Grace Oshodi avait cuisiné. C'était tout à fait normal pour un dimanche, et tout aussi normal qu'il y en ait plus qu'assez, même en comptant Rozie qui n'était pourtant pas attendue. La jeune femme avait besoin de réfléchir et elle pensait mieux l'estomac plein. En tout cas, elle en était convaincue. Elle se trouvait à six rues de la maison familiale et les festins que servait sa mère après la messe étaient légendaires.

Après avoir téléphoné pour annoncer son arrivée, elle profita de sa marche jusqu'à Lancaster Road pour faire un peu de maths. D'après son dossier, Cynthia Harris avait 63 ans. Si elle était arrivée à la Maison royale vers 22 ans, juste après les beaux-arts (en se fiant aux informations de Max), elle avait pu y entrer au plus tôt en... 1975. Rozie fit encore un peu de calcul mental... Ça se tenait. Ça correspondait. En revanche, ça n'apportait pas de réponse aux questions qui la titillaient et bourdonnaient dans sa tête.

Quand a-t-elle officié au service des travaux ? Pourquoi personne n'a-t-il rien dit ? persistait à demander une petite voix dans son cerveau.

Mais elle fit un effort pour l'ignorer et acheta un nouveau bouquet coloré – pour sa mère, cette fois – et une bonne bouteille de vin.

Pendant les fantastiques quarante minutes qui suivirent son arrivée, ce fut comme si elle n'avait jamais quitté la maison.

Dans la salle à manger – qui accueillait un piano droit, trois guitares, deux hautes bibliothèques et une petite télé –, huit couverts étaient disposés tant bien que mal sur une table pour six. Les convives étaient en train de se servir. Des arômes de curry et de poivron émanaient de la minuscule cuisine, où sa mère concoctait un dimanche sur deux des plats assez copieux pour nourrir cinq mille personnes. Elle alternait avec tante Bea, sa sœur, qui était là avec son mari Geoff et leurs fils Ralph et Mikey, que Rozie et Fliss considéraient comme leurs frères. Le père de Rozie, Joe, était assis en bout de table, les yeux rivés sur un match de rugby qu'il regardait sans le son. À sa droite se trouvait une jeune femme que Rozie n'avait encore jamais vue.

Cela n'avait rien d'inhabituel. De la même façon que son père collectionnait les guitares, les vinyles de musique dansante des années 1950 et les anciennes cartes de métro – dont il laissait traîner des exemplaires d'un bout à l'autre de l'appartement –, sa mère collectionnait les gens. Aux yeux de Grace Oshodi, si une tablée dominicale ne comptait pas au moins un vieil ami ou une nouvelle connaissance, c'était une opportunité manquée doublée d'un affront à la générosité divine. Sur ce point, Rozie trouvait que sa mère ressemblait à la reine, du moins quand celle-ci se trouvait à Balmoral ou à Windsor : il n'y en avait que pour le partage, l'accueil et le contact humain. Si le travail le permettait, l'une comme l'autre étaient des femmes très sociables qui aimaient bien rire.

L'invitée surprise du jour était une étudiante du nom de Yeshi Choen, venue du Bhoutan pour passer une maîtrise d'histoire politique à la London School of Economics. Elle leva à peine les yeux de son plat quand Grace annonça : « Ma fille, Rosemary », ce qui convenait parfaitement à l'intéressée. Cela signifiait qu'elle pouvait d'emblée prendre des nouvelles de ses cousins tout en remplissant son assiette de riz et de ragoût de bœuf. Une fois casée sur un siège dans un coin, elle dut batailler encore afin de disposer d'un peu de place pour son coude.

— Alors, tu vois toujours Janette ? demanda-t-elle à Mikey, à sa droite, tout en se félicitant intérieurement de s'être souvenue du prénom de sa copine.

— Mmm, marmonna-t-il en finissant d'avaler une bouchée de ragoût. Et toi ? Toujours les affres du célibat ?

— Eh oui.

— N'embêtez pas cette pauvre petite, lança Grace d'un ton enjoué.

— Qu'on ne l'embête pas ? Tu sais très bien que c'est pour ça qu'elle a été mise sur Terre ! Si on ne peut même plus l'embêter, à quoi bon ? Toi, tu lui rabâches bien sans arrêt que tu avais déjà deux enfants à son âge, non ?

— Je n'ai jamais rien dit de tel, déclara Grace l'air innocent, déclenchant l'hilarité générale.

Tandis que des montagnes de bœuf, de riz wolof, de haricots mijotés et de bananes plantain frites disparaissaient dans des bouches affamées, Rozie commençait à se détendre. À mesure que les estomacs se remplissaient, le rythme frénétique des coups de mâchoires finit par se calmer. Même Ralph, pourtant connu pour les quantités de riz qu'il était capable d'engloutir, refusa une quatrième assiette.

— Alors, Rozie ? demanda-t-il en se reculant sur sa chaise. Quoi de neuf, au palais ? Des choses qu'on devrait savoir ?

— Pas vraiment, dit Rozie d'un ton léger. Le train-train.

— Tu es célèbre maintenant, tu sais ? lui lança-t-il, un brin provocateur.

— Pas du tout, lui assura-t-elle.

— Si, tu es sur Wikipédia. Avec ta foutue page à toi. Je t'ai cherchée.

— Je...

— Veuillez m'excuser, de quoi parlez-vous ? Où Rosemary travaille-t-elle ? Je ne comprends pas.

Yeshi avait fini son ragoût et les regardait avec une expression aussi polie que perplexe.

— Elle travaille pour la reine, expliqua Grace. Au palais de Buckingham. Et au château de Windsor. Là où se rend Sa Majesté.

— Je vois. Et quelle est la nature du travail qu'elle effectue ?

Yeshi ayant adressé sa question à Grace, Rozie laissa celle-ci y répondre de son mieux. Il lui tardait déjà qu'on change de sujet.

— Je vois. C'est une personne très haut placée. Je vous félicite, mademoiselle Rosemary.

Après une brève courbette, Yeshi se pencha vers Rozie en la regardant très intensément.

— Alors, je vous prie, dites-moi. Que pense votre reine du fait que le Royaume-Uni quitte l'Union européenne ?

Le cœur de Rozie se serra. Il avait fallu que cette fille étudie l'histoire politique, n'est-ce pas ? Pas les beaux-arts ou la biologie marine.

— Je crains bien de ne pouvoir vous répondre.

— L'opinion de Sa Majesté royale est importante, non ?

— La reine est neutre, expliqua Rozie. Elle est au-dessus de ce genre de fait politique. Il est important qu'elle…

— J'ai entendu dire que la reine était très contente, intervint tante Bea en se penchant à son tour au-dessus de la table. Qu'elle est pro-Brexit à fond à cause des pays du Commonwealth comme le Nigeria. J'ai lu ça sur Facebook.

— Comment tu peux le savoir ? lança Grace à sa sœur. Elle a fait un discours à ce sujet ?

— Pas besoin. C'est un de ses amis qui l'a révélé.

— Quel ami ?

Grace avait haussé le ton et ses yeux lançaient des flammes. Elle était aussi passionnément pro-européenne que royaliste (surtout depuis que Rozie avait commencé ce travail) et, dans son esprit, les deux allaient de pair.

— J'en sais rien, moi ! fit tante Bea en élevant aussi le ton. C'était anonyme.

— Ah ! Dis-lui la vérité, toi, Rozie ! s'écria Grace, l'air fier, attendant une réponse.

— Je ne peux pas ! dit Rozie, mal à l'aise. La reine suivra ce que le peuple a décidé par référendum.

— Mais c'était truqué ! explosa Grace. Et de toute façon, je ne te demande pas ce qu'elle va faire, je te demande ce qu'elle en pense.

Rozie retint un instant sa respiration. Elle n'avait pas envie de se disputer avec sa mère et elle avait déjà expliqué assez souvent qu'elle ne pouvait, ni ne voulait, s'exprimer au nom de la reine, quel que soit le sujet. C'était la première fois que sa mère la défiait de répondre.

— De toute façon, Rosemary n'en a juste aucune idée.

Tout le monde se tourna vers Joe, qui avait l'air d'un vieux sage au bout de sa table. Il leur sourit à tous, l'air satisfait. Rozie articula le mot « merci » en silence dans sa direction, mais il n'était pas intervenu par gentillesse.

— La reine a pour habitude de cacher son jeu. Elle ne confierait pas ses pensées les plus profondes à une fille comme notre Rosemary. Tu lui apportes ses boîtes et c'est tout, non ?

— Euh, je...

— Bien sûr que non ! s'emporta Grace, offusquée. Elle fait partie du cercle rapproché, maintenant. Tu ne savais pas ?

Puis elle interpella sa sœur :

— Tu ne savais pas que Rozie était allée à Saint-Barth en compagnie d'aristos avec lesquels elle a sympathisé au palais ?

— Euh, tu l'as peut-être déjà mentionné, répondit tante Bea avec un sourire sarcastique. Peut-être quarante mille fois.

— Mais non.

— Si. Et tu nous as aussi dit qu'elle avait joué au ballon avec le prince George à Pâques et prêté ses chaussures à Kate à la suite d'un incident.

— Mamaaan !

Mais Grace ignora les protestations de sa fille pour se concentrer sur sa prise de bec sororale.

— Pourtant, à l'époque, ça semblait plutôt t'intéresser, ma chère. « Oh, je me souviens de cette photo, je l'ai vue sur un site consacré aux tenues de Kate. » Tu suis les moindres faits et gestes de cette pauvre petite sur Internet.

— Pas du tout ! s'insurgea Bea.

Et la conversation dégénéra ainsi en spéculations sur la duchesse de Cambridge (qui pour Rozie s'appelait désormais « Catherine », ce qu'elle se garda bien de révéler) : combien elle était belle au Canada ; quand serait-elle de nouveau enceinte ; si elle était en bisbille avec certains membres de la famille proche ; et pourquoi elle ne semblait pas avoir de meilleure amie. Bien que connaissant la réponse à plusieurs de ces questions, Rozie les trouvait absurdes pour certaines, et toutes assez irrespectueuses. Elle était donc ravie de pouvoir rester en dehors de cette conversation. Elle en profita pour aider Mikey et Ralph à débarrasser la table en empilant soigneusement les assiettes sur l'espace réduit du plan de travail de la cuisine, comme elle le faisait depuis toute petite.

Tandis qu'elle finissait d'en faire tenir quelques-unes en équilibre sur la plaque encore tiède de la cuisinière, Mikey se tourna vers elle.

— Alors comme ça, t'es allée à Saint-Barth ?

Elle opina du chef.

— Tu m'as pas raconté !

— Pour quoi faire ?

— Ha ! Pardon, Votre Majesté, sourit-il. C'est ça, la classe. On l'a ou on l'a pas.

Elle répondit à son sourire et respira un peu plus profondément, profitant d'un moment de silence.

— Et c'est comment, du coup ? L'île ?

— Incroyable. Français. Relax. Bonne bouffe. Inabordable à t'en donner les larmes aux yeux. C'est l'idée que les très, très riches se font de la détente.

— Et tu t'es bien détendue, alors ?

— À vrai dire, oui, s'esclaffa-t-elle. Ils font ce plat avec du poisson frais qui…

Elle s'embrassa le bout des doigts.

— Ouais, ça m'a plutôt plu.

— On est en train de vous perdre, capitaine Oshodi,

lança Mikey en secouant la tête, feignant une grande inquiétude.

Rozie prit son cousin dans ses bras et lui répondit d'une voix grave, soudain très sérieuse.

— Tu ne me perdras jamais, Mikey.

Il sentit que quelque chose la tracassait et l'enlaça à son tour.

— Tout va bien, murmura-t-il. Je plaisantais. On te tient encore bien.

Il se demandait pourquoi sa cousine – officiellement la femme la plus forte qu'il ait jamais connue – le serrait comme ça.

— Allez, crache le morceau, ma fille, lui susurra-t-il en lui tapotant doucement la nuque, sentant ses épaules se soulever par à-coups. Tout va bien. Je suis là.

Elle prit une grande inspiration et recula d'un pas. La dernière fois qu'il avait vu des larmes sur ce beau minois, Rozie avait 14 ans et un élève de troisième – Patrick Stryker, le capitaine de l'équipe de foot – venait de lui briser le cœur devant toute l'école.

Elle prit ses mains dans les siennes.

— Qu'est-ce que tu vois, Mikey ?

Ne sachant pas ce qu'il était censé dire, il se contenta de secouer la tête. Mais elle attendait sa réponse.

— Qu'est-ce que tu vois ?

— Je te vois, toi, Rozie, tenta-t-il, perplexe. Qu'est-ce que je devrais voir d'autre ?

Elle le serra fort une nouvelle fois et murmura « Rien » à la seconde où Ralph entrait dans la pièce, une tour de bols dangereusement haute entre les mains.

— Qu'est-ce qui se passe ici ? Racontez-moi !

Rozie avait besoin d'être seule un moment. Mikey sortit de la petite cuisine en emmenant son frère et ferma la porte derrière eux. Regardant des enfants jouer à la balle sur le terrain communal par la minuscule fenêtre, Rozie repensa aux lettres et au dessin du couteau. Elle se jura de ne pas laisser cet enfoiré la briser.

C'était ce qu'il voulait. Mais il avait choisi la mauvaise cible et il allait le regretter. En attendant, elle s'enveloppait de l'amour de sa famille comme d'un bouclier magnétique. Maman qui se disputait avec tante Bea, papa qui n'avait jamais trop compris ce qu'elle faisait au palais, Ralph qui la houspillait toujours, Fliss qui l'*écoutait* depuis Francfort, tout ça. Elle avait mieux à faire que de le laisser l'obnubiler. Il cherchait à l'éloigner du palais ? Elle y serait encore plus présente. Puis elle allait le trouver et ne plus le lâcher. On verrait bien s'il aimerait ça.

CHAPITRE 19

La nuit tombait tôt. C'était la veille de Halloween et les boutiques devant lesquelles passait le bus qui ramenait Rozie au palais vendaient des masques et des tridents. La jeune femme remarqua que beaucoup de masques en caoutchouc représentaient des politiciens. De nos jours, pour faire peur, il fallait se déguiser en Premier ministre, en bureaucrate européen ou en candidat à une présidentielle étrangère.

Après avoir montré son laissez-passer au garde de la cour de devant, elle fila tout droit à son bureau. C'était là que se trouvait le dossier contenant tous les rapports de l'inspecteur-chef Strong. Ils étaient accompagnés des copies des lettres que Cynthia Harris avait reçues – ou s'était envoyées – ainsi que d'une succincte biographie qu'avait ajoutée le sergent Highgate après avoir investigué aux ressources humaines.

Rozie commença par éplucher les lettres. Deux d'entre elles faisaient référence aux diverses rétrogradations professionnelles de Mrs Harris.

TU ÉTAIS HAUT PLACÉE ET PUISSANTE. MAINTENANT, TU N'ES QU'UNE PAUVRE BONNICHE ; ON NE VOULAIT PAS DE TOI À SAINT-JAMES ET ON NE VEUT PAS DE TOI ICI, VIEILLE SORCIÈRE. PERSONNE NE VEUT DE TOI. VA TE FAIRE FOUTRE ET SUICIDE-TOI.

Puis venait un sommaire CV rédigé par le sergent Highgate.

BIO

Cynthia Harris, née Butterfield en 1953 à Brighton, Sussex
Maîtrise d'histoire de l'art, université d'Édimbourg
Arrivée en 1982, à 29 ans, restauratrice, collection royale, Saint-James
Promue assistante de l'inspecteur adjoint des tableaux en 1983
Mutée au service des travaux en 1985
Mutée à l'entretien en 1986. Femme de chambre ?
Promue femme de chambre senior en 1992
Promue responsable de l'équipe de nuit en 1996
Château de Windsor, 1998-2002
Femme de chambre senior à Buckingham, 2002-2016

Debout à côté de son bureau et toujours en manteau, Rozie analysa ce document un bon moment. Ainsi que l'avait dit Max, Cynthia était entrée à la Maison royale en tant que restauratrice pour la collection royale. Et, de là, elle avait fini femme de chambre ? Vraiment ? C'était Cendrillon à l'envers. Ce que le sergent Highgate ne semblait pas avoir découvert mais dont Max se souvenait, c'était que lorsqu'on l'avait mutée au service des travaux, elle s'était fiancée au directeur. De toute évidence, quelque chose avait mal tourné : s'il y avait jamais eu un « Mr Harris » à la tête de ce service, quelqu'un l'aurait signalé. Puis promotion, promotion et… envoyée au château de Windsor. Faisait-elle déjà des vagues à l'époque ?

Mais tout cela n'était que secondaire. Ce qui importait, c'étaient les dates, et c'étaient précisément elles qui posaient problème à Rozie. Cynthia Harris avait travaillé pour l'inspecteur des tableaux de la collection royale du début au milieu des années 1980. Elle avait même été assistante de l'inspecteur adjoint, nom d'un chien. Elle avait dû quitter la collection royale pour le service des travaux à peu près à l'époque où le tableau de la reine avait disparu. En fait, elle était sûrement la personne qui aurait le mieux pu l'éclairer à ce sujet l'été passé.

Mais, de tous ceux qu'elle avait interrogés, aucun n'avait ne serait-ce qu'évoqué la femme de chambre.

Évidemment, même si Rozie avait été au courant, elle n'aurait pas pu s'entretenir avec Cynthia en face à face, puisque l'une se trouvait à Balmoral quand l'autre était à Buckingham et vice versa. Elle aurait dû attendre son retour au palais en octobre. Mais à ce moment-là...

Voilà ce qui la taraudait. Elle visualisait cette femme en train de perdre l'équilibre. Le verre tombait, volait en éclats, et un tesson tranchant s'enfonçait dans sa chair, lui sectionnant l'artère tibiale. Rozie imaginait Mrs Harris étalée sur le carrelage vert, telle que la décrivait le rapport (sir Simon ne donnait jamais de détails), et le sang dégoulinant de sa plaie.

Cynthia avait-elle juste glissé pieds nus sur les dalles ? Rozie n'en avait jamais été convaincue et, visiblement, la reine non plus. Peu après la mort de la femme de chambre, elle avait convoqué un inspecteur-chef de la Met. Intuitivement, elle sentait qu'il y avait autre chose.

Rozie avait conscience d'aller un peu vite en besogne mais son impression ne la lâchait pas.

Pourquoi personne ne m'en a rien dit ?

Le lendemain matin, elle parlerait à Sa Majesté.

TROISIÈME PARTIE

Un seul être vous manque...

CHAPITRE 20

Décidément, ce mois ne semblait tourner qu'autour des affaires diplomatiques et de la mort.

De retour d'un long week-end revigorant à Windsor, la reine était sur le point de rejoindre Philip, Charles et Anne pour le déjeuner, afin d'aborder avec eux quelques problèmes de famille au sens large. Il était déjà convenu que lorsque Charles reprendrait les rênes, il faudrait dégraisser la « Firme », surtout s'agissant des apparitions publiques. Moins de visages sur le balcon face au gâteau d'anniversaire, moins d'agents de protection rapprochée. Et, donc, plus de travail pour les membres de la famille royale qui resteraient le plus en vue. Les plus importants dans la hiérarchie – ses propres enfants et les fils de Charles – étaient déjà préparés à cela, c'étaient plutôt les autres qui risquaient de faire des histoires. Ils aimaient qu'on les croie utiles… et bénéficier des avantages qui en découlaient. Il allait falloir les évincer en douceur, et Charles avait déjà dressé une liste de points à débattre.

En bas des escaliers, Sa Majesté fut interceptée par son écuyer qui lui annonça que sa secrétaire particulière adjointe souhaitait lui dire un mot et que c'était assez urgent.

— Elle a dit que c'était en rapport avec la boîte en émail, Madame.

La reine poussa un petit soupir.

— Dites-leur de garder la soupe au chaud, je fais au plus vite. Je vais la recevoir dans le salon 1844.

Elle se rendit donc aussitôt dans la pièce inoccupée la plus proche, où elle savait que personne ne pourrait les entendre une fois les portes fermées. Willow, Candy et Vulcan trottinaient joyeusement dans son sillage. En passant devant les portraits de ses ancêtres, tout de velours et d'hermine vêtus, elle se remémora le jour où elle avait offert la boîte à Rozie, à la fin de sa première enquête, pour la remercier. Si elle l'avait mentionnée, c'est qu'elle devait avoir une bonne raison.

La reine arriva au salon 1844, situé au rez-de-chaussée. C'était ici qu'elle recevait ses visiteurs les plus importants. Les murs rose pêche avaient pour vocation d'apaiser les invités anxieux, mais avec ses vingt piliers en marbre doré, ses candélabres en malachite et son mobilier Régence bleu et or, la pièce ne manquait pas d'une certaine solennité. Comme beaucoup d'autres salles du palais, elle avait plusieurs fonctions. Sa Majesté les voyait toutes comme des scènes de théâtre dont on pouvait changer le décor selon l'occasion. La veille, Philip s'était servi de celle-ci pour accueillir un banquet et, aujourd'hui, les meubles étaient alignés le long d'un mur en vue d'une réception. Par chance, elle était vide pour le moment.

— Veuillez vous assurer que nous ne serons pas dérangées, entendu ?

L'écuyer comprit par là que sa présence n'était plus requise et il alla se poster dans le couloir. Quelques intants plus tard, Rozie pénétra dans la pièce.

— Vous allez devoir faire vite. Je n'ai qu'une minute.

— Oui, Votre Majesté. C'est au sujet de Cynthia Harris.

— Tiens ?

Rozie lui résuma son entrevue de la veille et poursuivit :

— J'ai consulté le curriculum vitae de Mrs Harris et il s'avère qu'elle officiait très probablement au service des travaux, comme on l'appelait en 1986, quand votre chambre a été rafraîchie. L'actuel service logistique m'a orientée vers un certain Joe Flowers, qui en était alors à la tête. Hélas, il souffre de la maladie d'Alzheimer. Cet été, à mon retour d'Écosse, je suis allée le voir dans son institut spécialisé mais je n'ai rien pu obtenir de cohérent.

— Les gens que vous avez interrogés ne savaient peut-être tout simplement pas que Mrs Harris avait travaillé dans ce service.

— C'est possible, dit Rozie en s'efforçant de ne pas laisser sa voix trahir son excitation. Mais avant ça, elle était l'assistante de l'inspecteur adjoint des tableaux de la collection royale, Madame. Et à l'époque, ce dernier n'était autre que Sholto Harvie.

— Sholto ? Juste ciel !

— Si un tableau avait disparu, Mrs Harris l'aurait probablement su. Et si elle s'en était souvenue ? Je sais que ça a l'air d'un détail, mais vous étiez surprise que je n'aie pas trouvé le chaînon permettant de reconstituer le parcours de votre tableau. Or, il se pourrait que ce soit elle. Et si, maintenant, on prend en considération qu'il existait un trafic…

— Le trafic de biens endommagés, je sais.

— Cynthia était peut-être au courant de ça ? Ou peut-être qu'elle ne l'était pas mais qu'ils la soupçonnaient de l'être ? Je trouve juste… euh, préoccupant – faute d'adjectif plus fort – que quelqu'un ait été là du début à la fin et que personne ne me l'ait jamais dit. Durant l'été, je me trouvais en Écosse quand elle était ici et vice versa. Quand vous êtes rentrée de Balmoral, j'aurais enfin pu lui parler en face à face. Si seulement j'avais su combien elle pouvait m'être utile… Mais bien sûr, cela ne s'est jamais produit.

— Je vois, dit la reine.

— De manière générale, vos employés restent longtemps en poste. Tout le monde a des anecdotes à raconter. Je ne peux pas croire que personne n'ait su qu'elle avait occupé d'autres fonctions. Et que Mr Harvie n'ait rien trouvé à dire sur sa mort ? Ça n'a aucun sens. Sur le coup, je l'ai trouvé réservé et plein de tact. Mais une fois qu'on sait qu'elle a travaillé directement sous ses ordres, ça devient très bizarre. Il s'est montré plutôt bavard le reste du temps.

La reine pinça les lèvres, l'air particulièrement sombre.

— Vous avez conscience de ce que vous sous-entendez, n'est-ce pas ?

— Oui, Madame, répondit Rozie à voix basse, avant de déglutir.

Soudain, on n'entendit plus que les reniflements et les petits bruits de pas des chiens sur le tapis. Silencieuses, les deux femmes songeaient au corps étendu dans sa mare de sang.

— Bien, finit par dire la reine. Vous pensez à quelqu'un en particulier ?

— Non. En tout cas, pas de façon rationnelle.

— En avez-vous parlé à l'inspecteur-chef Strong ?

— Pas encore.

— Il me faut un peu de temps pour y réfléchir.

— Je… bien sûr. Oui, dit Rozie, qui commençait à se détendre un peu. Je ne pensais pas que vous alliez me croire. J'avais peur de m'être emballée.

— Et pourtant, vous êtes venue me trouver, rétorqua la reine. Et vous m'avez mise en retard pour déjeuner avec la princesse royale. Vous deviez tout de même estimer que c'était important.

Rozie s'efforça de cacher son sourire. La princesse Anne était réputée pour sa ponctualité. Même sa mère n'était pas à l'abri de son terrifiant froncement de sourcils.

— C'est vrai. Je suis désolée.

— Vous avez eu raison. En revanche, là, je dois vraiment y aller.

Pourtant, une fois Rozie partie, Sa Majesté profita encore un peu du calme de la pièce et de ce moment de solitude appréciable.

Hier, à Windsor, pendant sa balade à poney, elle avait pensé à sa secrétaire particulière adjointe. Une fois de plus, elle avait réfléchi aux lettres. Si Cynthia Harris se les était écrites à elle-même, il fallait découvrir qui en avait envoyé à Rozie et pourquoi. Les siennes semblaient avoir pour but de la faire partir. La reine se demandait pour quelle raison quelqu'un aurait voulu l'écarter de son chemin.

Et maintenant, ça. L'hypothèse que Mrs Harris ait pu être assassinée, à peine rentrée d'Écosse, pour l'empêcher de parler. Pourquoi ? Juste parce que Rozie s'intéressait à un tableau peint par un obscur artiste australien ? Une toile disparue depuis une trentaine d'années ? L'idée était pour le moins saugrenue. Ridicule, même. Et pourtant…

Le plus étrange dans tout cela était le comportement de Sholto Harvie : entre deux histoires de jeunes princesses et quelques bouteilles de champagne, il n'avait pas jugé utile de dire qu'il avait travaillé avec la femme dont la mort faisait la une des infos. Pourquoi avoir dissimulé cela mais révélé l'existence du trafic de biens endommagés ?

Pour peu qu'il y ait vraiment eu un assassin, ce ne pouvait pas être Sholto. Comment aurait-il pu agir depuis les Cotswolds ? Et pourquoi collaborer à l'enquête tout en l'entravant ?

On frappa doucement à la porte.

— Madame ?

Juste ciel. La soupe allait être tiède. Anne, Charles et Philip devaient être furieux. Elle cria qu'elle arrivait et suivit les chiens aussi vite que possible.

CHAPITRE 21

Dans l'après-midi, Anne passa la tête par la porte du bureau de sa mère.

— Je ne vous dérange pas, j'espère.

En fait, c'était le cas. Elle était en train de rattraper sa correspondance personnelle en retard. Mais cela ne faisait rien. En ville pour diverses obligations professionnelles, Anne s'installa dans le fauteuil où elle avait l'habitude de s'asseoir quand elle passait et se laissa renifler par Vulcan et Candy, qui finirent par s'étendre à ses pieds. Willow resta auprès de sa maîtresse mais dressa tout de même une oreille.

— Ce n'est plus pareil, n'est-ce pas ? demanda Anne d'un ton neutre mais avec des yeux pleins de compassion. Elle vous manque beaucoup ?

Elle parlait de Holly. Cela faisait à peine trois semaines que le vétérinaire avait effectué le geste irréversible pour la pauvre chienne. Plusieurs fois par jour, la reine avait quelques réminiscences : en entendant les bruits de pas des trois chiens, différents de ceux de quatre ; en se surprenant à se demander quelle friandise pourrait motiver la pauvre bête à manger ; en la revoyant s'agiter devant elle dans les couloirs ou s'enrouler autour de ses chevilles quand elle s'asseyait ; en pensant à toutes les fois où elle se couchait juste là où il n'aurait surtout pas fallu… Tout cela ne constituait plus désormais que des souvenirs fantomatiques.

À vrai dire, la reine était en train de répondre à deux ou trois amis qui lui avaient adressé leurs condoléances. Des amoureux des chiens, des gens qui comprenaient.

— Oui, elle me manque beaucoup, répondit-elle. Mais la vie continue, non ?

— Je sais, maman, mais vous pouvez me parler. J'ai pleuré toutes les larmes de mon corps quand Mabel est morte.

— En effet, se souvint la reine.

C'était tout Anne : une force de caractère à toute épreuve, ce qui signifiait en l'occurrence qu'elle se contrefichait que toute la famille l'ait vue verser un océan de larmes à la mort de son animal de compagnie adoré. En revanche, une fois, il avait fallu faire piquer un corgi à cause d'un de ses bull-terriers. Ce n'était pas un bon souvenir.

Qui peut bien tuer son propre cochon d'Inde ? se demandait la reine. Son esprit voyageait de Peggy Thornicroft… à Cynthia Harris.

— Vous semblez bien lointaine, lui fit remarquer Anne. Je me suis déjà fait la réflexion pendant le déjeuner. Puis-je vous aider d'une manière ou d'une autre ?

— Non, dit sa mère par réflexe. Ce n'est pas à cause de Holly.

— Oh, mon Dieu. Ce n'est pas le président colombien, au moins ? Il n'a rien demandé d'inacceptable pour la suite belge, si ? Vous souvenez-vous du prince qui avait insisté pour y installer un foyer ouvert ?

Elle n'avait pas oublié. Il avait demandé cela pour que son propre chef puisse lui préparer des plats traditionnels. Il avait néanmoins fini par admettre qu'il serait plus prudent de faire un tel feu dans les cuisines.

— Oui. Non, ce n'est pas ça.

— Oh, pas la femme de chambre dans la piscine, tout de même ? C'est un accident terriblement fâcheux. Je n'en ai pas parlé aux enfants. Ils le vivraient mal.

— Ce n'est pas ça non plus, mentit la reine. Mais j'ai effectivement un problème. J'ai le sentiment que je devrais alerter les autorités à propos d'une toute petite chose. Cependant, si je le fais, cette petite chose risque de prendre subitement une telle ampleur que je ne pourrai plus rien contrôler. Surtout qu'il se peut que je me trompe.

— Ne pouvez-vous pas demander à sir Simon d'arranger ça ?

— Non, je ne crois pas.

— Ah bon ? Il n'y a pourtant pas grand-chose qu'il ne puisse résoudre. À part peut-être dégoter des emplois dignes de ce nom à Beatrice et Eugenie.

— Rien à voir avec ça.

— Vous ne pouvez pas attendre ? Voir si ça s'arrange tout seul ?

La reine sourit tendrement à sa fille. Elle aimait son sens pratique et sa propension naturelle à aider, ainsi que son tact, qu'elle devait aux longues années où on n'avait cessé de lui répéter qu'il ne fallait pas poser de questions au sujet des choses secrètes dont s'occupait maman.

— Je ne pense pas que cela se résoudra tout seul, répondit Sa Majesté. Même si j'aimerais bien.

Anne se leva.

— Bon, je vous laisse gérer ça. Mais quand j'ai peiné à organiser les épreuves d'équitation à Gatcombe, que je me suis mise à appeler tout le monde et à insister lourdement jusqu'à en devenir insupportable, c'est vous qui m'avez recommandé de ne traiter qu'un élément à la fois et de ne jamais agir avant d'être sûre des faits.

Anne s'approcha de sa mère et l'embrassa affectueusement.

— Je file me changer, poursuivit-elle. Dîner en tenue de soirée à la City afin de ramasser un max de fric pour le Royal Voluntary Service. À demain.

De nouveau seule, la reine repoussa la lettre qu'elle était en train d'écrire et réfléchit aux conseils de sa fille. Son devoir aurait voulu qu'elle fasse part de ses préoccupations à l'inspecteur-chef Strong dès que possible. Si Cynthia était morte parce qu'elle en savait trop sur ce qui s'était passé dans les années 1980, un meurtre avait été commis dans l'enceinte du palais et la police devait bien entendu en être informée.

Mais était-ce le cas ?

En dépit des doutes soulevés par Sa Majesté dès le départ, la police penchait toujours pour la thèse du tragique accident. Quelqu'un avait-il réellement orchestré toute la scène autour du verre à whisky ? (Elle ne pouvait s'empêcher d'y voir un meurtre maquillé.) Tout ce qu'avait fait Rozie l'été passé, c'était poser des questions sur une toile sans grande valeur marchande disparue depuis longtemps. Et quelqu'un aurait été prêt à tuer pour l'empêcher de la retrouver ? Sérieusement ?

Si elle en parlait à l'inspecteur-chef, il ne pourrait pas enquêter bien longtemps sans attirer l'attention. Il n'était pas aussi libre que Billy MacLachlan, son ancien garde du corps qui lui donnait encore un coup de main à l'occasion depuis qu'il était retraité. Il serait tenu de communiquer ses découvertes à sa hiérarchie. Et même si ses supérieurs essayaient de garder le secret, cela n'en demeurait pas moins un *meurtre au palais de Buckingham*. Elle pouvait déjà voir les gros titres et les flashs spéciaux passer en continu à la télé.

La reine regarda par la fenêtre. Le domaine scintillait sous les lampes à gaz, vestiges de l'époque victorienne alors trop modernes au goût de sa grand-mère. Au-delà des murs, Londres vaquait à ses occupations comme si de rien n'était. Sa Majesté sentait poindre une migraine. Parler ou ne pas parler ? Ce n'était peut-être qu'une intuition, mais qui s'était révélée tristement plausible à la lumière de ce que Rozie lui avait dit.

Quel que soit le contexte, le conseil d'Anne semblait raisonnable. Si elle était un ministre venant défendre une cause devant Sa Majesté, elle ferait en sorte d'avoir un dossier solide et d'être sûre de ses affirmations. C'est ainsi qu'elle devait se comporter avec l'inspecteur-chef.

Oui, c'était bien la solution. Elle se rassit dans son fauteuil, soulagée de savoir enfin par où commencer. Même si ce n'était pas encore le moment.

CHAPITRE 22

La visite officielle du président colombien commença le mardi. C'était un temps fort du calendrier de la reine, si important à ses yeux qu'elle tenait à ce que Londres et le palais soient plus resplendissants que jamais. Au fil des ans, certains dirigeants d'Amérique du Sud lui avaient paru plus sympathiques que d'autres. Alors sur le point de parvenir à un accord de paix historique dans son pays, elle tenait absolument à recevoir Juan Manuel Santos en grande pompe. Cet homme – qui avait suivi une partie de ses études en Angleterre – était le dernier récipiendaire en date du prix Nobel de la paix. Il devait s'exprimer sur le rôle de la jeunesse dans le processus de paix à la London School of Economics. À l'instar de la reine quelque temps avant lui, il se rendrait ensuite en Irlande du Nord, où il pourrait constater les incroyables avancées dont était capable une communauté ayant renoncé aux conflits. Par chance, Rozie avait trouvé une citation adéquate d'un auteur colombien pour le discours de bienvenue de Sa Majesté. *De la guerre ou de l'indifférence, quel est le plus dur à combattre ?*

Ce soir-là, elle s'exprima devant les cent soixante-dix invités du banquet, au milieu des dorures de la salle de bal. Disposées en U, les tables étaient si larges que les valets étaient montés dessus en chaussettes pour aplanir les nappes et tout mettre en place, de l'argenterie aux présentoirs à dessert, en passant par les chandeliers à branches en or du grand service datant du XIXe siècle. Il y avait six verres en cristal par convive. Certaines fleurs étaient des variétés colombiennes ; d'autres, locales. À l'aide d'une règle, le grand-maître de la Maison royale avait vérifié que les couverts se trouvaient à la bonne distance du bord de la table. Sa Majesté avait elle-même inspecté le tout pour s'assurer que tout était en ordre, au moindre détail près.

Assise à côté de M. Santos, en bout de table, elle portait la parure victorienne en diamants et saphirs. Avec le diadème, l'ensemble était suffisamment imposant et clinquant pour un tel banquet. Elle aimait bien sortir le grand jeu pour certaines occasions. Elle avait déjà gratifié le chef d'État colombien d'un accueil prestigieux, avec parade de horse-guards, remontée du Mall en carrosse et déjeuner dans la Bow Room. Et il en restait pour le lendemain. C'était à la fois l'opportunité de tisser des liens personnels et de lui en mettre plein la vue.

Pour ce genre d'occasions ou les remises de décorations et les garden-parties, le palais de Buckingham présentait des avantages certains. On pouvait même pardonner à George IV (l'oncle de Victoria, l'arrière-arrière-grand-mère de la reine) de l'avoir rendu quasi impossible à entretenir en l'agrandissant, le réaménageant et le redécorant de façon si extravagante. Pour de multiples raisons, ce n'était pas un lieu d'habitation idéal mais, quand il s'agissait d'exprimer les remerciements de la nation ou de développer des liens d'amitié avec les autres pays, il n'avait pas son pareil. Sa Majesté et les autres membres de la famille royale mettaient vraiment tout en œuvre pour que cette expérience unique dans la vie de leurs hôtes soit aussi éblouissante que possible.

Durant le dîner, la reine se félicitait que M. Santos et son épouse ignorent tout des horreurs qui se déroulaient au-dessus de leurs têtes. L'espace situé au-dessus de la salle de bal avait été récemment inspecté pour vérifier que le plafond ne menaçait pas de s'effondrer comme celui de la salle à manger d'État, toujours impraticable. Le palais était tel un cygne sur un lac : glissant avec grâce à la surface, moulinant comme un dératé en profondeur.

À son intense soulagement, et celui du grand-maître, les plafonds tinrent bon. Après avoir pris part à pléthore de manifestations et passé deux nuits dans la suite belge, M. Santos partit pour l'Irlande du Nord et la reine put souffler un peu.

Le jeudi matin, elle se rendit à Newmarket pour l'inauguration d'une statue la représentant en compagnie d'une jument et de son poulain, en l'honneur de sa longue et heureuse collaboration avec la ville. Dans l'hélicoptère qui l'emmenait dans le Suffolk, elle lut un rapport de sir James concernant la nouvelle enquête sur le trafic de biens endommagés que Rozie l'avait poussé à mener à son insu. Le cœur de Sa Majesté se serra. Le document faisait une demi-page.

Selon les premiers éléments recueillis, il y aurait eu un incident avec un directeur du service des travaux, du nom de Sidney Smirke, dans les années 1980. Réputé pour être un "personnage", vers les derniers temps, il était hélas devenu évident qu'il s'agissait surtout d'un alcoolique notoire. Après avoir frappé un homme à la sortie d'un pub, il a écopé d'un casier judiciaire, et celui qui était alors mon prédécesseur a dû le congédier. Il n'est pas impossible qu'il ait tenté quelques escroqueries mais je puis vous garantir que s'il a réellement existé un "trafic de biens endommagés", il appartient désormais au passé. Si je découvre autre chose, je vous en informerai aussitôt. Cependant, soyez assurée qu'en matière de protection de vos possessions, mon équipe a la situation en main et que tout est sous contrôle.

Elle releva les yeux en soupirant. Ça recommençait. Qu'on ose encore lui dire que tel élément était « sous contrôle », et c'était elle qui risquait fort d'endommager quelque chose de ses propres mains.

Durant le reste de la journée, elle essaya d'assembler les pièces du puzzle mais les vols en hélicoptère ne sont guère propices à la réflexion. Ce problème était épineux. Elle décida d'y consacrer toute son attention dès qu'elle serait rentrée.

CHAPITRE 23

Depuis des années, chaque fois qu'elle avait besoin de se concentrer sur un problème important, la reine partait se promener dans le parc avec quelques chiens. Mais souvent elle en emmenait trop et elle finissait par passer plus de temps à les rappeler au pied qu'à réfléchir. Ces derniers temps, hélas, le nombre de ses amis à quatre pattes était réduit.

Quand elle rentra au palais cet après-midi-là, il restait un petit trou dans son emploi du temps, avant l'heure du thé. Elle mit sa paperasse de côté et regarda le ciel par la fenêtre. Gris et maussade. Il allait sûrement pleuvoir. Qu'importe. Elle chargea son page de dire à quiconque la demanderait qu'elle en aurait pour un petit moment.

Les chiens accompagnèrent leur maîtresse au vestiaire, où elle enfila son imper, mit son foulard et des chaussures adaptées. Ses dorgis Candy et Vulcan étaient nés de la rencontre entre Tiny, un de ses corgis, et Pipkin, le teckel de Margaret, quelques années plus tôt. Malgré leurs courtes pattes, ils étaient énergiques et appréciaient un peu d'exercice. Ayant déjà fait une balade avec un valet dans la matinée, Willow, la corgi, semblait peu tentée par une autre promenade, mais elle était tout de même venue par curiosité.

L'air frais qui lui irrita aussitôt la peau et la gorge rappela à Sa Majesté qu'on était début novembre et que l'hiver approchait. Devant elle, la pelouse s'étendait jusqu'à l'étang. Deux semaines plus tôt, en plein cœur de l'automne, le paysage éclatait encore de couleurs vibrantes : érables argentés aux reflets incandescents ; nuances fauves des cyprès de Louisiane ; jaune des marronniers qui flanquaient la pelouse et encerclaient l'étang. Aujourd'hui, les arbres formaient un patchwork d'or et de brun, et le pré était bordé de tas de feuilles mortes. Autrefois, on aurait tout brûlé ; désormais, on utilisait des composteurs. Selon Philip, ils étaient tout aussi efficaces pour l'environnement… Mais la reine regrettait l'odeur de la fumée de bois.

Elle tourna le long de la terrasse ouest, avec le palais sur sa droite, et continua en direction des platanes entrelacés. Connaissant l'itinéraire, les chiens étaient déjà loin devant. Ils trottinaient en reniflant les bordures et s'arrêtaient de temps en temps sur ordre de leur maîtresse. Arrivé au bout, le petit convoi longea le pavillon nord-ouest, que papa avait fait convertir en piscine. D'où se trouvait la reine, on aurait dit un temple grec avec des fenêtres georgiennes. Elle tendit le cou pour regarder à l'intérieur et se remémora la nuit où la famille était rentrée de Balmoral.

— Qu'a-t-il bien pu arriver à Mrs Harris ? demanda-t-elle aux chiens, beaucoup plus intrigués par ce qu'il y avait sous les tas de feuilles que par ses questionnements, qu'elle finit par garder pour elle.

Pourquoi diable Cynthia Harris était-elle venue ici ? La police semblait penser que c'était par pur zèle, sur un coup de tête. Elle avait laissé ses pantoufles au vestiaire des dames, ce qui écartait l'idée d'un rendez-vous galant – non que quiconque en ait soupçonné un. Contrairement aux parties intérieures, le parc était truffé de caméras de surveillance qui se déclenchaient au moindre mouvement. Personne n'était entré secrètement au palais ce soir-là. Si la femme de chambre avait croisé quelqu'un, c'était quelqu'un de la maison. Le corps ne portait aucun autre signe de traumatisme que le choc à la tête et les coupures en bas de la jambe. Apparemment, elle n'avait pas subi d'autre blessure ni été violentée.

Même les journaux n'avaient pas cherché plus loin et s'étaient contentés de pondre des dizaines d'articles sur les dangers d'une coupure à la cheville. En l'absence de photos, ils avaient publié d'innombrables reconstitutions de la scène : Mrs Harris étendue, ainsi que des images de verres en cristal de toutes formes et de toutes tailles – accompagnées de conseils pour se les procurer chez Harrods ou Thomas Goode.

Étonnamment, la vague de lettres anonymes leur avait échappé. Dans leur version des faits, Mrs Harris avait juste été très malchanceuse – à moins que ce ne soit la faute de Beatrice et Eugenie, qui auraient laissé traîner leurs verres (alors qu'elles se trouvaient, en réalité, à des kilomètres du palais). L'impopularité de la femme de chambre n'avait donc pas sa place dans leurs récits. C'était ce que Simon avait expliqué à Sa Majesté, même si elle en avait déjà tout à fait conscience. Elle savait très bien que de nombreuses publications décidaient d'abord de l'histoire à relater puis cherchaient ensuite des faits pour la corroborer. Sa famille en avait de tout temps fait les frais.

Elle atteignit les platanes plantés par Victoria et Albert de chaque côté de l'allée cent cinquante ans plus tôt. Avec leurs branches entrelacées, ils formaient une voûte au-dessus d'elle, haut dans le ciel, comme ses arrière-arrière-grands-parents l'avaient sûrement imaginé. Là, elle tourna à gauche vers le jardin des roses. Était-elle en train de semer la pagaille pour rien ? Que pouvait-elle prouver ? Vu les complications que cela ne manquerait pas d'entraîner, pourquoi s'obstiner ?

Elle passa devant le petit pavillon d'été, où elle organisait des goûters avec ses petits-enfants quand le temps était clément. Willow cheminait près d'elle tandis que Candy et Vulcan n'arrêtaient pas d'aller renifler dans tous les coins.

Pourquoi s'obstiner ? Parce qu'elle savait que quelque chose clochait. Elle n'était pas du genre à s'avouer vaincue si facilement.

— Mobile, moyens, opportunité, marmonna-t-elle. Tu sais ça, Willow, n'est-ce pas ?

La chienne répondit par un halètement qui ne voulait pas dire grand-chose puis se remit en route, suivie de sa maîtresse.

Rozie avait suggéré un mobile mais, bien qu'il ne soit pas dénué d'intérêt, Sa Majesté le trouvait trop fragile. Certes, Cynthia Harris savait peut-être tout du trafic de biens endommagés et du tableau dérobé. Mais qui irait commettre un meurtre pour protéger un voleur d'art à la petite semaine et des magouilleurs revendant quelques cadeaux somme toute plus encombrants que véritablement indésirables ?

Concernant les moyens, la reine n'avait que des présomptions. Elle connaissait la plupart de ses employés, mais pas au point de savoir lesquels pourraient être enclins à sectionner les artères d'autrui sur commande. Cette lacune l'empêchait de réduire le champ des suspects. Quant à l'opportunité… Si Cynthia Harris avait été assassinée, ce devait être par quelqu'un qui connaissait bien le palais, qui y restait la nuit et qui savait éviter les caméras de surveillance. Ce qui n'avait pas dû se révéler si compliqué, car en l'état actuel des choses, avec un peu de bonne volonté, le prince George, du haut de ses 3 ans, y serait parvenu. Ce soir-là, il y avait environ cinquante domestiques à Buckingham. Récemment, le MI5 avait soupçonné tout son personnel, et la reine n'avait aucune intention de laisser cela se reproduire sans raison valable. Non, il lui fallait trouver le mobile avant de s'intéresser au coupable ou à son mode opératoire.

En novembre, la roseraie n'était pas parée de ses plus beaux atours. La reine appela les corgis et reprit son chemin. Sur sa droite, de l'autre côté du mur, la circulation battait son plein sur Constitution Hill. En empruntant la voie sous les platanes en face, elle passa devant l'ancien court de tennis où, adolescente, elle avait joué de merveilleuses parties avec papa... et quelques autres avec un certain Philip Mountbatten, à l'époque où il la courtisait et cherchait à l'impressionner. Aussitôt après venait justement le « coin de la butte à lombrics » où les jardiniers et lui expérimentaient les toutes dernières techniques de recyclage et de compostage. Il avait toujours eu à cœur de rester à la page en s'appuyant sur les progrès récents de la science. Son emploi du temps était encore rempli de visites de centres de recherche médicale et d'universités. Aujourd'hui même, il allait inaugurer un bâtiment scientifique dans le Hertfordshire. Philip était le prince Albert de son époque, se disait-elle : progressiste, curieux, infatigable. Et plus ou moins un étranger quand il était arrivé, lui aussi. Incompris par beaucoup et très aimé des gens qui le connaissaient intimement.

Elle chassa son mari de ses pensées pour revenir à l'affaire en cours, mais il lui fallut d'abord convaincre Willow de s'éloigner d'un groupe de poubelles particulièrement malodorantes. Elle se trouvait maintenant tout au fond du jardin, où les moteurs diesel des bus et des taxis de Grosvenor Place ajoutaient une basse monocorde aux chants des oiseaux et au lointain ronron d'un souffleur de feuilles. Le chemin tournait de nouveau à gauche. Dans deux minutes, en regardant en arrière, elle apercevrait la terrasse ouest du palais, de l'autre côté de l'étang.

De manière inexplicable, comme cela se produit parfois lors des promenades méditatives, une nouvelle façon d'aborder le problème se présenta d'elle-même : *en le retournant*. Si elle ne pouvait pas être sûre que Mrs Harris avait été tuée, elle n'avait qu'à essayer de se prouver le contraire.

Très bien. Alors qu'elle éliminait un à un les éléments susceptibles de conforter la thèse de l'accident, sa balade prenait soudain tout son sens. Primo, la personnalité de Cynthia. Il lui semblait improbable qu'elle soit allée à la piscine en pleine nuit juste pour voir s'il y avait des choses à ramasser (sachant néanmoins que si quelqu'un était capable de pousser le zèle jusqu'à un tel niveau de bizarrerie ou de démesure, c'était bien elle). Secundo, Sa Majesté ne pensait pas qu'elle avait été tuée par le corbeau. Trouvant la théorie de lady Caroline très crédible, elle était en effet de plus en plus convaincue que la femme de chambre s'était elle-même envoyé ces lettres. Surtout si elle avait été malheureuse dans le passé. Cela était désormais entre les mains de l'inspecteur-chef Strong. Et le harceleur ? Elle était persuadée que l'affaire qui concernait Mary Van Renen était une tout autre histoire. De même pour Rozie. Cela n'avait abouti à aucune violence... du moins, jusqu'à présent. Dieu merci.

Et que penser du service logistique, qui n'avait pas parlé de Cynthia à Rozie ? Voilà qui était étrange. Était-il possible qu'aucune de ces personnes n'ait su que la femme de chambre avait commencé sa carrière à la collection royale, à l'époque du service des travaux ? Surtout que tout le monde la haïssait. Et qu'elle avait apparemment été fiancée au directeur de ce même service. Mais « apparemment » posait problème. Il pouvait très bien s'agir de pures spéculations ou d'un souvenir erroné. D'après l'expérience de la reine, si la Maison royale n'aimait rien tant que se transmettre la petite histoire du palais de génération en génération, certains détails étaient parfois déformés ou oubliés au fil du temps. Ce qui aurait peut-être arrangé Cynthia. À l'extrême rigueur, oui, il aurait été possible d'accepter la théorie d'une amnésie collective concernant le passé de cette femme. Mais, de toute façon, même si le trafic de biens endommagés était toujours d'actualité, même si Cynthia savait, même si la piste de Rozie s'avérait juste… tout ramenait Sa Majesté à sa question initiale : qui irait jusqu'à tuer pour quelques cadeaux et quelques meubles qui ne manquaient à personne ?

Vulcan émergea d'un buisson avec une balle de tennis dégoûtante qui avait dû être abandonnée là lors d'une promenade l'été précédent. Verdâtre, visqueuse et dégoulinante de bave. La reine lui ordonna de la poser puis aperçut, à sa gauche, l'étang entre les arbres.

Et Sholto Harvie ? Si Strong avait raison – ce que pourrait vérifier Rozie –, Sholto et Cynthia avaient travaillé en étroite collaboration vers le milieu des années 1980. Était-ce par réserve qu'il avait seulement admis être au courant de sa mort ? Tout en marchant d'un bon pas, Sa Majesté essayait de trouver des arguments psychologiques susceptibles de le disculper. Elle n'avait pas du tout oublié combien cet homme aimait son travail. Elle ne se souvenait pas que Cynthia avait été son assistante, mais il était fort possible qu'elle ne l'ait juste jamais su.

D'après Rozie, Sholto repensait toujours à cette époque avec une immense tendresse. Quel dommage qu'il soit parti si vite. Il avait l'étoffe d'un excellent conservateur et historien de l'art, il jouissait de l'estime de ses collègues, et elle s'attendait alors plus ou moins à le voir à la tête de la collection royale un jour. Non. Comment pouvait-il avoir perdu tout intérêt pour une personne dont il avait été proche à une époque qui avait tant compté pour lui ? Il n'était resté que quelques années et Cynthia avait dû être son assistante pendant au moins deux ans. Elle ne pouvait s'empêcher de se demander ce qui avait poussé cette femme à quitter son travail. Surtout pour un poste beaucoup plus ingrat.

La reine ralentit et se retourna vers la silhouette gris-brun de l'édifice qui se dessinait à travers les arbres. L'histoire de ce palais était d'une richesse incroyable – même si certaines parties menaçaient de s'écrouler. Pas plus tard que la veille, les pièces du premier étage avaient accueilli un homme d'État de premier plan. Leurs murs étaient couverts d'œuvres d'art et autres trésors pour lesquels il pourrait valoir la peine de tuer… du moins, pour certains. La préservation de ces biens inestimables faisait partie des responsabilités de Sholto. Mais ce n'était pas à ce sujet que Rozie l'avait interrogé lorsqu'elle lui avait rendu visite. En plus, il s'était montré coopératif. Bien qu'ignorant ce qu'il était advenu de l'« affreux petit tableau », il avait révélé l'existence du trafic de biens endommagés. Ce qui ramenait Sa Majesté à son point de départ.

À moins que…

Et si ce n'était pas ça du tout ? Certes, Sholto avait

dénoncé la combine, mais elle se demandait soudain si le but n'avait pas été de faire diversion, de cacher autre chose. Auquel cas, la question était « Quoi ? ». Au bout du compte, c'était Cynthia qu'il ne fallait pas perdre de vue. Qu'aurait-elle bien pu savoir d'autre ?

Accélérant son rythme de marche, la reine se concentra de toutes ses forces sur ces joyeuses années où elle discutait souvent de sa collection avec Sholto. Malgré tous ses efforts, elle n'avait aucun souvenir d'une œuvre importante qui aurait disparu. En tout cas, rien qui n'ait été résolu par la suite. En revanche, c'était tout le contraire qui s'était produit un jour : on avait trouvé des toiles.

Trois tableaux de la Renaissance – ou étaient-ce quatre ? – avaient refait surface au palais de Hampton Court après avoir été égarés pendant des siècles. Sur le coup, l'affaire avait généré une grande effervescence mais, après un examen plus minutieux, il s'était avéré qu'il s'agissait de copies. C'était bien ça ? Oui… C'était d'ailleurs Sholto qui avait géré tout ça. C'était lui qui avait fait nettoyer et expertiser les œuvres. Cela avait pris un temps fou parce que… Pourquoi cela avait-il pris tant de temps ? Elle se creusa une nouvelle fois les méninges tout en grondant Candy qui était en train d'enfoncer sa truffe dans quelque chose de répugnant. La découverte avait eu lieu quand Diana vivait encore au palais. Ah ! Ça y est, elle s'en souvenait. Et c'était bien triste. Le jeune restaurateur qui était censé travailler sur ces toiles avait été victime d'un terrible accident. Tout avait été retardé de plusieurs semaines, voire de plusieurs mois.

Comment s'appelait l'artiste, déjà ? C'était une femme, et elle était célèbre. Sholto était tout excité. Elle avait vécu juste après la Renaissance. Au XVIIe siècle. Gentileschi – voilà, c'était ça. Ses œuvres valaient une fortune, ce qui était tout à fait justifié car elles étaient magnifiques. Sa Majesté, qui adorait ces tableaux, avait été très déçue de découvrir qu'il ne s'agissait finalement pas des originaux.

Combien valaient-ils ? Des milliers ou des centaines de milliers de livres ?

Un homme pouvait tuer pour quelques centaines de milliers de livres.

Tout commençait à s'éclaircir. C'était flou et rien ne collait vraiment, mais deux « terribles accidents », ça semblait évoquer autre chose que de la malchance : quelque chose de plus sinistre, avec pour point de départ et de chute Sholto Harvie.

Dans le ciel, les nuages se faisaient le miroir de l'humeur de la reine, virant de l'argenté au gris sale. La pluie menaçait. Contournant l'étang, Sa Majesté baissa la tête, rappela ses chiens et prit un raccourci à travers la pelouse pour rentrer.

CHAPITRE 24

Dans son appartement de Richmond upon Thames, Billy MacLachlan conversait sur FaceTime avec Betsy, sa petite-fille de 7 ans qui vivait sur l'île de Wight, quand un signal d'appel se mit à clignoter sur son téléphone. C'était l'heure du coucher de Betsy, et il était en train de lui raconter une histoire. Sur l'écran, le visage rose et rond ne cessait de le contredire et d'exiger des modifications dans son récit. Bien qu'épuisant, ce moment était de loin le meilleur de la journée. Seule une urgence nationale aurait pu l'obliger à mettre fin à l'appel.

Le numéro qui venait de s'afficher sous ses yeux indiquait justement que c'en était une.

— Désolé, ma chérie, il faut que je te laisse.

— Pourquoi, papy ? On en était au meilleur passage, avec la fée vrillée.

— La reine d'Angleterre a besoin de mon aide.

— Mais papy…

Il avait déjà raccroché. Betsy expliquerait à ses parents que papy Billy avait encore dit que la reine d'Angleterre l'appelait et ils lui répéteraient en riant qu'il faisait toujours la même blague, car il avait travaillé pour elle autrefois. Ils penseraient qu'il avait juste de petits problèmes de plomberie. Ou qu'il leur cachait une amoureuse – alors qu'il avait parfaitement le droit d'en avoir une, vu que mamy Deirdre était morte depuis vingt ans déjà. MacLachlan se fichait un peu de ce qu'ils croiraient, tant qu'ils ne le soupçonnaient pas d'avoir dit la vérité. De toute façon, ce n'était pas exactement la reine d'Angleterre. C'était la « reine du Royaume-Uni de Grande-Bretagne et d'Irlande du Nord et de ses autres royaumes et territoires, chef du Commonwealth, défenseur de la foi ». Il avait juste préféré utiliser une synecdoque, la partie pour le tout.

— Oui, Votre Majesté ?

— J'espère que je ne vous dérange pas.

— Je parlais justement à ma deuxième Elizabeth préférée, Madame.

Ce n'était pas tout à fait vrai – Betsy était la lumière de sa vie – mais, ainsi que l'avait formulé Disraeli, quand on s'adressait à des monarques, il ne fallait pas hésiter à étaler la flatterie à la truelle.

— Que puis-je pour vous ? reprit-il.

Cette fois, ce fut au tour de la reine de lui raconter une histoire. Qui commençait par des tableaux disparus que l'on avait retrouvés dans un palais royal et se terminait par la découverte d'un cadavre dans la piscine du palais de Buckingham le mois dernier. Quoi qu'en aient dit les médias, il avait trouvé cette affaire extrêmement louche.

Cela faisait seulement quelques mois que la patronne et lui avaient traité d'un autre meurtre. Après avoir fait partie de son service de protection, il avait été promu inspecteur-chef, puis avait pris sa retraite avec une pension confortable dans l'agréable quartier de Richmond. S'y ennuyant à mourir, il était toujours reconnaissant qu'on lui propose d'autres activités cérébrales que les mots croisés ou le jeu du polygone du *Times*. De temps en temps, la reine faisait appel à lui pour des missions confidentielles, et cela le réjouissait chaque fois.

— Donc, si j'ai bien compris, quatre tableaux ont disparu mais ils n'étaient pas l'œuvre de l'artiste supposée.

— Exactement. Il s'agissait, semble-t-il, de copies d'époque des toiles originales. Il paraît que la pratique était très courante au XVIIe siècle. Elles étaient très bien exécutées mais, une fois nettoyées, elles se sont avérées beaucoup moins impressionnantes que nous l'avions espéré.

— Vous avez parlé d'un restaurateur d'art victime d'un accident, Madame. Est-ce par là que vous aimeriez que je commence ?

— Oui, s'il vous plaît. C'était vers le milieu des années 1980. Je ne me souviens pas précisément de l'année, mais je suis certaine que le Royal Collection Trust saura vous dire quand les tableaux ont été découverts. Le drame s'est produit quelques semaines plus tard.

— Rozie ne peut pas aider ?

Il ne voulait pas faire le difficile, mais la secrétaire particulière adjointe ayant réalisé un excellent travail la dernière fois, il était surpris que cette tâche ne lui revienne pas plutôt qu'à lui. D'autant qu'elle se trouvait sur place.

— Je crains qu'elle n'ait déjà mis un coup de pied dans la fourmilière. Comme je vous le disais, elle a parlé à l'inspecteur des tableaux peu avant la mort de Mrs Harris. Si c'est quelqu'un de son service qu'elle a alerté…

— Je comprends, Madame. Nouveau visage, nouvelle histoire.

— Oui, mais je ne sais pas trop comment vous allez pouvoir vous y prendre.

— Moi non plus, Madame. C'est là tout le plaisir. Je vous tiens informée dès que j'ai du nouveau. En fait, j'ai gardé quelques vieux camarades de l'époque où je travaillais pour vous. Je peux poser quelques questions. Je ne pense pas que ce sera un problème.

— Et il y a autre chose…

Elle lui demanda aussi de découvrir ce qu'il était advenu d'un ancien membre de son personnel. Après avoir raccroché, Billy MacLachlan ouvrit son bar et se versa deux doigts de Johnnie Walker Red Label. Puis, muni de son ordinateur, d'un carnet et d'un stylo, il entama ses recherches en prenant des notes et en s'arrêtant de temps en temps pour réfléchir. Il ne s'était pas senti une telle énergie depuis des semaines.

Sa Majesté et Betsy étaient peut-être réellement ses deux Elizabeth préférées, après tout. Quel mal à cela ? Puisque l'une avait reçu ce prénom en hommage à l'autre.

CHAPITRE 25

Le lendemain, Rozie sortit du bureau de la reine à la fois soulagée et anxieuse. La patronne venait de lui révéler qu'après avoir beaucoup réfléchi elle avait probablement trouvé le mobile du meurtre de Cynthia Harris, mais qu'il lui manquait encore des éléments. Elle ne s'était pas attardée sur les détails. Elles avaient passé tellement de temps à discuter du programme de l'année prochaine qu'il n'en restait plus beaucoup pour « l'affaire ».

La jeune femme constatait néanmoins que la reine avait progressé dans ses investigations. En revanche, si Sa Majesté avait raison, c'était elle, Rozie, qui avait causé la mort de Cynthia Harris, ce qui était pour le moins déstabilisant. Comme on le lui avait demandé, elle avait dressé la liste manuscrite de tous ceux à qui elle avait parlé du tableau du *Britannia* au cours de l'été. Elle avait bien réfléchi à chaque nom qu'elle écrivait, ayant tout à fait conscience que l'un d'entre eux pouvait être celui d'un assassin. Elle s'apprêtait maintenant à comparer les informations dont elle disposait sur Mrs Harris au dossier des ressources humaines.

Dans le couloir menant à son bureau, elle croisa sir James, l'air furieux, qui ne lui dit pas bonjour. Elle passa donc la tête par la porte de l'antre de sir Simon pour s'enquérir de ce qui pouvait bien tracasser leur collègue.

— Ne vous en faites pas, répondit le secrétaire particulier en agitant la main et sans lever les yeux. Tout est sous contrôle.

— Vous êtes sûr ? demanda Rozie.

La tête de chien battu de sir Simon ne valait guère mieux que celle du trésorier de Sa Majesté.

— Ça va, insista-t-il, visiblement toujours contrarié par la présence de la police, qu'il jugeait inutile. C'est juste à cause des derniers chiffres du plan de rénovation. Ils ne tombent pas tout à fait juste et il faut que tout parte à l'impression à la première heure demain matin. Jusque-là, c'était Mary Van Renen qui s'occupait de ce genre de choses. Quant à l'intérim… euh, autant ne pas parler de l'intérim.

— Je peux peut-être vous aider ?

Il releva la tête et la fixa d'un air las.

— Vous connaissez quelqu'un qui maîtrise Excel à la perfection, comprend les enjeux de la rénovation du palais et aurait une matinée à nous consacrer ? Parce que moi, non.

Rozie sourit.

— J'ai travaillé dans une banque d'investissement, je vous rappelle. J'y ai appris quelques trucs.

— Mais c'est…

— Quoi ?

— Du secrétariat, répondit-il, l'air contrit.

— Oui, toujours la vieille histoire des secrétaires qui ne sont pas des secrétaires, lança la jeune femme en haussant les épaules. Mais là, c'est important. Si vous me montrez où chercher les problèmes, je crois pouvoir les trouver plus rapidement que toute autre personne disponible ici.

Le dossier de Mrs Harris pouvait attendre une heure ou deux.

— Vraiment ?

Comme par magie, les traits de sir Simon retrouvèrent leur traditionnelle combinaison d'intelligence, de curiosité et d'espoir.

Rozie se rendit au bureau de l'aile sud où travaillaient les assistants surmenés du trésorier. Après s'être renseignée sur le problème à résoudre, elle s'installa à une place libre, qui se trouvait être celle de Mary. Comme personne n'avait encore songé à le faire, elle appela cette dernière pour lui demander des éclaircissements. Cela fait, elle se plongea à fond dans sa tâche et ne tarda pas à perdre la notion du temps.

La reine était dans son bureau. C'était la deuxième fois que Philip passait en coup de vent lui raconter de terrifiantes anecdotes sur les élections américaines, dont elle se serait volontiers passée.

— Je suppose que vos barbouzes vous ont dit que tout était régi par les Russes et Facebook ?

— Pas tout à fait, répondit-elle.

— N'y comptez pas. Moi, on m'en a fait un rapport complet chez les cobayes d'Archie.

L'espace d'un instant, la reine revit le pauvre cochon d'Inde de Peggy Thornicroft dans l'ancienne écurie de l'internat. Mais en réalité, Philip faisait référence au Guinea Pig Club, un regroupement d'aviateurs ainsi nommé parce que ses membres avaient volontairement servi de cobayes : des hommes dont les appareils avaient été descendus durant la Seconde Guerre mondiale et que leurs brûlures avaient atrocement défigurés. Un chirurgien du nom d'Archibald McIndoe s'était alors donné pour mission de les rafistoler de son mieux tout en les abreuvant de pleines barriques de bière afin qu'ils soient bien hydratés et gardent le moral. Ce pionnier de la chirurgie plastique était un des héros de guerre favoris de Philip, ainsi que de Sa Majesté. L'un et l'autre admiraient tout autant les jeunes hommes (devenus des vieillards) dont il avait pris soin.

La reine avait reçu les époux Santos mais, dans un monde idéal, elle aurait aimé aller avec Philip passer une heure ou deux en compagnie de ces quelques survivants. Ils étaient de sa génération, avaient connu l'enfer et ne se laissaient jamais démonter. Elle n'aurait évidemment pas échappé à quelques blagues osées et une certaine familiarité. Les hommes savaient tellement mieux se détendre quand ils étaient entre eux… Rien à voir avec ses soirées à elle.

Elle poussa un léger soupir.

— Combien en reste-t-il ?

— Dix-sept.

— Sur combien ?

— Six cent quarante-trois.

Sa Majesté estimait que ce n'était pas si mal. Philip avait 95 ans et la plupart de ces gars devaient avoir son âge pendant la guerre. Elle n'avait pas oublié les joyeuses soirées dansantes qu'on organisait alors au château de Windsor. Ni combien les jeunes hommes présents étaient brillants et charmants. Ni tous ceux qui n'étaient jamais revenus. Tombés les uns après les autres. Encore et encore. Il était étourdissant de penser à tous ces noms et ces beaux visages, aux moments passés à tourbillonner avec eux sur le parquet. Et puis ce fameux télégramme…

Tandis que leurs appareils plongeaient vers le sol, ces hommes avaient dû croire que leur heure était venue. Combien auraient pu deviner qu'ils deviendraient un jour centenaires ?

Sir Simon et sir James arrivèrent au bureau de Sa Majesté pour lui présenter une dernière fois la proposition du plan de rénovation avant sa soumission devant le Comité des comptes publics. Le trésorier l'informa que Rozie était en train de résoudre un problème de chiffres de dernière minute.

La reine sourit.

— Ne trouvez-vous pas que cette femme a de nombreux talents ?

— En effet, bougonna sir Simon. Et c'est elle qui s'est proposée. Rien ne l'y obligeait.

Cela ravit encore plus la reine. Elle aimait les gens qui se lançaient sans hésiter et ne rechignaient pas à la tâche. Les collets montés qui regardaient les ennuis s'accumuler, corsetés dans leur dignité, étaient sa bête noire. En tout cas, elle aurait bien aimé que Rozie soit présente en cet instant : elle aurait aussitôt compris sa requête à venir et se serait exécutée sans poser de questions. Sir Simon, en revanche… Mais bon, tant pis. C'était elle la patronne, après tout.

— Simon, avant de partir, j'aimerais que vous contactiez la jeune femme en charge de l'exposition Canaletto qui va se tenir à la Queen's Gallery l'année prochaine. Je souhaiterais lui parler en personne.

— Aujourd'hui, Madame ?

— Oui.

Le regard de Sa Majesté étant inflexible, le sourcil à demi levé du secrétaire particulier reprit obligeamment sa place naturelle.

— Bien sûr. Mais je suis certain que Neil Hudson se ferait un plaisir de vous rencontrer si vous aviez des interrogations. Il supervise tout et…

— Il est inutile de déranger mon inspecteur des tableaux.

Le nom de Neil Hudson figurait sur la liste manuscrite de Rozie, qui se trouvait pliée dans le tiroir du haut de son bureau.

— La commissaire d'exposition conviendra parfaitement. Vous connaissez mon emploi du temps. Si vous pouviez me libérer une demi-heure cet après-midi pour que je la voie, ce serait très aimable à vous.

Sir Simon hocha la tête. Par « ce serait très aimable à vous », il fallait comprendre « fermez-la et faites ce que je dis ». Ayant appris cela très tôt, il se plia donc aux deux injonctions.

CHAPITRE 26

Par le plus grand des hasards, son rendez-vous suivant allait donner à Sa Majesté l'occasion de parler de ce qu'elle avait en tête. Accompagnée de son page, elle se rendit dans le salon Jaune, où une bâche en plastique avait été généreusement étalée sur le tapis. Lavinia Hawthorne-Hopwood l'y attendait avec toute l'équipe du documentaire. Pendant l'été, l'artiste avait créé un buste en argile à partir de ses croquis. Contrairement à beaucoup d'autres portraitistes, elle n'aimait pas travailler à partir de photos. « Selon moi, elles tuent l'image, avait-elle expliqué dès le départ. Une image que je n'ai pas saisie sur le vif de ma propre main ne peut en aucun cas constituer une phase du processus. »

Cette « phase du processus » était quelque chose qui ne manquait jamais d'émerveiller Sa Majesté. Cette œuvre en argile sur armature métallique avait été transportée jusqu'ici avant séchage depuis l'atelier de Lavinia, dans le Surrey. Enveloppée d'une mousseline humide, elle se trouvait maintenant sur une selle de sculpture à plateau tournant. Juste à côté, dans son coffret de velours ouvert, le diadème des Filles de Grande-Bretagne et d'Irlande attendait que l'habilleuse aide la reine à le poser sur sa tête. Sa Majesté avait choisi celui-ci pour le portrait, car il était éblouissant tout en restant délicat. C'était « le diadème de mamie ». Sa grand-mère bien-aimée, la reine Mary, le lui avait offert en cadeau de mariage et elle l'avait si souvent porté depuis qu'il était devenu comme un vieil ami. Elle était consciente d'avoir avec ses diadèmes le même rapport que les autres femmes avec leurs chapeaux ou – quoi d'autre, de nos jours ? – leurs sacs à main préférés, peut-être.

Lavinia continua à bavarder pendant que la reine se parait de ses diamants, jetait un coup d'œil rapide dans le miroir et prenait place sur son siège. Quand ce fut fait, l'artiste dévoila avec soin son œuvre encore inachevée et Sa Majesté eut le plaisir de constater qu'elle avait une fois de plus effectué un travail splendide. Quelle ressemblance ! Mais avec dix ans de moins. Comme promis, Lavinia avait incontestablement capturé la lueur dans son regard. La reine n'en revenait toujours pas qu'elle puisse arriver à ce résultat sans utiliser autre chose que de l'argile brute.

Ne disposant cette fois que de deux précieuses heures, Lavinia se mit aussitôt à l'ouvrage, s'arrêtant de temps en temps pour vérifier les proportions sur son modèle de chair et d'os à l'aide d'un pied à coulisse. La reine avait souhaité que l'équipe de tournage ne reste que pendant la première heure, afin que la seconde puisse être plus détendue. Elles en profitèrent pour discuter des jeux Olympiques, de jardinage et des courses hippiques sur Channel 4. La reine raconta qu'elle avait récemment vu une émission fascinante sur les faux en art et les copies. (C'était véridique, mais cela remontait à cinq ans.)

— Je ne me serais jamais doutée qu'il en existait autant. J'espère qu'il n'y en a pas dans ma collection !

De ses mains pleines d'argile, l'artiste écarta une mèche de cheveux de ses yeux.

— Je suis désolée de vous le dire, mais il y en a probablement. C'est endémique. La plupart des galeries possèdent un faux ou deux, à leur insu ou non. Bien entendu, elles ne l'admettront jamais.

— Mais comment font-ils ? demanda la reine. Les faussaires, je veux dire. De nos jours, il existe des tas de techniques pour examiner les tableaux, non ? Les rayons X, par exemple. Et ces tests qui permettent de voir de quoi sont constituées les couleurs ?

— La spectrométrie de masse ? Oui, vous avez tout à fait raison. La technologie a fait de prodigieux progrès. De nos jours, les faussaires doivent être beaucoup plus malins.

— Ah ? Depuis quand ?

Lavinia ne répondit pas tout de suite. Elle travaillait sur la pente du nez et avait besoin de rester concentrée. Quand elle fut satisfaite, elle put développer :

— La science progresse à chaque décennie. Mais quand j'étais étudiante aux beaux-arts et que je me passionnais pour ce genre de choses, on entendait des histoires à dormir debout. Dans les années 1970, les experts travaillaient surtout à l'œil. Ils vérifiaient les matériaux utilisés, bien sûr. Par exemple, si vous copiiez un portrait de Botticelli sur toile alors que tout le monde sait qu'il ne travaillait que sur bois, vous aviez du souci à vous faire. Ou bien si vous étiez assez stupide pour utiliser du blanc de titane alors que celui-ci n'est apparu qu'au XXe siècle. Mais tout dépendait beaucoup de la provenance, et du fait que l'œuvre « dégage » quelque chose d'authentique ou non.

— Tout cela est très intéressant.

La reine donnait l'impression d'être juste en train de bavarder. En vérité, son cerveau tournait à plein régime et son nez la démangeait terriblement. Mais ses mains resteraient immobiles sur ses genoux. Une lady ne se touchait jamais le visage en public. Outre son diadème, la reine Mary lui avait également transmis quelques préceptes tels que celui-ci. De même qu'une reine ne devait pas paraître trop fascinée par des activités malhonnêtes.

— Donc si vous aviez voulu réaliser un faux à l'époque, comment vous y seriez-vous prise ?

— Vraiment, Madame ?

Quand elle se tourna vers l'artiste, la reine vit qu'elle souriait. Les joues et le front couverts d'argile, elle travaillait sur le visage. Elle s'activait beaucoup mais il s'agissait surtout d'observer et de faire fonctionner sa mémoire. Cela lui laissait le loisir de réfléchir en même temps à la question de Sa Majesté.

— Je me suis souvent posé la question. Ce serait une agréable façon de faire fortune – à condition de ne pas se retrouver sous les verrous. C'est arrivé à tant de faussaires. Mais j'ai toujours admiré en secret un grand nombre d'entre eux. C'étaient de très bons peintres, des artistes à part entière. La recherche de la perfection absolue jusque dans les moindres détails : un vrai challenge en soi.

— Quel genre de détails ? Pour un Rembrandt, disons…

— Ah, OK, sourit Lavinia. Waouh, pas évident, celui-là. Eh bien, pour commencer, imaginons que je sois déjà un génie de la copie. Nous parlons là de l'âge d'or du baroque. Tout d'abord, je me procurerais une toile déjà peinte de cette époque. C'est d'une importance capitale. Il faut que ce soit le bon lin, tissé de la bonne façon, monté sur le bon châssis en bois – avec les bons clous. Je gratterais la peinture à l'huile jusqu'à retrouver la trame. Voilà pour la préparation de la toile. Comme il faut que ce soit authentique, c'est une étape indispensable. Ensuite, je ferais des recherches sur la composition des peintures de Rembrandt et je fabriquerais les miennes avec les mêmes ingrédients. Je dessinerais en imitant ses techniques, ce qui veut dire qu'il faudrait que je m'entraîne jusqu'à y parvenir les yeux fermés. Mais, en vérité, l'exécution n'est que la moitié du travail. L'autre, c'est la « provenance », et c'est ce qui est souvent le plus difficile à contrefaire. Le tableau serait-il censé provenir d'une collection ? Dans ce cas, il faudrait avoir les bons numéros d'inventaire et que ceux-ci correspondent aux registres. Réaliser un faux d'un tableau de votre collection serait vraiment compliqué, Madame, parce qu'il serait facile de procéder à des vérifications. Souvent, le verso d'un tableau vous en révèle autant que le recto. Est-il estampillé ? Comment la toile est-elle fixée ? Dans quel cadre se trouve-t-il ?

— Je suppose que ce serait beaucoup plus facile si vous déteniez l'original.

— Oh, infiniment, confirma Lavinia.

— Et si vous vouliez déplacer un tableau secrètement, comment vous y prendriez-vous ? Une fois, j'ai vu un film dans lequel un homme en mettait un dans un attaché-case, mais cela ne m'a pas semblé très réaliste.

— Oh, *L'Affaire Thomas Crown*, fit Lavinia en souriant de nouveau. J'ai adoré ce film. Et, non, on ne peut pas mettre un Monet dans un attaché-case. En tout dernier recours, vous pourriez toujours démonter la toile de son châssis et la rouler afin de pouvoir transporter les éléments séparément. Mais il faudrait bien entendu l'y remettre ensuite, avec les clous d'origine. Une tâche délicate.

— On peut vraiment rouler une toile déjà peinte ?

— En étant très soigneux, c'est tout à fait possible. Il faut que le côté peint soit orienté vers l'extérieur. Après, on procède comme pour un tapis. Ce n'est pas idéal, mais j'imagine que votre faussaire est un voyou et qu'il n'a pas trop le choix.

— Mmm.

— Nous avons dû faire ça, une fois, pour un tableau que ma mère avait acheté dans une vente aux enchères, dit Lavinia tout en prenant un peu de recul pour juger de l'effet d'un sourcil qu'elle venait de lisser. C'était tout à fait légal mais le seul véhicule disponible pour l'emporter chez elle était ma 2CV, qui faisait la taille d'une boîte à chaussures. Ça nous a fait mal au cœur de démonter le châssis, mais une fois tout remonté et après quelques menues retouches, on n'y voyait que du feu. Et voilà ! Je crois que j'ai besoin de m'étirer un peu, moi.

Plus tard dans la journée, le Pr Jennifer Sutherland se trouvait dans la Queen's Gallery, à côté de l'aile sud du palais, encore sidérée à l'idée que Sa Majesté allait l'y rejoindre. Elle ne l'avait rencontrée qu'une ou deux fois, brièvement, quand elle était passée inspecter des préparatifs d'exposition au palais Saint-James. Elle regrettait d'avoir mis ce pantalon.

Il était tellement confortable qu'elle le portait depuis trois jours. C'était un pantalon en stretch noir qu'elle avait payé assez cher, mais il avait fini par devenir un peu lâche avec le temps. Et tout à l'heure, dans le lavabo des toilettes, elle n'avait pas réussi à faire disparaître les traces d'œuf à la coque du petit déjeuner de la veille.

Bien sûr, Jennifer avait déjà imaginé une situation comme celle-ci, une véritable rencontre avec Sa Majesté.

Cependant, dans ses rêves, c'était toujours juste avant de recevoir les honneurs de l'ordre de l'Empire britannique (ou peut-être même de devenir officiellement lady Jennifer), vêtue d'un tailleur à rayures Vivienne Westwood et de Louboutin vertigineuses, après un passage chez le coiffeur et avec sa mère dans l'assistance. Pas à 15 h 30 un vendredi, en tenue de travail et sans raison apparente. Neil Hudson lui avait dit que la reine ne prêtait pas attention à la tenue des gens mais Jennifer n'en croyait rien. La reine était une femme et les femmes remarquent ces choses-là. Peut-être qu'elle n'y attachait pas d'importance, mais ce n'était pas du tout pareil.

En revanche, elle n'était absolument pas nerveuse à la perspective de répondre aux questions de Sa Majesté sur la prochaine exposition consacrée à Venise, dont elle était la commissaire. Elle avait fait son doctorat sur les paysages du Grand Tour : le védutisme, dont Canaletto était le plus illustre représentant. En fait, c'était un privilège d'avoir la possibilité de parler de son sujet favori avec la célébrissime propriétaire de ces œuvres.

La petite silhouette robuste apparut soudain, en jupe, cardigan et talons bas, l'air gai et détendu, un page et deux chiens courts sur pattes dans son sillage.

— Saviez-vous que cette salle était une serre, autrefois ? demanda Sa Majesté, une fois les présentations faites.

— Je me le demandais.

— Pour faire pendant à celle qui se trouve de l'autre côté. Ensuite c'est devenu une chapelle. Mais elle a été durement touchée durant la guerre.

— Il y a eu des morts ? demanda Jennifer.

— Par miracle, non. Ma mère disait qu'à présent que nous avions été bombardés, nous pouvions regarder les habitants de l'East End dans les yeux. Ce n'était pourtant pas très rassurant. Elle se trouvait au palais lorsque c'est arrivé.

Jennifer avait toujours admiré la reine mère. Quand on avait conseillé à la famille royale d'aller se réfugier au Canada pendant la guerre, elle avait écrit : « Les enfants ne partiront pas à moins que je ne parte. Je ne partirai pas à moins que leur père ne parte, et le roi ne quittera jamais le pays quoi qu'il advienne. » Ce n'étaient pas que des mots, car les bombes continuaient à tomber. Quinze mètres à droite, quinze mètres à gauche…

— Nous avons été frappés neuf fois, reprit la reine. C'est mon mari qui a eu l'idée de convertir les ruines de la chapelle. Maintenant, elle a beaucoup plus d'allure qu'autrefois. Chaque monarque aime laisser une trace, et ceci est la mienne. Et si vous me disiez à quoi va ressembler cette exposition ?

Cela surprenait Jennifer. La reine n'avait pas la réputation de s'intéresser aux préparatifs de tels événements. Mais elles discutèrent de l'emplacement de certaines toiles dans les trois salles disponibles et il apparut de plus en plus évident que Sa Majesté préférait certaines œuvres à d'autres dans sa collection. Elle se souvenait de sa propre visite du Grand Canal et du contraste avec ses Canaletto.

— Je suppose que vous êtes une experte du XVIIe siècle, dit la reine sur le ton de la discussion.

— Oui, Madame. En effet. Baroque et rococo.

— Ah, bien. Vous intéresseriez-vous à Gentileschi, par hasard ?

— Bien sûr ! Quel Gentileschi ?

— Artemisia, répondit la reine, qui avait préparé cet entretien.

Jennifer sourit jusqu'aux oreilles.

— Oui, bien sûr ! C'est une de mes artistes préférées de cette période. En fait, il y a un de ses autoportraits dans cette exposition.

— C'est bien ce qu'il me semblait, dit la reine, qui avait inauguré « Portrait de l'artiste » quelques jours plus tôt.

À l'instigation de Jennifer, elles se rendirent jusqu'au tableau en question. La jeune femme soupira d'émerveillement, comme chaque fois qu'elle le voyait.

— Je m'interroge tout à coup, dit la reine. D'où nous vient-il ?

Jennifer était sur son terrain.

— Il a été peint ici, quand Artemisia travaillait à la cour de Charles Ier. Sur son invitation, elle était venue d'Italie, où elle était déjà célèbre.

— Vraiment ?

— Oh, oui. Elle était encore adolescente quand elle a connu le succès. Son père, Orazio Gentileschi, était déjà peintre ici. Beaucoup de leurs œuvres ont disparu après l'exécution du roi – y compris celle-ci. Mais elle a été retrouvée après la Restauration. Selon moi, c'est une des pièces les plus remarquables de votre collection, Madame.

Elles restèrent toutes deux à contempler la peinture. Dans le baroque, tout n'était que jeux d'ombre et de lumière, démonstration technique et perspectives inédites. Jennifer pensait qu'Artemisia avait sûrement peint ce tableau dans le but de séduire de nouveaux mécènes en faisant étalage de ses compétences. Elle s'y était représentée le pinceau à la main, le regard tourné vers une toile vierge sur laquelle elle s'apprêtait à commencer une nouvelle œuvre. La moitié inférieure du tableau était occupée par sa palette et sa manche de soie verte aux plis et aux reflets élaborés. En haut, la lumière tombait sur le bord lacé de son corset, mettant son décolleté en évidence.

Cependant, sa tête, dans le coin droit, n'adoptait pas une pose coquette. Son regard n'était pas tourné vers le spectateur mais restait concentré sur son travail. Plusieurs mèches s'échappaient de sa chevelure noire librement nouée. On distinguait mal ses yeux. Le regard du spectateur était plutôt attiré vers son bras droit, levé et musclé, qui tenait le pinceau, prêt à laisser son empreinte sur la toile. La manche de ce même bras avait glissé, révélant sa peau. Mais l'objectif n'était pas de créer un effet sensuel – et c'était pour ça que Jennifer l'aimait tant. Il ne s'agissait que du résultat fortuit de l'activité à laquelle elle se consacrait. C'était une femme qui racontait comment se sentait une femme qui exerçait le métier qu'elle aimait et s'en sortait très bien. Vous pouviez l'observer si ça vous chantait, mais elle avait mieux à faire.

— Elle me fait un peu penser à Frida Kahlo, commenta Jennifer.

— Ah ?

La commissaire eut l'impression que sa remarque était tombée à plat.

— Je ne pense pas que vous possédiez d'œuvres d'elles, Madame, précisa-t-elle. Mexicaine, XXe siècle. Elle avait la même approche audacieuse dans ses autoportraits.

— Je trouve celui-ci plutôt magnifique.

— Il l'est. Votre ancêtre avait l'œil.

— Pourquoi une allégorie, selon vous ? demanda la reine, les yeux rivés sur l'écriteau où l'on pouvait lire *Autoportrait en allégorie de la peinture*.

— Oh, je pense qu'il s'agit d'une boutade à l'intention de ses collègues masculins. En italien, « peinture » se dit *pittura*. C'est un mot féminin. Les hommes ne pouvaient donc pas en être une.

La reine recula.

— Je me souviens, la première fois que j'ai vu son travail et compris que c'était une femme qui avait peint une telle œuvre au XVIIe siècle, j'étais sidérée, dit-elle.

— Il est certain que ça n'a pas dû être très facile, mais elle n'était en aucun cas la seule, ni même la seule talentueuse. Le fait que son père lui ait enseigné les ficelles du métier l'a forcément beaucoup aidée. Elle n'aurait jamais pu apprendre sinon.

— Ah, formée par son père…, fit la reine, dont le visage s'illumina d'une façon qui désarçonna Jennifer. Le concept m'est familier. Ses toiles ont-elles une grande valeur ?

— Pas autant que celles d'Orazio. L'histoire a eu tendance à le favoriser par rapport à elle. Pourtant, comme vous pouvez le constater avec cette œuvre, elle aussi était très douée. Même bien meilleure, à mon avis. Je crois qu'elle a enfin atteint la barre du million de dollars. Elle a ses aficionados, en tout cas. Elle était véritablement exceptionnelle et elle ne nous a pas laissé tant de tableaux que ça.

— Merci, répondit la reine. Un million de dollars. Comme c'est intéressant. Et je suis impatiente de voir les paysages vénitiens l'année prochaine. Puis-je vous demander une petite faveur ?

— Bien sûr, Madame.

— Ayez l'amabilité de garder cette conversation pour vous. N'en parlez à personne, pas même à vos collègues. Je crains de ne pouvoir vous en dire plus, mais cela m'aiderait beaucoup.

Jennifer promit. Au début, elle se sentit un peu déçue de ne pas pouvoir savourer chaque petit détail avec les autres commissaires d'exposition du Royal Collection

Trust. Mais, en rentrant à pied au palais Saint-James, elle se dit qu'afficher un air mystérieux serait encore plus délectable. « Oh, nous avons juste parlé de ses tableaux favoris… » Quelque chose d'aussi vague que ça.

CHAPITRE 27

Depuis la place qu'elle occupait provisoirement dans les bureaux de la trésorerie du palais, Rozie releva les yeux de son écran et fut stupéfaite de voir que le ciel s'était assombri. Elle jeta un œil à la pendule. Presque 17 heures. Elle avait trouvé deux lignes de la base de données dont les chiffres différaient de ceux des feuilles de calcul. En les comparant avec les comptes rendus de réunion des comités concernés (sir James ne plaisantait pas avec la bonne tenue des registres, ce dont Rozie lui était secrètement reconnaissante), il apparaissait que certaines estimations de coûts ne concordaient pas avec les comptes.

En présentant le problème sous forme de graphique, on aurait vu une courbe en légère hausse régulière sur des postes peu coûteux se mettre soudain à augmenter et continuer de façon presque exponentielle pendant deux ans. Grâce à Mary, le trésorier savait déjà plus ou moins où chercher dans la base de données. Rozie l'avait donc juste aidé à mettre le doigt sur l'erreur. Cela faisait pourtant déjà quelques jours que sir James avait demandé à plusieurs subalternes de résoudre ce problème. Mais tous s'étaient contentés de lui assurer que tout était « sous contrôle ». Selon ses propres dires, cela l'avait mis dans une colère noire tant il était évident que ce n'était pas le cas.

Armée d'un tas de pages imprimées et d'un ordinateur portable emprunté, Rozie se rendit à la compta pour tirer les choses au clair. Il aurait été logique que le service se trouve dans l'aile sud, près de sir James, mais le manque de bon sens semblait inscrit dans les gènes du palais de Buckingham. Pour des raisons dont personne ne se souvenait, l'équipe était logée au sous-sol, au bout d'un long couloir de l'aile ouest, face aux cuisines. Rozie descendit les marches des trois étages quatre à quatre, passa devant l'énorme chaufferie, digne de celle d'un paquebot, qui alimentait tout le château et se retrouva enfin dans un modeste bureau.

À sa grande surprise, celui-ci était vide. En revanche, une fête semblait se tenir dans la kitchenette du personnel, juste à côté. Le contraste était pour le moins saisissant avec l'atmosphère de concentration qui régnait aux étages supérieurs.

— C'est l'anniversaire de quelqu'un ? demanda-t-elle.

Quatre visages se tournèrent vers elle. Quatre verres de prosecco restèrent suspendus en l'air. Rozie sentit qu'elle avait quelque peu cassé l'ambiance.

— Euh, en quelque sorte, répondit l'employé le plus proche d'elle, lui décochant un demi-sourire qu'elle ne parvint pas à déchiffrer.

Le petit homme, visiblement éméché, avait quelques kilos à perdre au niveau du ventre. Son costume était froissé et sa cravate desserrée.

— Vous voulez vous joindre à nous ?

— Je crains que ce ne soit pas possible. J'ai juste besoin que quelqu'un m'aide pour ceci.

Rozie remarqua deux hommes du service logistique à qui elle avait parlé durant l'été, Mick Clements et Eric Ferguson. Comme la fois précédente, Mick, le chef, semblait contrarié et hostile. Son jeune collègue penchait la tête sur le côté comme s'il l'étudiait derrière une vitrine.

Mick posa son verre de prosecco sur la table avec une lenteur délibérée.

— Je crois que je vais y aller, en fait.

Quand il la frôla en passant, Rozie le sentit frémir d'une sorte de dégoût à peine contenu. Elle se demanda ce qu'elle avait pu faire pour mériter ça mais les autres ne se montrèrent guère plus aimables. Personne ne l'invita à venir dans son bureau ou ne lui proposa son aide. Ne se démontant pas pour autant, Rozie posa son ordinateur ouvert sur un coin du comptoir de la cuisine et expliqua quel était le souci. À mesure que l'ambiance festive retombait, elle se mit à ressentir un mélange de gêne et d'agacement. Il n'était pas tout à fait 17 h 30 et, à l'étage au-dessus, la journée de travail était loin d'être terminée. Même si tout le monde ici semblait penser que c'était le cas. Personne ne s'intéressait à son problème, sauf pour critiquer son travail de l'après-midi.

— Je crois qu'il y a quelque chose que vous n'avez pas très bien compris, mademoiselle, dit le jeune comptable en haussant les épaules, les mains dans les poches.

— Je ne crois pas, non. Puis-je savoir qui est le responsable, ici ?

Le petit homme en costume froissé grommela quelque chose et l'écouta à contrecœur expliquer une nouvelle fois de quels chiffres elle avait besoin. Il secoua la tête et la regarda tristement.

— Comme vient de le dire Andy, vous vous êtes un peu emmêlé les pinceaux sur ce coup-là, ma belle. Toutes vos données sont fausses.

Il s'approcha et se mit à tapoter sur le clavier tout en soufflant au-dessus de l'épaule de Rozie.

— Cette ligne-ci ne correspond pas à cette ligne-là. Ne vous inquiétez pas, nous vous résoudrons ça pour la semaine prochaine.

L'air était chargé et nauséabond, et il faisait trop chaud. Rozie eut beaucoup de mal à leur démontrer que c'étaient eux qui faisaient erreur. Tandis qu'ils continuaient de la contredire en secouant la tête, elle dut leur démontrer point par point qu'elle s'y connaissait aussi bien – sinon mieux – qu'eux en matière de finances. Cela fait, elle les avertit que s'ils ne collaboraient pas dans les cinq minutes, elle devrait faire un rapport pour obstruction.

Après un instant de désarroi, ils capitulèrent enfin. Ils retournèrent penauds à leurs bureaux et firent en sorte que leurs estimations soient conformes aux nouveaux chiffres. La jeune femme avait plus que hâte de quitter leur repaire et leur déplaisante compagnie.

Le moment venu, Eric Ferguson la raccompagna. Le grand type dégingandé était resté planté sur le pas de la porte après le départ de son patron, et elle en avait presque oublié sa présence.

— Je vais dans la même direction que vous. Laissez-moi porter votre ordinateur.

— Je peux me débrouiller, merci.

— Pfff ! siffla Ferguson quand ils furent hors de portée d'oreille des comptables. Ç'a été dur. Ça m'a fait de la peine pour vous, capitaine Oshodi. Sincèrement.

— Ils auraient pu se montrer plus coopératifs.

— Oui, on peut le dire. J'ai trouvé que vous aviez été très patiente avec eux. À leur décharge, ils venaient de recevoir une mauvaise nouvelle.

— Ah bon ? J'ai plutôt eu l'impression qu'ils fêtaient quelque chose.

— Ils témoignaient leur compassion. Noyaient leur

chagrin. Pete – c'est le gros bonhomme – devait recevoir un important bonus aujourd'hui mais il y a eu un changement de programme.

Comme Eric semblait attendre sa réaction, Rozie se contenta d'un simple « Oh ! ».

— De toute façon, avec tout le prosecco qu'il avait bu…

— Je vois.

— Oui, mauvais timing.

Ils se trouvaient près de la chaufferie. Son bourdonnement était si sourd, constant et puissant que Rozie le ressentait jusque dans son squelette. Elle se souvint soudain d'une chose qu'elle avait apprise le jour même, lors de ses recherches.

— Ça va être entièrement refait, déclara-t-elle, avec un mouvement de tête en direction du bruit. Je parie que vous attendez la rénovation avec impatience.

Eric la toisa de son étrange regard oblique, puis son expression se mua en sourire.

— La perspective de crouler sous le travail, vous voulez dire ? Nous allons devoir trimer jour et nuit. J'attends ça avec impatience, oui. Un pur bonheur.

Sur ces mots, il s'engagea dans une cage d'escalier et disparut rapidement. Une fois seule, Rozie haussa les épaules en repensant aux comptables. L'ambiance était vraiment bizarre. Ce ne fut qu'alors qu'elle réalisa pleinement à quel point sa présence avait dérangé.

Est-ce l'un d'entre eux qui m'a envoyé les lettres ? se demanda-t-elle. Était-ce personnel ? Difficile à dire. « Reine de Nubie », l'avait appelée Neil Hudson, comme si c'était un compliment. Qu'il aille se faire voir. Elle n'allait pas se mettre à soupçonner tous les gens qu'elle croisait. Elle n'allait pas laisser ce pitoyable gribouilleur de poignard la dégoûter d'un travail qu'elle adorait.

Mais quand même. Elle pressa le pas et se hâta de retourner au bureau avec les nouvelles estimations. Un peu essoufflée, elle accepta les félicitations hypocrites de sir James qui la remercia d'avoir « sauvé l'après-midi ». Cela fait, elle se précipita jusqu'à la petite cellule de crise de l'inspecteur-chef Strong, à l'étage supérieur, pour lui donner les noms de deux nouveaux suspects dans l'affaire des lettres anonymes.

CHAPITRE 28

Un rendez-vous supplémentaire était venu se glisser dans l'emploi du temps de la reine.

Après le dîner, on fit entrer Billy MacLachlan dans la salle des audiences privées. Il jeta un œil rapide alentour, ravi de constater que très peu de choses avaient changé depuis sa dernière venue. Quelques photos des arrière-petits-enfants de la reine étaient venues rejoindre celles des petits-enfants. Le prince Harry n'était plus un adolescent nerveux au sourire espiègle mais un jeune homme plein d'assurance, une star à la barbe rousse.

— C'est un plaisir de vous revoir, Billy.

— De même, Votre Majesté.

Elle lui exprima sa reconnaissance pour l'aide qu'il lui avait apportée à Windsor à Pâques et il se retint de la remercier de lui avoir confié une nouvelle mission. Il était toujours préférable que vos employeurs pensent que c'était vous qui leur faisiez une faveur.

— Avez-vous trouvé le conservateur ? lui demanda-t-elle.

Les chiens vinrent renifler le pantalon de MacLachlan puis s'installèrent aux pieds de leur maîtresse.

— Pas le conservateur, Madame, le restaurateur, rectifia l'homme en s'enfonçant dans les coussins du canapé tout en se notant intérieurement pour plus tard de brosser son pantalon à cause des poils de chien. Ce métier consiste surtout à nettoyer et à entretenir les tableaux, mais je suis certain que vous le saviez déjà. Son nom était Daniel Blake et il avait été engagé par Sholto Harvie, l'inspecteur adjoint des tableaux de la collection royale, en 1982. Il a été le premier restaurateur à plein temps du palais. Aujourd'hui, ils sont tout un atelier. En tout cas, à l'époque, c'est Mr Harvie qui s'était battu pour qu'on en engage un. Après quoi, Blake a travaillé à ses côtés à Stable Yard House.

La reine pinça les lèvres et secoua la tête.

— Je ne me souviens pas de lui.

— C'est normal. Il sortait juste de l'institut Courtauld. Pas encore 30 ans, diplômé en chimie et en histoire de l'art. D'après mes sources, Harvie et lui s'entendaient très bien. Mais vous aviez raison, Madame… Blake a eu un terrible accident de moto en 1986. Ça s'est passé en été, peu après la découverte des tableaux baroques au palais de Hampton Court. Il roulait sur la M1 pour aller rejoindre des amis hors de la capitale. Ils devaient faire de l'escalade ensemble, ou quelque chose comme ça. L'accident a été très violent.

— Et il s'en est remis ? demanda la reine. Où est-il aujourd'hui ?

MacLachlan resta un instant silencieux.

— Non, Madame, il ne s'en est pas remis. J'ai interrogé un de ses oncles. La mère de Blake a succombé à un cancer cinq ans plus tard mais l'oncle pense qu'elle a été emportée par le chagrin. Blake avait restauré une Norton Commando, Madame. Un engin qui faisait sa joie et sa fierté, paraît-il. Une belle moto, mais connue pour son manque de fiabilité. Elle s'est fracassée contre un camion sur un rond-point. Blake est resté dans le coma pendant plusieurs semaines, jusqu'à ce que sa mère prenne la décision de faire arrêter les machines. L'oncle à qui j'ai parlé l'avait aidé à retaper la moto. Il a demandé une expertise à un garage après le drame. Il voulait savoir s'ils avaient commis une erreur fatale. Ils ont dit qu'une vis de purge était desserrée. Il s'agit d'une pièce du système de freinage hydraulique, Madame. C'est quelque chose qui arrive. Le frein avant fuyait. Daniel n'avait aucune chance. Il a dérapé jusque sous le camion. C'est même un miracle qu'il ne soit pas mort sur le coup. Même s'il aurait peut-être mieux valu. Pour sa mère. Prendre cette décision. Je ne sais pas...

— Aucune mère ne devrait avoir à faire ça, reconnut la reine, l'air sombre.

— C'est certain. Vous avez dit qu'à l'époque il y avait eu du retard dans le traitement des tableaux de Hampton Court, Madame, reprit Billy, pas mécontent de passer à un autre sujet. Les Artemisia Gentileschi.

Il avait vérifié la prononciation en regardant des vidéos sur YouTube. Pas tout à fait celle qu'il avait imaginée. En fait, ça se disait comme « gentils, les skis ».

— Vous aviez raison sur ce point aussi. Ce qui est arrivé à Blake a beaucoup bousculé le programme de la collection royale. C'était lui qui devait nettoyer ces toiles et, bien sûr, le travail a pris du retard.

Ça, c'est bien les artistes, se dit-il. Si les policiers interrompaient leurs activités chaque fois que quelqu'un se faisait descendre, la maison n'aurait plus qu'à mettre la clé sous la porte.

La reine opina du chef.

— Mais ces freins ? Aurait-il été possible de desserrer la...

— La vis de purge, Madame.

— … délibérément ?

Bien entendu, MacLachlan y avait pensé lui aussi.

— Oui, à condition de s'y connaître un peu. Si je voulais jouer un très mauvais tour en toute impunité à un propriétaire de Norton Commando, c'est ce que je ferais.

— Merci, Billy. Revenons-en aux tableaux. J'aimerais savoir ce qui s'est passé ensuite. Je crois plus ou moins me souvenir qu'une fois établi qu'ils n'étaient pas d'Artemisia, ils ont été entreposés quelque part. Et je suis sûre que…

Elle se pencha en avant pour caresser l'oreille de son chien et poursuivit :

— … du moins, je crois que l'inspecteur des tableaux de la collection royale m'a dit que deux d'entre eux avaient été retrouvés ailleurs, plus tard.

Elle resta un moment silencieuse, perdue dans ses pensées. La seule fois où elle avait vu les toiles après leur découverte, c'était dans un atelier de restauration du palais Saint-James. Deux d'entre elles étaient posées à plat sur une table et les deux autres étaient debout devant elle. Tout le monde était surexcité, surtout Sholto. C'étaient des portraits… des femmes… ou plutôt des allégories, peut-être. Sales et ternies avec, par endroits, des éclats brillants qui perçaient sous des siècles de crasse. Ses souvenirs manquaient de précision. Elle se rappelait juste que le rendu de l'ombre et de la lumière sur les visages était très réussi. Et que les femmes n'étaient pas seulement belles mais également intéressantes. Comme de vraies femmes, celles qu'elle connaissait, avec une vie intérieure complexe. De ravissants tableaux.

Puis, pendant l'automne, il y avait eu une longue période durant laquelle rien ne s'était passé. Ce qu'on avait expliqué par le fait que, à la suite de l'accident du jeune restaurateur, il avait fallu lui trouver un remplaçant pour nettoyer les Gentileschi. Plus tard, quand des experts étaient venus les examiner de plus près, il s'était avéré qu'il s'agissait de copies, pas particulièrement réussies d'ailleurs, à part au niveau des visages. Sa Majesté avait été déçue mais autre chose sollicitait alors toute son attention. Un voyage en Chine. Elle avait été absente plusieurs semaines, travaillant chaque jour d'arrache-pied pour que sa tournée soit couronnée de succès.

— Durant cette période, j'étais à bord du yacht royal, murmura-t-elle. Très occupée.

À son retour, elle était épuisée et les Gentileschi n'étaient plus qu'un lointain souvenir. Elle avait aussitôt enchaîné avec les préparatifs du voyage au Canada prévu l'année suivante avec le secrétaire des Affaires étrangères. Après l'imbroglio sur lequel personne ne s'était jamais vraiment penché, elle avait choisi le Cuneo représentant le lac à travers les arbres pour combler le vide laissé par l'« affreux petit tableau » sur le mur jade pâle en face de sa chambre.

— Madame ? fit MacLachlan pour la faire revenir en douceur au présent. Tant que j'y suis, voudriez-vous que je me renseigne sur l'« autre » accident ? Celui de la piscine.

— Non, répondit-elle d'un ton catégorique. Si cela devient nécessaire, ce sera une tâche pour la police. Enfin, la police officielle.

Elle rechignait toujours à alerter l'inspecteur-chef Strong sur un meurtre ayant eu lieu au palais. Et même très probablement deux, maintenant. Il lui fallait d'abord s'assurer qu'il y avait un rapport entre eux. Cela lui rappela quelque chose.

— Avez-vous découvert où se trouvait Sholto Harvie le soir de la mort de Cynthia ?

— Oui. Sur l'Adriatique, quelque part entre Split et

Ravenne, avec trois cents témoins. Il était invité en tant qu'expert sur un bateau de croisière, l'*Evening Star*, pour y parler de l'art en Grèce, à Venise et dans toutes les régions qui séparent ces deux lieux. Un boulot sympa, pour qui en est capable.

— J'imagine, oui.

Semblant sur le point de dire quelque chose, MacLachlan marqua un temps d'hésitation puis prit finalement son courage à deux mains.

— Il doit beaucoup vous manquer, Madame. Le *Britannia*. Avec lui, vous avez sillonné le monde.

— Oui, confirma sobrement la souveraine.

Ne plus avoir ce yacht avait considérablement compliqué ses voyages et certaines réceptions officielles. Et le pire, c'était que Mr Blair avait fini par admettre que cette mesure n'avait rien de nécessaire.

Se sentant soudain très fatiguée, Sa Majesté remercia de nouveau Billy pour le travail accompli puis monta se coucher.

CHAPITRE 29

Sa Majesté passait un week-end épouvantable à Windsor. D'habitude, le dimanche après l'église, l'un de ses grands plaisirs était de prendre le café en compagnie de sa cousine Margaret Rhodes, qui vivait dans Great Park. C'était l'une des rares personnes qu'elle connaissait depuis toujours et qui était encore là. Petite fille, quand elle n'était que Lilibet, elle la côtoyait beaucoup. Et aujourd'hui, Margaret faisait partie de la poignée d'individus auxquels elle pouvait parler en toute franchise de tous les sujets. Sa cousine avait un an de plus qu'elle et la reine avait toujours admiré sa persévérance galvanisante. Sauf qu'en cette fin de semaine il était clair que Margaret n'allait pas bien. Elle ne se sentait pas assez en forme pour une visite, ni pour grand-chose d'ailleurs. Et quand Sa Majesté l'avait appelée pour lui proposer de passer la voir, elle avait perçu dans sa voix une fragilité inquiétante.

La reine se disait que, sans sa cousine, sa vie ne serait plus la même. Ce serait une nouvelle ère. Et avec Philip qui partirait bientôt prendre sa retraite dans le Norfolk, sa solitude serait d'une tout autre nature. Cela faisait presque dix ans qu'elle avait perdu sa sœur, et leur mère était morte peu après. Tous les parents et amis proches des premiers jours disparaissaient un à un avec une régularité déprimante. C'était pareil pour les chiens. Depuis l'âge de 7 ans, elle avait toujours eu des corgis, de plus en plus. Mais maintenant que Holly était partie, il ne lui restait plus que Willow. Elle avait décidé de ne plus en prendre parce qu'elle ne serait pas éternellement là pour s'en occuper. En outre, d'un point de vue pragmatique, les chiens représentaient un risque de chute, et un monarque était tenu d'éviter de se briser le cou.

Elle tiendrait bon. Elle continuerait d'avancer, comme elle l'avait toujours fait. Peut-être était-elle trop pessimiste et sa cousine irait-elle bientôt mieux. Mais c'était un week-end de novembre froid et humide, et l'ambiance dans le pays comme dans le reste du monde était de plus en plus agitée. Les fractures en Europe et aux États-Unis seraient-elles facilement réparées, avec ces nouvelles personnes au pouvoir ? Les élections américaines avaient lieu dans deux jours et les médias ne parlaient que de ça. Si Philip plaisantait au sujet de Facebook, la Maison Blanche n'en était pas moins « convaincue » que la Russie avait tenté d'influencer le processus. Les fondements mêmes de la démocratie semblaient affaiblis comme jamais depuis la guerre, c'est-à-dire avant la naissance de la plupart de ses sujets. Elle sentait que, à l'orée de quelque chose qu'ils ne comprenaient pas pleinement, tous s'accrochaient à leurs valeurs en priant pour qu'elles résistent.

Philip avait commencé un tableau. Il avait sorti ses tubes de peinture à l'huile dans la salle Octogonale – qui empestait la térébenthine – et il était en train de réaliser un paysage plutôt réussi à partir de croquis qu'il avait faits à Balmoral pendant l'été. Sa toile représentait le jardin vu depuis l'intérieur du château. La reine admirait sa détermination à vouloir exercer sa créativité au lieu de rester scotché devant la BBC.

— C'est pas mal, dit-elle par-dessus son épaule.

Il grommela.

— Balmoral ?

— Non. Tombouctou.

L'enregistrement d'un vieux match de cricket passait en fond sonore et elle comprit qu'elle le dérangeait.

— Avez-vous entendu les prévisions météo ? demanda-t-elle. Je n'ai pas pu faire mon tour de poney ce matin. Il va continuer à pleuvoir comme ça ?

Il se tourna vers elle.

— Aucune idée. Écoutez, je suis désolé pour Margaret. Mais vous traîneriez moins comme une âme en peine si vous vous trouviez une occupation.

Il avait probablement raison. Elle se força à commencer un puzzle représentant son pur-sang Dunfermline passant la ligne d'arrivée du St Leger mais ne put s'empêcher de songer à ce qui reliait tous ces gens : Cynthia Harris ; Sholto Harvie ; Mary Van Renen, la secrétaire qui avait démissionné ; Mrs Baxter, qui était « difficile » ; et Rozie, qui avait juste posé quelques questions au sujet d'un tableau et se demandait maintenant si cela n'avait pas entraîné un meurtre. Daniel Blake était également une pièce du puzzle. Mais même si Sholto avait orchestré son « accident », il ne pouvait être responsable de celui de Cynthia puisqu'il se trouvait au milieu de l'Adriatique.

Elle repensait aussi au trafic de biens endommagés. S'agissait-il d'une simple manœuvre de diversion de Sholto ? Et elle n'était pas du tout satisfaite de la légèreté avec laquelle sir James avait traité l'affaire. Si elle voulait trouver une occupation, c'était de ce côté-là qu'elle devait creuser.

Le lundi, Sa Majesté se sentait beaucoup mieux, requinquée par une bonne nuit de sommeil et un agréable tour de poney matinal dans le parc. Après avoir travaillé dans la voiture sur le trajet du retour vers Londres, elle était prête à attaquer la semaine avec sa vigueur habituelle.

Aujourd'hui, c'était Rozie qui s'occupait des boîtes.

— J'aimerais que vous fassiez quelque chose pour moi.

La jeune femme s'égaya aussitôt.

— Bien sûr.

— C'est à propos du trafic de biens endommagés. J'ai réfléchi aux tunnels sous le palais. Vous avez dû en entendre parler.

— J'ai entendu des rumeurs selon lesquelles un réseau reliant tous les palais royaux du secteur aurait existé autrefois.

— Pas « autrefois », rectifia la reine, ça existe toujours. On y a entreposé le mobilier le plus précieux pendant la guerre. Mais il est vrai qu'on a un peu négligé cet endroit depuis.

Cela n'avait rien de très surprenant. Papa avait eu d'autres chats à fouetter. Entre autres réparer les plus gros dégâts causés par les bombes et faire en sorte que le palais redevienne présentable. Surtout qu'à l'époque tout était rationné et qu'une grande partie des itinéraires commerciaux de l'Empire étaient en cours de reconstruction. En fait, ce n'était que beaucoup plus tard que Philip et son écuyer s'étaient aventurés dans les entrailles du palais et au-delà.

« Vous ne devinerez jamais tout ce que j'ai trouvé, avait-il lancé à son retour, aussi sale que joyeux, couvert de boue et de poussière, avec des toiles d'araignée dans les cheveux. Deux pleines caisses de porcelaine. Du vin du XIXe siècle. Quatorze chaises Régence dorées. Sept matelas moisis, un portrait de George III, quatre cheminées en marbre et une famille de réfugiés roumains. »

La reine avait alors écarquillé les yeux.

« Ha ! » s'était esclaffé le duc.

Bien sûr, il avait inventé la fin... Mais ce qui l'amusait le plus, c'était que le reste la surprenne si peu.

À l'époque, tout le monde avait été fasciné par ces trésors oubliés. Philip s'était enfoncé plus loin dans les tunnels afin de voir où ils menaient. Il espérait parvenir à créer un petit passage que le personnel et la famille pourraient emprunter à l'insu du public pour circuler entre le palais de Buckingham et Clarence House (que la reine mère et Margaret habitaient désormais). Finalement, il s'avéra que si le souterrain était assez large sous le palais, ses embranchements devenaient plus étroits, profonds et humides entre Green Park et Saint-James. Une substance visqueuse suintait des parois. Certaines zones étaient infranchissables. Philip avait donc demandé qu'on les condamne et que les parties les plus saines soient utilisées comme entrepôts.

La reine résuma tout cela à Rozie.

— Je crois qu'il y a une sorte de porte quelque part du côté de Constitution Hill. Elle est censée empêcher l'accès à la partie la plus éloignée et donc être solidement fermée à clé. Quand tout sera tranquille, peut-être pourriez-vous aller vérifier qu'elle est bien inutilisée ?

Elle avait pris beaucoup de précautions pour formuler cela. C'était une vraie question, et de son regard, elle signifiait clairement à Rozie qu'elle avait le droit de dire non. L'endroit pouvant être dangereux, la reine ne voulait pas qu'elle se sente obligée de quoi que ce soit.

Mais cette proposition sembla tant ravir la jeune femme que Sa Majesté fut contrainte de lui intimer l'ordre de ne pas aller au-delà de la porte verrouillée, même si cela s'avérait possible. Elle-même veillait à ne pas se briser le cou, et elle tenait à ce que sa secrétaire particulière adjointe en fasse autant.

— Encore une chose. J'ai l'impression que Lavinia Hawthorne-Hopwood en sait long sur le passé de Sholto Harvie.

— La sculptrice qui réalise votre portrait pour la Royal Society ?

— Elle-même. Je suis sûre de l'avoir entendue parler d'un lien de parenté ou quelque chose comme ça. Vous pourriez peut-être l'interroger sur lui en privé ? Ce serait fort aimable.

Rozie hocha la tête.

— Qu'aimeriez-vous savoir ?

— Je ne sais pas, admit la reine. Ce n'est peut-être rien. Mais demandez toujours et voyez ce qu'il en sortira.

CHAPITRE 30

Dans l'aile sud, au bureau des engueulades carabinées, le vice-général de corps aérien, Mike Green, n'avait guère apprécié les quatre dernières semaines. D'habitude, quand la pression augmentait à l'approche de Noël ou parce qu'il fallait organiser des dîners et des banquets fastueux pour la fine fleur de la haute société internationale, il était comme un poisson dans l'eau. Mais cette année, il y avait la regrettable mort de l'horrible femme de chambre et le surplus de stress dû au plan de rénovation. Et le pire, c'était Strong, ce flic prétentieux qui fouinait partout dans le palais et venait plus ou moins lui dire comment faire son travail. « PQ », comme on l'appelait à la cour.

C'était le grand-maître de la Maison royale en personne qui était à l'origine de ce sobriquet. Il s'était souvenu d'une publicité de son enfance dans laquelle l'adjectif *strong* était utilisé pour vanter la résistance d'un papier hygiénique – dont on saluait aussi la douceur et la longueur. Les manières du policier étaient incontestablement douces et il était tout aussi vrai que sa conversation pouvait traîner en longueur. Rebaptiser ainsi ses interlocuteurs s'inscrivait dans la pure lignée des traditions du palais. Mike Green savait depuis toujours que ses aînés et ses supérieurs l'appelaient « le tourteau », en référence au surnom de « crabes » que les autres corps d'armée donnaient aux hommes de la RAF. Il le prenait bien et répondait par un sourire indulgent quand quelqu'un employait ce sobriquet devant lui par inadvertance.

À cet instant précis, il souriait pour lui-même car PQ venait d'essuyer une défaite. Ce n'était pas lui qui avait découvert la clé de l'énigme concernant la vague de lettres anonymes. Ce n'était pas lui qui avait interrogé le coupable. (Strong avait admis en être un peu contrarié, mais était-ce la faute du grand-maître si le policier avait dû suivre une formation précisément ce jour-là ?) Et ce n'était pas lui qui avait obtenu des aveux signés. Mais, malgré tous les éléments à charge, Strong n'avait pas paru convaincu. Voilà qui en disait long sur sa petitesse : il n'acceptait pas qu'on ait fait mieux que lui. Un simple « Félicitations ! » aurait pourtant suffi.

Le grand-maître de la Maison royale était impatient de voir Sa Majesté. Il ne l'avait pas rencontrée en tête à tête depuis une semaine et il s'était passé beaucoup de choses. Il était sûr qu'elle allait être enchantée. Elle se sentirait peut-être même quelque peu contrite de ne pas lui avoir fait confiance dès le départ. Bien sûr, elle ne le montrerait pas et il n'en attendait pas tant.

Il devait la voir une demi-heure avant le déjeuner, dans le salon des audiences privées. C'était la première fois qu'ils s'entretenaient depuis le banquet officiel.

— Pas trop de catastrophes en coulisses, j'espère ? lui demanda-t-elle.

— Une ou deux, Madame. Je crains que Vulcan ne se soit une nouvelle fois mal comporté. Il est apparu de nulle part alors qu'un invité sortait des toilettes et il lui a mordu la cheville.

— Juste ciel. Quelqu'un de chez nous ou de chez eux ?

— De chez nous. Un sous-secrétaire permanent, crois-je me rappeler.

— Bon, dans ce cas, ça va, sourit-elle. Il ne nous intentera pas de procès. Envoyez-lui tout de même un mot : « La reine regrette sincèrement… »

— Entendu, dit-il, un peu hilare, se sentant comme un prestidigitateur sur le point de faire sortir un lapin de son chapeau. J'ai pensé, Madame, que vous aimeriez savoir que nous avons résolu cette sombre affaire de lettres anonymes.

Les yeux de Sa Majesté s'écarquillèrent derrière ses lunettes. Elle paraissait réellement surprise.

— Tiens ? J'ignorais que vous enquêtiez encore.

Il lui assura que, bien au contraire, il n'avait jamais laissé tomber.

— En coordination avec la police ?

— En quelque sorte, Madame.

L'inspecteur-chef et son homme n'étaient là que pour donner un coup de main. (La reine s'apprêtait à le contredire mais il n'avait pas encore sorti le lapin de son chapeau.) Quoi qu'il en soit, les policiers étaient surtout concentrés sur Cynthia Harris, tandis qu'en tant que grand-maître de la Maison royale il jouissait d'une meilleure vue d'ensemble. Il admettait néanmoins que leur présence avait pu pousser le coupable à tout révéler lors de son arrestation. Si tel était le cas, il leur en savait gré. (Ce n'était pas vrai, mais il fallait bien que Sa Majesté se sente utile.)

— Tout révéler ? s'enquit la reine, l'air toujours très perplexe. Vous voulez dire qu'il a avoué ?

— Elle, se permit de rectifier le grand-maître. Et oui, Madame, elle a tout reconnu. Elle n'a pas eu le choix : elle a été prise la main dans le sac. J'ai ses aveux écrits ici.

Fier comme Artaban, il tira le document imprimé de sa pochette en cuir.

La patronne était visiblement trop décontenancée pour lui offrir même un simple sourire en remerciement, mais il se contenterait de son étonnement. Il avait lui-même été très surpris.

— Et de qui s'agit-il ?

— D'une bonne, Madame. Lorna Lobb. La semaine dernière, elle a été aperçue à la cantine en train de rôder autour de la table où était assise votre secrétaire particulière adjointe. Mon équipe ayant reçu l'ordre d'être sur le qui-vive, c'est un de mes hommes qui l'a repérée. Rozie était en train de converser avec quelqu'un quand il a vu que Mrs Lobb s'apprêtait à mettre quelque chose dans son sac. Il est intervenu avant qu'elle ait le temps d'agir. Tout s'est fait dans la discrétion, Madame. Je ne crois même pas que Rozie l'ait remarqué. Mais Lorna ne pouvait pas nier qu'elle tenait cette enveloppe, ni qu'elle portait un gant en latex. Quand nous l'avons interrogée, elle paraissait terrifiée. Et il y avait de quoi. La lettre était effroyable.

— Lorna Lobb ? répéta la reine en fronçant fortement les sourcils. Mais quelles lettres a-t-elle livrées ?

— Toutes, Madame. Sauf celles de Mary Van Renen.

— En êtes-vous tout à fait sûr ? Même celles de Cynthia Harris ?

— Absolument, tout est écrit ici, confirma-t-il en tapotant son dossier. Mais elle n'a pas agi de sa propre initiative. Elle travaillait pour Arabella Moore – qui, elle, nie tout en bloc, soit dit en passant. Mais les éléments à charge sont solides. Mrs Moore est l'épouse de Stewart Moore, qui – vous vous en souvenez peut-être – nous a quitté pour cause d'incompétence après le signalement de Mrs Harris. Elle en voulait à la femme de chambre.

Les sourcils de la reine étaient toujours froncés.

— Mais Mrs Harris n'avait-elle pas reçu d'autres lettres il y a des années ? Avant sa retraite ? Avant que Mrs Moore ait la moindre raison d'avoir une dent contre elle ?

Le grand-maître s'était déjà posé la question.

— Si, en effet, reconnut-il. Mais Mrs Lobb affirme ne rien savoir de celles ci. Je suppose qu'elles étaient l'œuvre de quelqu'un d'autre. En revanche, c'est peut-être ce qui a donné l'idée à Mrs Moore. Même à l'époque, Mrs Harris était déjà impopulaire auprès des jeunes employés. Il est plus que probable qu'elle se soit attiré les foudres de certains.

Les yeux rivés sur quelques photos dans des cadres en argent, la reine affichait une moue dubitative.

— Mrs Lobb a-t-elle précisé pourquoi Mrs Moore avait adressé des lettres à d'autres femmes que Mrs Harris ?

— Pas vraiment. Elle s'est hélas vite renfermée. Mais j'ai fait mes propres recherches. J'ai appris que Mrs Moore s'était disputée avec Mrs Baxter car elle lui reprochait de semer l'agitation dans le personnel. Le racisme avait peut-être aussi à voir là-dedans. C'était bien entendu le cas avec cette pauvre Rozie. Je dois admettre que j'en ai été stupéfait. Je n'aurais jamais soupçonné une chose pareille. Mrs Moore m'a toujours semblé un modèle de bienséance.

— À moi aussi, confirma calmement la reine.

— J'ai demandé à Rozie si elle souhaitait porter plainte officiellement, je veux dire auprès de la police, mais elle a refusé.

— Et en ce qui concerne Mary Van Renen ? Vous avez dit que Mrs Lobb s'était défendue de lui avoir livré les lettres.

— Ah ! C'est une affaire totalement distincte, Madame. Je ne sais pas si vous vous en souvenez, mais Miss Van Renen était harcelée par un homme qu'elle avait rencontré sur Internet. Il a causé des désagréments mais ceux-ci étaient sans rapport avec les agissements de Mrs Moore.

— Je vois.

Sa Majesté ne semblait plus perplexe, Dieu merci. Mais elle affichait le même air austère que lorsqu'elle assistait aux parades maladroites de certaines armées étrangères sous la pluie.

— Et que dit Mrs Moore de tout cela ?

— Ainsi que je l'ai déjà mentionné, elle nie tout en bloc. Avec beaucoup de véhémence, Madame. Logique, non ? Nous sommes obligés de suivre la procédure officielle pour la licencier. J'ai lancé les démarches. Elle ne sera plus avec nous très longtemps.

La reine fronça de nouveau les sourcils.

— Vous ne l'avez pas encore renvoyée chez elle ?

Le grand-maître expliqua qu'il avait eu trop à faire ces derniers temps pour s'en occuper. Il ne pouvait pas le dire, mais il avait tout intérêt à ce qu'Arabella Moore reste le plus longtemps possible. En tant qu'individu, c'était peut-être une harceleuse aussi malveillante que raciste mais, professionnellement, c'était un excellent manager. Et, dans quinze jours, c'était son équipe qui devait accueillir les invités pour la réception du corps diplomatique, un événement beaucoup plus important et prestigieux que le banquet d'État. À sa façon, elle était comme Cynthia Harris : très douée pour ce qu'elle faisait et difficile à remplacer au pied levé dans un environnement constamment sous pression. Elle n'en serait pas moins renvoyée avec perte et fracas dès que les formalités seraient réglées.

Quoi qu'il en soit, le grand-maître pouvait la mettre en congé payé si Sa Majesté le désirait.

Mais elle ne le souhaitait pas. Elle voulait juste qu'il la prévienne s'il découvrait autre chose et qu'on lui remette un exemplaire des aveux écrits de Mrs Lobb. Ce ne fut qu'en quittant la pièce que Mike Green prit conscience qu'elle n'avait pas paru enchantée ne serait-ce qu'une seconde. Typiquement féminin : qu'importe qu'il ait résolu le problème, une personne était morte. Une chose que les femmes auront toujours du mal à encaisser.

Sa Majesté monta rejoindre Angela, son habilleuse, pour les derniers essayages du manteau noir et des robes qu'elle serait amenée à porter ce week-end. Cela fait, elle répondit à quelques courriers en attente et promena une nouvelle fois les chiens dans le jardin.

Philip avait emporté avec lui son tout dernier tableau pour continuer à travailler dessus. Quand il aurait 96 ans, il se retirerait dans son domaine de Sandringham et elle savait combien il apprécierait de pouvoir se consacrer davantage à ses toiles. Il n'avait jamais raffolé du palais. Il aurait nettement préféré vivre dans une ferme au milieu de nulle part, mais il n'en avait jamais eu la possibilité. Grâce à son épouse, l'année à venir verrait son souhait se réaliser.

Elle passa à l'improviste dans son atelier pour voir comment il avançait.

Vêtu d'une vieille veste en coton qui protégeait sa chemise, il quitta ses tubes de peinture des yeux.

— Ah, c'est vous, *cabbage*[1] ! lança-t-il tout en plissant les yeux. Que faisait donc le tourteau ici ? Je l'ai

1. « Mon chou » (le légume). Surnom humoristique possiblement dérivé du français « mon petit chou ». *(N.d.É.)*

croisé alors qu'il sortait de votre bureau, il semblait très content de lui.

— Le grand-maître de la Maison royale me faisait part d'un point de vue intéressant concernant l'identité de l'auteur des lettres anonymes.

Philip la fixa du regard.

— Je vous connais. Vous pensez que son point de vue n'était qu'un ramassis de conneries. Le lui avez-vous dit ?

— Pas encore. Il se pourrait qu'il ait raison. Il a obtenu des aveux.

— Ne me dites rien ! Alec Robertson ?

Le duc faisait référence au fidèle page de la reine qui avait récemment été accusé à tort d'espionnage par le MI5.

— Non... Une bonne du nom de Lorna Lobb.

Elle lui parla d'Arabella Moore et de la thèse de la vengeance.

— Quoi, Mrs Moore, du service administratif ? fit-il, rejetant déjà l'idée. Elle a été secrétaire de mon Bureau privé. Terriblement efficace, toujours polie, honnête à l'excès. Tout ce que je peux vous dire, c'est que si c'est vraiment elle, on a affaire à Jekyll et Hyde en personne. Elle est beaucoup moins nulle que la plupart de vos gratte-papier.

De sa part, c'était un compliment.

— J'ai aussi du mal à l'imaginer grande délinquante, acquiesça la reine.

— Mais des aveux, ce sont des aveux, souligna Philip. Elle a tout reconnu.

— Non. Elle nie tout. C'est Mrs Lobb qui a avoué. C'est elle qui accuse votre chère Mrs Moore d'avoir tout ordonné.

Le duc regarda son épouse avec un étonnement non feint.

— Et le tourteau la croit ? Seigneur. Il a piloté des jets de combat, non ? La force *g* a dû lui abîmer le ciboulot.

Sa Majesté n'avait pas trop d'avis sur les effets de la force *g*, mais globalement elle approuvait les dires de son époux. Elle savait aussi quelque chose que le grand-maître et le duc ignoraient : contrairement à ce que Mike Green avait trop vite conclu, Mrs Lobb n'avait pas travaillé directement sous la houlette du corbeau.

Désormais, cela ne faisait plus aucun doute pour elle. La conversation qu'elle avait surprise depuis sa penderie l'été précédent tournait autour des lettres anonymes. La voix qui recevait les instructions devait appartenir à ce type au nom bizarre, Spike Milligan. C'est ce qu'elle supposait déjà après l'incident des chauves-souris survenu dans sa chambre, et elle en restait persuadée, bien que l'intéressé ait tout nié devant l'inspecteur-chef. Mais il n'était qu'un intermédiaire. La voix qui donnait les ordres aurait pu être aussi bien masculine que féminine. Cependant, la reine penchait plutôt pour celle d'un homme. En tout cas, ce n'était pas celle d'Arabella Moore, à qui elle avait parlé de nombreuses fois au sujet des invitations de personnalités.

Elle alla téléphoner à Rozie pour la charger d'interroger Mr Milligan.

— Pouvez-vous lui assurer qu'il a été entendu et que c'est parvenu aux oreilles de Sa Majesté ?

La secrétaire particulière adjointe s'engagea à le faire.

À 18 h 30, la reine eut le temps de prendre un rapide gin Dubonnet avant que l'inspecteur-chef Strong ne fasse irruption dans son salon pour l'informer des dernières évolutions de l'enquête. Elle l'admirait de n'avoir manifesté aucun signe de panique quand le grand-maître de la Maison royale avait fait son annonce spectaculaire. Il paraissait certain qu'elle attendrait de l'avoir entendu pour tirer des conclusions. Elle aimait les gens posés et sûrs d'eux qui partaient du principe que les autres faisaient bien leur travail jusqu'à preuve du contraire. Elle appartenait elle-même à cette catégorie.

L'écuyer de Sa Majesté fit entrer le policier et se retira. Sur l'invitation de son hôtesse, Strong s'assit à sa place habituelle.

— Que pensez-vous des aveux de Lobb ? lui demanda-t-elle sans plus attendre.

Le sympathique visage de Strong rosit légèrement avant de reprendre sa teinte normale.

— Je ne m'y serais pas tout à fait pris comme cela, Votre Majesté, répondit-il, la gorge serrée.

— J'imagine que non. Vous m'en voyez désolée. Le grand-maître de la Maison royale est de nature quelque peu enthousiaste.

— Vous trouvez aussi, Madame ?

— La jeune fille a néanmoins été prise sur le fait, je crois.

— En effet, admit Strong. Et il s'avère qu'elle se trouvait presque toujours au bon endroit au bon moment. Mon sergent a vérifié.

— Je vous en suis reconnaissante.

— Nous ne faisons que notre travail, Madame, répondit-il le plus simplement du monde. Mrs Lobb est rentrée à Londres avant une partie des employés qui se trouvaient à Balmoral et n'était donc plus au château quand les vêtements de Mrs Harris ont été lacérés. Du reste, d'après ce que je sais, elle nie formellement ce méfait, lequel ne figure d'ailleurs pas dans ses aveux.

— Oui, j'ai vu ça. Le grand-maître n'en a pas parlé.

Le silence de Strong était éloquent.

— Épineux, commenta la reine.

— En effet. Selon la théorie du grand-maître, le coup des vêtements serait l'œuvre d'un autre domestique ayant des griefs contre la femme de chambre. Madame, j'adhère de plus en plus à votre théorie selon laquelle Mrs Harris se serait elle-même infligé ces horreurs.

— La théorie de ma dame dc compagnie, s'empressa de rectifier Sa Majesté.

— Oui. Il semblerait cependant que c'est bien Mrs Lobb qui a déposé les lettres de Rozie, ce qui pourrait aussi être le cas pour Mrs Baxter et, peut-être même, Mrs Van Renen. Mais, une fois Mrs Harris sortie de l'équation – si Mrs Lobb a menti sur ce point –, on se demande pour quelle raison Mrs Moore lui aurait demandé de faire tout ça.

— Ah, je vois, dit la reine, faisant tout son possible pour cacher que c'était la première chose à laquelle elle avait pensé.

— Mon sergent poursuit ses recherches sur Mrs Harris pour tenter de finir d'élucider cet aspect de l'affaire, Madame. Il est aussi allé voir Mary Van Renen dans le Shropshire. Si ce n'est pas Mrs Moore qui lui a fait livrer les lettres, c'est son cas qui est le plus préoccupant en ce moment. Les messages qu'elle a reçus étaient très menaçants. Nous avons remonté la piste des hommes qu'elle a rencontrés en ligne et, comme elle, nous ne pensons pas que cela vienne de l'un d'entre eux. Ils ont tous de bonnes évaluations sur le site et nous avons interrogé plusieurs d'entre eux. Tous étaient prêts à nous remettre leurs téléphones ou leurs ordinateurs pour que nous les examinions. Nous avons aussi parlé à ses amis londoniens et nous n'avons rien trouvé de suspect. Je crois que cela nous ramène donc au palais, Madame. À quelqu'un dont elle a fait la connaissance ici.

— C'est très inquiétant. De penser qu'il est là. Enfin, il ou elle.

— Je n'en doute pas. Et en ce qui concerne votre assistante, je n'ai pas encore beaucoup progressé. Aussi affligeant qu'il puisse être, je ne suis pas convaincu par le ton raciste des messages. Si c'était la vraie raison, d'autres employés que Rozie et Mrs Baxter auraient été visés. J'ai le sentiment que c'est plus personnel. Mais j'ignore toujours de quoi il retourne. Rozie est appréciée de ses collègues.

— C'est ce qu'il me semble.

Strong plissa les yeux et se frotta le menton.

— D'une certaine façon, c'est pour elle que je suis le plus inquiet.

— Ah ? Pourquoi cela ?

— Quelqu'un ne veut pas d'elle dans les parages. Mary Van Renen est en sécurité avec sa famille. En revanche, Rozie Oshodi est bel et bien ici. Je vais lui recommander de rester sur ses gardes.

Elle a de l'expérience en la matière, se dit la reine. Puis elle se demanda comment sa secrétaire particulière s'en tirait dans les souterrains. Avec un peu de chance, elle en serait ressortie en dix minutes, ravie de rapporter qu'il n'y avait rien d'autre à voir qu'une porte cadenassée. Mais si elle ne s'y était pas encore rendue, il valait peut-être mieux tout annuler et réfléchir à un plan moins risqué.

— Vous avez raison, dit-elle. Je le lui conseillerai également.

CHAPITRE 31

Rozie avait toujours trouvé que le palais changeait de visage à la tombée de la nuit. Parfois, il se mettait à briller de mille feux pour une réception ou un banquet. D'élégantes Mercedes et Bentley, parfois des carrosses, venaient alors déverser leurs invités parés de leurs robes de couturier et de leurs « décorations » (médailles pour ces messieurs et diamants pour ces dames) sur le parvis tout d'or illuminé. C'était une des adresses les plus courues de la haute société londonienne.

D'autres fois, le crépuscule s'accompagnait plutôt d'une accalmie : la plupart des employés rentraient chez eux tandis que les commerciaux, artisans et autres visiteurs habituels se raréfiaient. Ceux qui vivaient là ou y travaillaient de nuit prenaient alors possession du palais. Les bâtiments n'impressionnaient personne et chacun vaquait à ses tâches dans ce dédale de couloirs ayant perdu toute cohérence deux siècles plus tôt.

La reine avait un emploi du temps chargé pour les jours à venir, et il était 20 heures passées quand Rozie éteignit enfin son ordinateur et s'étira un peu. Les assistantes étaient parties à 18 heures mais sir Simon était toujours dans son bureau, la lumière allumée. En temps normal, elle aurait passé la tête par la porte et lui aurait dit : « Rentrez chez vous voir votre femme ! » Et il lui aurait malicieusement répondu que son épouse ne le reconnaissait pas avant 22 h 30. Mais maintenant, avec leurs relations tendues, cela risquait d'être mal pris. Elle se contenta donc de lui souhaiter bonne soirée. Il leva les yeux et hocha la tête. Entre eux, l'air crépitait de regrets. Elle traîna un peu sur le seuil en cherchant une meilleure formule. Il lui demanda de fermer derrière elle et elle s'exécuta.

Quelques heures plus tôt, elle avait chargé une assistante de lui dégoter une lampe torche puissante et une paire de bottes de pluie, pointure 43. Vu l'état du système électrique au sous-sol, elle préférait ne pas prendre de risques et avoir les pieds dans du caoutchouc. Où l'assistante les avait-elle trouvées ? Elle n'avait pas posé la question. Au Bureau privé, on avait l'esprit d'initiative. Quand on faisait bien quelque chose, on se réjouissait sans rien dire à l'idée que son supérieur le remarquerait, ce qui ne manquait jamais d'arriver.

Équipée de ses bottes et d'une vieille veste empruntée aux agents de sécurité de l'entrée de l'aile nord, elle descendit l'escalier le plus proche, sentant la température baisser à chaque marche. Elle avança ensuite jusqu'à un long et large couloir qui menait à l'extrémité sud en passant sous l'aile ouest. C'était là que se trouvaient la chaufferie, plusieurs réserves et, comme elle le savait désormais, la comptabilité. D'autres services étaient également logés dans ce secteur. La présence de fleuristes, par exemple, étouffait la forte odeur terreuse qui aurait pu être désagréable en laissant flotter dans l'air une enivrante note de jasmin.

De là, Rozie emprunta un nouvel escalier qui descendait jusqu'aux caves.

Sur sa gauche se trouvait un couloir obscur, bordé de

chariots et de caisses en bois. Les vins étaient entreposés par là, ainsi que diverses autres denrées nécessitant d'être conservées au frais. Sur sa droite, il y avait une épaisse porte en acier portant une inscription.

SERVICE LOGISTIQUE. DANGER.
ENTRÉE INTERDITE.

Au-dessus, selon ses calculs, la voie devait continuer sous les platanes entrelacés. Jusqu'à présent, elle n'avait jamais eu aucune raison d'ignorer cet avertissement. Mais aujourd'hui, armée de sa grosse lampe torche, il en allait autrement.

Quand elle appuya sur l'interrupteur, des néons s'allumèrent en bourdonnant. Elle découvrit alors une pièce carrée, approximativement de la taille d'une piscine. Suspendues au plafond par des chaînes, des lampes éclairaient plusieurs grandes étagères métalliques accueillant des caisses, des palettes, des tapis roulés, des livres, des boîtes de jouets anciens, des ustensiles de cuisine des années 1960, une essoreuse à linge et plusieurs vieux meubles dont elle ignorait l'usage.

Il y avait une salle plus petite dans le coin, au fond à gauche : un petit cube délimité par des murs en parpaing.

— Y a quelqu'un ? fit Rozie d'une voix plus aiguë que d'habitude, tout en continuant à avancer.

Mais elle n'obtint pas de réponse. Quand elle appuya sur la poignée, la porte s'ouvrit sans peine sur un bureau et des étagères chargées de toutes sortes de boîtes, de pots de peinture déformés et de coffrets de visserie parfaitement rangés. Il régnait dans la pièce une vague odeur de bois de santal et de musc. Sur le bureau, un vieux mug rempli de stylos, de crayons et d'une règle était posé juste à côté d'un bloc de papier jaune quadrillé. Rozie testa un ou deux stylos mais ils n'écrivaient plus. Deux feuilles jaunes chiffonnées gisaient au fond d'une corbeille rouillée. La jeune femme les défroissa sur le bureau. On y avait noté quelque chose au crayon – des chiffres et des lettres soigneusement alignés mais sans signification évidente. Elle les photographia avec son téléphone puis les froissa de nouveau avant de les remettre là où elle les avait trouvées. Des cahiers au contenu similaire traînaient en vrac dans un tiroir.

Tout près, une porte métallique donnait sur une autre réserve. Celle-ci était longue et étroite, avec un plafond bas et voûté et des murs carrelés comme ceux d'une vieille station de métro. Rozie se dit que cela devait délimiter le début des souterrains. Ici, sur les étagères, elle aperçut entre autres plus d'une vingtaine de boîtes à chapeau, plusieurs rouleaux de grosse corde, trois tondeuses à gazon rouillées et quatre bouées de sauvetage. En s'approchant de ces dernières, elle remarqua qu'elles portaient l'inscription « HMY Britannia ». Il y avait encore une autre porte métallique au fond, en partie cachée par deux malles à la Harry Potter et une caisse à thé. Rozie poussa la caisse d'un côté et les malles de l'autre. L'une des malles étant plus lourde que l'autre, elle en souleva le couvercle par curiosité. Trois magnifiques vases chinois bleu et blanc d'un mètre de haut y étaient douillettement nichés dans de la paille.

La porte métallique s'ouvrit sur une simple poussée. S'il y avait jamais eu un écriteau interdisant de la franchir, ce n'était plus le cas aujourd'hui. Là, un couloir de brique rouge d'environ cinq mètres donnait sur une nouvelle porte. Mais celle-ci était différente : plus basse, plus vieille, encadrée d'un bâti plus imposant. D'après ses estimations, Rozie devait maintenant se trouver à peu près sous Constitution Hill. Elle alluma sa lampe torche. Ce devait être l'endroit à partir duquel le prince Philip avait demandé que les tunnels soient condamnés. L'air était particulièrement immobile, le silence qui en résultait aiguisait tous les sens de la jeune femme. Elle percevait non seulement chaque bourdonnement et vacillation des lumières derrière elle, mais aussi une odeur boisée, masculine, qui se mêlait à celles de l'humidité et de la poussière.

Avec son bois épais tacheté par le temps et ses énormes ferrures, la porte elle-même aurait mérité d'être exposée dans un musée. Son vieux verrou était maintenu fermé par un cadenas d'acier plus gros que le poing. Le pêne refusait de bouger. Il y avait bien une serrure mais pas de clé en vue. Rozie se dit alors que le mieux serait probablement de prendre une photo qu'elle montrerait à la patronne. Elle posa donc sa lampe, extirpa son téléphone d'une de ses poches et commença à cadrer avec le flash enclenché. Mais quand elle tira légèrement sur le cadenas pour le voir sous un meilleur angle, le verrou suivit et elle faillit tomber à la renverse.

Le verrou tout entier était articulé. En place, il ressemblait à une robuste ferrure bien fixée à sa plaque. Cependant, si on tirait sur le côté droit, il se repliait sur lui-même. La gâche n'était pas rivée au bâti mais faisait bloc avec le reste. Rozie n'eut donc qu'à continuer à tirer pour voir la porte s'ouvrir lentement.

Les instructions de la reine avaient été claires. Et ce que Rozie avait appris lors de sa formation militaire l'était tout autant : on recevait les ordres de ses supérieurs et on y obéissait au doigt et à l'œil.

Mais c'était une combattante dans l'âme et chacun de

ses muscles, chacun de ses tendons voulait poursuivre son avancée dans le noir. Poursuivre, c'était progresser. En s'arrêtant maintenant, elle devrait se contenter d'un simple récit des faits. La seule question qui importait était toujours la même : « Qui d'autre que moi mets-je en danger ? » En l'occurrence, personne. Et elle était tout à fait capable de veiller sur elle-même.

— Désolée, Madame, murmura-t-elle.

Sur ces mots, elle ramassa sa lampe et se mit en marche.

Le couloir muré de briques était large et bas de plafond. Le sol était pavé de façon inégale, rafistolé avec des planches posées sur la terre à la place des dalles manquantes. Sur les caillebotis, elle distingua des lignes noires irrégulières qui devaient être des traces de pneus. De brouette, peut-être. Le sol semblait avoir été balayé récemment : on n'y voyait ni la boue ni la crasse qui auraient dû s'y accumuler au bout de soixante ans.

En revanche, à la lumière de la lampe torche, on distinguait des détritus un peu partout. Un bonnet, un gant de cuir moisi, un emballage de barre chocolatée d'une marque qu'elle ne connaissait pas. Taz ? En tout cas, elle était convaincue que ça n'existait pas dans les années 1950, ni même à l'époque à laquelle le prince Philip était venu ici. En fait, il lui semblait évident que rien de tout ce qui se trouvait là n'aurait dû y être.

À ce stade, elle pensait être sous Green Park. Comme le souterrain serpentait, il était impossible de voir très loin, mais le palais Saint-James devait se trouver en face, légèrement sur la droite. Pour une fois, Rozie déplorait de mesurer presque 1,80 mètre. Soit les Tudors étaient vraiment tout petits, soit c'étaient des enfants qu'ils faisaient passer par ici. En tout cas, le plan du prince Philip n'aurait jamais pu marcher. Elle n'imaginait pas le prince

William ou le prince Harry se courber à ce point pour aller rejoindre leurs petites amies en cachette. Ou alors il leur aurait fallu un abonnement chez le kiné ensuite. Quant à l'idée d'une princesse royale à l'ancienne, comme Margaret, en train de parcourir 300 mètres ici dans le froid et l'obscurité pour aller voir sa sœur… Non.

Le rayon de la lampe révéla quelque chose de brillant et doré sur le sol à quelques pas de là. Rozie s'avançait vers l'objet pour l'examiner quand un bruit sourd et lointain résonna derrière elle. Se redressant sous l'effet de la surprise, elle se cogna violemment la tête contre le plafond. Étourdie, elle s'efforça de ne pas perdre l'équilibre tandis que le goût ferreux du sang lui montait à la bouche.

CHAPITRE 32

Billy MacLachlan avait connu des missions plus désagréables. Confortablement assis dans un pub de Tetbury, une pinte d'ale devant lui, il contemplait les médaillons de harnais en cuivre esthétiquement disposés au-dessus du bar, la barmaid plutôt jolie et le menu brasserie haut de gamme rédigé à la craie. En d'autres temps, ses amis et lui n'étaient pas les derniers à critiquer les frites triple cuisson et les steaks à point, comme tout ce qu'on servait sur un lit de roquette et qui coûtait une semaine de salaire. Mais on finissait par s'y faire. La cuisine à la mode était bonne. En fait, il raffolait des frites triple cuisson, surtout quand il était invité. Aujourd'hui, il l'était aux frais de Sa Majesté.

Et maintenant, les tableaux. Je serais curieux de savoir ce qui leur est arrivé après.

L'homme qui revenait des toilettes avait l'air d'un habitué de la bière et des frites, de brasserie haut de gamme ou non. Sa veste d'équitation et son jean élégant avaient été soigneusement coupés de sorte à épouser son tour de taille. MacLachlan trouvait qu'avec son visage rose et son front dégarni il ressemblait un peu à Humpty Dumpty dans *Alice au pays des merveilles*. Par ailleurs, il se remémora qu'il devait s'en tenir à une seule pinte, même si c'était Sa Majesté qui régalait.

— Vous avez choisi ? lui demanda l'homme.

Il s'agissait de Stephen Rochester, habitant de Tetbury et client régulier du pub. Il tenait une boutique faisant office à la fois de galerie et de brocante dans la rue principale. On l'avait chaudement recommandé à MacLachlan et, jusque-là, il n'avait pas déçu.

— *Fish and chips* avec ses pois cassés, répondit le policier retraité en posant la main sur le menu. S'ils en ont, c'est ce que je vais prendre.

— Pas le canard ? C'est un délice.

— Pas le canard.

— Ni la souris d'agneau ?

— Prenez-la, vous, Stephen.

Ils s'appelaient déjà par leurs prénoms. Sauf que, pour cette fois, MacLachlan se prénommait Charlie.

— Et le vin est pour moi, poursuivit-il. Vous préférez quoi ? Merlot ou cabernet-sauvignon ?

Ils choisirent ensemble une des plus chères bouteilles de la liste, sans que MacLachlan juge utile de préciser qu'il ne buvait plus de vin à cause des maux de tête. En effet, quand il invitait, quelle que soit la raison, il aimait que ses interlocuteurs soient loquaces. Expansifs et en verve. Un bon cabernet pouvait aider. Stephen en était à son deuxième verre quand il remarqua que Charlie était toujours à la bière ambrée.

Ils étaient en train de parler du commerce de Stephen. Charlie était entré dans le magasin peu avant la fermeture et lui avait expliqué que, à la suite d'une rentrée d'argent, il comptait s'offrir quelques tableaux et un meuble ou deux pour sa nouvelle maison de campagne. Enfin, dès qu'il en aurait trouvé une à son goût. « Pour lui donner l'air habité, voyez-vous ? »

Stephen Rochester voyait tout à fait et ne demandait

qu'à rendre service. Charlie n'était pas comme tous ces riches citadins qui envahissaient les Cotswolds avec de l'argent à dépenser mais pas le moindre intérêt pour les antiquités. Charlie avait tout de suite admiré la grande commode Régence en acajou qui trônait dans la boutique, et il savait distinguer le georgien du victorien. Il avait tant de questions à poser sur la région que les deux hommes avaient fini par décider d'aller poursuivre leur conversation au pub.

Bien installés à une petite table près du feu, ils discutèrent des villes et villages du coin : ceux qui étaient tombés entre les mains d'adeptes du yoga en leggings de marque, ceux qui s'étaient transformés en Airbnb et ceux qui parvenaient plus ou moins à conserver leur caractère. Ils parlèrent également d'art. Le sujet intéressait Charlie.

— Mais vraiment en simple amateur, comprenez bien. À vrai dire, je n'y connais pas grand-chose. En revanche, ma tante maîtrisait son sujet. Celle dont j'ai hérité, paix à son âme. Elle avait même un tableau de la Renaissance – enfin, selon elle – et elle était convaincue que c'était un Caravage. C'est bien ça, le nom ?

— Oui, c'est ça, confirma Stephen. Ce serait fabuleux mais c'est très improbable. Oh, et le Caravage n'est pas de la Renaissance.

— Ah ?

— Non, il est baroque tardif, mais je ne vais pas vous casser les pieds avec tout ça.

— Vous ne me cassez pas du tout les pieds, Stephen. Loin de là.

Ils terminèrent leur plat et commandèrent des desserts. Cependant, Charlie ne fit que picorer sa panna cotta à la vanille de Madagascar avec son émietté de chocolat et son basilic frais tant il était absorbé par la conversation.

— Et qu'est-ce qui me permettrait de déterminer que ce n'est pas un Caravage, dans ce cas ?

Il se trouvait que Stephen était une sorte d'expert de cette période (ainsi que MacLachlan l'avait découvert lors de ses recherches). Avant d'ouvrir sa galerie, il avait travaillé dans des salles des ventes locales et le baroque était alors sa spécialité. Il se lança donc dans une présentation exhaustive du Caravage et, même si cela ne l'intéressait pas vraiment, MacLachlan fut impressionné par l'étendue de ses connaissances.

— Incroyable, dit-il avec un sourire admiratif. Vous pourriez écrire un livre sur le sujet.

— Ça se fera peut-être un jour, répondit Stephen, qui savourait le moment.

— Quel est le tableau le plus intéressant sur lequel vous soyez jamais tombé ? demanda MacLachlan en remplissant le verre de son interlocuteur.

— Euh… il y en a eu un…

Stephen raconta l'histoire d'une miniature de Peter Lely et, poussé par Charlie, enchaîna sur celle d'un portrait de jeune fille peint par Mary Beale. La découverte de cette toile derrière des boiseries mal installées dans un presbytère victorien, près de Stroud, avait fait pas mal de bruit.

MacLachlan sentait qu'il touchait presque au but.

— Mary Beale, dites-vous ? Je ne savais pas que les femmes de cette époque peignaient. Je ne pensais pas qu'elles en avaient le droit.

— Elles n'étaient pas nombreuses. Mais Mary était prolifique. Son mari était son assistant. C'était une vraie usine à portraits.

— Une femme peintre, hein ? Au… combien déjà ? XVIIe siècle ?

— Tiens, ça me fait penser aux Gentileschi, dit Stephen en s'enfonçant dans son siège, flottant dans un heureux brouillard d'homme repu et un peu gris. Je les avais presque oubliés.

— Ah ?

Bingo. MacLachlan feignit un simple intérêt poli.

— Honnêtement, si je vous fatigue avec mes histoires d'art, dites-le-moi et j'arrête tout de suite. C'est quelque chose qui remonte à une vingtaine d'années. Euh, non... plutôt une trentaine !

— Vous ne me fatiguez pas du tout. Racontez-moi tout sur votre gentil-quelque chose, là...

Stephen eut besoin d'un peu de temps pour se remémorer les faits. Puis il expliqua que tout avait commencé par une découverte impressionnante à première vue : plusieurs tableaux d'une artiste hautement respectée du nom d'Artemisia Gentileschi, qui avait quelques années de plus que Mary Beale. Un petit génie venu d'Italie.

— Il y avait quatre tableaux. Des huiles. Poussiéreuses et mal vernies mais en bon état général. Elles étaient accrochées dans des pièces occupées par une des vieilles dames qu'on logeait alors au palais de Hampton Court. Bref, un jour, quelqu'un de la collection royale a fini par obtenir la permission d'inspecter les lieux et y a trouvé ces œuvres inestimables. Enfin, pas vraiment inestimables, mais Gentileschi est un grand nom de la peinture et ces toiles étaient probablement les seuls portraits de sa fille Prudentia – incarnant diverses Muses – à avoir survécu. Mais je suis sûr que je vous ennuie.

— Mais non, je vous assure.

— Ça n'a pas bouleversé le monde entier, admit Stephen. Ce n'était pas comme si on avait trouvé un Léonard de Vinci ou quelque chose comme ça. Même si, à mon avis, ces toiles l'auraient mérité. Artemisia n'était pas aussi reconnue qu'elle aurait dû l'être mais, en apprenant la nouvelle par le bouche-à-oreille, ceux d'entre nous qui travaillaient à Londres à l'époque étaient vraiment en émoi. Vu la date de réalisation des peintures, il était possible qu'il s'agisse d'une commande de la reine Henriette-Marie, l'épouse de Charles Ier. Il y aurait eu une cohérence avec la décoration supposée de ses appartements privés de Greenwich. Tous ces intérieurs ont hélas disparu. C'est infiniment regrettable pour les spécialistes de cette période, mais je crois savoir qu'ils avaient été élaborés autour des thèmes classiques de l'art et du désir, comme ces représentations de Muses. Ça collait parfaitement. Si quelqu'un avait pu prouver ce lien après le nettoyage des tableaux, cela aurait été… extraordinaire.

— Mais je crois comprendre que ça ne s'est pas passé comme ça, dit MacLachlan, l'air compatissant.

— Non, répondit Stephen avant de prendre une gorgée de cabernet et de renifler. Des copies. Pauvre reine. Enfin, pas pauvre reine, évidemment. Pauvres de nous, tous ceux pour qui c'était important.

— Vous voulez dire que ces tableaux étaient des faux ? s'enquit Charlie.

— Pas tout à fait. On ne parle de « faux » que lorsqu'on tente de faire croire qu'il s'agit de l'œuvre véritable. Une fois nettoyées, ces toiles avaient plutôt l'air de copies réalisées à la cour peu après les originaux. Un peu comme on fait des reproductions imprimées aujourd'hui, si vous voulez. Mais exécutées par quelqu'un de peu talentueux, d'après ce qu'on m'a dit. Je ne les ai pour ma part jamais vues.

Stephen s'interrompit pour prendre une rasade de vin.

— Par contre, j'ai vu deux originaux, ajouta-t-il tranquillement.

Bien qu'ayant déjà entendu l'histoire dans le milieu artistique londonien, MacLachlan paraissait aussi fasciné que s'il la découvrait.

— Ah bon ? Mais comment ?

— Lors d'une vente aux enchères deux ou trois ans plus tard, dit Stephen, le regard lointain. La première toile a été découverte par ici et je travaillais justement dans le coin à l'époque. Apparemment, après avoir entendu parler de ce qui était arrivé à Hampton, les vendeurs avaient fouillé dans leur grenier et… devinez quoi ? Ils y avaient trouvé un original d'Artemisia Gentileschi représentant Thalie, la Muse de la comédie. La seconde, encore une Muse – Érato, je pense –, se trouvait aux États-Unis, mais j'ai vu le catalogue. Même genre de scénario. Les tableaux ont été examinés par des experts et ils étaient authentiques. C'était incroyable, tout de même ! Ces portraits étaient restés inconnus pendant des siècles et, tout à coup, les voilà qui refaisaient surface en même temps.

MacLachlan prit l'air vaguement confus de celui qui flaire l'odeur du scandale mais a un peu de mal à suivre.

— Qu'êtes-vous en train de suggérer, Stephen ?

— Je dis juste ça comme ça, répondit l'homme en haussant les épaules. Grosse coïncidence, tout de même. Un peu trop pour croire au hasard. Peu de gens connaissaient le milieu aussi bien que moi, je suppose. Tout semblait régulier. Mais pour ce qui est du marchand qui s'est présenté à la salle des ventes avec le premier tableau ? Eh bien, disons que c'était quelqu'un que je ne recommanderais pas à mes clients. Et je connaissais l'autre aussi, l'Américain, parce qu'il avait acheté quelques pièces à un ami. Même topo.

— Marchands douteux, toiles douteuses ? C'est bien ce que vous dites ?

Stephen secoua la tête.

— Non, Charlie, ce n'est pas ce que je dis. Ce que j'affirme…, reprit-il à mi-voix et plus lentement, c'est que les marchands étaient douteux mais que les toiles étaient authentiques.

Charlie semblait perdu.

Stephen adoucit son ton et reformula. Le vin et l'attention sans faille de son interlocuteur lui avaient délié la langue.

— Ce que je suis en train de dire, c'est qu'il est fort possible que quelqu'un ait volé les toiles de la reine et les ait remplacées par des copies. Il aurait ensuite vendu l'une des œuvres originales aux enchères à moins de cinq kilomètres d'ici. Puis une autre au Texas, l'année suivante. Voilà ce que je pense. J'en ai parlé à une ou deux personnes. On m'a répondu que j'étais fou. Mais savez-vous ce qui est intéressant ? Après ça, plus de Gentileschi. Il y avait quatre portraits en tout. Qu'est-il advenu des deux autres ? Je crois que le coupable a eu peur. Peur de moi. Quand j'ai ouvert la galerie, certaines personnes ont refusé de faire affaire avec moi. Des gens importants dans le milieu, vous voyez. Des gens qui pourtant connaissaient ma réputation, la qualité de mes pièces. Je suis convaincu que le voleur les avait montés contre moi. Par pure vengeance.

— Fascinant. Ainsi donc, ce sont les copies qui étaient des faux. *Tada !*

Stephen s'apprêtait à le contredire quand il s'aperçut que, d'une certaine façon, Charlie venait de tout résumer : on avait fait passer les quatre tableaux se trouvant à la collection royale pour des copies du XVIIe siècle alors qu'il s'agissait de faux réalisés bien plus tard dans le cadre d'une escroquerie.

— Je suppose que oui, finit-il par concéder en hochant la tête. On pourrait dire ça.

MacLachlan proposa d'aller chercher deux digestifs au bar. Stephen n'était pas du genre à dire non.

— Pourquoi ne l'avez-vous pas signalé ? demanda MacLachlan à son retour en posant deux cognacs sur la table. À la police, je veux dire.

— Je ne pouvais rien prouver, dit Stephen en haussant les épaules. C'était juste mon intime conviction, c'est tout.

— Ça lui a rapporté gros ? Je parle des deux tableaux qui ont été vendus aux enchères.

— Ça dépend de ce que vous appelez « gros », répondit le galeriste. Je suppose qu'il a dû donner une jolie somme aux marchands et aux gens qui se sont fait passer pour les propriétaires d'origine. Et au faussaire, bien sûr.

Il s'arrêta, les yeux rivés sur son verre de cognac.

— Si ces tableaux avaient été trouvés dans un palais royal… qui sait à quel prix ils seraient partis ? Mais leur origine était incertaine. Si ce n'était l'excellence du coup de pinceau, on n'aurait peut-être même pas cru à leur authenticité. Les deux que je connais se sont vendus pour des sommes à cinq chiffres. Et c'était dans les années 1980, à l'époque où on pouvait s'offrir une belle maison avec 30 000 livres. S'il avait vendu les quatre, le voleur aurait ramassé le pactole. J'aime bien me dire que ma petite intuition lui a coûté deux maisons. Son défaut, c'est qu'il a manqué de patience. Il aurait dû attendre plus longtemps. Peut-être qu'il a vendu les deux autres sans intermédiaire. C'est toujours possible. Mais j'ai gardé l'œil ouvert. Je pense que je l'aurais su.

Il s'attendait à ce que Charlie lui demande qui était le machiavel du monde de l'art qui avait volé des œuvres sous le nez d'Elizabeth II, mais celui-ci commençait à montrer des signes de fatigue. Ce qui ne l'empêcha pas de se lever pour régler la note quand le barman annonça la fin du service. Vu l'heure à laquelle les deux hommes se souhaitèrent bonne nuit, Stephen était certain que, le lendemain matin, Charlie se souviendrait à peine de la moitié de ce qu'ils s'étaient dit.

De retour dans son agréable chambre d'hôtel, près du marché couvert, MacLachlan sortit son carnet de ses bagages et s'attela à retranscrire leur conversation presque mot pour mot.

CHAPITRE 33

Au palais, sir Simon, enfoncé dans son siège, les pieds sur son bureau, passait son deuxième coup de fil à un collègue du bureau du Cabinet pour tâter le terrain. Même s'il était fatigué, il faisait tout son possible pour que cela ne se ressente pas dans sa voix. Calme, affable, maître de la situation… C'était ce qui était attendu, voire exigé, du Bureau privé. On était censé tout savoir, anticiper l'impossible, n'offenser personne et faire usage de son charme pour se sortir de toute situation embarrassante. Le secrétaire particulier de Sa Majesté avait acquis un grand nombre de ces compétences dans la marine, et d'autres au ministère des Affaires étrangères. Mais la majeure partie de son apprentissage remontait à beaucoup plus loin, à l'époque où ses parents avaient envisagé de divorcer.

En ce temps-là, il n'était encore qu'un petit garçon de 8 ans, un peu perdu dans son pensionnat privé : une grande maison de campagne avec des lits métalliques et des cloches, où l'odeur de chou était omniprésente et où on prenait un coup de pied au derrière quand on avait mal compris une règle ou qu'on marchait sur un lacet défait. Pendant un trimestre et demi, il n'avait eu qu'une hâte : retrouver sa mère, ses sœurs, tous ses animaux de compagnie et les grognements de son père, qu'une longue journée de travail à la City et un trajet

« infernal » depuis Waterloo rendaient systématiquement bougon. L'hiver précédent, pendant les vacances, il avait entendu ses parents se disputer tard le soir. Peu après, sa sœur Beatty lui avait écrit pour lui annoncer que leur père avait quitté le foyer. Elle pensait qu'il logeait au-dessus d'un pub mais n'en était pas sûre.

Pendant les dix-huit mois qui avaient suivi, chaque fibre de son être n'avait vibré que pour réunir ses parents. À l'école, le jeune Simon faisait bonne figure et niait les rumeurs qui circulaient. Il faisait en sorte que, le jour où tout serait arrangé, on puisse avoir l'impression qu'il ne s'était jamais rien passé. Durant ses vacances et ses week-ends libres, ses sœurs et lui confortaient leur mère en ce sens, lui rappelant les jours heureux, et participaient à toutes les tâches ménagères possibles.

Avec son père, il savait éluder le sujet. Le week-end, lors de leurs parties de pêche ou de leurs longues balades dans la campagne entre hommes, il passait la majeure partie de son temps à l'écouter. Celui qu'il voyait comme un demi-Dieu lui confiait toujours ses doutes et ses malheurs à la troisième personne, comme s'il s'était agi de ceux d'un autre. Le jeune Simon savait non seulement garder le silence, mais aussi l'espoir. Et si, la nuit, l'enfant chétif qu'il était priait Dieu de sauver sa famille, il devenait un roc d'un immense soutien dans la journée.

Ce ne fut pas lui qui réunit ses parents. Ce furent la chance, des questions financières et le fait que ces deux personnes étaient fondamentalement faites l'une pour l'autre. L'orage passa. Pour son dixième anniversaire, ses parents lui offrirent un bébé golden retriever, qu'il baptisa Nigel. C'était le meilleur cadeau qu'on puisse imaginer, car tout le monde savait que c'était son père qui adorait cette race de chiens mais que ce serait sa mère qui se retrouverait à s'en occuper quand Simon serait absent. Il s'agissait donc d'un compromis : un pacte d'amour entre deux individus qui avaient réussi à se sentir de nouveau bien ensemble.

Après cela, les souvenirs que sir Simon avait conservés de la maison étaient principalement constitués de soleil, de repas copieux et d'animaux au pelage doux et chaud. Il avait longtemps considéré ses sombres premières années de pensionnat comme l'enfer de son enfance. Mais aujourd'hui, à plus de 50 ans, il était conscient de devoir à cette période les qualités qui lui avaient permis d'évoluer tout au long de sa vie. Il en avait retenu que rien ne dure, à moins d'y travailler ; que l'amour est la seule chose qui importe vraiment et qu'on ne peut s'épanouir qu'en écoutant, s'adaptant, apprenant et espérant.

En ce moment même, il était en train d'écouter un membre du bureau du Cabinet lui faire part de ses préoccupations. Pour résumer, on lui demandait comment convaincre les Britanniques de régler une facture d'un tiers de milliard de livres pour la réfection d'un édifice que la plupart d'entre eux ne visiteraient jamais. Son interlocuteur, posté de l'autre côté du parc Saint-James, au numéro 10, était un ami. Calmement, anecdotes drôles ou tragiques à l'appui, il lui rappela quels étaient les véritables risques auxquels le palais était exposé, des inondations aux incendies, en passant par la putréfaction. Avec toute l'humilité nécessaire, il lui demanda de quel autre lieu on disposerait pour les banquets d'État, les remises de titres, les garden-parties récompensant les actes citoyens, les expositions des trésors de la collection royale, les apparitions au balcon quand le pays avait besoin de se rassembler, la relève de la garde… Quel serait le coût de ces alternatives ? Seraient-elles satisfaisantes ? Il était évident que la reine irait là où on le lui demanderait. Au château de Windsor ? D'accord, mais comment faire pour les apparitions au balcon ? Sa Majesté n'allait-elle pas devenir quelque peu invisible ? Oui, ils adoreraient réduire l'addition d'une centaine de millions. Sans doute son brillant collègue saurait-il comment.

Très, très progressivement, il entendit les doutes s'estomper et constata que Downing Street commençait à lui retourner les arguments dont il avait lui-même usé précédemment. Son appel terminé, il se versa un café tiède sorti d'un thermos en inox, puis jeta un œil à sa montre et vit qu'il était bientôt 22 heures. Il n'allait pas tarder à passer un nouvel appel.

Avant cela, il écouta vite fait ce que disaient les experts des élections américaines. Comme la plupart des hauts membres de la cour et des officiels du gouvernement, il était pris d'une fascination morbide pour ce qui était en train de se produire à Washington et dans les cinquante États. Les sondages donnaient Clinton en tête, mais cela faisait deux semaines que le FBI enquêtait une nouvelle fois sur elle. Elle n'était blanchie que depuis vingt-quatre heures. Était-ce suffisant pour rassurer sa base ? Et *quid* du vote postal ? Son adversaire était encore en train de faire campagne auprès de ceux qu'elle avait transformés en tribu trumpiste en les qualifiant fort maladroitement de « pitoyables ». S'il avait fait partie de son service de com, sir Simon lui aurait déconseillé ce terme. Surtout si elle espérait que ces gens votent pour elle.

Le secrétaire particulier adorait la politique depuis ses 11 ans. Depuis qu'un de ses profs avait su donner vie à la Magna Carta et expliquer comment le fil ténu de la démocratie avait fait son chemin dans l'histoire anglaise. S'il l'avait voulu, il aurait pu mener une vie plus tranquille en devenant historien universitaire. Mais il avait plutôt choisi de prendre part à l'histoire. Aujourd'hui, il conseillait une monarque constitutionnelle. À cet instant même, il aurait préféré être chez lui devant la télé, à analyser les sondages et faire des prévisions. Mais bon… C'était bel et bien sa faute s'il était trop occupé à s'assurer que la reine ait toujours un toit au-dessus de sa tête quand viendraient les prochaines élections, ainsi que les suivantes.

— Allô, Sarah. Je suis désolé d'appeler si tard mais je voulais vérifier si tout était bien sur les rails pour mercredi. Vous avez tout ce qu'il vous faut ? Bien sûr. Je vais vous aider à récapituler…

Au même moment, Rozie était toute sale, frigorifiée et trempée. Ses bottes baignaient dans un bon centimètre d'eau. Elle avait mal à la tête à cause du coup qu'elle s'était donné, son dos la lançait, et elle n'arrêtait pas de se cogner la nuque contre des briques scellées par un mortier rugueux qui râpait sa veste et ses cheveux. L'objet qu'elle s'était penchée pour voir s'avéra être un emballage de Twix. Pas vraiment un trésor.

La hauteur de plafond ne faisant que diminuer, Rozie estima qu'elle en avait assez vu. Elle n'aurait pas dû aller aussi loin. Elle fit demi-tour et repartit vers le palais de Buckingham. Mais soudain elle se demanda ce qu'elle allait trouver là-bas. Elle venait juste d'intégrer ce que pouvait signifier le bruit sourd qui l'avait tant surprise. Il aurait bientôt dû y avoir de la lumière au bout du tunnel… mais il n'y en avait pas.

Ce n'était pas un courant d'air qui avait pu fermer la porte qu'elle avait laissée entrouverte. Sachant qu'il n'y avait pas de réseau ici, elle n'avait aucun moyen d'appeler à l'aide. Et personne ne l'attendait en haut dans l'immédiat.

Son cerveau récapitula rapidement la liste des problèmes et des solutions. Quoi qu'il advienne, elle ne paniquerait pas. La reine savait qu'elle devait descendre ici. Si jamais elle était en difficulté, on finirait par la retrouver.

Ainsi qu'elle le redoutait, la lourde porte en bois était bel et bien fermée. Elle se préparait mentalement à devoir l'enfoncer d'un puissant coup d'épaule, mais elle constata qu'une simple petite poussée suffisait. Elle remonta donc le passage aux murs de brique en direction de la réserve voûtée. Sous l'effet de l'adrénaline, elle s'était demandé si elle avait bien fait d'investiguer plus loin que prévu, mais vu ce qu'elle avait découvert…

— Un pas de plus et je vous tue.

La silhouette d'un homme se dessinait sur le seuil de la porte séparant les deux salles.

Toujours légèrement courbée à cause du plafond rugueux, Rozie se dirigea vers l'individu d'un pas déterminé. L'adrénaline coulait encore dans ses veines. Même si l'obscurité pouvait dissimuler toutes sortes de dangers, elle estima qu'elle avait toutes ses chances contre ce petit adversaire trapu, s'il fallait en arriver là. Sa lampe de trente centimètres était sacrément lourde ; elle la prit en main comme une matraque. C'était d'ailleurs pour ça qu'elle avait demandé ce modèle. Juste au cas où.

— Lâchez ça, lui ordonna l'inconnu.

Rozie n'obéit pas. Elle avait remarqué qu'il était armé d'un objet allongé qu'il tenait comme une batte de base-ball. Un pied-de-biche. Elle visualisa aussitôt comment cet olibrius risquait de l'attaquer, comment s'en protéger grâce à sa lampe… et comment ne pas trop l'amocher en se défendant.

— Je t'ai dit de lâcher ça, sale négresse.

Enfin sortie du tunnel, Rozie se redressa de toute sa hauteur.

— Euh, non. Et si vous comptez vraiment agresser la secrétaire particulière adjointe de la reine ici, au palais, je vous souhaite bonne chance quand vous devrez vous en expliquer.

Sa voix était aussi calme et posée que possible.

— Merde ! fit-il en baissant son pied-de-biche, dont une des extrémités toucha par terre. Je vous ai prise pour une voleuse.

— Comme vous pouvez le constater, ce n'est pas le cas. Et surveillez donc votre foutu vocabulaire.

L'homme sur le seuil portait un costume de cadre sous une blouse de travail ouverte. Elle distinguait à peine ses cheveux légèrement bouclés mais elle entendait très bien la pointe de dédain dans son accent monocorde du sud de Londres. Elle reconnut Mick Clements, le directeur du service logistique, qu'elle avait rencontré l'été passé et recroisé quand elle était passée à la compta. Elle identifia aussi l'odeur boisée : ce devait être de l'après-rasage ou du déodorant. Il était donc passé avant elle dans le bureau de fortune.

— Que faites-vous ici ? lui demanda-t-elle.

— Permettez-moi de vous retourner la question.

Même à cette distance et à contre-jour, elle pouvait voir sa poitrine se gonfler et s'abaisser. Il avait – ou avait eu – peur. Mais il résistait. Il bloquait toujours le passage, sa grosse barre de métal à la main.

— Y a-t-il une raison pour laquelle je ne pourrais pas visiter ces lieux ? demanda Rozie, jouant de sa grande taille pour l'intimider.

— Les gens comme vous n'ont pas leur place ici, articula-t-il lentement. S'il y a un écriteau sur la porte là-bas, c'est pour votre sécurité. Je vais devoir faire un rapport.

— Je vous en prie.

— Eh ! intervint soudain Eric Ferguson, qui devait se trouver là depuis le début.

Il apparut au côté de Mick et lui enleva délicatement le pied-de-biche des mains avant de le poser en appui contre un mur. Son sourire se voulait apaisant.

— Ne nous emportons pas, OK ? C'est le capitaine Oshodi, Mick. Un peu de respect.

— Ce que je veux savoir, c'est ce que vous venez foutre dans ces souterrains, grommela Mick d'une voix grave et dure, sans quitter la jeune femme des yeux. Vous ne savez pas qu'ils sont dangereux ?

— En fait, j'ai d'abord hésité, dit-elle. Je suis descendue pour chercher quelque chose et je me suis dit que j'allais regarder là. Ce n'est quand même pas ma faute si la porte n'était pas fermée à clé.

— Alors pourquoi portiez-vous des bottes ? demanda Mick, les yeux rivés sur les pieds de l'intruse. Si je puis me permettre de poser la question. Avec tout le respect que je vous dois.

— Je suis à moitié habillée pour la fiesta, répondit-elle d'un ton dédaigneux.

Elle n'avait pas trouvé mieux. Elle faisait allusion à la fête annuelle du personnel qui avait lieu en décembre, où l'usage voulait qu'on vienne déguisé. Le thème de cette année était les héros.

— J'y vais en duc de Wellington.

Eric ricana tandis que Mick la dévisageait, pas convaincu du tout.

— Je cherchais une redingote ou un truc dans le genre. Je me disais que je trouverais peut-être ça ici.

Eric jubilait.

— Vous parlez du grand panier d'osier dans lequel nous stockons tous les déguisements ?

— Oui, fit Rozie en hochant la tête.

— Y en a pas, ma belle. C'est un palais, ici. Pas un théâtre ou une putain d'école maternelle.

Il avait dit ça sans se départir de son sourire. Alors, quand Mick s'esclaffa, Rozie estima que ça commençait à faire beaucoup.

— Merci pour les conseils. Je vais y aller, maintenant.

Elle marcha droit sur eux, bouscula franchement Mick contre l'encadrement de la porte et força Eric à la laisser passer aussi. Elle sentit des ondes de peur et d'hostilité émaner de Mick. Il avait dû changer d'avis après l'avoir enfermée dans le souterrain, mais il avait toujours envie de la tuer : elle l'avait lu sur son visage. Il s'était juste dit que les risques étaient trop élevés.

— Je vous ai à l'œil, capitaine Oshodi, lança-t-il dans son dos.

Rozie n'en doutait pas. Mais, désormais, c'était réciproque.

Sir Simon était toujours à son bureau, au téléphone, quand il vit passer Rozie. Il trouva d'abord cela un peu étrange… puis, en y repensant, très étrange, en fait. Que faisait-elle avec cette énorme lampe ? Et que faisait-elle encore là, de toute façon ?

— Allô ? fit le chef du personnel du Premier ministre à l'autre bout du fil. Vous êtes là, Simon ?

— Euh, je vous rappelle.

Tous ses sens étaient en alerte. Il ne savait pas quoi, mais quelque chose n'allait pas.

Quand il rejoignit Rozie dans son bureau, il la trouva

en chaussettes, affalée dans son fauteuil près de la fenêtre. Elle semblait complètement vidée.

— Je vous croyais partie. Que s'est-il passé ?

— Rien, ne vous en faites pas, répondit-elle d'un ton neutre.

Il remarqua alors du rouge sur les dents de la jeune femme. Sa lèvre saignait.

— Que s'est-il passé ? répéta t il.

Comme elle restait muette, sir Simon se mit à redouter quelque chose d'affreux. Si elle avait été victime d'une agression sexuelle, il n'allait pas la laisser traverser ça toute seule. Il était très décontenancé : il avait toujours perçu Rozie comme une personne indestructible. En temps normal, il plaignait l'homme qui viendrait lui chercher querelle. Mais là, il avait devant lui une femme vulnérable. Le peu de ressentiment qu'il éprouvait encore fondit comme neige au soleil. Son instinct aurait été de la prendre dans ses bras, ce qui était évidemment inconcevable. Il resta donc planté devant elle comme un idiot en attendant qu'elle se décide à parler.

— Je suis descendue, avoua-t-elle. Dans les caves.

— Comment ça, celles à côté des cuisines ?

— Non, en dessous. Là où on n'est pas censés aller. C'était… en rapport avec le tableau de la patronne.

— Celui du yacht qu'elle prétend avoir vu l'été dernier ? Vraiment ?

— Oui, répondit Rozie en se redressant sur son siège, l'air un peu moins sonnée. Je pensais que l'original s'y trouverait peut-être. Ce qui est idiot, en vérité. Mais deux types du service logistique sont arrivés et m'ont trouvée là. Ils m'ont dit que je n'avais rien à y faire. C'est tout.

Elle sourit en haussant les épaules puis se leva comme pour partir.

— Non, ce n'est pas tout, rétorqua sir Simon en lui faisant signe de se rasseoir. Je vous connais, Rozie. Les remontrances vous passent des kilomètres au-dessus de la tête. Que vous ont-ils fait ?

Son regard se posa de nouveau sur la lèvre ensanglantée de la jeune femme.

— Vous avez l'air de vous être battue. Ou…

Il voulait lui laisser le temps de parler, de dire l'indicible, si c'était ce dont il s'agissait. Il vit son regard devenir brumeux, perplexe, puis retrouver subitement sa vivacité.

— Oh, Simon ! Non ! Ils se sont juste montrés un peu menaçants, c'est tout. Et je me suis mordu la lèvre en me cognant la tête au plafond. Je pense qu'ils ont eu plus peur de moi que moi d'eux. Ce n'était rien.

Il continuait de sonder son visage pour tenter de décrypter si elle mentait ou lui cachait quelque chose. Mais plus elle parlait, plus elle redevenait celle qu'il connaissait. Elle ne mentirait tout de même pas si ces hommes avaient commis l'impensable, si ? Sir Simon se sentait dépassé par la situation, ce qui était rare.

— Je tiens juste à ce que vous sachiez que… je suis là.

Tant pis si c'était très maladroit.

Le sourire qui se dessina peu à peu sur le visage de Rozie était sincère. Et agréable à voir après une si longue période de froid.

— Je sais, répondit-elle. Ça va. Vraiment. Merci de vous être préoccupé de moi.

Il eut le sentiment qu'elle était en train de le congédier. La patronne aurait dit : « C'est fort aimable. »

— Je… euh, bon. Sur ce, je vous laisse. À demain matin.

Sur la courte distance qui le ramenait à son bureau, il

s'interrogea sur les bottes. En quoi des bottes en caoutchouc étaient-elles nécessaires pour aller inspecter les caves ? Y avait-il des fuites ? Oh, Seigneur. Pas encore quelque chose qui allait faire gonfler le budget du plan de rénovation, au moins ? De retour dans son antre, il se servit un nouveau café froid et reprit sa position, pieds sur le bureau et téléphone en main.

CHAPITRE 34

La reine ne pouvait pas recevoir Rozie ce matin. Dans l'après-midi, elle devait procéder à une remise de décorations dans la salle de bal. Des tas de gens faisaient déjà la queue dans la galerie des portraits avec un crochet agrafé au revers de leur veste, prêt à accueillir leur médaille. En attendant, Sa Majesté lisait attentivement les notes manuscrites qu'elle avait trouvées dans les boîtes du jour. Rozie y parlait de la charnière dissimulée, du fait que le tunnel était utilisé et de sa rencontre avec Mr Clements et son acolyte, du service logistique. Bien que la jeune femme ne s'attarde pas sur les détails, la reine imaginait que la soirée en sous-sol de sa secrétaire particulière adjointe n'avait pas dû être une partie de plaisir.

En découvrant les péripéties de Rozie à travers ses lunettes à double foyer, Sa Majesté était furieuse qu'elle lui ait désobéi et se soit aventurée dans le souterrain toute seule. En même temps, elle se sentait coupable d'être secrètement ravie qu'elle l'ait fait et, surtout, soulagée qu'elle en soit sortie indemne. Elle se souvenait d'une ou deux filles qui avaient autrefois fait montre d'autant d'esprit d'initiative et de courage. Un peu « casse-cou », comme elles se qualifiaient elles-mêmes. Cela pouvait conduire à toutes sortes d'ennuis mais facilitait souvent la résolution des problèmes.

Le comportement de Clements était impardonnable. Cet homme aurait dû être renvoyé. Cependant, s'il n'était pas le cerveau du trafic de biens endommagés, mieux valait ne pas alerter le vrai en ébruitant la mésaventure de Rozie. Dans son rapport, cette dernière disait clairement qu'il semblait avoir eu peur quand il l'avait trouvée. Elle n'avait découvert aucune preuve d'un quelconque vol : rien de compromettant dans les réserves. Pourtant, il ne l'avait pas laissée repartir sans réticence.

Il y a un rapport avec le trafic de biens endommagés. Je suis sûre qu'il existe toujours. Certains signes indiquaient que le tunnel avait servi le jour même.

Il ne va plus servir, se dit Sa Majesté. Après cet incident, ils allaient sûrement le refermer sur-le-champ. À l'heure qu'il était, d'un bout à l'autre du souterrain, on ne devait plus trouver le moindre signe d'utilisation récente. Les portes devaient être cadenassées comme il se doit, le sol couvert de poussière et les caillebotis envolés. L'air de rien, elle glissa à Philip que Rozie y était descendue et que cela l'avait amenée à se demander à quand remontait la dernière inspection des services d'hygiène et de sécurité. Le duc répondit qu'il ne savait plus trop mais qu'elle faisait drôlement bien d'y penser, qu'il allait se renseigner. Selon lui, cela devait faire des années.

Tandis qu'elle passait une robe en soie pour la remise de décorations, Sa Majesté se demandait ce que Sholto Harvie pouvait bien avoir derrière la tête quand il avait parlé du trafic de biens endommagés à Rozie. Devait-elle lui en être reconnaissante ? Elle avait l'intime conviction qu'il ne l'avait fait que pour mieux dissimuler autre chose. Pourtant, malgré tous ses efforts, elle n'arrivait pas à faire le lien avec les Gentileschi, les lettres reçues par Mary Van Renen ou le cadavre de la piscine. Le rapport de l'inspecteur-chef Strong devait arriver incessamment. Peut-être contiendrait-il assez d'éléments pour lui permettre de prendre des mesures fermes contre Clements et ses éventuels complices. Elle l'espérait fortement parce que, depuis son escapade souterraine, Rozie était probablement en danger. Certes, elle savait se défendre. Mais il serait fort déplaisant d'en arriver là.

La reine avait trop à faire pour cogiter plus longtemps. Après la remise de décorations et plusieurs entrevues avec des ambassadeurs et divers autres dignitaires, il lui faudrait encore assister à une réception sur Cheyne Walk, au bord de la Tamise, pour célébrer la coopération en Irlande. Sa visite de l'été passé avait été un remarquable succès mais aussi un véritable casse-tête diplomatique : comment saluait-on d'anciens terroristes ? Et, bien sûr, comment ces derniers saluaient-ils une monarque régnante ? Au bout du compte, tout le monde avait fait ce qu'il convenait et la soirée avait tout eu d'une contribution positive à l'Histoire, ainsi que le souhaitait Sa Majesté.

Tout comme au mois de juin, elle était consciente que la voie de pacification et de réconciliation sur laquelle elle s'avançait avait été ouverte par de nombreux autres avant elle. *Bien souvent des femmes*, se disait-elle avec le recul, alors que l'une d'entre elles semblait sur le point de devenir la personne la plus puissante du monde. Des mères, des sœurs, des filles avaient uni leurs forces en Irlande du Nord pour condamner la violence et trouver une autre façon de faire. Côté britannique, ce processus intermittent avait été favorisé par une autre femme. La secrétaire d'État à l'Irlande du Nord de l'époque, Mo Mowlam, s'était également avérée une militante courageuse et charismatique. La députée travailliste était morte d'un cancer du cerveau quelques années plus tard, et la reine la regrettait toujours. C'était pourtant elle qui avait demandé qu'on démolisse le palais de Buckingham et qu'on le remplace par un immeuble moderne. Elles en avaient même plaisanté ensemble.

— Quand la soupe arrive froide ou qu'il faut changer les moquettes, il y a des moments où je ne vous donnerais pas tort, avait concédé Sa Majesté.

— Vous voyez ? lui avait répondu Mo. Je vous rendrais service.

Vêtue d'un tailleur rose éclatant et accompagnée de son époux, la reine entra dans le bâtiment, au bord de la Tamise, où elle était attendue. Il s'agissait de l'ancien domicile de Thomas Moore, qu'un individu plus épris d'histoire que de bon sens avait rapporté brique par brique et pierre par pierre de l'autre bout de Londres. À l'intérieur, entre petits-fours et boiseries Tudor, l'ambiance était cordiale.

Le clou de la soirée fut l'inauguration d'un portrait pour lequel la reine avait posé, en mai, à la demande de l'organisation caritative. Après une séance de quatre-vingt-dix minutes seulement, elle s'était attendue à quelque chose de correct mais assez petit. Pourtant le tableau posé sur son trépied derrière un rideau de satin violet était aussi grand qu'elle – et même un peu plus. Elle espérait qu'il n'était pas raté. D'aussi près, Philip aurait du mal à se contenir et ce n'était ni le lieu ni le moment. Tout le monde s'agglutina autour d'elle et on glissa le cordon dans la main de Sa Majesté. Sans laisser paraître le moindre signe de nervosité, elle tira et le rideau tomba.

Il y eut d'abord quelques sourires et acclamations, suivis d'une salve d'applaudissements. Après avoir bien observé la toile rose et turquoise, la reine soupira discrètement de soulagement.

— Selon moi, il n'y manque aucune de vos rides, se moqua le prince.

Elle recula un peu pour mieux voir. Il avait raison. Son visage était immense et il ne manquait pas une seule des rides qu'elle avait vues naître en plus de quatre-vingt-dix ans. Mais elle était ridée. À quoi bon le nier ? L'artiste avait réussi les cheveux, ce qui n'était jamais facile. Et il avait fait un assez bon travail sur les bijoux. Cependant, la bouche et les yeux étaient encore mieux que tout le reste. Elle souriait presque, mais pas tout à fait. Elle trouvait que cela lui donnait l'air intelligent. Elle était plutôt contente. Elle aurait juste préféré qu'il fasse un mètre de haut plutôt qu'un mètre cinquante.

L'artiste s'approcha d'elle.

— Alors, qu'en pensez-vous, Votre Majesté ?

— Il est très grand, n'est-ce pas ? lui fit-elle remarquer.

— Je suis payé au mètre, répondit-il, réussissant à la faire rire. J'aime à penser qu'il donne l'impression que vous êtes encore en train de me parler.

— Un peu, c'est vrai. Aurais-je donc trop parlé ?

— Oh, juste ce qu'il faut, Madame.

Il était diplomate. Elle se rappelait l'avoir longuement entretenu de sujets très variés. En tout cas, plus elle regardait ce portrait, plus elle en était satisfaite... d'autant qu'elle avait inauguré un nombre considérable d'abominations au cours de sa vie. À la différence de ses confrères, ce peintre était parvenu à donner le sentiment qu'elle pensait à autre chose qu'au fait qu'elle était en train de poser ou qu'elle était reine. En réalité, elle n'y pensait presque jamais. Tant de choses méritaient qu'on leur accorde de l'attention. Il lui plaisait que les générations futures puissent la voir absorbée par autre chose que son propre univers.

CHAPITRE 35

La veille, la journée avait été riche en événements.

Au lever, la reine apprit que, alors qu'elle la croyait sur le point de fêter sa victoire sous le plus grand plafond de verre de Manhattan, Hillary Clinton venait d'admettre sa défaite… et qu'un Donald Trump plutôt stupéfait avait été élu 45e président des États-Unis d'Amérique. Sa Majesté n'avait pas été préparée à cette éventualité. Par ailleurs, pour couronner le tout, Harry avait publié un communiqué de presse (sur Twitter, quelle inconscience !) dans lequel il demandait aux médias de cesser de harceler sa nouvelle petite amie. *On* compatissait, bien sûr. Mais il n'était jamais payant de défier la presse à son propre jeu. C'était toujours elle qui finissait par l'emporter. Ce n'était qu'une question de temps.

Au petit déjeuner, Philip avait beaucoup de choses à dire sur l'un et l'autre sujet.

— Quel imbécile, pesta-t-il à propos de son petit-fils. C'est quoi la phrase du top model, déjà ? Cette Moss, là. J'ai toujours pensé que ça pourrait s'appliquer à vous. « Ne jamais se plaindre, ne jamais s'expliquer. » Ce garçon aurait une ou deux leçons à apprendre d'elle.

Tout le monde a forcément une opinion. Mais grâce à des décennies d'entraînement, Sa Majesté savait se montrer aussi insondable qu'un sphinx (tout comme Kate

Moss, qui était une amie d'Eugenie si elle se souvenait bien). Elle n'était pas son petit-fils. Et elle savait par expérience que la presse s'emparait du moindre de ses propos pour le sortir de son contexte et le déformer. Le silence était l'option la plus sûre. Ou, plutôt, ne rien dire qui vaille la peine d'être répété. Contrairement à son mari, qui ne respectait pas toujours lui-même ce qu'il prêchait pour autrui.

Heureusement, Philip put bientôt se changer les idées. Ils partirent inaugurer le nouvel institut Francis Crick, à King's Cross, où il se retrouva dans son élément, à parler sciences. Ils y assistèrent à une conférence assez passionnante sur la grippe. Tout à fait terrifiants, ces virus, si on ne les surveillait pas. C'était merveilleux de disposer de structures telles que celle-ci pour les contrôler. Ensuite, il y eut l'entrevue hebdomadaire avec le Premier ministre. Mrs May était déjà prête à établir des relations avec le nouveau leader du monde libre et se demandait s'il fallait programmer une visite d'État. La reine lui fit remarquer qu'on attendait généralement un an ou deux pour cela et lui recommanda de s'en entretenir avec sir Simon. Il ne fallait pas avoir l'air trop en demande. Sans cela, le Royaume-Uni risquerait de paraître un peu désespéré, ce qui n'était pas du tout l'impression qu'il fallait donner.

Dans un pub de Pimlico, Rozie en était à son troisième verre de chardonnay. Sa journée n'avait pas été terrible, et elle avait encore mal à la tête. Dès qu'elle fermait les yeux un peu trop longtemps, elle voyait Mick Clements dans la réserve, son pied-de-biche à la main. Une image assez déplaisante.

Dans des moments comme celui-ci, il était bon d'avoir pour « ami amélioré » un écuyer. Elle était en train de penser à lui : 1,89 mètre, maintien militaire, un tronc d'arbre à la place du cou, blond vénitien et des yeux de la couleur de la mer à Saint-Barth. Elle lui avait téléphoné à midi et il lui avait proposé de prendre un verre après le travail. Il avait choisi ce pub car il était situé sur Pimlico Green, assez près du palais pour pouvoir s'y rendre à pied mais assez loin pour ne pas rencontrer la moitié de ses collègues au comptoir. Un verre n'était pas exactement ce qu'elle avait à l'esprit, mais ce n'était pas si mal.

Au bout du troisième, elle ne savait plus trop si le vin soulageait ou aggravait son mal de crâne. Quoi qu'il en soit, le beau blond vénitien aux yeux bleus n'était toujours pas là. Elle ne pouvait pas lui en vouloir. N'importe quoi pouvait vous retenir au boulot : elle avait posé plus de lapins à ses amis qu'elle n'aurait pu en compter. Elle décida de s'accorder un verre de plus avant de rentrer tristement chez elle.

Elle venait juste de le commander quand elle aperçut un crâne dégarni sur de larges épaules, au milieu d'un groupe d'hommes à l'autre bout du bar. Elle ne l'aurait peut-être pas reconnu s'il n'était pas devenu blanc comme un linge en la voyant. Elle se concentra un instant et repensa aux registres du personnel qu'elle avait récemment épluchés.

C'était Spike Milligan. Et la patronne l'avait justement chargée de trouver des preuves que cet homme était le complice de Lorna Lobb dans l'affaire des lettres anonymes. Rozie avait cherché à le joindre plusieurs fois pour l'interroger mais il lui avait toujours filé entre les doigts. Là, elle le regardait dans les yeux et elle était assez proche pour voir sa pomme d'Adam s'agiter. Elle lui adressa un léger hochement de tête qui signifiait : « Nous pouvons faire ça dans le calme, ou je peux me ramener et le faire devant tes potes. C'est toi qui vois. » Elle eut l'impression qu'il se recroquevillait un peu. Après avoir marmonné un ou deux mots, il se dirigea vers une porte au fond du bar.

Rozie le suivit.

La porte s'ouvrait sur un couloir étroit avec les toilettes d'un côté et la cuisine tout au bout. Il y avait aussi un escalier menant à une salle réservée aux événements privés. Rozie s'y engouffra et ils s'arrêtèrent où ils purent, à mi-hauteur. Bien qu'elle soit une marche plus bas, il était clair que Rozie dominait la situation. Les yeux de Milligan partaient dans tous les sens, regardant partout sauf vers elle. Son visage était blême. Son doigt battait inconsciemment la mesure sur la rampe. Mais il donna tout de même un coup de menton en l'air et lança :

— Je ne sais même pas ce que vous me voulez, capitaine Oshodi.

— Comment le pourriez-vous ? rétorqua Rozie. Vous n'avez pas répondu à mes messages.

— Écoutez, je ne suis pas idiot. Je suppose que c'est en rapport avec l'histoire des lettres. J'ai déjà dit tout ce que je savais à la police. C'est-à-dire rien.

— On vous a entendu en parler.

— Qui ?

— Qu'importe, mais...

Rozie baissa la voix jusqu'à ce qu'il n'en reste qu'un murmure menaçant.

— ... mais Sa Majesté en personne sait que vous êtes impliqué. Vous feriez mieux de vous expliquer maintenant, ou tout ça se terminera très mal pour vous.

Le valet pinça les lèvres et regarda enfin son interlocutrice dans les yeux.

— Je suis désolé, d'accord ? Pour ce qui vous est arrivé. Mais je n'ai rien à voir avec ça.

Rozie plissa les yeux.

— Que voulez-vous dire, ce qui m'est arrivé ?

Il déglutit une nouvelle fois et la panique se lut sur son visage. Mais quelqu'un sortit de la salle à l'étage et passa devant eux, ce qui lui donna le temps de réfléchir.

— Cette femme, là... Lobb... C'est bien comme ça qu'elle s'appelle ? Elle a essayé de mettre quelque chose dans votre sac. Les gens parlent, vous savez.

Rozie pencha la tête sur le côté.

— Donc vous vouliez sans doute dire : ce qui ne m'est pas arrivé.

Elle était convaincue qu'il mentait. Il savait qu'elle avait reçu des lettres alors que c'était un secret très bien gardé, seulement connu de la reine et de la police. Cela signifiait donc qu'il avait participé à leur distribution, ainsi que le soupçonnait Sa Majesté.

Quand on lui avait confié cette mission, Rozie était sûre qu'elle pourrait l'accomplir la tête froide : « Trouver, frapper, détruire, éliminer ». Mais son cœur s'emballait. Ils restèrent un moment silencieux, face à face. Milligan, apeuré mais déterminé. Rozie, luttant pour contenir le déchaînement de fureur et de dégoût qui bouillonnait en elle.

Elle ne s'attendait pas à ce que cette rencontre se passe comme ça. D'habitude, la poudre magique de la reine agissait instantanément : vous demandiez, ils répondaient. Et pourtant, alors qu'elle accusait Milligan de quelque chose dont elle le savait coupable, il refusait de lâcher le morceau.

Quoi que cela puisse être, quelque chose lui faisait encore plus peur que les foudres de la reine.

Il avala une fois de plus sa salive.

— Comme je l'ai déjà dit, je suis désolé si... bref. Il y a des salauds dans les parages. Mais je ne peux rien pour vous.

À sa façon de prononcer la dernière phrase, lentement et distinctement, elle comprit qu'il camperait sur ses positions. Elle se demanda un instant combien il aurait fallu lui briser d'os pour qu'il parle. Mais elle n'était pas ce genre de personne, et ce n'était pas ce genre de mission. Respirer et lâcher prise. Comme il ne l'avait pas menacée de façon aussi flagrante que Mick Clements, elle ne pouvait même pas lui dire d'aller se faire foutre.

— Nous n'en avons pas terminé.

Elle se poussa de sorte qu'il puisse passer devant elle, ce qu'il fit sans demander son reste. Il avait déjà disparu quand elle rejoignit le bar.

Respirer et lâcher prise. Elle fit rouler ses épaules et pivoter sa tête en se disant qu'elle aurait bien besoin d'un massage, d'aller courir... quelque chose qui lui permettrait de décompresser.

Elle s'apprêtait à prendre son manteau sur le dossier de sa chaise quand elle aperçut une chevelure blond vénitien se faufilant parmi les clients.

— Hé ! Tu es encore là. Désolé, je suis en retard.

Son sourire délicieusement asymétrique dévoila des dents parfaitement blanches. Il l'embrassa sur les deux joues, ainsi qu'on pouvait le faire en public dans les milieux chics. Rozie fut alors envahie par de nouvelles sensations.

L'écuyer remarqua le verre à pied vide sur la table.

— Un autre, ça te dit ?

Cela lui disait tout à fait.

CHAPITRE 36

Ce week-end, pas de Windsor. Toute la famille était attendue au Royal Albert Hall pour le festival du Souvenir. La reine et Philip s'y rendirent accompagnés de tous leurs enfants, de quelques cousins, et de William et Catherine. En fait, presque tout le monde était présent, sauf Harry, qui avait d'autres engagements. Les médias ne parlaient que de l'absence de sa nouvelle petite amie à ses côtés lors du dernier grand match de rugby. Ce qui était sûr, c'était que quoi que fassent ou ne fassent pas ces deux-là, la presse trouvait toujours quelque chose à en dire.

Bien qu'elle marque le centenaire de la bataille de la Somme et les vingt-cinq ans de la guerre du Golfe, la soirée au Royal Albert Hall fut très réjouissante. Il y eut notamment une merveilleuse pièce très émouvante, rendant hommage aux femmes de l'Air Transport Auxiliary qui reconduisaient les Spitfire à leur base pendant la Seconde Guerre mondiale. L'auditorium circulaire était plein à craquer de militaires en uniforme – actifs ou vétérans – qui chantèrent avec un entrain que Sa Majesté ne retrouvait nulle part ailleurs que dans les forces armées. Quel plaisir de célébrer avec les vivants.

La journée du lendemain serait dédiée aux morts.

En ce dimanche matin bien maussade, le ciel était aussi couvert que l'air était glacé. Heureusement, une éclaircie survint juste au moment où la reine devait déposer des gerbes de coquelicots devant le Cénotaphe, sous les yeux d'une foule silencieuse, pour commémorer l'armistice.

L'instant était doux-amer car, ainsi qu'elle en avait discuté avec sir Simon, c'était probablement la dernière fois qu'elle effectuait ce geste important. Charles pouvait très bien s'en charger. Il serait, en effet, très malvenu qu'elle se casse le col du fémur en reculant sur les marches en pierre mouillées par la pluie de novembre. Elle comprenait les arguments… Mais son cœur aurait toujours envie de faire son devoir en rendant les hommages dus, comme aujourd'hui.

Tout de noir vêtues, Camilla, Catherine et Sophie se tenaient au balcon du ministère des Affaires étrangères, d'où on avait vue sur la cérémonie. Pour elles comme pour tous ceux qui y assistaient devant leur télévision ou attendaient le passage du défilé sur le trottoir (ainsi que ceux qui s'en désintéressaient), la majeure partie des guerres et des sacrifices que l'on commémorait aujourd'hui n'évoquaient que des bulletins d'actualités d'un autre temps. Mais pour la reine et tous ceux qui se tenaient alignés à Whitehall, il s'agissait d'expériences vécues dont le souvenir restait vivace. Même aussi protégée qu'elle l'était, la souveraine y avait perdu des hommes qu'elle aimait : des amis, des oncles… et pour finir son père, dont la mort avait été précipitée par le tabac et le stress de la guerre. Elle avait partagé la peine d'épouses et de fiancées, de fils et de filles – puis, lors de conflits plus récents, de maris et de petits amis. Chaque soldat tué l'avait été au service de son père ou au sien, et c'était quelque chose qu'elle n'oubliait jamais. Chacune de ces vies importait. Tant avaient été perdues qu'il lui était difficile de garder les yeux totalement secs.

Cette humeur ne l'avait toujours pas quittée dans l'après-midi, alors que la famille était repartie et que le palais avait retrouvé son calme. Elle était en chemin pour se changer quand son secrétaire particulier l'intercepta.

— Je voulais juste vous informer au sujet des tunnels, Madame, annonça sir Simon. Le trésorier a mentionné que le duc lui avait demandé de les faire inspecter. Il tient à vous faire savoir que la sécurité a vérifié : la porte est solidement fermée par un énorme cadenas rouillé. Il faudrait un coupe-boulon pour l'ouvrir. Nous n'avons donc rien à craindre des services d'hygiène et de sécurité.

— N'est-ce pas un soulagement ? répondit Sa Majesté tout en fixant d'un air interrogateur le dossier en papier kraft que l'homme avait sous le bras.

— Je me suis dit que vous aimeriez lire ceci plus tard, dit-il en le lui tendant. C'est le dernier rapport de l'inspecteur-chef. Je peux le déposer sur votre bureau si vous…

— Merci, je vais le prendre tout de suite.

— J'ai placé les notes les plus récentes sur le dessus, Madame, dit sir Simon, toujours aussi efficace. Elles sont très déprimantes.

— Ah ? Vous les avez lues ?

— Juste en diagonale, afin de suivre l'évolution générale. Strong en a appris un peu plus sur le passé de Mrs Harris. Il semblerait qu'elle ait toujours été difficile. Qu'elle ait souvent eu des problèmes et pris de mauvaises décisions. Elle a eu un dur départ dans la vie, ce qui explique peut-être tout ça. L'inspecteur-chef semble penser qu'elle s'est peut-être envoyé les lettres elle-même. Le saviez-vous ?

— À vrai dire, oui.

— J'avoue que j'ai du mal à imaginer cela, mais ses arguments tiennent la route. Tout est dans les notes. Je peux vous les résumer si vous le souhaitez.

— Non, je vous remercie. Je vais les lire moi-même.

Quand il fut parti, Sa Majesté s'autorisa un soupir d'agacement. C'était le jour de repos de Rozie et il voulait juste aider. Sir Simon ne serait pas devenu aussi efficace s'il n'avait eu un regard critique sur tout ce qu'il estimait important. En cela, ils étaient identiques. Mais l'idée de le voir fouiner dans les dossiers de Rozie l'irritait au plus haut point.

Une fois dans sa chambre, elle se laissa totalement absorber par le contenu de la chemise en papier kraft. Il s'agissait du rapport sur Cynthia qu'elle attendait.

Compte tenu de la façon dont cela s'était terminé, les découvertes du sergent Highgate ne pouvaient qu'être très déstabilisantes. Quand Cynthia Butterfield avait 3 ans, son père avait quitté sa mère pour s'installer avec une autre femme. Après un second mariage malheureux – peut-être même violent –, qui s'était soldé par un divorce, sa mère s'était plus ou moins mise à vivre en recluse. Ayant surmonté ces premières difficultés, la jeune Cynthia avait d'abord quitté Brighton pour Édimbourg puis s'était ensuite installée à Londres, où sa carrière avait pris une tournure prometteuse.

Sir Simon avait parlé de « mauvaises décisions ». Selon le rapport, la qualité du travail de Cynthia en tant que restauratrice avait été remise en question durant l'été 1986. Les traces écrites du service du personnel étaient peu nombreuses mais, apparemment, on lui reprochait d'avoir commis des « erreurs de base ». C'était à cette époque qu'elle était passée de la collection royale au service des travaux. Ce poste lui avait été proposé par son directeur, Sidney Smirke, dont on savait aujourd'hui qu'il buvait et pouvait être violent à l'occasion. Cynthia était alors devenue la seule femme d'une équipe « très masculine », avant d'être mutée à l'entretien quelques mois plus tard.

Sir Simon en avait déduit que Cynthia était « difficile ». Mais ce qui frappait la reine, c'étaient les dates. Les Gentileschi avaient été découverts en 1986. Elle imaginait bien que Sholto Harvie ne devait pas avoir envie qu'une assistante zélée regarde par-dessus son épaule. C'était donc sûrement lui qui avait signalé les « erreurs de base » de Mrs Harris.

A-t-elle même commis la moindre faute ? se demanda Sa Majesté. Ou avait-elle juste été accusée par un supérieur très compétent et apprécié de tous ? Et si elle avait proclamé son innocence, l'aurait-on crue ?

Ce qui contrariait Sa Majesté, c'était que là où sir Simon ne voyait qu'un caractère « difficile » et une propension aux « problèmes », elle voyait de la force et de la persévérance face à une adversité sans cesse croissante. Le sergent Highgate avait interrogé la personne à qui elle avait légué toutes ses possessions. Celle-ci – une certaine Miss Helen Fisher – décrivait une colocataire d'université devenue une amie pour la vie. Dont les premiers jours à Londres avaient été ceux d'une jeune femme confiante et chic, au style inspiré de Louise Brooks, la star du cinéma de la belle époque du jazz. Elle adorait voyager et avait développé une passion durable pour l'art. Cette Cynthia-là était celle dont les espoirs avaient été réduits à néant, celle qu'on avait empêchée d'être.

Quoi qu'il en soit, la longue amitié qui unissait ces deux femmes transparaissait à la lecture du rapport en pièce jointe. La reine se nota mentalement de demander à lady Caroline d'écrire à Miss Fisher pour lui transmettre ses condoléances. On lui avait dit que Mrs Harris n'avait plus de famille proche, mais cela ne signifiait pas qu'il ne restait personne pour la pleurer. Même si nul ne risquait de la pleurer ici…

Toujours vêtue de sa robe noire, la reine se leva de sa coiffeuse. Willow et les dorgis sur ses talons, elle descendit le petit escalier menant au rez-de-chaussée, côté aile nord, d'où un couloir permettait de rejoindre le pavillon nord-ouest et la piscine. Le valet qui montait la garde à l'entrée sembla très surpris de la voir mais se reprit très vite. Quoi qu'il en soit, la reine était bien contente qu'il soit là, car elle ne connaissait pas le code d'ouverture de la porte. Philip, qui nageait souvent, devait le connaître, lui.

— Votre Majesté.

Le valet s'inclina légèrement et elle entra, précédée de ses chiens.

Au-delà des hautes fenêtres à carreaux georgiens, il faisait nuit. Du moins, autant que c'était possible sous le ciel de Londres, constamment imprégné de la lueur orangée de l'éclairage urbain. Le pavillon lui-même était habilement illuminé par plusieurs spots placés juste en dessous du toit transparent, tandis que des lampes installées sous l'eau projetaient des reflets ondoyants dans toute la pièce. Les chiens gambadaient joyeusement sur les bords mais Sa Majesté les rappela. Leur curiosité innocente lui paraissait un peu déplacée.

Ce devait être ici, près de la porte des vestiaires, que le corps était resté toute la nuit.

Exsanguination.

Dans le premier rapport de police, ce mot lui avait sauté aux yeux. La perte de sang jusqu'à ce que mort s'ensuive. Son écuyer lui avait appris – sur sa demande – qu'il fallait en perdre entre la moitié et les deux tiers pour que l'issue soit fatale. Les soldats savaient ces choses-là. Bien sûr, il était rassurant de penser qu'on pouvait survivre avec seulement la moitié de son sang. Mais Cynthia n'avait pas survécu.

La lumière ondoyante, le bourdonnement du filtre et les clapotis des vaguelettes étaient les dernières choses que Mrs Harris avait vues et entendues avant de s'éteindre. La reine ressentait sa présence, ou plutôt son absence, très intensément.

Des souvenirs lui revinrent en rafale : la classe de sa coupe au carré, brune autrefois mais presque blanche à la fin ; la perfection inégalable des chambres qu'elle préparait ; l'éclair de joie sur son visage (qu'elle comprenait mieux maintenant) quand elles avaient admiré ensemble un cadre restauré à sa demande dans une chambre d'invités.

La reine ressentit une bouffée de compassion pour cette femme. Elle était plus que jamais convaincue que son histoire était très différente de ce qu'imaginait sir Simon. Elle n'était pas « difficile ». C'était… il existait une expression pour ça. Elle l'avait sur le bout de la langue. Elle interpella le valet.

— Comment appelle-t-on ça, déjà, quand un patron prive son employé des moyens de faire son travail ?

— Une mise au placard, Madame ? proposa l'homme après un instant de réflexion.

— C'est ça !

Il y avait eu des moments, au cours de son règne, où il avait semblé à Sa Majesté que c'était ce qu'essayait de faire la presse à scandale. Mais elle était reine, et Cynthia était restauratrice de tableaux. Pourquoi n'avait-elle pas cherché un autre poste dans sa branche, ailleurs ? Selon Mrs Fisher, elle adorait son travail.

La reine regarda l'endroit où le corps était resté étendu. Au lieu d'une vieille femme aigrie, elle vit une jeune diplômée sans soutien familial qui adorait les stars du cinéma muet et rêvait d'évoluer dans le monde de l'art. Elle vit aussi l'ombre de Sholto, son supérieur hiérarchique. S'il avait voulu l'empêcher de trouver un autre emploi correct, il en avait les moyens. Dans le petit milieu fermé de l'art londonien, le titre d'inspecteur adjoint des tableaux de la collection royale pouvait suffire à briser une jeune carrière.

Mais pourquoi aurait-il fait ça ?

Si son unique but était de la tenir à l'écart pendant qu'il faisait réaliser les faux Gentileschi et disparaître les quatre originaux, cela paraissait démesuré. La reine était pourtant de plus en plus convaincue qu'il avait roulé ces toiles comme des tapis et les avait fait sortir l'air de rien de Stable Yard, au nez et à la barbe de tout le monde.

Elle se força à ne plus penser à la façon dont il avait traité son assistante. Jusqu'alors, elle n'avait jamais perçu Sholto comme quelqu'un de méchant ou de vindicatif. Mais bon… Elle ne l'avait jamais non plus vu comme un criminel. Pourtant, Daniel Blake, le jeune restaurateur qu'il avait engagé, était bel et bien mort. Ce n'était pas parce qu'il connaissait Léonard de Vinci sur le bout des doigts que Sholto était forcément blanc comme neige.

Les chiens à ses côtés, Sa Majesté longea le bord de la piscine jusqu'à l'endroit où Mrs Harris était tombée. Ignorant les protestations de son genou, elle se pencha pour inspecter les joints du carrelage. Après toutes ces années, ils étaient loin d'être comme neufs, mais on n'y voyait pas le moindre petit reste de tache. Elle supposa que l'équipe d'entretien avait redoublé d'efforts avec l'eau de Javel. Pourtant, une femme avait saigné à mort ici, seule, par une nuit d'automne. La reine dit une petite prière pour elle, espérant qu'au moins elle avait perdu connaissance assez vite pour ne pas avoir peur.

L'ombre de Sholto Harvie semblait hanter les lieux. Tout la ramenait à lui. Chaque nouveau rapport venait étayer cette théorie... Cependant, il ne l'avait pas fait. Il n'était pas là. Il n'était même pas dans le pays. S'il avait voulu se créer le parfait alibi, il n'aurait pas pu trouver mieux.

Il fallait sûrement chercher du côté du trafic de biens endommagés – qui était toujours d'actualité, comme l'avait découvert Rozie. Qui aurait pu croire qu'un simple emballage de barre chocolatée puisse constituer une preuve aussi flagrante de l'existence d'activités délictueuses dans les entrailles du palais ?

Cet emballage se trouvait maintenant dans une enveloppe scellée (du moins l'espérait-elle) dans le bureau de Rozie. Depuis, il ne subsistait plus la moindre preuve dans le tunnel. Comme elle s'y attendait, ils n'avaient pas traîné à effacer toute trace de la charnière cachée, et elle ne pouvait rien contre eux tant qu'elle n'avait pas d'éléments plus solides. Une question subsistait cependant : qui étaient-ils exactement ?

Elle tenait à trouver la réponse. Et si elle n'y parvenait pas très rapidement, il lui faudrait faire part de ses soupçons aux autorités compétentes.

Ils pensent que c'est un accident, confia-t-elle à l'ombre qui ondulait sur le carrelage devant elle. Mais elle restait convaincue que même si Cynthia était morte seule, elle ne l'était pas quand elle avait commencé à se vider de son sang.

CHAPITRE 37

Le soir suivant, Rozie se sentait beaucoup mieux. Elle était assise dans la salle de billard du Chelsea Arts Club, ignorant la partie médiocre qui se jouait juste à côté. Toute son attention était focalisée sur l'élégante femme qui dégustait une coupe de champagne en face d'elle.

Rozie avait entendu parler de cet endroit. Peut-être parce qu'il était réputé pour ses bals et son jardin secret, elle s'était imaginé quelque chose de très chic et luxueux, un peu dans le genre du Claridge. En fait, il s'avérait que les artistes ne recherchaient pas les étoiles Michelin, les sols en marbre et les meubles tapissés de soie. Ce qu'ils voulaient (et pouvaient se permettre), c'était boire du vin bon marché sur des tables en bois dans un lieu simplement convivial et propice à la détente. Les murs blancs étaient ornés de tableaux à vendre. Ce labyrinthe de petites pièces était plein de clients en jean, vautrés dans des fauteuils ou en train de rire autour d'un dîner aux chandelles. Eleanor Lockwood était l'une des personnes les plus stylées de l'assistance.

Portant une jupe en soie et des tas de bijoux en or, elle expliqua que ces derniers étaient les créations d'une amie.

— J'adore ce qu'elle fait, il m'en faut toujours plus.

Elle avait des bagues à la plupart des doigts, ses oreilles étaient ornées de pointes dorées punks, et trois gros colliers pleins de breloques pendaient à son cou. Tout cela étonnait un peu Rozie car cette femme devait avoir la soixantaine. Elle avait brièvement été mannequin dans sa jeunesse, ce qui, en revanche, n'avait rien de surprenant.

Elles étaient là pour parler de Sholto Harvie. Eleanor était la tante de Lavinia Hawthorne-Hopwood, qui l'avait gentiment mise en contact avec elle. « Oh mon Dieu, oui, elle sait tout sur Sholto. Faites-la boire. Elle est d'excellente compagnie. Et elle sera ravie d'avoir un prétexte pour sortir. »

Elles parlèrent du palais pendant dix minutes puis Rozie se lança dans l'une de ses nombreuses spécialités : se montrer distrayante tout en ne racontant rien d'intéressant. Au bout d'un moment, elle aborda le sujet de l'ancien inspecteur adjoint des tableaux. Elle expliqua qu'elle recueillait des anecdotes en vue d'un livre sur la collection royale. D'abord empreints de curiosité et d'excitation, les traits d'Eleanor se mirent à exprimer une certaine méfiance, puis carrément du dédain. Cela rappela quelqu'un à Rozie, mais pas moyen de savoir qui.

— Avez-vous déjà rencontré Sholto ? lui demanda Eleanor.

— Oui. En fait, il m'a même hébergée.

— Et vous l'avez apprécié ?

— Beaucoup.

— Comme c'est étonnant ! s'exclama Eleanor avec un désarmant sourire entendu. Il est tellement… charmant.

— Ah oui ? l'encouragea Rozie, se demandant ce qu'elle devait penser de ces dernières paroles qui lui avaient semblé aussi franches que pleines de mépris.

Eleanor appuya son menton dans le creux de sa main et contempla les bulles qui montaient dans son verre.

— Il cultive cette image depuis l'enfance. Vous voyez, Sholto adore les objets. Les beaux objets. Il les vénère. Il les convoite, il les bichonne, c'est une obsession. Il a toujours été comme ça, même petit. Sa mère racontait à qui voulait l'entendre que, dès l'âge de 7 ans, il différenciait le marbre de l'albâtre.

— Il y a une différence ?

Eleanor éclata de rire.

— Lavinia pourrait vous expliquer. Quoi qu'il en soit, ses parents étaient relativement aisés. En tout cas assez pour l'envoyer en internat à Shadwell, où il a fait en sorte de devenir copain avec les plus nantis. Il a très vite compris que les riches adorent qu'on les divertisse. Parce qu'ils s'ennuient tellement, voyez-vous ? Puisqu'ils ont déjà gagné de l'argent, ou qu'ils en ont hérité, à quoi pourraient-ils occuper leur existence ? Alors Sholto est devenu le boute-en-train, le clown de la bande. Il connaissait tout le gratin dans trois comtés entiers. C'était un colporteur de potins doublé d'un charmeur qui savait y faire, surtout avec les mamans. Elles raffolaient de lui. Non seulement il avait de l'esprit et de la culture, mais il savait aussi bien cuisiner de bons petits plats que vermifuger un chien récalcitrant. À 17 ans, il était l'invité le plus couru de tout le sud de l'Angleterre.

— Et ce n'est pas un point positif ? s'étonna Rozie.

Le visage d'Eleanor se durcit.

— Non, pas du tout. Parce que rien n'était authentique. Ce n'était qu'une façade. Sholto ne cherchait pas d'amis, il cherchait des relations. Il voulait juste être toujours plus près de vos Gainsborough, de vos Fabergé, et de vos filles.

Eleanor scruta froidement Rozie. Dégingandée, très anguleuse et les pommettes hautes, elle portait un jean à pattes d'éléphant délavé et une veste d'homme sur un chemisier. Son regard inquisiteur et critique déstabilisait un peu son interlocutrice.

— C'était pendant ma dernière année d'école, reprit-elle. J'ai rencontré Sholto dans une soirée à Londres et je l'ai ramené à la maison pour le week-end. Il avait le même âge que moi, 17 ans. J'étais la quatrième de cinq enfants. Nous vivions sur la propriété de mon grand-père. Je suppose qu'on peut parler de manoir. J'étais timide et obéissante, j'adorais les chevaux et les chiens. Je n'avais aucune expérience avec les garçons. J'étais habituée à la façon dont réagissaient mes amis quand ils mettaient les pieds à Booke Place pour la première fois. Mais la réaction de Sholto a été plus qu'excessive : il est tombé fou amoureux du domaine. De son emplacement, de son architecture, de tout ce qui allait avec. Dont moi, parce qu'il se trouvait que j'étais là. Il était obnubilé. Et cleptomane.

« Voyez ce qu'il en sortira », avait dit la reine. Rozie se pencha un peu vers Eleanor.

— Ah bon ?

— Ça a commencé par de petits objets : des souvenirs de son séjour. Peu après son premier week-end chez nous, ma mère a piqué une crise parce qu'un cendrier en argent avait disparu. Tout le monde a cru qu'une femme de ménage l'avait déplacé, mais je l'ai retrouvé dans une poche de veste de Sholto quelques semaines plus tard. Il y a eu un colibri en argent tout à fait exquis que mon grand-père avait rapporté de Genève quelques années plus tôt. Puis ç'a été un œuf Fabergé. Ça, c'était deux ans plus tard. À l'époque, je travaillais dans une petite galerie d'art à Mayfair et Sholto était étudiant à l'institut Courtauld. Il avait pris ma virginité et je m'attendais donc à ce que sonnent bientôt les cloches de notre mariage, bien que rien n'ait jamais été dit en ce sens. Tout était très bohème. J'ai trouvé l'oiseau et l'œuf dans son tiroir à mouchoirs un jour où je cherchais quelque chose qui pourrait faire office de serviettes de table. Plus tard, j'ai découvert qu'il avait aussi pris un portrait de ma mère. Du moins, il a disparu lors de ce Noël-là et je ne vois pas ce qui aurait pu lui arriver d'autre.

Rozie se souvint du magnifique portrait d'une jeune femme au teint pâle – très anguleuse elle aussi –, vêtue d'une robe des années 1950, qu'elle avait remarqué dans la salle à manger de Sholto Harvie. Était-ce son coup d'essai ?

— Il a essayé de s'emparer de moi aussi, poursuivit Eleanor en s'enfonçant dans son siège, le regard posé sur ses mains ornées de petites bagues. J'étais folle de lui. Il savait bien ce que mes parents pensaient de lui, alors il avait pour projet de m'emmener en douce à Gretna Green, en Écosse, où on mariait les mineurs. Il voulait m'épouser le jour où il décrocherait son diplôme. Je trouvais que c'était la chose la plus romantique du monde. Mais, comme une idiote, j'en ai parlé à mon petit frère, qui s'est empressé de le répéter à ma mère. Sholto est issu de ce que mes parents appelaient la « petite bourgeoisie » : son père était médecin et sa mère venait d'une famille d'ingénieurs. Ils devaient acheter leur mobilier, ils n'en héritaient pas, et Sholto travaillait pour vivre. Bien sûr, je m'en fichais – j'adorais ça, même. Le sel de la terre. Je me prenais pour une gauchiste. Mais j'étais seulement dupe. Sholto était friand de beaux objets et je n'étais que l'un d'entre eux. Mon grand-père l'a fait renoncer à son projet pour 1 000 livres. Il était prêt à monter beaucoup plus haut.

— Vos parents étaient au courant pour l'oiseau et

l'œuf ? demanda Rozie afin de ne pas s'attarder sur l'épisode humiliant des 1 000 livres.

— Et pour le portrait ? Non, je ne leur en ai jamais parlé. Ils étaient tellement snobs. Mais ça ne s'est pas arrêté là. Quand ils ont eu vent du projet de Sholto, mon grand-père a engagé un détective privé pour enquêter sur lui. Bien sûr, ils ne me l'ont pas dit à l'époque, mais Sholto adorait traîner avec des gens louches. Des aristos du West End, des dealers de l'East End. Des macs. Des petits voyous. Il les appréciait. C'étaient les années 1970 et les écoles d'art étaient de vrais foyers de rébellion. Il ne consommait pas de drogues mais il aimait le danger. Il devait croire qu'on l'admirait pour ça. En tout cas, ça ne faisait pas de lui le prétendant idéal. J'ai cru pendant longtemps que c'était mon grand-père qui m'avait brisé le cœur mais…

D'une main ornée de bijoux, elle fit un geste de dédain signifiant qu'elle avait changé d'avis.

— A-t-il gardé le contact ? demanda Rozie.

— Bien sûr que non. Après s'être acheté une Ducati et avoir couché avec deux de mes amies, il est parti en Inde avec Lydia Munro, dont la famille n'était pas aussi lucide que la mienne. Il lui a refilé des morpions – Dieu sait où il les avait attrapés – puis il est rentré tout seul. Je me suis toujours demandé comment il allait finir.

Les bagues d'Eleanor scintillèrent une seconde dans la pénombre quand elle vida son verre avant de poursuivre :

— Bizarrement, il est resté en contact avec mon frère pendant quelque temps. Rupert était trop poli pour le fuir et Sholto pas assez pour se faire oublier. Je m'attendais à ce qu'on le retrouve en prison un jour ou l'autre, mais il a travaillé pour la reine et a pris sa retraite dans les Cotswolds. J'ai vu son cottage dans le magazine

House & Garden. J'avoue que j'ai bien examiné les photos pour voir si je repérais l'oiseau et l'œuf mais je ne les ai pas vus. Et vous ?

— Je ne les ai pas vus non plus, répondit Rozie sans mentir mais sans mentionner le portrait.

Elle se souvint soudain de sa couverture et changea de conversation :

— Et en ce qui concerne son passage à la collection royale ?

— Oh, ce n'est pas pour m'interroger là-dessus que vous êtes venue, si ? fit Eleanor avec un sourire incrédule. Comment diable en saurais-je quelque chose ? J'imagine qu'il a volé l'argenterie de Buckingham ? La reine devrait s'estimer heureuse qu'il ne soit pas parti avec la princesse Margaret. Je parie qu'il a essayé.

Peu après, en attendant son taxi sur Old Church Street, Rozie se rappela à qui Eleanor lui avait fait penser : à Lulu Arantes, qui avait dû entendre parler de Sholto par son oncle Max. Lulu avait vu parfaitement juste. Elle devait vraiment lui faire davantage confiance.

CHAPITRE 38

Billy MacLachlan n'avait pas perdu son temps non plus. En rentrant de Tetbury, il était allé rendre visite à ses anciens collègues. D'abord ceux de ses débuts dans la police, puis ceux de l'époque où il était chargé de la protection de Sa Majesté. S'il avait gardé le contact avec plusieurs réseaux de retraités de la Maison royale, c'était avant tout pour des raisons professionnelles. Étant tout à fait du genre à se satisfaire d'un bon livre et de quelques grilles de mots croisés, il ne l'aurait peut-être pas fait à titre personnel. Mais à l'occasion, il jouait au golf avec des majordomes, prenait un verre avec des valets, pêchait avec des gardes-chasses, ou dégustait de bons vins avec des sommeliers. Quel que soit leur état de santé ou de décrépitude, ces gens avaient tous un point commun : l'amour du ragot. Leur fête annuelle se tenant quelques jours avant Noël, Billy avait prétexté s'associer aux préparatifs pour pouvoir leur parler.

Après deux jours à fouiner partout, son rapport était bouclé. À l'heure du déjeuner, il le remit à Sa Majesté alors qu'ils faisaient un tour dans le jardin, en présence de Rozie. L'impatience de la reine ne lui avait pas échappé car elle l'avait appelé la veille pour lui demander où il en était, ce qu'elle ne faisait jamais d'ordinaire.

— Vous savez forcément ce qu'est un receleur,

n'est-ce pas, Madame ? demanda-t-il tandis qu'ils se dirigeaient vers l'étang.

— Bien entendu.

— Eh bien, j'ai parlé il y a peu à un certain Frank, à Bethnal Green, et il m'a raconté des choses intéressantes. En tout cas, il n'a pas été surpris quand j'ai suggéré que certains biens du palais avaient pu être subtilisés au cours des années passées.

Sa Majesté paraissait résignée.

— Je vois. Les gens ne peuvent pas s'en empêcher. Vous savez qu'on nous a même volé nos rouleaux de papier hygiénique ? Très prestigieux. Les invités, j'entends. Je ne crois pas qu'il existe de papier-toilette plus prestigieux qu'un autre.

— On a déjà volé beaucoup plus que ça ici, dit MacLachlan. Et cela n'a évidemment rien de nouveau. Vous devez connaître l'histoire de William Fortnum ? Au XVIIIe siècle…

— Celui qui est à l'origine de Fortnum & Mason ? Le valet de la reine Anne ?

— Oui, celui-là même.

— En effet, je connais cette anecdote, confirma la reine en souriant. Un entrepreneur-né. Il a commencé par vendre des bougies du palais à moitié consumées aux dames de compagnie. Son raisonnement peut se comprendre. La reine aimait avoir de nouvelles chandelles tous les jours et il y en avait des centaines. Tout ce gaspillage devait l'attrister.

— Il avait la bosse du commerce, confirma MacLachlan. Et il l'a plutôt bien démontré.

MacLachlan pensait au magasin de sept étages sur Piccadilly Circus, avec ses vitrines fastueuses et l'horloge à carillon qui subjuguait tant sa petite-fille.

— Le problème, c'est que Fortnum n'est pas le seul cas connu. Les palais ont toujours généré leurs « entrepreneurs », comme vous dites. Certains plus gourmands que d'autres. Et c'est ainsi que nous en arrivons au trafic de biens endommagés. Sir James a laissé entendre que quelques rares larcins avaient peut-être été commis dans les années 1980. De mon côté, j'ai acquis la certitude que ces activités se sont poursuivies dans les années 1990, époque à laquelle le chef était un certain Theodore Vesty. Et je ne vois pas pourquoi elles se seraient arrêtées après ça. Pour l'instant, ce ne sont que des rumeurs. Rien qui nous permette de porter des accusations. D'après ce que j'ai compris, cela fonctionnait de deux façons. Il y avait la version simple, qui consistait à faire sortir en cachette des objets qui ne servaient plus : des rideaux qu'on avait remplacés, une petite partie des vêtements pour bébé reçus pour chaque grossesse au palais... Jamais une grosse quantité, Madame, c'est là toute l'astuce. Jamais assez pour éveiller le moindre soupçon. Ni pour qu'un sous-fifre craintif ressente le besoin d'en parler aux autorités.

— Je vois, fit la reine en opinant du chef.

Rozie se souvint que Sholto Harvie lui avait décrit la combine de façon similaire.

— Les registres du palais étaient modifiés de façon à concorder avec les stocks, poursuivit MacLachlan. Ils écoulaient leur butin par le biais de personnes telles que mon copain Frank. Mais j'ai aussi regardé du côté de ce gros bonnet du ministère de la Défense, à Whitehall. Celui dont vous m'aviez parlé, avec un bureau dans un angle. Il s'appelait Roger Fox. Il était responsable des achats dans les années 1980 et au début des années 1990, mais il est parti en retraite anticipée pour raisons de santé. Enfin, ça, c'est la version officielle. Officieusement, il s'est fait prendre la main dans le pot de confiture. En fait, c'était un escroc de première. Il devait aider les malfaiteurs à trouver des acheteurs sans poser de questions. Non seulement il connaissait Vesty, mais ce n'est pas tout. Sidney Smirke, le prédécesseur de ce dernier, était son beau-frère.

— Tiens donc ? s'exclama la reine, sidérée.

— Je me suis dit que cela vous intéresserait, Madame. Une jolie petite affaire de famille… Si votre tableau n'a pas été correctement étiqueté pendant la rénovation, on l'imagine sans mal sortir sur ses petites pattes de l'entrepôt pour venir s'installer tout seul dans le bureau de Fox. S'il s'était trouvé devant votre chambre comme d'habitude, dans vos appartements privés, je pense que les hommes du service des travaux n'auraient même jamais envisagé de le prendre. Mais là, ils ont dû supposer qu'il s'agissait d'un simple tableau qu'ils pouvaient traiter comme du mobilier ordinaire. Par conséquent, il n'a pas été rendu à la collection royale et il a « disparu » comme par enchantement. C'était leur mode de fonctionnement avec les objets sans grande valeur. Sauf que, cette fois, ils ont commis une erreur.

— Cynthia Harris devait être au courant, dit la reine d'un ton lugubre.

— Même si elle était avec Sidney à cette époque, je ne crois pas qu'elle était dans le coup. C'était une affaire d'hommes. Sidney ne tolérait pas les femmes, et elle est partie peu après. Mais si Rozie avait eu le temps de l'interroger, elle aurait peut-être compris a posteriori. Par ailleurs, vous n'étiez pas la seule à vous faire flouer, Madame. Certains fournisseurs en ont fait les frais également, avec une combine différente. On les forçait à livrer une deuxième fois des produits qu'ils avaient déjà envoyés en prétendant qu'ils n'étaient jamais arrivés. Il est difficile de contester les affirmations du palais de Buckingham. Enfin, c'est toujours possible, bien sûr, mais ils s'en prenaient à de petites sociétés qui n'auraient jamais osé.

— Ils escroquaient et menaçaient des gens en mon nom ?

— Euh, oui, exactement. Pour que cela fonctionne, il leur fallait un bon réseau. Je pense d'ailleurs que, lorsqu'ils ne pouvaient pas avoir de complices fiables aux postes voulus, ils renonçaient. Il faut au minimum trois personnes pour réceptionner les livraisons et signer l'accusé de réception. L'une d'elles doit être assez haut placée. Cependant, on a aussi besoin d'un employé plus ou moins débutant, car il doit paraître normal de le voir transporter des objets vers les caves. Enfin, il est impératif d'avoir quelqu'un au palais Saint-James pour réceptionner les biens et les dispatcher. Avec tous les contrôles de sécurité existants, faire entrer quelque chose illégalement dans un de vos palais serait vraiment très difficile. En revanche, à condition qu'il ne s'agisse pas d'une pièce de valeur, faire sortir quelque chose serait à la portée d'un enfant.

— Mais les reçus et les factures, alors ? demanda Rozie. Ça doit laisser des traces comptables. Quelqu'un du service financier finirait forcément par s'en apercevoir.

— C'est pourquoi il faut avoir des comparses à ce niveau-là aussi. On les paie, ils regardent ailleurs. En grattant un peu, j'ai découvert que la liste des responsables de la compta chargés de veiller à la gestion des biens avait été un peu fluctuante ces dernières années. Ils ne font que passer. Certains repartent presque aussitôt arrivés. Je suppose qu'on fait pression sur les plus honnêtes. Peut-être qu'on les accuse de quelque chose, ou qu'on leur rend la vie impossible d'une façon ou d'une autre.

— Comme si on les mettait au placard, lança la reine, l'air pensif.

— Tout à fait, Madame. On garde ceux que l'on peut manipuler, on écarte les autres. Theodore Vesty a été populaire en son temps. Une simple recommandation de lui suffisait à se faire engager. Je suppose donc qu'il lui était tout aussi facile de faire renvoyer qui il voulait.

— Serait-ce un comptable qui aurait tué Mrs Harris ? se demanda la reine à haute voix. On n'imagine jamais les comptables comme des meurtriers. Peut-être devrait-on ?

Le cerveau de Rozie tournait à plein régime.

— J'y suis allée ! En bas, dans leur bureau. Le jour où nous avons finalisé le plan de rénovation. C'est l'équipe que vous avez décrite, Billy. Normalement ils sont quatre, mais à ce moment-là ils n'étaient que deux, plus Mick Clements et son acolyte du service logistique. Ils fêtaient quelque chose et j'ai tout interrompu. Je voulais leur poser des questions précises sur le budget prévisionnel et…

Elle regarda ses interlocuteurs tour à tour et s'aperçut qu'elle semblait bien être la seule à se passionner pour cette question.

— Désolée. Continuez, Billy. Mais je vois de qui vous parlez. Je pense qu'ils croyaient avoir réussi un coup sans se faire repérer.

— Et vous veniez leur annoncer que ce n'était pas le cas ? demanda MacLachlan.

— Sans le savoir.

— Je parie que leur petite combine rapportait des milliers de livres… ou du moins qu'elle aurait pu.

— Des millions, à force. Et c'est Mary Van Renen qui s'en est aperçue en premier. Peut-être qu'ils l'avaient dans le collimateur. Si Cynthia avait le moindre soupçon, ça constituait un mobile suffisant pour vouloir la faire taire.

MacLachlan hocha la tête.

— Ça vaut le coup de vérifier où étaient ces gens-là la nuit de sa mort. Arrive-t-il aux comptables de dormir au palais ?

— Je ne vois pas pourquoi cela arriverait, intervint la reine.

— La sécurité tient des registres, Madame, répondit MacLachlan. Je vérifierais bien en personne mais je dois éviter de me faire remarquer.

Sa Majesté approuva en opinant du chef.

— Merci pour votre discrétion, Billy. J'aimerais mieux que vous vous teniez à l'écart, maintenant. Je sais que l'inspecteur-chef Strong a fait dresser la liste des invités présents ce soir-là. Elle est dans le dossier, n'est-ce pas, Rozie ?

— En effet.

— Il y a aussi un ou deux portiers qui méritent qu'on s'intéresse à eux, ajouta MacLachlan à l'intention de la secrétaire. Je vous donnerai leurs noms. Je les imagine mal comme de grands cerveaux criminels mais ils ont fait quelques dépenses assez étonnantes au vu de leurs salaires. Des montres, des téléphones, une voiture…

— Stop ! ordonna la reine d'un ton très autoritaire.

Candy sortit alors d'un buisson, l'air penaud, et Sa Majesté se retourna vers l'ancien policier.

— Je suis désolée. Veuillez continuer. Vous parliez de grands cerveaux criminels.

— Avec un peu de chance, la liste de Strong nous aidera à réduire le champ des suspects, répondit-il avec un haussement d'épaules. Il y a ceux que nous venons de citer – Clements, les comptables et les portiers – mais, a priori, je ne les classerais pas dans cette catégorie. Il pourrait aussi y avoir un ou deux agents de sécurité, mais là je crains de ne pas avoir de noms à vous communiquer.

— Ah ? fit la reine en le fixant de son pénétrant regard bleu, les sourcils froncés.

— Oui, c'est un peu étrange. Quelques ragots que j'ai entendus au golf. Un des vieux de la vieille, un ancien soldat, m'a dit qu'il s'était joint à des jeunes actuellement en service, qui prenaient un verre au pub pour fêter un anniversaire. Ils se sont mis à parler de blessures de guerre. Ce n'était pas de très bon goût, Madame, mais je l'ai interrogé à ce sujet dans l'intérêt de l'enquête. Vous comprenez sans doute. Apparemment, ils étaient nombreux à se raconter diverses anecdotes de plus en plus épouvantables. Ils s'incitaient mutuellement à décrire des façons de mourir toutes plus atroces les unes que les autres. Des rapides, des lentes. Un ou deux semblaient avoir des connaissances encyclopédiques en la matière. Et les entailles à la cheville ont été évoquées.

— Et aucun d'entre eux n'a eu l'idée de le signaler ? Alors qu'une personne est morte de cette façon dans le pavillon nord-ouest ?

— Ces échanges ont eu lieu après le drame, Madame. C'est donc sans doute la mort de Mrs Harris qui a inspiré la conversation. Hélas, mon contact n'a pas su me dire qui avait dit quoi, car ils étaient nombreux et il ne les connaissait pas tous. Ça n'a visiblement pas éveillé le moindre soupçon chez quiconque.

— Mrs Harris n'avait personne pour prendre sa défense, s'insurgea la reine. Et tout le monde doit penser que si sa mort n'est pas accidentelle, elle a été orchestrée par Mrs Moore sous prétexte qu'elle avait une raison de la détester. Je la vois pourtant très mal taillader la cheville de quelqu'un. Je crois savoir qu'elle est plutôt appréciée.

— Très, confirma Rozie.

— Nous n'aimons pas imaginer ceux que nous considérons comme les gentils dans le rôle des méchants, dit la souveraine.

— Elle aurait pu le faire ? demanda MacLachlan.

Lui n'avait aucun mal à imaginer les gentils comme des méchants ou vice versa. Et il connaissait des femmes qui n'auraient eu aucune difficulté à taillader des chevilles.

— Non, répondit la reine. Quand l'inspecteur-chef Strong a dressé sa liste, je me rappelle très clairement l'entendre me dire que Mrs Moore était chez elle avec sa famille ce soir-là. Il a vérifié parce qu'elle faisait partie des suspects pour les lettres anonymes. Son mari et ses trois enfants peuvent confirmer. À propos, avez-vous réussi à parler des lettres à Spike Milligan, Rozie ? A-t-il fait quelques révélations intéressantes ?

— Je crains bien que non. Enfin, j'ai pu l'interroger mais il a juré qu'il ne savait pas du tout de quoi je parlais. Le pauvre homme semblait terrifié.

— Par vous ?

— En partie.

— Vous pouvez être assez effrayante, c'est vrai.

— Merci, Madame. En l'occurrence, j'ai fait de mon mieux. Mais quelque chose le terrifiait plus que moi. Je ne lui faisais pas assez peur pour qu'il avoue. Je sais qu'il me mentait mais je ne peux pas le prouver. Je lui ai dit que quelqu'un l'avait entendu, sans préciser qui.

— Qui l'a entendu ? demanda MacLachlan.

— C'est sans importance pour le moment, déclara la reine. Comme c'est contrariant.

Elle réfléchit en silence.

— Donc, dans l'immédiat, on en revient à Mick Clements, dit Rozie.

Elle se souvenait de son regard assassin quand il l'avait trouvée dans les caves. Elle était presque certaine que si Eric Ferguson ne l'en avait pas empêché, il aurait tenté de la tuer.

— Il fait partie de ceux qui vous ont envoyée sur une fausse piste l'été dernier, non, Rozie ? demanda la reine.

La secrétaire hocha la tête.

— Parce que vous deviez commencer à être sur la bonne voie, continua-t-elle.

Pendant un moment, cela parut cohérent. Mais pas longtemps. Au pire, Mrs Harris aurait pu parler à Rozie des délits des années 1980 – si toutefois elle était au courant, ce dont on n'avait pas la certitude –, cependant Clements avait réussi à se tenir à l'écart, non ? Il avait peut-être essayé de la réduire au silence en l'effrayant, mais prendre le risque de la tuer après tous ces efforts ? Cela dit, il était impulsif – Rozie pouvait en témoigner. Était-ce suffisant ? Et si oui, allait-il s'en tirer impunément ?

— Tout va bien, Madame ?

MacLachlan la regardait d'un air préoccupé. Elle prit conscience que cela faisait un petit bout de temps qu'elle regardait dans le lointain sans mot dire.

— Parfaitement bien, merci.

Elle sentait qu'elle approchait du but, mais elle n'y était pas encore tout à fait. Elle avait un meurtrier en tête. Il y avait une victime. Mais les pièces ne s'emboîtaient pas.

— Tout cela est très frustrant, lâcha-t-elle.

— Nous allons y arriver, Madame. La soirée des retraités se tient après-demain. D'habitude, je n'y vais pas, mais cette fois je vais y passer et voir ce que je peux récolter auprès des anciens.

— Merci, Billy. Bien sûr, il reste toujours la possibilité qu'il ne s'agisse pas d'un meurtre.

— Je pense que nous sommes d'accord sur le fait que c'est improbable, répondit MacLachlan, quitte à ne pas être très rassurant.

La reine monta se préparer pour son entretien hebdomadaire avec le Premier ministre. Elle se donnait une semaine pour prouver qu'un des suspects de la liste avait tué Cynthia Harris afin de l'empêcher de parler. Si d'ici là elle n'y était pas parvenue, elle remettrait toute l'affaire entre les mains de l'inspecteur-chef Strong (ce qu'elle reprochait au grand-maître de ne pas avoir fait pour l'enquête sur les lettres anonymes). La presse tout entière leur tomberait alors dessus comme une horde en maraude. Ils seraient assaillis de questions et, sans doute, accusés d'avoir voulu étouffer toute l'histoire. Parfois le prix à payer pour avoir tenté de bien faire pouvait s'avérer redoutablement élevé. Mais certaines affaires étaient de trop haute importance pour être confiées à des amateurs, quelles qu'en soient les conséquences. Elle allait devoir passer le relais.

QUATRIÈME PARTIE

Repentir

« On peut trouver l'esprit de César
dans l'âme d'une femme. »

Artemisia Gentileschi, 1593-1652

CHAPITRE 39

À Chelsea, assise devant la fenêtre de la cuisine de son appartement en sous-sol, Helen Fisher lisait et relisait la lettre sur laquelle figuraient en rouge les armoiries royales. Elle n'arrivait toujours pas à croire par quoi elle commençait.

« La reine m'a demandé de vous écrire… »

Et ce « vous » la désignait, elle, Helen ! Seuls quatre mots la séparaient désormais de Sa Majesté Elizabeth II.

Elle avait reçu peu de courriers de condoléances à la mort de Cynthia. À vrai dire, elle pouvait les compter sur les doigts d'une main : deux par mail, deux par texto (dont un avec des émojis « pouce en l'air », qu'elle supposait résulter de malheureuses fautes de frappe), et cette lettre, sur son épais et luxueux papier crème à l'ancienne, dactylographiée et signée à l'encre bleue au-dessus des mots « dame de compagnie ». Les rares fois où elle y avait pensé, Helen s'était toujours imaginé que le rôle des dames de compagnie consistait à tenir de longues traînes, faire couler des bains et… en fait, elle n'avait pas la moindre idée de leurs attributions. Une chose était sûre, elles écrivaient de la part de la reine pour exprimer la compassion de celle-ci après le décès d'une amie de longue date, en souvenir de sa fidélité et de sa dévotion.

Une amie de longue date... Mais comment la reine pouvait-elle bien le savoir ? Elle ne pouvait tout de même pas avoir lu tous les rapports de police, si ? Helen n'avait parlé qu'au sergent qui était venu la voir un jour. Le petit flic rouquin, comme elle aimait à se le rappeler. Un type gentil. Doux. Capable de s'asseoir pour prendre un thé et de l'écouter raconter l'enfance malheureuse de sa regrettée Cynthia et l'époque où elles faisaient leurs études ensemble, dans les années 1970.

Il enquêtait sur ces affreuses lettres qu'avait reçues Cynthia. Helen se demandait à quoi cela servait maintenant que son amie était morte, et elle lui avait posé la question. Il s'était contenté de lui répondre qu'il s'agissait d'histoires privées de la famille royale. Puis il avait ajouté qu'il était sûr qu'elle comprendrait qu'il n'en dise pas plus. Il avait raison, car Cynthia avait toujours été très scrupuleuse sur ce point. Elle ne lâchait jamais le moindre mot sur ce qui se déroulait dans les intérieurs somptueux du palais de Buckingham. Seulement que la reine était « un amour », que le prince Philip n'était « pas si mal que ça », que cette remarque valait aussi pour le prince Charles, et que Camilla était « désopilante ».

Quant au reste... Elle ne parlait presque jamais de son travail. Helen non plus. Après l'échec de sa carrière – ce qui était le lot de la plupart des artistes, à moins d'avoir la chance ou la jugeote d'épouser quelqu'un qui pouvait vous entretenir –, elle avait exercé le métier de traductrice pendant la majeure partie de sa vie. Tous les deux mois, Cynthia et elle se retrouvaient pour assister à des expos ou des concerts ou simplement discuter. Principalement d'art et de musique. Londres était une ville merveilleuse sur le plan culturel. Assez pour que cela vaille la peine d'habiter un minuscule appartement miteux à moitié enterré, baignant toujours un peu dans les particules de diesel des bus qui passaient sur Battersea Bridge Road, plutôt qu'un logement lumineux et spacieux avec jardin. Pourquoi aurait-on besoin d'un jardin quand on a la Tate Gallery pratiquement à sa porte ? Et le Victoria & Albert Museum ? Et la Royal Opera House ?

Elles avaient aussi parlé des abominables lettres que recevait Cynthia. Le dimanche après-midi, Helen lui avait souvent offert le thé et une oreille compatissante à la cafétéria de quelque lieu culturel. Après avoir confié cela au policier, elle lui avait aussi relaté l'étrange et chaotique carrière de Cynthia : d'abord restauratrice de tableaux au palais Saint-James ; mutée ensuite au service des travaux, rattaché à tous les palais londoniens ; et enfin, au palais de Buckingham, où elle semblait s'être stabilisée. Helen avait essayé de se réjouir pour elle. Même si c'était difficile.

Elle n'en avait jamais parlé – pour la simple raison qu'on ne lui avait rien demandé –, mais elle avait toujours pensé que quelque chose s'était éteint en Cynthia l'été où elle avait perdu son poste à la collection royale. À la même époque, elle s'était installée avec cet homme hideux et détestable qui la rabaissait en public (Helen l'avait vu de ses propres yeux), l'ignorait au travail (selon l'intéressée) et la battait très probablement. Cynthia n'avait jamais avoué qu'il était violent mais Helen avait remarqué que, des années après, elle se tenait encore un peu recroquevillée en présence d'hommes de stature similaire. Ce qui était dur à croire. Au temps des beaux-arts, tout comme Helen, Cynthia était une jeune femme sûre d'elle et libre d'esprit. Mais c'était aussi cette année-là qu'elle avait perdu son cher ami Daniel dans un affreux accident de moto, ce qui l'avait encore plus abattue, voire déboussolée. Cela n'avait pu que contribuer à sa déchéance. Helen l'avait pourtant incitée à chercher du travail dans ses cordes chez d'autres employeurs. Elle était tellement douée pour ça. Sa passion, c'était le baroque. Mais elle disait qu'elle était « finie », « grillée partout » et que personne n'étudierait sa candidature. Nul ne savait ce qu'on lui reprochait mais, du jour au lendemain, elle était passée de chouchoute de son service à *persona non grata*. On aurait pu croire qu'on l'avait surprise à voler une œuvre.

Après ça, Cynthia était restée une femme brisée. Comme si la perte de Daniel ne suffisait pas, elle avait passé le reste de l'année et toute la suivante à rejeter la plupart de ses autres amis. Bien sûr, Helen n'avait pas parlé de ça au petit flic rouquin, puisqu'il enquêtait seulement sur les lettres anonymes, mais il lui semblait que l'été en question était à l'origine de tout : le chagrin, le deuil, et l'inévitable changement de personnalité. Bien qu'étant sa meilleure amie, Helen ne pouvait pas nier qu'elle était devenue plus tranchante et critique. Consciente que c'était parce qu'elle souffrait, elle le lui avait facilement pardonné ; mais tout le monde ne pouvait pas être aussi indulgent. Helen ne savait pas du tout qui avait envoyé les lettres et lacéré les vêtements de Cynthia. Cependant, elle avait trouvé à la fois insultant et surprenant que le sergent insinue qu'elle ait pu le faire elle-même. Bien que le jeune homme lui ait paru très sympathique, cette idée lui avait laissé un goût amer. Heureusement, la charmante lettre de la reine était très réconfortante.

Helen estima qu'elle devait y répondre. Compte tenu de l'incroyable amabilité de Sa Majesté, ne pas le faire aurait été très impoli. Elle se dirigea donc vers un grand buffet en pin au fond de la cuisine et en ouvrit le tiroir central. C'était là qu'elle conservait les souvenirs de ses sorties avec Cynthia : principalement des cartes achetées dans des boutiques de galeries. Certaines étant superbement illustrées, elle était sûre d'en trouver une adéquate.

Ah ! Celle-ci. Parfait.

Elle se rassit, garda un instant son stylo en suspens au-dessus de la carte encore vierge, puis se mit à écrire.

CHAPITRE 40

— On y va ?

En ce vendredi 18 novembre, sir James Ellington enfila le manteau jusqu'alors élégamment posé sur son bras. À côté de lui, Mike Green l'imita, s'apprêtant à quitter le bureau de sir Simon. Ce dernier était sur le point d'éteindre son ordinateur quand un message apparut sur l'écran.

— Dans un instant. Allez-y, vous deux. Je vous rejoins à la porte. Je vais voir si je peux trouver Rozie. Elle a bientôt fini aussi. Ça ne vous dérange pas qu'elle vienne, n'est-ce pas ?

Sir James hésita une fraction de seconde.

— Si ?

— Non, non, répondit le trésorier. Plus on est de fous, plus on rit. C'est seulement que s'il y a une femme, nous ne pouvons pas aller au Rag. Mais il nous reste le salon des dames et la salle de restaurant.

— Je ne vais certainement pas célébrer notre coup de maître dans un salon des dames, bon sang de bois ! hurla presque Mike, qui avait déjà entamé les festivités.

— La salle de restaurant ira très bien, lui assura sir Simon, tout en lisant le message sur son ordinateur, préparant sa réponse. J'y suis souvent allé. Ils ont un champagne tout à fait convenable, n'est-ce pas, James ?

— Absolument. Je leur ai demandé d'en mettre deux bouteilles au frais. Dites à Rozie de faire fissa. On se retrouve à la porte.

Sir Simon leva la main pour acquiescer.

— Deux minutes.

Un nouveau message venait d'arriver. Quelqu'un du corps législatif hongkongais voulait savoir ce que Sa Majesté pensait du droit de manifester. À 21 h 30, un vendredi soir. Alors que quiconque s'intéressant un tant soit peu à la reine saurait qu'elle ne donnait jamais son avis personnel quand celui-ci risquait de déclencher une guerre contre la Chine. Cependant, la patronne avait énormément d'affection pour Hong Kong. Il écrirait quelque chose de conciliant lundi matin et un simple mot pour patienter ferait l'affaire d'ici là. Il finissait tout juste de taper quand on frappa à la porte de son bureau.

— Entrez. Puis-je vous aider ?

Un homme rondouillard qui avait visiblement un peu de vent dans les voiles – voire plus qu'un peu – venait d'entrouvrir la porte. Il était en tenue de soirée mais son nœud papillon était de travers et sa large ceinture en soie pendouillait plus ou moins autour de sa taille.

— Je ne sais pas, dit-il avec un demi-sourire charmeur. J'espère. Avez-vous vu Rozie Oshodi ?

— À vrai dire, j'allais moi-même partir à sa rencontre, répondit sir Simon. Puis-je lui transmettre un message ?

— Non. C'est... Non, je vais attendre.

— J'ai bien peur que ce ne soit pas possible, lui fit remarquer sir Simon. Pas ici. Vous vous trouvez au Bureau privé et nous sommes très scrupuleux sur la sécurité. Je suis même surpris que vous soyez arrivé jusque-là.

— J'ai une invitation, répondit l'homme en fouillant vainement les poches de son smoking. Pour la soirée.

Sir Simon comprit alors qu'il devait s'agir d'un retraité de la Maison royale. C'était ce soir que se tenait leur fête annuelle. Un grand événement qui avait lieu quelques jours avant Noël à l'initiative du Dining Club des anciens employés. Sir Simon aurait lui-même le droit d'y participer un jour mais il était très probable qu'il s'en abstienne. L'élite du palais préférait ne pas abuser des réjouissances tapageuses. De toute façon, elle avait son propre club, plus sélectif, et dont personne ne parlait. Il n'était jamais bon de faire sentir aux autres qu'ils n'y avaient pas accès.

— Quelle que soit cette invitation, elle n'est pas valable dans ce couloir, dit-il. Ne vous inquiétez pas, je vais vous raccompagner.

L'homme débraillé sembla un peu désemparé l'espace d'un instant, mais il se reprit et accepta la proposition de bonne grâce. Au ton ferme de sir Simon, il avait compris qu'il n'avait pas le choix.

— Dites-lui juste…

Sir Simon sentit que le fêtard n'était pas loin de se laisser submerger par l'émotion.

— Dites-lui que je pensais ce que j'ai dit. À propos du cottage. Elle est toujours la bienvenue. Je crois… je crois qu'elle doit se le demander. Mais dites-lui bien que c'était sincère.

Ils étaient arrivés à la porte du grand hall, tout au bout du couloir. Celle-ci était gardée par un valet que sir Simon réprimanda d'un regard noir pour avoir laissé entrer cet homme. Semblant à la fois interloqué et contrit, le domestique hocha presque imperceptiblement la tête, ce qui signifiait que cela ne se reproduirait pas.

— Vous pouvez me rappeler votre nom ? demanda-t-il à l'intrus.

— Transmettez-lui juste mon message. Elle saura.

Sir Simon haussa discrètement les épaules et se hâta de retourner à son bureau. Il y arriva juste au moment où Rozie sortait des toilettes, élégante comme jamais et fleurant bon le parfum de luxe. De toute évidence, elle se rendait quelque part, mais il pouvait toujours lui poser la question.

— Nous allons au club de l'infanterie et de la marine. Aimeriez-vous vous joindre à nous ?

— Vous fêtez ça ?

Après avoir reçu le feu vert du Comité des comptes publics, le plan de rénovation venait d'être approuvé le jour même par le Premier ministre.

— Et nous allons même bien le fêter, confirma sir Simon. Allez, vous le méritez autant que nous tous.

Rozie sourit.

— Serais-je donc invitée à me joindre au triumvirat ?

— Tout à fait, ma chère. Comment dit-on en latin quand il y a quatre personnes dont l'une est une femme ? Un quadrumvirat ? Un tétravirat ?

— Ça n'existait pas à l'époque, lui fit remarquer Rozie. On n'aura qu'à dire « quatuor ».

— Vos amis ne vont pas être contrariés ? Vous sembliez être sur le point d'aller quelque part.

— Ils survivront.

Ce ne fut que plus tard qu'il repensa à lui parler du retraité ivre. Elle resta pensive un moment, mais sans avoir l'air franchement déçue de l'avoir manqué. Et de toute façon, à la fin de la soirée, les hommes du « quatuor » n'avaient pas grand-chose à lui envier en termes d'ébriété.

Le samedi matin, la carte se trouvait en haut de la pile dans la corbeille de courrier personnel du jour. Souffrant d'un terrible mal de tête sans en montrer le moindre signe, sir Simon apporta les boîtes au bureau de la reine. Voyant la patronne marquer un temps d'arrêt en découvrant l'illustration sur le dessus de la corbeille, sir Simon chercha à savoir s'il s'agissait de quelque chose d'intéressant. Sa Majesté ouvrit la carte, en lut rapidement le contenu et se demanda à voix haute si c'était Rozie qui l'avait placée en haut du tas.

— En effet, Madame. Elle a pensé que vous aimeriez la voir.

— Mmm… Pourriez-vous lui dire de demander à… fit la reine en regardant de nouveau à l'intérieur, … à Miss Fisher pourquoi elle a choisi cette carte en particulier ? Je serais curieuse de le savoir.

— Bien sûr.

Sans se départir de son sourire d'homme de cour, sir Simon se nota de transmettre le message à Rozie mais aussi de mieux regarder cette carte quand l'occasion se présenterait. Rien de spécial ne lui avait sauté aux yeux : une femme jouant du luth, début baroque à première vue. Une carte un peu plus jolie que la moyenne : papier épais, élégante finition mate – probablement de la National Gallery. Du genre qu'il aurait lui-même pu envoyer à des proches. Pas vraiment de quoi fasciner la patronne. En général, elle préférait les chevaux, les chiens et les dessins humoristiques.

— La reine veut savoir pourquoi l'expéditrice a choisi celle-ci en particulier, dit-il en arrivant dans le bureau de Rozie et en lui tendant la carte. Pouvez-vous lui poser la question ?

— Pas de problème.

— Et pourrez-vous me le dire aussi ? Sa curiosité me rend curieux.

Rozie grimaça un peu mais accepta. Quand elle s'exécuta quelques heures plus tard, la réponse n'avait rien d'exceptionnel. La peinture était d'une artiste du XVIIe siècle appelée Artemisia Gentileschi. Selon Rozie, si la reine l'avait remarquée, c'était peut-être parce qu'une œuvre d'elle était actuellement exposée à la Queen's Gallery. *Seigneur, vraiment ? C'est incroyable qu'elle s'en souvienne. Mais il est vrai qu'elle connaît très bien ses tableaux.*

— Et pourquoi l'expéditrice l'a-t-elle choisie ? demanda-t-il.

C'était la question que s'était posée la reine, après tout.

Rozie lui expliqua que c'était un hommage de Miss Fisher à son amie qui, en son temps, avait été une spécialiste de l'œuvre d'Artemisia Gentileschi. Voyant qu'il avait un peu de mal à croire qu'une femme de chambre puisse s'y connaître autant en peinture baroque (très snob de sa part, il en était conscient), Rozie lui apprit que lorsqu'elle était étudiante en histoire de l'art, Cynthia avait consacré son mémoire à cette artiste. Elle espérait même écrire un livre sur elle un jour.

Cela prouvait qu'il ne fallait jamais sous-estimer aucun membre de la Maison royale. Il était fier de ce petit vaisseau. Tout le monde y était exceptionnel à sa propre façon, y compris les gens difficiles comme Mrs Harris. Ainsi donc, cette femme avait la fibre artistique ? Cela expliquait sûrement qu'elle ait toujours su tirer le meilleur de la suite belge…

CHAPITRE 41

Le lundi, profitant d'un de ses rares après-midi sans engagement, la reine fit enfin ce qu'elle avait envie de faire depuis plusieurs jours. Elle retourna voir les pièces du dernier étage de l'aile Est qui avaient été entièrement refaites après la fuite de l'ancien ballon d'eau.

Les représentants du service logistique et du patrimoine qui l'accompagnaient furent un peu surpris quand elle les suivit ensuite jusqu'à leurs bureaux, dans l'aile sud, pour féliciter leurs équipes au sujet du plan de rénovation.

— Remettre enfin cet endroit en état de tous nous accueillir va exiger beaucoup de travail de votre part. Je suis convaincue que vous vous en tirerez avec brio.

Elle passa saluer et encourager autant d'équipes que possible. Elle trouva même le temps de s'arrêter à la comptabilité, dans le couloir sans fenêtre au sous-sol.

Cette visite impromptue des services fut globalement une réussite. Accouru auprès d'elle dès qu'il avait eu vent de ce qu'elle était en train de faire, le grand-maître de la Maison royale se délectait des retombées glorieuses qu'il pouvait en récolter. Il fit en sorte que l'on pense qu'ils concoctaient cela depuis un bon moment afin de remercier tout le monde d'avoir travaillé aussi dur ces derniers temps. À la fin de la journée, c'était carrément lui qui en avait eu l'idée. Le lendemain matin, il accepta humblement les félicitations de sir Simon et de sir James. Quel tour de force. Il était sacrément fier de lui.

Six jours s'étaient écoulés depuis la promenade dans le jardin avec Rozie et Billy MacLachlan. Six jours bien remplis. Et le lendemain, Sa Majesté recevait de nouveau le Premier ministre. Elle ne comptait plus le nombre d'ambassadeurs et de hauts-commissaires qu'elle avait accueillis lors de cette saison chargée. Maintenant qu'elle était plus ou moins à la dérive sur l'Atlantique, la Grande-Bretagne cherchait à resserrer ses liens ancestraux avec le Commonwealth. Chaque audience était donc capitale et la reine savait combien il importait de tenir le bon discours. Ses obligations s'enchaînaient à un rythme effréné. Autant dire qu'il lui tardait de retrouver le calme et la sérénité de Sandringham, à Noël.

Aujourd'hui, Philip était à Greenwich, où il visitait le National Maritime Museum avant de participer à un déjeuner, sans doute bien arrosé, avec les grands colonels de plusieurs régiments au Stationer's Hall, dans la City. Anne y serait aussi, ce qui était toujours plaisant. Tout comme son père, elle ne boirait pas, car elle avait d'autres engagements après. La reine avait un bref répit dans son emploi du temps pour reprendre des forces et faire arranger sa coiffure avant une soirée de la Royal Life Saving Society, où Philip devait la rejoindre. L'organisation fêtait son 125e anniversaire. Sa Majesté en était membre depuis l'âge de 13 ans, soit depuis presque le début de son histoire.

Avant de se retirer dans ses appartements privés, elle avait observé les employés déplacer les meubles, apporter les verres, disposer les fleurs et tester l'éclairage. Philip et elle accueilleraient les invités de marque dans le salon Blanc, avant d'aller serrer la main de tous les autres dans la galerie des portraits et d'échanger quelques mots avec une poignée de privilégiés triés sur le volet dans la grande salle de bal. Ensuite, il serait temps de remettre les médailles de Sauvetage. Elle appréciait d'autant plus cet événement qu'elle-même avait suivi la formation nécessaire pour obtenir le certificat. Dire que des personnes étaient encore en vie grâce aux actes de ces braves âmes… Admirable.

Il lui fallait d'abord se changer et faire retoucher son maquillage. Si elle faisait vite, elle pourrait regarder où en étaient les courses hippiques. Mais alors qu'elle était assise dans son salon privé, en train de triturer la télécommande du petit téléviseur posé dans un coin, elle se surprit une nouvelle fois à penser à Cynthia Harris. C'était à cause de toutes ces histoires de sauvetage, bien sûr. Tous ces gens dont on allait célébrer le courage ce soir… Mais pour elle, personne n'avait été là.

En fait, la veille, Sa Majesté était revenue bredouille de sa petite tournée des services. Que ce soit au patrimoine, à la logistique ou à la comptabilité, presque tout le monde avait parlé, mais elle n'avait pas entendu cette voix si particulière qu'elle était sûre de reconnaître : celle qui avait ordonné à Spike Milligan – ça, elle en était certaine – de demander à Lorna Lobb de distribuer les lettres anonymes. Ce n'était pas Mick Clements, avec qui elle avait discuté pendant deux minutes. Sa voix était grave, alors qu'elle avait entendu un ténor. Elle aurait aimé écouter Eric Ferguson et deux des portiers mais elle ne les avait pas vus.

Parallèlement, les raisons pour lesquelles Sholto Harvie aurait pu souhaiter la mort de Cynthia ne cessaient de s'additionner. La carte de Helen Fisher s'était avérée très instructive. C'était Cynthia qui avait trouvé les Gentileschi – ça ne pouvait être qu'elle. Dénicher ces tableaux aurait dû être l'apogée de son existence. Sa carrière était à l'aube d'un tournant majeur lorsque… La cruauté de Sholto était encore pire que ne l'avait imaginé la reine. Elle était affligée que cette pauvre femme ait pu être traitée de la sorte.

Mais quelle était cette malédiction avec les inspecteurs de la collection royale et leurs adjoints ? Elle était certaine que Sholto avait tué Daniel Blake. Ayant travaillé à ses côtés à Stable Yard, Cynthia avait dû très bien le connaître. Si on l'avait interrogée, elle aurait peut-être eu des révélations à faire. Cependant, Sholto ne pouvait pas l'avoir tuée elle aussi.

Il ne restait plus que le « Mr X » du trafic de biens endommagés. Rozie avait établi que quatre des individus figurant sur la liste de Billy MacLachlan se trouvaient au palais ce soir-là. Il leur fallait finir les travaux de réfection consécutifs à la fuite et préparer les chambres en vue du retour d'Écosse de la famille. Mais pourquoi l'un d'eux aurait-il tué Mrs Harris alors que c'était Sholto qui avait le plus à perdre ? S'ils avaient peur que Rozie découvre leur trafic au cours de ses recherches, il leur suffisait de fermer le tunnel et de se tenir tranquilles quelque temps pour laisser penser que leurs réprouvables activités appartenaient au passé. Et pourquoi Sholto avait-il parlé de cette combine à Rozie, après tout ce temps ? Il aurait aussi bien pu le dire n'importe quand à n'importe qui au cours des trente dernières années.

On frappa brièvement à la porte et Philip passa sa tête dans l'entrebâillement.

— Bientôt prête, *cabbage* ?

Il était monté se changer pour accueillir les sauveteurs.

— Très bientôt. Comment était votre déjeuner ?

— Formidable. Beaucoup d'anecdotes de guerre. Nous les avions déjà toutes entendues, bien sûr, mais on ne s'en lasse pas. Vous rappelez-vous le sergent Pun, en Afghanistan, pendant les élections, celui qui s'est battu seul contre trente talibans ? Pris en embuscade pendant son tour de garde. Nous en avons eu un récit détaillé au coup près. Un type extraordinaire. Le Gurkha par excellence. Son grand-père a remporté la croix de Victoria en Birmanie. Vous êtes toujours là ? On dirait que vous êtes devenue gaga.

— Non. Je vais tout à fait bien. J'ai juste besoin de réfléchir une minute.

— Si vous le dites. À bientôt, dans vos habits de lumière. Je file prendre un bain.

Dès que la reine put revenir à ses pensées, celles-ci la ramenèrent tout droit à la promenade dans le jardin avec Rozie et MacLachlan. Eux aussi avaient parlé d'anecdotes de guerre. Et sur l'instant, quelque chose l'avait frappée. Mais quoi ?

Elle se pencha sur le cas de Mick Clements, qui était indéniablement un personnage agressif. La façon dont il avait tenté d'intimider Rozie l'autre soir dans les caves en constituait la preuve. Selon la jeune femme, c'était un homme irréfléchi et impulsif qui avait du mal à se maîtriser. Mais l'individu qui avait tué Cynthia avait agi de façon subtile et préméditée. De manière comparable au trafic de biens endommagés : prêt à tout mais en mesurant les risques. Toujours en dessous du radar. Redoutable mais tout en retenue. Pas du tout à la Mick Clements.

Selon MacLachlan, un ou deux des hommes qui avaient discuté de la mort de Cynthia Harris au pub avaient fait preuve de connaissances « encyclopédiques » en matière de blessures létales. *Des rapides, des lentes...* Il s'agissait peut-être d'agents de sécurité, mais ce n'était pas certain.

Le poignard sur la lettre reçue par Rozie était très particulier. C'était une arme de commando utilisée par les forces spéciales. On n'avait pas représenté un bête couteau de cuisine, mais un modèle historique connu de tous les passionnés de matériel militaire. Alors qui pouvait bien être ce type qui s'était montré trop bavard au pub ? À coup sûr, le même qui avait envoyé le dessin à Rozie.

Des rapides, des lentes... Ce genre d'homme... Quelqu'un qui serait même peut-être ravi de le faire pour rendre service. Et très méticuleusement, afin de ne pas se faire prendre.

Tout s'emboîtait.

Si elle avait raison, ce genre d'homme avait même dû y prendre du plaisir. Il était très possible qu'il soit aussi du style à laisser un message obscène sur le vélo de Mary Van Renen... juste parce qu'il en avait eu l'opportunité. Cela pouvait également expliquer ce qui était arrivé à Mary et Rozie, et même à cette pauvre Mrs Baxter, dont la souffrance n'aurait alors servi qu'à faire diversion : cruauté gratuite, instinct de taper là où ça fait mal.

Ce n'était pas Mick Clements. Peut-être avait-il quelque chose à y gagner, mais il n'avait pas le self-control nécessaire. Ce n'était pas non plus l'un de ceux à qui elle avait parlé hier. Elle n'avait pas reconnu la voix qu'elle avait entendue lors du petit incident de l'armoire. C'était quelqu'un qui avait justement brillé par son absence dans les services qu'elle avait visités. Quelqu'un qui avait pris grand soin de rester dans l'ombre.

Dans ce cas, pourquoi Sholto ne s'était-il pas exprimé quand les médias avaient annoncé la mort de Cynthia ?

Il avait ses propres secrets embarrassants. Il y avait les tableaux. Et le sabotage. Quiconque était au courant pour les tableaux l'était probablement aussi pour la moto.

Sa Majesté était désormais convaincue d'avoir compris. Mais sa théorie ne reposait que sur des « peut-être », des « en supposant que » et des « probablement ». Elle n'était pas certaine à 100 % de tenir la bonne personne.

Une fois de plus, elle revint mentalement sur tous les événements pour tenter d'y trouver quelque chose que la police pourrait utiliser comme preuve.

Et il n'y avait rien. Il se pouvait encore qu'elle se trompe ; il allait donc falloir qu'elle en parle à Strong. Car si elle avait raison, elle ne pouvait pas faire plus. Et surtout, si elle avait raison, cet homme était capable de tout.

Un téléphone était posé sur le bureau, à quelques centimètres de son coude. Cette fois, elle n'hésita pas. Elle demanda au standardiste du palais de lui passer Rozie, qui décrocha aussitôt.

— Que puis-je pour vous, Votre Majesté ?

— Rozie, ça va trop loin. Pourriez-vous demander à l'inspecteur-chef Strong de venir me voir dès que possible. Demain matin serait l'idéal. Une demi-heure suffira.

— Bien sûr.

— En attendant, pouvez-vous localiser Eric Ferguson ? J'aimerais être sûre que nous savons où il se trouve.

— Je m'y attelle tout de suite.

— Mais, au nom du ciel, restez loin de lui. Je veux juste savoir où il est, c'est tout ce dont j'ai besoin.

— Je vous promets d'être prudente. Passez une bonne soirée, Madame.

La reine en avait bien l'intention. Elle se sentait beaucoup mieux, maintenant. Elle jeta un œil à sa montre. Dans quarante-cinq minutes, elle pénétrerait dans le salon Blanc par l'entrée secrète et d'ici là, il lui restait encore quelques petits miracles à accomplir avec une touche de maquillage, des diamants et des bigoudis.

Rozie passa des tas de coups de téléphone mais fit chou blanc à chaque fois. On n'avait pas vu Eric Ferguson à son bureau depuis plusieurs jours et il n'était pas plus à

Buckingham que dans les autres locaux de son équipe à Saint-James. Se doutant de ce que la patronne avait en tête, la jeune femme appela le domicile familial de Mary Van Renen, dans le Shropshire, en s'efforçant de ne pas laisser la moindre once de panique transparaître dans sa voix.

— Elle est sortie, répondit sa mère. Vous pouvez essayer sur son portable mais le réseau est très mauvais là où elle se trouve.

Rozie demanda de quel endroit il s'agissait, et Mrs Van Renen lui expliqua, tout excitée, que Mary avait rendez-vous avec un homme. Quelqu'un qu'elle connaissait de Londres et qui était de passage dans la région.

— Entre vous et moi, j'ai bien l'impression qu'il est plutôt venu exprès pour Mary. N'est-ce pas adorable ?

L'était-ce ? L'était-ce vraiment ? Rozie en avait la nausée.

En tout cas, la mère de Mary avait raison en ce qui concernait le réseau au restaurant. Ou peut-être le rendez-vous se déroulait-il à merveille ? Quoi qu'il en soit, Mary ne décrochait pas et personne ne répondait sur la ligne fixe du restaurant. Rozie envoya donc à son ancienne collègue un texto bref mais insistant la priant de bien vouloir la rappeler au plus vite.

Seule derrière son bureau, elle se demanda ensuite où elle pourrait encore chercher. Puis elle repensa soudain aux tiroirs qu'elle n'avait pas eu le temps d'inspecter dans la petite pièce près des caves. Selon elle, c'était là que Mick Clements se retirait quand il avait besoin de réfléchir. Peut-être était-ce pareil pour Eric Ferguson ? Elle tentait cela sans trop y croire – elle avait très peur pour Mary.

CHAPITRE 42

Il n'était pas encore 19 heures et, pour une fois, sir Simon s'apprêtait à partir tôt. On n'avait pas besoin de lui pour la réception : c'était le domaine du grand-maître, qui avait la situation en main. Il y avait un pot au club In-and-Out, de l'autre côté de la place, face au Rag, et un autre au ministère des Affaires étrangères à Whitehall. Il se demandait s'il aurait le temps de passer aux deux. Sa femme était captivée par une série dramatique sur BBC One et c'était le dernier épisode ce soir. Elle ne devrait donc pas voir d'inconvénient à ce qu'il ne rentre pas avant 23 heures.

Comme d'habitude, avant de tout ranger pour la nuit, il fit défiler quelques pages d'infos sur son ordinateur. On y parlait de plus en plus de la décision de Trump – déjà élu mais pas encore en fonction – de désengager son pays de l'accord de partenariat transpacifique. C'était donc au ministère des Affaires étrangères qu'il allait prendre son verre : ils devaient tous être fous de rage là-dedans. Encore des articles sur la conférence de presse de Donald Trump après son élection. Selon son nouveau porte-parole, celle-ci s'était déroulée de façon « très candide et transparente », tandis que le *New York Post* parlait d'un « putain de peloton d'exécution ». Sir Simon devrait donc boire un verre au club aussi. Un de ses meilleurs amis là-bas écrivait dans *The Economist* – où il était entré après un court passage dans la marine – et il aurait sûrement un ou deux commentaires à lui faire.

Il enfila son pardessus et passa la tête par la porte du bureau de Rozie pour voir si elle était toujours là et lui dire au revoir.

Elle était effectivement dans la pièce mais pas à son bureau. Elle se tenait en plein milieu, debout, vêtue d'un manteau et de ses tennis de dépannage. Elle sursauta, l'air coupable.

— Où diable allez-vous encore ?

La jeune femme reprit aussitôt sa contenance.

— Juste en bas. Nulle part.

— De toute évidence, vous n'allez pas nulle part, répondit sir Simon en désignant sa tenue.

Elle hésita une seconde.

— C'est en rapport avec le tableau du *Britannia*. Pour vérifier une bricole. Je voulais seulement aller voir si je pourrais…

Elle finit par se taire en souriant et haussa les épaules.

— Au sous-sol ?

— Oui.

— Où, au sous-sol ?

— Juste, vous savez… euh, les caves. Ça va, j'y suis déjà allée. Je me disais que je trouverais peut-être… Honnêtement, allez-y. Vous avez quelque chose de prévu ?

— Un pot, à vrai dire. Écoutez, arrêtez d'essayer de m'embrouiller. Vous n'allez pas dans les caves toute seule, Rozie. Pas le soir. J'ai vu ce qui vous était arrivé la dernière fois.

— Il ne m'est rien arrivé, dit-elle avec une gaieté forcée. Sincèrement. Partez.

Mais il était déjà en train d'ôter son pardessus.

— Vous aviez du sang sur la lèvre et j'ai failli mourir de peur. Alors on descend, on trouve ce que vous cherchez et on fiche le camp d'ici. Nous méritons tous les deux un bon verre.

Elle essaya de protester mais il ne voulut rien entendre. Il regarda sa montre : 19 h 45. Avec un peu de chance, ils n'en auraient pas pour trop longtemps avec ce fichu truc (quoi que cela puisse être) et ils pourraient profiter pleinement du reste de leur soirée.

En bas, il faisait un froid épouvantable. Sir Simon regrettait d'avoir laissé son pardessus dans le bureau de Rozie. Le voyant trembler, elle lui proposa le sien mais, bien entendu, il le refusa. Il aurait fallu qu'il frôle l'hypothermie pour accepter des vêtements de la part d'une femme, même si celle-ci était un officier de l'armée décoré.

Sur la porte, l'écriteau était clair.

ENTRÉE INTERDITE.
RÉSERVÉ AU SERVICE DU PATRIMOINE.
PAR ORDRE DU DUC D'ÉDIMBOURG

Rozie ouvrit quand même la porte. Comme il faisait noir à l'intérieur, elle dut tâtonner un peu pour trouver un interrupteur.

— Vous n'entendez rien ? demanda-t-elle juste avant d'allumer.

Le secrétaire particulier écouta.

— Non, pourquoi ?

— Je voulais juste vérifier.

Elle actionna le bouton et la lumière se fit lentement en grésillant, illuminant une véritable caverne d'Ali Baba avec toutes sortes de pièces de rebut royales. Ils passèrent devant des étagères et des étagères d'objets rares et fascinants, certains dépassant de boîtes, d'autres en vrac. Sir Simon imaginait que les réserves du British Museum devaient ressembler à cela.

Rozie semblait savoir où elle allait. Au-delà des étagères, dans un coin tout au fond, se trouvait un petit bureau aux murs nus et bruts. Elle en ouvrit la porte avec une certaine délicatesse puis se mit à fouiner partout à l'intérieur. Sir Simon l'attendait à côté en se frottant les bras et en observant son haleine former de la buée dans l'air.

— Quelque chose ? lui demanda-t-il quand elle ressortit.

Elle secoua la tête. Il s'apprêtait à repartir mais elle lui annonça qu'elle voulait jeter un coup d'œil rapide à la salle suivante. Celle-ci avait un plafond voûté qui le ramena instantanément à ses livres d'histoire. Estimant qu'elle ne pouvait pas être Tudor, il se dit qu'elle devait être début georgien. S'en voulant de n'être pas venu ici plus tôt, il suivit soudain Rozie avec beaucoup plus d'enthousiasme, admirant les vieilles briques fines, les endroits où il en manquait et s'intéressant même aux dalles usées du sol.

Rozie continuait à chercher et, en suivant son regard, sir Simon repéra trois vases chinois plutôt jolis disposés en rang devant une étagère. La jeune femme se tourna vers le fond où se trouvait une autre porte, à peine visible derrière une tour de malles et de boîtes.

— Je suppose que c'est là que commencent les tunnels, lança sir Simon.

Rozie le lui confirma à mi-voix, mais son attention était totalement absorbée par une tache sombre qu'elle venait de repérer par terre, un peu plus loin. Elle s'approcha, s'accroupit et mit le doigt dessus. Elle se releva aussitôt en s'essuyant la main.

— Je crois que nous devrions appeler quelqu'un, déclara-t-elle en se retournant vers son supérieur.

— Ah bon ? Pourquoi cela ?

— Parce que je crois que c'est du sang.

Il s'avança pour toucher aussi. Cela ressemblait à de la peinture brun-rouille mélangée à de la poussière de pierre. Il reçut une décharge d'adrénaline.

— Allez chercher de l'aide.

— Ce sang est sec, lui fit-elle remarquer.

— Oui, vous avez raison.

Il ne fallait pas s'affoler. Peut-être était-ce juste la trace d'un vieil accident de travail, ou véritablement de la peinture. Il commençait seulement à se détendre quand il vit le regard de Rozie, sur la pile de malles et de boîtes.

— Oh mon Dieu.

Encore une tache de mauvais augure, cette fois sur une caisse à thé plaquée contre la porte du souterrain.

— Vous voyez ce que je vois ? demanda-t-il, le doigt tendu.

— Quoi ?

— Sur la caisse à thé.

— Oh ! Euh, oui.

Ils s'en approchèrent tous les deux et Rozie enleva la malle qui se trouvait sur le haut de la pile. Puis sir Simon l'aida à descendre la caisse à thé. Le couvercle n'était plus que partiellement cloué.

— Il faut l'ouvrir.

— Je ne crois pas que…

— Le dessus ne tient presque plus. On doit pouvoir faire levier. J'ai vu un pied-de-biche appuyé contre un mur de l'autre pièce, vous pouvez aller le chercher ?

Pendant que Rozie partait à la recherche de l'outil, l'attention de sir Simon dévia vers la grosse malle du bas de la pile, maintenant dégagée. Elle était semblable à celles qu'avaient certains élèves à l'internat. La sienne était toute petite, en toile tendue sur une structure en bois avec des clous en laiton. Celle-ci était similaire mais plus grande et en cuir. La malle de voyage typique. Elle était un peu cabossée et on aurait dit que quelque chose faisait du bruit à l'intérieur.

Sir Simon se pencha pour mieux écouter. C'était un grattement désagréable qui lui rappelait celui des souris derrière les boiseries de son cottage du palais de Kensington. Avec une curiosité mêlée d'un léger dégoût (il ne raffolait pas des nuisibles), il entreprit d'ouvrir la malle. N'étant pas fermées à clé, les deux boucles n'opposèrent aucune résistance.

L'odeur le frappa de plein fouet. D'abord douceâtre et écœurante, puis pestilentielle. Il vit alors une paire de petits yeux effrayés qui le fixaient, éblouis par la lumière, au-dessus de moustaches frémissantes. Soudain, le gros rat répugnant bondit sur lui, sauta sur le côté et disparut dans l'obscurité. Se bouchant le nez de l'avant-bras, sir Simon regarda de nouveau l'abominable nourriture dont l'animal était en train de se repaître.

Dans la malle, négligemment recroquevillé, se trouvait le corps d'un homme, le visage levé vers le ciel. Sir Simon jugea qu'il n'était pas mort depuis très longtemps – quelques jours, tout au plus. Cependant, le rat y était allé de bon cœur. Les yeux et les paupières avaient été entièrement dévorés. Le malheureux avait aussi pris une balle dans une joue, qui semblait être ressortie par la tempe du côté opposé. Son gilet de la marine et sa chemise blanche étaient maculés de sang. A priori, on lui avait d'abord tiré dans la poitrine puis il avait été touché à la tête en se retournant. Malgré tout, il restait assez de son visage pour que le secrétaire particulier sache qu'il l'avait déjà vu. Mais impossible de mettre un nom dessus.

Rozie s'approcha, le pied-de-biche inutile à la main.

— Merde ! s'écria-t-elle, repoussée par la puanteur.

Elle regarda par-dessus l'épaule de son supérieur.

— Savez-vous qui c'est ? lui demanda-t-il. Je vous préviens, ce n'est pas agré...

— Oui, dit-elle, étrangement calme. C'est Eric Ferguson.

CHAPITRE 43

Cette fois, on ne pouvait plus y échapper.

MEURTRE À BUCKINGHAM PALACE !

UN ASSISTANT DE LA REINE DÉCOUVRE UN CORPS

HORREUR : UN DEUXIÈME CADAVRE AU PALAIS

LA REINE AU CŒUR D'UNE ENQUÊTE CRIMINELLE

À l'heure du petit déjeuner, la nouvelle avait déjà fait la moitié du tour de la Terre et même été captée par les astronautes de la station spatiale internationale. Twitter était en ébullition. À peine rédigées, les premières théories complotistes déferlaient en masse sur Facebook et s'alimentaient les unes les autres à un rythme frénétique. Les mèmes pleuvaient sur Instagram.

Le service de communication du palais travaillait d'arrache-pied pour qu'au moins une partie des articles comportent quelques vagues points communs avec la vérité. L'équipe travaillait sous la houlette de sir Simon, le héros du jour. Bien que celui-ci ait beaucoup insisté pour que l'on parle le moins possible de lui, c'était inévitable : d'un bout à l'autre de la planète, tout le monde était fasciné par ce bras droit de la reine qui avait découvert un deuxième corps. (La nouvelle de l'existence du premier s'était vite répandue aussi.) Qu'on le voie se posant en hélicoptère sur le pont d'un navire trente ans plus tôt, ou d'une élégance impeccable en costume de Savile Row et cravate en soie plus récemment, les photos de sir Simon publiées par les médias ne faisaient qu'entretenir cette effervescence.

AU SERVICE DE SA MAJESTÉ : TOUT SUR LE VRAI JAMES BOND

L'HOMME QUI A DÉCOUVERT LES CADAVRES DU PALAIS N'A PAS FINI DE VOUS SURPRENDRE

QUI EST CE DISCRET MEMBRE DE LA COUR QUI RÉSOUT LES MYSTÈRES ?

— Mais je n'ai rien résolu ! se défendit sir Simon alors que sir James et Mike Green le houspillaient gentiment pendant le déjeuner. Tout ce que j'ai fait, c'est mettre des bâtons dans les roues de la police.

Il travaillait pourtant encore sur l'affaire. Comme eux tous. Le récent décès de Cynthia Harris dans des conditions atroces apparaissait soudain sous un jour nouveau. À la cantine, la rumeur circulait qu'Eric Ferguson avait lui-même expliqué que des méthodes d'assassinat similaires avaient servi lors de la Seconde Guerre mondiale. Plusieurs femmes avouèrent qu'il les avait parfois mises mal à l'aise. Un nombre incalculable de personnes venaient faire part de leurs inquiétudes au grand-maître de la Maison royale, au trésorier, à sir Simon ou à l'inspecteur-chef Strong – qui disposait désormais d'une vraie salle des opérations dans le bureau de Rozie, tandis que celle-ci campait chez son supérieur.

Ferguson avait-il tué Mrs Harris ou juste suggéré la méthode à quelqu'un d'autre ? La police avait trouvé une planque d'armes à feu et d'armes blanches dans son appartement. Il paraissait plutôt tranquille en surface mais c'était un véritable psychopathe. En tout cas, tel était le consensus parmi les employés. En revanche, même si nul ne comprenait pourquoi il aurait voulu tuer la femme de chambre, tout le monde s'accordait à dire qu'elle ne manquerait à personne.

À l'étage, la reine progressait lentement dans le traitement de ses boîtes, ce qui était rare.

Voilà que tout son entourage se mettait soudain à avoir des certitudes : Cynthia Harris avait été assassinée, le coupable était Eric Ferguson, et ce dernier était aussi l'auteur des lettres. En quelques minutes, ils avaient résolu toute l'affaire et qu'on n'en parle plus. Leur absence de doutes rendait Sa Majesté plus prudente que jamais. Depuis le temps qu'elle réfléchissait à cette éventualité, elle ne pouvait qu'être beaucoup plus nuancée sur plusieurs points. Pour commencer, Eric avait-il vraiment harcelé Cynthia ? Elle avait une tout autre théorie, mais ce n'était effectivement qu'une théorie.

Elle décrocha son téléphone et demanda au standardiste de lui trouver Spike Milligan. La facilité avec laquelle on pouvait localiser n'importe qui n'importe quand relevait clairement du miracle. D'ailleurs, quatre minutes plus tard, le valet était au bout du fil, un peu essoufflé et très anxieux.

— Votre Majesté ?

— J'ai une question à vous poser, Mr Milligan, et je vous serais reconnaissante de bien vouloir arrêter de me mentir.

Elle l'entendit déglutir à l'autre bout. *Choc et stupeur, ou la doctrine de la domination rapide.* N'était-ce pas comme ça que disaient les Américains, de nos jours ? D'habitude, les bonnes manières étaient de rigueur, mais pas aujourd'hui.

— Je... Je suis désolé. Je ne comprends vrai... vraiment pas de quoi vous parlez.

— Mais si, Mr Milligan. Le capitaine Oshodi vous a posé quelques questions sur les lettres anonymes et vous avez prétendu tout ignorer. Or, il se trouve que je sais que ce n'est pas vrai.

— Je... Je ne sais pas quoi...

— Le problème a disparu, maintenant. Du moins, c'est ce que je crois. Plus rien ne vous empêche de parler, si ?

L'homme se tut, s'accordant sans doute un temps de réflexion.

— Je... Je pense que vous avez raison, Madame. Comment avez-vous...

— Ça n'a pas d'importance. Vous étiez de mèche avec Lorna Lobb. C'est vous qui lui remettiez les lettres, exact ?

— Exact, Madame.

— Et elle les distribuait selon vos instructions ?

— Oui, en effet.

— Alors dites-moi... Qui vous les remettait, à vous ?

Il était acculé. C'était la reine en personne qui l'interrogeait au téléphone. Il cessa de faire semblant et capitula.

— Eric Ferguson, Madame.

— Pourquoi ?

— Il avait découvert pour Lorna et moi. Je pense qu'il a dû entendre quelque chose à la cantine. Lorna est mariée, et moi aussi. Heureusement mariés, si vous voulez tout savoir – ou pas trop mal, en tout cas. Il a dit qu'il révélerait tout à ma femme et que j'allais tout perdre.

Pareil pour Lorna. Il l'aurait fait, c'était son genre. Rien ne l'arrêtait.

À ce stade, Milligan semblait amer. Et soulagé de pouvoir enfin vider son sac.

— Lorna détestait faire ça, surtout après avoir appris ce que disaient certaines lettres. Elle n'en connaissait pas le contenu exact mais le grand-maître avait laissé entendre qu'elles étaient à caractère raciste, Madame. Je suis vraiment désolé pour le capitaine Oshodi, et Lorna aussi. Nous le sommes sincèrement, Madame.

— Vous pensez qu'il suffit d'être désolé ?

La reine avait vu la lettre et le dessin du couteau. Ç'avait été un choc pour elle aussi. Et elle avait été témoin de la détresse de cette pauvre Rozie.

— Non, Madame, marmonna Milligan.

— J'aimerais donc que vous me rappeliez à qui Mrs Lobb était chargée de distribuer ces lettres.

La ligne resta muette ; le valet hésitait.

— Mr Milligan, je n'ai pas toute la journée.

— Désolé, Madame. Il y avait votre secrétaire particulière adjointe, Mrs Baxter et Mary Van Renen.

— Les a-t-elle aussi harcelées sur les réseaux sociaux ?

— Non, Madame, ça, c'était Eric. Du moins, j'ai toujours pensé que c'était lui.

— Et Mrs Harris ?

Son ton penaud se fit plus perplexe.

— J'ai trouvé ça bizarre. C'est la seule à qui nous n'avons rien donné. Pas une fois, Madame. Ça faisait beaucoup rire Eric. Il a dit à Lorna d'avouer quand même, sinon... Il a même ajouté : « Laissez-les chercher. » Mais, sur mon honneur...

— Quel honneur, Mr Milligan ? l'interrompit sèchement Sa Majesté.

— Je… Je sais. Dois-je vous présenter ma démission, Madame ?

— Je vais y réfléchir.

Elle raccrocha. Une petite partie d'elle ressentait une pointe de pitié pour cet homme. On l'avait fait chanter… mais pas sans raison. À tout moment, il aurait pu assumer la responsabilité du mal que Lorna Lobb et lui faisaient au palais. Pourtant, pendant plusieurs mois, il avait sacrifié le bien-être de la Maison royale pour ses propres intérêts. Il avait laissé sa maîtresse et Arabella Moore, totalement innocente, se faire accuser et risquer leurs postes. Il devait partir, bien sûr. Mais la situation risquait de vite devenir compliquée s'il se mettait à expliquer les raisons de son départ précipité. Il lui avait confirmé ce qu'elle soupçonnait au sujet de Ferguson et pour l'instant, c'était tout ce qui comptait.

Eric Ferguson n'était pas l'auteur des lettres anonymes reçues par Cynthia Harris. Il avait d'autres raisons de la tuer. Et la reine était désormais convaincue de les connaître.

Elle n'avait, hélas, pas encore pu avoir l'entretien qu'elle désirait avec l'inspecteur-chef Strong. Après la découverte de sir Simon la veille au soir, le policier avait très légitimement demandé s'il était possible de reporter leur rendez-vous, car il était vraiment occupé. Maintenant, elle se demandait si elle allait vraiment pouvoir rester en coulisses. C'était ce qu'elle voulait, mais peut-être était-ce égoïste. Il était de son devoir de lui dire tout ce qu'elle savait. Si elle le faisait, il lui faudrait aussi expliquer comment elle avait compris la connexion entre Cynthia et Eric, qui remontait aux années 1980. Cela l'obligerait à parler de Rozie et de l'épisode gênant de l'armoire… Strong risquait de se poser d'autres questions… C'était très délicat.

Elle décrocha de nouveau son téléphone pour demander à parler à l'inspecteur-chef, puis elle se figea, le combiné à la main. Après tout, elle résolvait des mystères depuis que son père avait accédé au trône et, jusque-là, elle avait toujours réussi à ce que cela reste secret. Il suffisait d'un ou deux « trous de mémoire » bien choisis qu'elle mettrait sur le compte de son âge. Puisqu'*on* s'était soi-même coincée dans une ornière inconfortable, *on* allait s'en extirper toute seule.

CHAPITRE 44

Plutôt que Strong, la reine demanda donc à voir sir Simon. Elle ne lui avait parlé qu'une fois ou deux depuis qu'il avait trouvé le deuxième corps, car il n'avait fait que courir dans tous les sens tant il y avait de conséquences à gérer. Elle était soulagée de constater que, cette fois, il tenait le coup. La découverte du cadavre de Cynthia Harris l'avait brièvement bouleversé. *Est-ce parce qu'il s'agissait d'une femme ?* se demandait la reine. Ou bien avait-il juste été choqué par la mare de sang ? En tout cas, il n'était visiblement pas du genre à se laisser démonter par un visage à demi rongé par un rat. Il semblait même avoir la situation encore plus en main que d'habitude. Quand il était entré dans son bureau, la reine était presque sûre d'avoir remarqué un certain ressort dans sa démarche.

— Votre Majesté.

Il s'inclina à la façon des gens de la cour, c'est-à-dire en ne bougeant que le cou, ce qui leur évitait d'avoir l'air de grues en mouvement sur un dock.

— Je me disais que je pourrais peut-être aider, déclara-t-elle.

— Ah ? Vraiment ?

Le visage de sir Simon était la politesse personnifiée. Elle admirait qu'il puisse presque – presque – masquer son incrédulité.

— Oui. Je crois comprendre que nous voyons désormais la mort de Cynthia Harris sous un autre angle.

— Oui, Madame. C'est affreux. C'est une pensée à peine soutenable.

— Je suppose qu'il faut accepter l'idée que quelqu'un du palais puisse être responsable de…

— Je sais, Madame. C'est horrible. Sûrement Ferguson.

— Mais est-ce bien lui, au moins ? Voyez-vous, j'ai toujours beaucoup apprécié cet homme…

— Qui ? Ferguson ?

— Non, non. Et je trouve très difficile de l'imaginer comme… ne tournons pas autour du pot… comme un assassin. Mais je suis sûre d'avoir entendu dire qu'il y avait une relation entre Mrs Harris et lui.

— Qui, Madame ? demanda sir Simon, manifestement très décontenancé, ce qui était le but de Sa Majesté.

— Neil Hudson, annonça-t-elle d'une voix assurée.

— Neil ? De la collection royale ? Votre inspecteur des tableaux ?

— Oui.

— Cela paraît hautement improbable.

— Je sais. Cependant, toute cette affaire semble improbable, non ? Sans oublier son prédécesseur.

Sir Simon connaissait évidemment l'histoire du tristement célèbre espion communiste Anthony Blunt.

— Mais vos experts en art ne peuvent pas tous être des criminels, Madame.

— J'espère bien que non.

— Et Mrs Harris était sûrement trop âgée pour…

La reine fronça les sourcils.

— Oh, je ne voulais pas parler de ce genre de relation. Peut-être était-ce sa tante ? Ou sa marraine ? J'ai oublié mais je suis sûre qu'il y avait quelque chose. J'aimerais juste être rassurée, que l'on me confirme qu'il n'a rien à voir avec… quoi que ce soit dans tout ça.

Sir Simon retrouva son air impassible.

— Je vais me renseigner, Madame.

Il était l'essence même du courtisan parfait. Un regard n'exprimant aucun jugement et un sourire imperturbable. Rozie n'y parvenait pas encore. D'un simple coup d'œil, vous saviez si elle trouvait vos propos absurdes. Cela manquerait à Sa Majesté quand, un jour, elle aussi afficherait un visage impassible.

— Ce serait fort aimable.

Après le départ de sir Simon, la reine se demanda s'il se souviendrait de la petite carte illustrée. Heureusement que c'était à lui qu'elle en avait parlé sur le moment, même si ce n'était pas par choix. Avec un peu de chance, Rozie l'aurait laissée sur le dessus du dossier.

— Pourriez-vous me sortir le rapport de PQ sur Mrs Harris ?

— Vraiment ?

Sir Simon laissa à Rozie le temps de chercher. Elle avait dû vider tout son bureau avant qu'il soit transféré chez lui afin de faire de la place à Strong et son équipe. Certains de ses dossiers s'étaient forcément retrouvés à la mauvaise place. Plus rien ne lui tombait sous la main du premier coup. Cela lui donna quelques secondes pour réfléchir.

— C'est pour la patronne ?

— Oui. Elle croit que Cynthia était la tante de Neil Hudson. Et que c'est donc lui qui l'aurait tuée, et non Ferguson.

— Quoi ? fit Rozie, très étonnée, tout en relevant la tête pour regarder sir Simon.

— Oui, oui. Je crois qu'elle a trop regardé *Meurtres au paradis*. Et comment s'appelle la série où Angela Lansbury interprète une écrivaine, déjà ?

— Aucune idée.

— *Arabesque*, ça me revient. La patronne s'en est fait une petite cure à Balmoral. Ça lui est peut-être un peu monté au cerveau.

Rozie opina machinalement du chef et retourna à sa fouille. Son cerveau était en surchauffe. *Neil Hudson ?* La reine aurait-elle omis de lui dire quelque chose ? Elle paniqua un instant puis devina (ou pensa deviner) ce que la patronne essayait de faire. Quand sir Simon tendit la main, elle ajusta quelques feuilles qui dépassaient d'une chemise et lui remit le tout.

— La tante de Neil, dites-vous ?

— Ou de cet ordre-là, répondit-il en secouant la tête. En revanche, ne me demandez pas en quoi cela constituerait une raison de lui taillader la cheville. Vous l'imaginez faire ça ? Rien que le sang sur ses chaussures…

— Je le verrais plus comme un empoisonneur, lui concéda Rozie. De préférence avec une substance employée par Lucrèce Borgia.

— Voilà. J'espère que nous n'allons pas devoir jouer trop longtemps à « Quelle meilleure arme pour quel collègue ? ».

Rozie le dévisagea, l'air songeur.

— Vous, vous utiliseriez un Walther PPK. Pour rester fidèle à votre image de James Bond.

— À la vérité, non. Le canon est trop court et le calibre, trop petit. Ce serait aussi efficace de le lancer sur sa cible. Fleming ne connaissait rien aux armes. Vous, vous choisiriez le combat à mains nues, je parie.

Rozie haussa les épaules.

— Alors ? Si ce n'est pas un PPK, vous utiliseriez quoi ?

Il s'apprêtait à répondre par une plaisanterie quand les images du visage percé de trous et du corps sur le carrelage lui revinrent. C'était lui qui avait lancé ce jeu mais il en avait déjà assez. On frappa à la porte et sir James apparut.

— On dirait que vous vous amusez bien, tous les deux.

— Méthodes de meurtre favorites, lui expliqua Rozie.

— L'escalier métallique au bout du couloir de mon bureau, répondit sir James sans une seconde d'hésitation. Il y a un ou deux rédacs-chef de journaux que je préfère ne jamais rencontrer sur le palier. Écoutez, est-ce que je pourrais grignoter un peu sur le temps que la patronne doit vous accorder demain ? Elle a un emploi du temps tellement chargé que je n'arrive même pas à y glisser une demi-heure. PQ et moi devons lui faire part de ce que nous avons appris sur Eric Ferguson. Nom de Dieu, c'était un foutu salopard, celui-là ! Les nouvelles sont plutôt explosives, à vrai dire. Je peux tout vous raconter maintenant, si ça vous dit.

Il s'exécuta et même Rozie, par moments, se surprit à être réellement étonnée. Puis sir Simon se rassit derrière son bureau avec le dossier que son adjointe venait de lui remettre, afin de vérifier s'il trouvait de quoi rassurer Sa Majesté. Il voulait pouvoir lui affirmer que, contrairement à la dernière victime en date, son inspecteur des tableaux n'était pas un psychopathe insoupçonné en quête de vengeance.

CHAPITRE 45

Le lendemain soir, sir James dut attendre 22 heures pour pouvoir rencontrer Sa Majesté entre les murs bleu pâle de la salle des audiences privées. Sir Simon, le grand-maître de la Maison royale et Rozie, qui prenait des notes, étaient là aussi. Ils avaient tous passé une journée assez épuisante, mais la reine semblait aussi fraîche que d'habitude dans la robe en soie avec laquelle elle avait reçu le Premier ministre un peu plus tôt. Cependant, elle était restée debout et sir Simon en déduisit qu'elle souhaitait que ce soit bref. Ce ne devrait pas être un problème : le trésorier n'aurait besoin que de quelques minutes pour dévoiler ses fameuses informations explosives.

— L'inspecteur-chef n'est pas avec vous ? demanda-t-elle, l'air un peu surpris, tandis qu'ils se regroupaient tous autour de la cheminée.

— Non, Madame, confirma sir James. Il est en déplacement pour les besoins de l'enquête. En fait, nous attendons de ses nouvelles d'une minute à l'autre. Sir Simon a eu une extraordinaire…

— Inutile de parler de ça, l'interrompit le secrétaire particulier, avec un geste d'autodénigrement qu'il commençait à bien maîtriser. Cela n'aboutira peut-être à rien. Nous vous tiendrons au courant si la situation évolue, Madame.

— Bon, fit Sa Majesté en se tournant vers sir James avec un regard inquisiteur. Alors, pourquoi êtes-vous ici ?

— Depuis que sir Simon a trouvé le corps hier soir, déclara le trésorier, nous avons appris énormément de choses sur Eric Ferguson. Rien de bon, je le crains. Je dois dire que l'inspecteur-chef et son équipe ont été d'une efficacité remarquable.

— Je suis ravie de l'entendre.

— En tant que responsable du service logistique, j'en assume l'entière responsabilité, Madame, mais Mr Ferguson n'aurait jamais dû être autorisé à même approcher cet endroit à un kilomètre. C'était un individu très dangereux, qui avait des goûts morbides. La police a découvert de nombreuses images violentes dans son ordinateur et une grosse planque d'armes dans son appartement. Il y en avait tant aux murs qu'on se serait cru à l'armurerie de Hampton Court. Nul ne le savait car il n'invitait jamais personne chez lui. Personne de la Maison royale, en tout cas. En revanche, maintenant, tout le palais en parle.

— Je n'en doute pas.

— Mais le point crucial, Madame, c'est qu'on a trouvé dans sa cuisine une demi-douzaine de verres à whisky en cristal similaires à ceux qu'on utilise ici. Son ordinateur nous a appris qu'il en avait commandé dix-huit. Il semblerait qu'il ait fait des expériences pour apprendre à s'en servir comme d'armes létales.

— Juste ciel ! Létales… Vraiment ? Bigre. Est-ce aussi ce que pense la police ?

— Oui, Madame, intervint le secrétaire particulier. Ainsi que nous le redoutions aussi, ils sont désormais convaincus que la mort de Cynthia Harris n'était pas accidentelle. L'inspecteur-chef pourra très certainement vous le confirmer en personne demain.

— Et Neil Hudson ? demanda doucement la reine. Est-il impliqué ?

Sir Simon détecta une authentique humilité dans son regard bleu et secoua légèrement la tête.

— Non, Madame. Je crains que cela n'ait toujours été qu'une éventualité improbable.

— Je vois. Soit.

— C'était une piste intéressante mais, depuis, la police a découvert des faits plutôt accablants sur la vie professionnelle de Ferguson. N'est-ce pas, James ?

— C'est exact, confirma le trésorier. C'est pour cette raison que je souhaitais vous parler, Madame. Nous avons eu pas mal de chance grâce à un talentueux jeune hacker. Dès que l'inspecteur-chef s'est mis au travail, hier soir, il a demandé à notre meilleure équipe informatique d'examiner l'ordinateur personnel de Ferguson. Celle-ci a découvert que, depuis au moins deux ans, il était à la tête d'une bande exerçant des activités illicites au palais : diverses petites combines rassemblées sous le nom de « trafic de biens endommagés ». Je crois que vous en avez déjà entendu parler.

Les yeux de la reine s'écarquillèrent. Ils croisèrent un bref instant le regard de Rozie, qui hocha presque imperceptiblement la tête.

— Juste ciel ! s'exclama-t-elle. À la tête d'un trafic ? Il se situait plutôt vers le bas de l'échelle hiérarchique de la Maison royale, non ?

— Disons vers le milieu, Madame, répondit sir James. Et c'est là qu'il était malin. Il ne se faisait pas du tout remarquer. Je dois reconnaître que j'avais plutôt des doutes sur son supérieur, un certain Mick Clements. Mais jamais je n'avais soupçonné Ferguson. On aurait pu ne pas le découvrir avant des mois ou des années.

— Comment s'y prenait-il ?

— Nous n'avons pas encore assemblé toutes les pièces du puzzle, reconnut sir James. En fait, nous pensons…

Il se tut un instant pour laisser à la reine le temps d'intégrer toutes ces révélations.

— … nous pensons que cela constitue un mobile suffisant pour qu'il soit l'auteur des lettres anonymes.

— Ah ? Vraiment ?

— Étonnant, je sais. Voyez-vous, une de mes secrétaires était convaincue qu'il y avait un problème avec le plan de rénovation. Nous pensons aujourd'hui que ce qu'elle avait découvert n'était pas une erreur mais une escroquerie orchestrée par Ferguson. L'employée en question s'appelle Mary Van Renen et elle a été victime de harcèlement. Selon nous, Ferguson a tout fait pour lui rendre la vie impossible, pour la pousser à partir. Heureusement pour nous, son travail a été repris par Rozie, ici présente, qui s'est mise à recevoir des lettres anonymes pour la même raison.

La reine lança de nouveau un regard à Rozie, dont le visage resta totalement inexpressif. Elle apprenait vite.

— Je vois, fit Sa Majesté. C'est aussi fascinant qu'épouvantable. Et en ce qui concerne les autres lettres ?

— Oh, de la pure misogynie, dit le grand-maître, ouvrant la bouche pour la première fois. Mrs Harris et Mrs Baxter étaient toutes deux très impopulaires. Il se pourrait que Ferguson les ait choisies pour cette raison, à moins qu'il n'ait eu des motifs plus personnels. J'imagine qu'un psychologue dirait qu'il considérait les femmes fortes comme une menace, Madame.

Pas autant qu'il en représentait une pour elles, pensa la reine.

— Quoi qu'il en soit, cela nous a égarés quelque temps, reprit le grand-maître. Car nous étions focalisés sur Mrs Harris plutôt que sur Miss Van Renen, alors que c'était probablement elle qui était le plus en danger.

— Sauf que c'est Mrs Harris qui est morte, rétorqua la reine.

— Ce n'est pas faux, Madame, ce n'est pas faux, admit Mike Green en toussant et en agitant les pieds. Nous sommes toujours sur l'affaire.

— La police, vous voulez dire ? demanda Sa Majesté d'un ton suffisamment tranchant pour tous les faire déglutir.

— Oui, Madame, se hâta de confirmer le grand-maître. Quand je dis « nous », je veux dire « tous ensemble ». Maintenant que la police soupçonne Ferguson d'avoir été un escroc et un assassin, elle réexamine les éléments. Et PQ… euh, l'inspecteur-chef a mis une grosse équipe sur le coup, sous la supervision de son commissaire référent à la Met.

— Comme c'est rassurant. Mais il reste une chose que je suppose que nous ignorons encore… Sinon, vous m'en auriez sûrement déjà parlé.

— C'est-à-dire, Madame ?

— Qui a tué Mr Ferguson ?

— Ah, se dévoua sir Simon. Sur ce point, je pense que nous aurons des nouvelles à vous donner dans la matinée.

Son expression ne trahissait rien mais, au fond de lui, il se sentait aussi excité que le jour où il avait décroché son brevet de pilote.

— Ainsi qu'un rapport complet sur ce que nous vous avons déjà dit, poursuivit-il. Nous avons pensé que vous aimeriez avoir les gros titres tant que les nouvelles étaient fraîches.

— Oui, vous avez bien fait, confirma la reine en leur adressant à chacun un sourire reconnaissant. Il est toujours d'un grand réconfort de savoir qu'avec vous tous, tout est toujours sous contrôle.

CHAPITRE 46

Le lendemain matin, la reine espérait que ce serait Rozie qui lui apporterait ses boîtes. D'après le calendrier, c'était au tour de sir Simon, mais c'était à son adjointe qu'elle avait besoin de parler.

Elle s'illumina en la voyant entrer.

— Bien joué, lui dit-elle sans lui demander comment elle s'était débrouillée, tant elle avait l'habitude de s'entourer de gens capables d'identifier ses besoins et d'y répondre d'eux-mêmes. Intéressant, hier soir, non ?

— Il y a quelques points qui leur ont échappé, répondit Rozie tout en posant les boîtes avec soin sur le bureau de Sa Majesté.

— Vous trouvez aussi ?

— Ils semblent avoir oublié que j'ai reçu ma première lettre avant d'intervenir dans le plan de rénovation.

— Oui. Et que Mrs Harris avait reçu la sienne des années plus tôt. Mais ils n'ont pas eu beaucoup de temps, si ? Pour y réfléchir, je veux dire.

— Non. Et ils ont beaucoup à penser. L'inspecteur-chef Strong est très occupé. À propos, il n'est pas ici aujourd'hui, Madame. Il n'a pas encore trouvé ce qu'il cherche.

— L'assassin de Mr Ferguson ?

— Oui, Madame.

La reine n'avait pas l'intention de lui poser d'autres questions. En fait, elle s'apprêtait à la congédier pour se consacrer à ses papiers quand elle remarqua son air pensif.

— Y avait-il autre chose ?

— Juste que…

Rozie soupira et haussa les épaules.

— … juste que j'aurais dû comprendre plus tôt. Eric a toujours été bizarre. Très réservé, avec quelque chose d'un peu inquiétant. J'avais toujours mis cela sur le compte d'une personnalité étrange. L'autre soir, dans les caves, j'ai cru qu'il retenait Mick Clements. C'était le cas, mais seulement parce qu'il savait qu'ils risquaient de se faire prendre.

— Je suis d'accord avec vous, dit la reine. Mr Ferguson était le plus futé des deux. L'attraper n'était pas de votre ressort, Rozie. Vous avez agi comme il le fallait. Celui qui a choisi de le placer à la tête du trafic de biens endommagés savait parfaitement ce qu'il faisait.

— Sir Simon est en train d'examiner ça, Madame. Il s'occupe de beaucoup de choses.

Toujours assise derrière son bureau, la reine sourit.

— Ah, très bien.

Au palais de Kensington, sir Simon était en train de se délecter du coq au vin cuisiné par son épouse, à qui il venait de résumer les trois dernières journées. Une bougie illuminait son visage volontaire et intelligent.

Elle aimait le voir comme ça. Cela compensait un peu tous les soirs où il travaillait tard et toutes les semaines où il était absent. Il y avait trois personnes dans leur mariage, dont l'une était à la tête du Commonwealth et tenait toujours les cartes. Mais, en contrepartie, il y avait des moments comme celui-ci, où lady Holcroft (Sarah, Rah pour les intimes) pouvait admirer son mari tenant tous les secrets du royaume bien en sécurité entre ses mains expertes. Il avait vraiment l'étoffe d'un héros. Encore plus qu'elle l'aurait cru. Il n'était pas seulement courageux mais aussi remarquablement sagace et brillant. La façon dont il avait établi ce lien crucial pour l'enquête en un temps record... Certes, il n'arrêtait pas de regarder son téléphone, mais comme il s'agissait d'informations d'importance nationale, elle ne lui en voulait pas.

— Êtes-vous réellement James Bond ? lui demanda-t-elle un peu plus tard.

— Je crains de ne pouvoir répondre à cette question, répondit-il, légèrement pantelant, avec un fort accent écossais à la Sean Connery.

— C'est une arme dans votre poche, ou êtes-vous juste content de...

Il ne la laissa pas terminer. Ces deux derniers mois avaient été sombres et sanglants, mais il sentait maintenant l'obscurité se lever. Sa force lui revenait. Et il avait envie de célébrer ça.

Quelques heures plus tard, les nouvelles qu'ils attendaient n'étaient toujours pas tombées, mais l'enquête avançait néanmoins à grands pas. Accompagné de plusieurs membres de son unité triés sur le volet, l'inspecteur-chef Strong avait réintégré sa « salle des opérations » située dans un couloir de l'aile nord, pour qu'aucune fuite ne soit possible. Rozie étant au courant de tout, on la suppliait ou on tentait de la soudoyer pour obtenir la moindre miette d'information. Cependant, elle était aussi incorruptible que tous ses collègues plus haut placés. Elle ne lâchait même pas le moindre indice à sa sœur, qui respectait cela sans pouvoir s'empêcher de la tanner impitoyablement. Mais surtout, elle ne disait rien à la reine… qui ne l'interrogeait pas.

— Ils sont sur la bonne voie, selon vous ? lui demanda-t-elle seulement.

— Je pense, Madame. Ils ont établi les bons liens.

— Splendide ! Alors il n'y a plus qu'à attendre.

Le vendredi soir, deux jours après son audience avec le triumvirat, la reine avait appris le décès de sa cousine et amie Margaret Rhodes. Elle passa le week-end à Windsor, très triste, à feuilleter les vieux albums photo de son enfance en compagnie de lady Louise, l'adorable fille d'Edward, ce qui l'aida un peu.

Mais Louise n'arrêtait pas de demander qui étaient les différentes personnes qui posaient sur les photos. Avec qui Sa Majesté pouvait-elle se souvenir du passé aujourd'hui ? Chaque événement officiel avait laissé des traces très documentées, mais qu'en était-il des autres ? Les moments intimes, joyeux et plus tristes ? D'abord sa sœur, puis maman, puis cousine Margaret. Et même les chiens…

Le samedi, après dîner, Philip passa la soirée avec elle au lieu de vaquer à ses propres occupations. Elle apprécia ce geste attentionné. Il lui montra la petite peinture à l'huile sur laquelle il travaillait dans la salle Octogonale de la tour Brunswick et dans son atelier à Buckingham. C'était une représentation parfaite de la pelouse de Balmoral vue du château. L'endroit où ils avaient enterré Holly se trouvait en plein centre. Voilà donc ce qui avait mobilisé toute son attention ces derniers temps. Elle se tourna vers lui, les yeux brillants.

— Si vous voulez, vous pourrez l'accrocher devant

votre chambre à Buckingham, proposa-t-il d'un ton bougon. À la place de l'affreux machin australien.

— Si vous parlez du *Britannia*, sachez qu'il doit très bientôt nous revenir. Enfin, je l'espère. Et je ne le remplacerai pas. Mais je trouverai un bon endroit pour celui-ci.

— Vous pouvez vous en servir de plateau à petit déjeuner, si ça vous chante. Ça m'est égal.

— Je le mettrai dans ma chambre.

— Vous n'y êtes pas obligée.

En l'asticotant gentiment, il lui permit de penser à autre chose qu'à son chagrin, et de retrouver sa force d'âme habituelle pour se tourner vers l'avenir comme elle l'avait toujours fait.

Le lundi, tout le palais de Buckingham s'activait aux préparatifs de la réception du corps diplomatique qui devait avoir lieu la semaine suivante. Accueillir un millier de convives, l'élite des ambassadeurs, pour un buffet dansant nécessitait tous les espaces de l'édifice ouverts au public. Il s'agissait d'une soirée en tenue de gala avec médailles et diamants, ce qui était beaucoup plus délicat qu'un banquet d'État. De nombreux invités venaient si souvent que leur sport favori était de chercher la petite bête. Avec l'aide de Mrs Moore, le grand-maître de la Maison royale était justement là pour s'assurer qu'ils ne la trouvent pas.

Bien que débordé, il prit le temps d'aller voir sir Simon afin qu'ils puissent comparer leurs notes sur l'affaire, qui progressait très rapidement. Avec l'efficacité typique des hauts membres de la cour, le triumvirat s'avérait en mesure d'assister la police, pour ne pas dire de lui ouvrir la voie, à chaque rebondissement. Sir Simon se montrait particulièrement brillant en la matière. On murmurait dans les couloirs qu'il avait presque résolu l'énigme à lui tout seul.

Le dernier jour de novembre, une semaine après la découverte du corps d'Eric Ferguson, l'inspecteur-chef Strong reçut enfin la dernière information qui lui manquait. Il requit alors une audience en présence du secrétaire particulier, de sir James et de son commissaire (qui se tenait derrière lui pendant qu'il tapait).

La reine accepta avec grâce, tout en se demandant ce qu'ils avaient réellement compris.

CHAPITRE 47

À la demande de sir Simon, l'équipe se réunit deux fois dans son bureau pour répéter, comme si elle se préparait à une commission d'enquête parlementaire. Chacun avait son rôle et sa fiche : il ne fallait pas qu'ils parlent tous en même temps. Le commissaire pourrait revendiquer le mérite de ce succès en public mais, comme ils étaient tous fort généreux, ils s'étaient mis d'accord pour se partager les honneurs en privé.

La reine avait choisi de les recevoir dans la splendeur rose et dorée du salon 1844. À midi pile, le 1er décembre, un petit groupe d'éclaireurs composé de trois chiens annonça l'arrivée de Sa Majesté dans la pièce, où les quatre hommes l'attendaient déjà. Sir Simon, qui avait pourtant l'habitude de faire les présentations, sentit son cœur s'emballer de façon inhabituelle quand elle entra. Quelques pas derrière la patronne, Rozie leva subrepticement le pouce à son intention. L'instant d'après, la souveraine salua tout le monde d'un sourire. Le moment était venu que sir Simon lui explique comment trois de ses employés étaient morts et comment il avait tout résolu… Avec de l'aide, bien sûr.

Sur l'invitation de Sa Majesté, les quatre hommes s'assirent en demi-cercle face à elle sur des chaises tapissées de soie. Dans leurs costumes à rayures, sir Simon et sir James étaient aussi élégants qu'à leur habitude. L'inspecteur-chef Strong n'avait pas essayé de se mesurer à eux sur ce terrain, mais la reine remarqua néanmoins qu'il était passé chez le coiffeur. Le plus impressionnant d'entre eux était le commissaire, au bout de la rangée : un homme grand et courtois, avec des dents hollywoodiennes et, sur son uniforme, des boutons argentés dignes d'une parade des horse-guards.

Rozie recula sur son siège, un bloc-notes sur les genoux. Un valet s'était posté près de la porte mais la reine lui fit savoir qu'elle sonnerait si elle avait besoin de quelque chose. La présence de son écuyer n'était pas requise non plus pour cette réunion. Des employés assassinés… L'affaire était beaucoup trop sensible.

— Je suis tout ouïe, dit-elle, se tenant bien droite sur un canapé Morel & Seddon, Willow à côté d'elle et les corgis à ses pieds. Est-ce bien Mr Ferguson qui a tué Mrs Harris ?

— Oui, lui confirma gravement sir Simon.

— Et savez-vous qui a tué Mr Ferguson ?

— Depuis hier, Madame, intervint le commissaire. Après une enquête très compliquée. Je crains que la surprise ne soit de taille.

— Je suis vraiment désolée, dit-elle aimablement à l'imposant policier tout en triturant son sac à main. Je brûle les étapes. Racontez-moi tout.

Ce fut, comme convenu, l'inspecteur-chef Strong qui commença le récit. Après tout, c'était son équipe qui avait découvert comment Ferguson s'était exercé pour le meurtre et s'était arrangé pour que Cynthia se rende à la piscine.

— Nous n'avons pas de preuves matérielles que Mr Ferguson ait contacté Mrs Harris avant leur fatale rencontre, Madame. Il était trop intelligent pour laisser une trace. Cependant, nous sommes sûrs qu'il a signalé à maintes reprises que les caméras de surveillance du réseau intérieur étaient défectueuses… et presque certains que c'est lui aussi qui les avait détériorées.

— Ce ne sera pas aussi facile avec les nouvelles caméras, tint à préciser sir James, assis à côté de Strong. Les anciennes sont pratiquement des pièces de musée. Elles sont tout en haut de la liste des choses à remplacer.

— Voilà qui est rassurant, dit la reine. Sinon, autant vivre dans un centre commercial.

Quoique, réflexion faite, il y aurait peut-être plus de sécurité.

Strong reprit son récit. C'était Ferguson, avaient-ils découvert, qui avait fait décaler la date de livraison de la nouvelle moquette des pièces inondées de l'aile Est. De ce fait, la rénovation avait pris du retard et il avait fallu mettre les bouchées doubles pour que tout soit prêt quand la famille royale rentrerait de Balmoral. Il avait ainsi pu demander à dormir au palais une nuit ou deux, au fallacieux motif de superviser les opérations.

— Ajouté aux verres trouvés dans son appartement, ce comportement ne nous laisse aucun doute sur sa culpabilité, conclut Strong. Nous supposons qu'il a attiré Mrs Harris à la piscine en prétextant une quelconque question d'entretien. Il était déjà arrivé qu'on y trouve des verres et nous pensons que c'était également son œuvre. Après son retour d'Écosse, Mrs Harris devait être trop fatiguée pour se méfier. Selon moi, Ferguson avait déjà mis le verre brisé en place. Elle s'est penchée pour regarder, il l'a frappée à la tête avec quelque chose qu'il avait apporté puis s'est servi d'un tesson pour lui taillader la cheville, exactement à l'endroit voulu. En consultant ses livres, nous avons découvert que des collaborateurs avaient été tués de cette façon en Extrême-Orient durant la Seconde Guerre mondiale. Elle a dû perdre du sang très rapidement. Il est possible qu'elle n'ait pas repris connaissance avant de…

— … de mourir ? finit la reine à la place du policier.

— Oui, Madame.

— Nous savons donc comment il a tué Mrs Harris. Maintenant, puis-je savoir pourquoi ?

— Au départ, comme vous le savez, nous pensions qu'il s'agissait de pure misogynie, en rapport avec les lettres anonymes, rappela Strong. Alors qu'en fait il s'en prenait à Mary Van Renen à cause d'une activité frauduleuse, appelée le « trafic de biens endommagés », qu'il menait ici. Je crois savoir que vous êtes au courant.

— En effet, confirma la reine.

Sir James rougit légèrement.

— Cependant, par la suite, nous avons découvert que Mrs Harris aussi avait un lien avec le trafic de biens endommagés, poursuivit l'inspecteur-chef. Nous savons que la combine remonte au moins aux années 1980, avec un homme du nom de Smirke. Harris a brièvement travaillé pour lui à cette époque. Il existait des rumeurs de transactions douteuses, mais tout le monde pensait qu'elles avaient pris fin quand il était parti à la retraite. En fait, il avait transmis l'affaire à son successeur, un certain Vesty, qui l'a ensuite transmise au suivant. C'est resté une histoire de famille, Madame. Il s'est avéré qu'ils avaient tous des liens de parenté. Eric Ferguson était le petit-cousin éloigné de Sidney Smirke. Cela n'avait rien d'évident mais nous l'avons découvert en creusant un peu. Nul doute que c'est ainsi que Vesty a rejoint ce service à 32 ans.

— Impensable.

Le ton de la reine était sec. Les hommes déglutirent. Ils n'aimaient pas trop ce passage.

— Cependant, reprit Strong, nous avons un peu changé d'orientation sur une suggestion de votre secrétaire particulier. Sa perspicacité a été cruciale.

D'un mouvement de tête, l'inspecteur-chef indiqua sir Simon, qui sourit et fit son geste de la main habituel.

— Je dois dire que j'ai eu une chance énorme.

— Ah bon ? fit la reine, feignant une curiosité polie.

— Tout a commencé lorsque vous avez mentionné Neil Hudson, révéla-t-il, toujours prêt à partager le mérite quand il le pouvait. Je peux vous assurer qu'il n'avait aucune relation d'aucune sorte avec Mrs Harris. En revanche, en étudiant le dossier de cette dernière, j'ai découvert qu'elle avait travaillé à la collection royale à ses débuts. Nous étions... euh, la police était alors en train d'établir le mode opératoire du trafic de biens endommagés. La semaine dernière, en inspectant de nouveau les souterrains, ils ont trouvé toutes sortes d'éléments attestant d'une activité entre les palais. Nous savions que les malfaiteurs devaient avoir un homme au palais Saint-James. Si Mrs Harris avait travaillé pour la collection royale, elle devait être à Stable Yard. Était-elle leur espion ? nous demandions-nous. Enfin, leur espionne, bien sûr. Je trouvais déjà que ça ne collait pas tout à fait quand j'ai repéré un autre nom dans le dossier. Celui de Sholto Harvie, Madame, votre ancien inspecteur des tableaux. D'après les documents, Mrs Harris avait travaillé sous sa supervision directe. Était-ce donc lui le lien ?

— Oh, pas Mr Harvie quand même ? fit la reine. Il était si charmant !

— Il n'est jamais bon de se laisser aveugler par le

charme, dit doctement sir Simon, passant l'une de ses jambes rayées par-dessus l'autre tout en secouant la tête d'un air triste. J'ai demandé à un ancien quels étaient les rapports entre Smirke et Harvie, et il m'a répondu qu'ils s'entendaient très bien. Ce qu'il faut également savoir, c'est que Harvie s'est présenté à la porte de mon bureau quelques jours avant la découverte du corps de Ferguson. En fait, il cherchait Rozie. Je tiens à préciser d'emblée qu'elle n'a rien à voir avec tout ça.

— Dieu merci, dit la reine avec un mouvement de tête à l'intention de sa secrétaire particulière adjointe, qui leva alors les yeux de son bloc-notes en prenant un air innocent.

— Quand on pense que sans votre petit tableau, Madame, je n'aurais peut-être jamais fait le rapprochement…

Depuis sa place deux sièges plus loin, Strong lança à la reine un bref regard inquisiteur, qu'elle feignit de ne pas remarquer.

— Juste ciel ! Quelle chance, en effet. Et quelle sagacité, sir Simon.

— Merci, Madame. Je n'ai fait que mon travail.

— Et quel rapprochement fallait-il faire, alors ? demanda-t-elle.

— À ce stade, nous étions déjà convaincus que c'était Ferguson qui avait tué Mrs Harris. Il était donc difficile de croire qu'il s'agissait d'une simple coïncidence si la victime connaissait Mr Harvie, que j'avais justement vu au palais le soir présumé du meurtre de Ferguson. Ce n'était qu'une intuition, Madame. Difficile à expliquer. En tout cas, j'en ai fait part à l'inspecteur-chef et il a accepté d'aller voir Mr Harvie dans les Cotswolds. Nous pensions toujours que tout était lié au trafic de biens endommagés, mais c'est alors que la police a fait une avancée décisive.

Il laissa la parole à Strong.

— La maison de Harvie était fermée à clé et il ne répondait pas au téléphone. Quand j'ai obtenu un mandat de perquisition, nous n'avons pas trouvé Harvie. Mais nous avons trouvé autre chose.

Il marqua un temps d'arrêt, car le moment qu'il attendait tant était enfin arrivé.

— Une découverte capitale, Madame. À l'étage, dans la chambre d'amis. Dans une boîte enveloppée dans des couvertures, sous le lit.

L'étonnement de la reine était bien réel. Pendant une fraction de seconde, son regard croisa celui de Rozie, qui exprimait la même stupéfaction. C'était bien ce lit. Celui-là même dans lequel elle avait dormi. Comme la princesse au petit pois. Sauf qu'elle n'avait rien senti du tout.

— Deux tableaux originaux du XVIIe siècle ! annonça joyeusement sir James. D'une qualité tout à fait exceptionnelle, signés d'une artiste nommée Artemisia Gentileschi. Harvie avait pas mal de belles œuvres sur ses murs, mais rien de valeur comparable. Nous avons demandé au Royal Collection Trust de les étudier et il s'avère que ces toiles faisaient partie d'une série de quatre, découvertes il y a longtemps au palais de Hampton Court.

— Et quel est le rapport avec Cynthia Harris ?

— Ah !

D'après les fiches, c'était au tour de sir Simon de parler. L'inspecteur-chef se tourna donc vers lui.

— Au début, c'était elle la spécialiste de Gentileschi, Madame, expliqua le secrétaire particulier.

Il fut alors interrompu par le commissaire, dont les boutons scintillaient tandis qu'il cherchait la bonne position pour mettre sa mâchoire hollywoodienne en valeur.

— Puis-je juste préciser que sir Simon donne l'impression que c'était tout simple, mais que ce sont son extrême sagacité et son souci du détail qui nous ont permis de reconstituer le puzzle aussi vite ? Nous serions ravis d'accueillir une telle recrue dans nos rangs.

Resté trop longtemps silencieux à son goût, il n'avait pu s'empêcher d'intervenir. Cela étant fait, il sourit et se renfonça dans son siège.

— Oh, je vous en prie, le supplia sir Simon. Arrêtez. J'ai eu de la chance, c'est tout. Sa Majesté sait que je ne suis qu'un simple marin.

— Je n'ai jamais rien pensé de tel, démentit la reine. Veuillez continuer.

Sir Simon agita une fois de plus la main.

— Bon, d'accord, reprit-il. Une amie de Mrs Harris vous avait récemment écrit sur une carte illustrée avec une œuvre de Gentileschi, et j'ai appris par hasard – ou plus exactement par Rozie – que Mrs Harris avait justement étudié cette artiste dans sa jeunesse.

— Fascinant.

— J'ai interrogé l'inspecteur des tableaux à ce sujet. Il est très fiable, Madame. Et il a découvert quelque chose concernant les fonctions de la victime dans les années 1980, quand elle travaillait sous la houlette de Harvie : l'une de ses missions consistait à passer voir s'il restait des œuvres de valeur dans les logements des personnes âgées résidant gracieusement à Hampton Court. Mrs Harris aurait aussitôt reconnu leur qualité. Elle n'avait pas seulement entendu parler de ces tableaux… elle les avait découverts.

— Eh bien, finit par dire la reine après un bref silence. Voilà qui est surprenant.

— N'est-ce pas ? Mais ensuite, ils ont disparu.

La reine simula à merveille la curiosité, la stupéfaction et l'indignation tandis qu'on lui narrait l'histoire du vol et du remplacement par des faux, qui se terminait avec les copies décevantes qu'elle avait vues. C'était à peu près ce qu'elle avait imaginé. Et la police avait même réussi à retrouver la nièce du faussaire.

— Apparemment, il lui avait dit que c'était un de ses meilleurs jobs, expliqua sir James. C'était Harvie qui l'avait engagé. Ils se connaissaient depuis les beaux-arts. La difficulté consistait à ne pas faire de copies trop parfaites. Il fallait qu'elles aient l'air d'époque. Le faussaire avait dit s'être mis dans la peau d'une comtesse de la cour de Charles II s'exerçant à la peinture à l'huile pour tromper son ennui.

— Harvie avait la réputation de traîner avec une bande très louche, Madame, ajouta Strong. À l'époque, on avait d'abord attribué cela à une certaine fougue juvénile, mais il n'a visiblement jamais tout à fait perdu son goût du risque.

— Et du crime, fit remarquer la reine.

— Exactement, Madame, confirma Strong. Il a gagné environ 70 000 livres en vendant les deux Gentileschi originaux…

— *Mes* Gentileschi.

— Oui. Et il a gardé les deux autres. Notez que 70 000 livres, c'était une petite fortune à l'époque. La somme lui a servi d'acompte pour sa maison. S'étant marié peu après, il aimait laisser croire que l'argent venait de sa femme, mais ce n'était pas le cas. La famille de son épouse s'est toujours méfiée de lui.

— On dirait bien que c'est ce qu'il inspirait à tout le monde, fit remarquer la reine. Sauf à nous.

— Ce que nous ne savons toujours pas, admit Strong,

c'est pourquoi Mrs Harris serait réapparue dans sa vie une trentaine d'années plus tard. En fait, quand sir Simon nous a informés qu'ils se connaissaient, ma première idée a été qu'ils avaient pu avoir une idylle autrefois et que Harvie aurait tué Ferguson pour la venger. Puis nous avons découvert les Gentileschi et nous avons envisagé un autre scénario. Il nous paraît possible qu'elle l'ait fait chanter, peut-être par l'intermédiaire de Ferguson.

— Mmm, fit la reine tout en jetant un rapide regard vers Rozie, qui avait les yeux rivés sur ses chaussures.

— Nous ne sommes pas sûrs de ça, poursuivit Strong, mais ce que nous savons, c'est qu'à un certain moment, au mois de juillet, Eric Ferguson et Harvie se sont parlé au téléphone. Un message WhatsApp ultérieur de Ferguson disait que la situation commençait « à chauffer concernant 1986 ». Il s'agit de l'année où Harvie a fait exécuter les faux Gentileschi, Madame. Cet été-là, il s'est débrouillé pour obliger Cynthia Harris à quitter son poste. Probablement de crainte qu'elle révèle que les fameuses « copies » n'étaient pas les tableaux qu'elle avait trouvés. Le message de Ferguson disait que quelque chose était « sur vidéo ». Nous ignorons à quoi cela fait référence, mais il pourrait s'agir d'images que Mrs Harris voulait utiliser pour faire chanter Harvie. Nous savons combien elle était difficile. En tout cas, c'est là que Harvie a répondu qu'il fallait l'« empêcher de parler ».

— Comment Ferguson pouvait-il savoir pour les Gentileschi ? demanda la reine, véritablement intéressée.

C'était au tour de sir Simon de s'exprimer.

— Ah ! Eh bien, cela nous ramène aux liens familiaux. Il a dû en entendre parler par Sidney Smirke, qui dirigeait le service des travaux à l'époque. C'est avec lui que Mrs Harris a eu une relation après avoir quitté le service de Harvie. Étant donné que les deux hommes étaient amis, je me demande si Harvie n'aurait pas arrangé ça aussi. En tout cas, quand leur relation a tourné au vinaigre, elle s'est retrouvée à faire les lits au palais de Buckingham. Même après tout ce temps, elle devait en être restée un peu amère, pour ne pas dire rancunière. Pas étonnant que Harvie se soit méfié de ce qu'elle risquait dc faire ou de dire.

Difficile. Amère. Rancunière. La reine accueillait ces adjectifs en hochant la tête et gardait ses pensées pour elle.

— Quoi qu'il en soit, ce qui nous importe, poursuivit le secrétaire particulier, c'est que Harvie avait volé quatre de vos tableaux et vendu deux d'entre eux. Et que si Mrs Harris le voulait, elle pouvait facilement le faire tomber, même sans connaître tous les détails. Par conséquent, il a demandé à Eric Ferguson de l'« empêcher de parler ».

— Et Mr Ferguson a réagi de façon assez extrême en tuant cette pauvre femme ? fit la reine.

— Oui, Madame. D'après ce que nous savons de lui aujourd'hui, il a même dû y prendre du plaisir.

— C'est un acte totalement disproportionné.

— En effet. Mais c'était aussi le genre d'homme à harceler une secrétaire pendant des semaines, en ligne ou dans sa vie quotidienne, afin de la pousser à partir.

— Le timing était important, intervint Strong. Ferguson était en pleine orchestration de son coup le plus risqué jusque-là : une grande escroquerie tirant profit du plan de rénovation. Par conséquent, rien ne devait attirer l'attention sur le trafic de biens endommagés – passé, présent ou futur. Cependant, comme vous le dites si bien, toute personne saine d'esprit trouverait disproportionné d'en venir au meurtre. Nous nous demandions pourquoi Harvie n'avait rien dit quand le corps a été découvert. En fait, il avait dû comprendre que cette mort était plus que suspecte.

La reine toussota.

— Exactement. En fait, je... hum, oui. Je vois ce que vous voulez dire.

— Nous avons des raisons de croire que Harvie ignorait la véritable nature de Ferguson avant cela. Sinon, il n'aurait pas fait appel à lui. Mais après, il était trop tard. Parce que l'histoire des tableaux n'était pas le seul sombre secret de Mr Harvie.

— Juste ciel. Encore des secrets ?

Les hommes parlèrent alors à Sa Majesté de l'accident de moto de Daniel Blake. Cette fois, elle n'eut pas à faire semblant d'être bouleversée. Elle l'était véritablement.

— Harvie a sûrement demandé conseil à une de ses mauvaises fréquentations pour saboter les freins, expliqua Strong. Il aimait les motos mais n'avait rien d'un mécanicien. En tout cas, d'après ce que nous croyons savoir, il a été littéralement dévasté par la mort de Blake. Il s'attendait à ce que le jeune homme ne soit que blessé, qu'il se casse un os ou deux, peut-être. Quelle inconscience ! Une inconscience meurtrière, en l'occurrence...

— Juste ciel.

— On se retrouve plus ou moins dans ce qu'on appelle une impasse mexicaine, expliqua Strong. C'est quand...

— Oui, je sais ce que c'est : une situation dans laquelle chacun des protagonistes représente une menace pour tous les autres.

— C'est cela même. Ferguson savait que, techniquement, Harvie avait tué Daniel Blake. Et puisque Harvie était certain que Ferguson avait assassiné Mrs Harris, il a compris qu'il en savait trop pour faire de vieux os. Il a donc éliminé Ferguson avant de devenir sa prochaine victime.

— Vous êtes sûrs que c'est lui ?

— Oui, Madame. Le dernier appel reçu par Ferguson provenait d'une ligne fixe du Travellers Club, où descendait Harvie chaque fois qu'il venait à Londres. Nous avons établi qu'il y était allé le soir du meurtre, à savoir celui de la fête des retraités du palais. Nous avons tout de suite su que nous tenions notre homme. Loin d'être aussi intelligent et méticuleux que Ferguson, il a caché le pistolet à l'intérieur d'un vase chinois entreposé dans la cave. Il pensait sûrement que nous ne regarderions pas là. C'est pour ainsi dire le premier endroit où nous avons cherché.

— Pour commencer, si je puis me permettre, comment a-t-il réussi à introduire une arme à feu au palais ? demanda la reine.

Aucun des hommes ne semblait en mesure de répondre. La responsabilité de protéger leur souveraine leur incombait à tous… et la question était pertinente.

— Généralement, nous ne fouillons pas vos anciens employés, Madame, avoua sir James. Bien entendu, nous leur demandons une pièce d'identité avec photo, et quelqu'un vérifie les sacs à l'entrée. Mais sir Simon pense que Harvie avait caché le pistolet derrière son dos, sous sa ceinture de smoking en soie.

— Celle-ci était particulièrement large et voyante, Madame, expliqua sir Simon. Je me rappelle m'être fait la remarque a posteriori. Cette faute de goût tranchait avec le reste de sa tenue, tout à fait irréprochable. L'arme était un Colt 38 Special des années 1930. Un pistolet petit mais puissant – le genre d'arme qu'on choisit quand on n'est pas sûr de la précision de son tir ou quand on veut abattre quelqu'un à bout portant. L'inspecteur-chef Strong ici présent a ultérieurement découvert que Harvie l'avait acheté en tant qu'antiquité déclassée et l'avait fait remettre en état de marche par un de ses amis peu fréquentables. Nous savons aujourd'hui qu'il en avait beaucoup. Et c'est sûrement un de ces individus aussi qui lui a vendu le faux passeport qu'il a utilisé pour se rendre en France.

— Il est en France ?

— En effet. La police l'a retrouvé hier dans un hôtel aux abords de Paris.

— Juste ciel.

La reine semblait véritablement captivée. Sir Simon était soulagé que l'on change de sujet de conversation. La police et le triumvirat préféraient ne pas s'attarder sur le fait que des tueurs avaient erré impunément dans les couloirs de Buckingham.

— Il avait commencé à écrire une lettre qui, à vrai dire, était plutôt une confession.

— Et qu'y avouait-il ?

— Le meurtre de Ferguson. À ce stade, nous en étions déjà sûrs et certains, de toute façon. Mais aussi qu'il se sentait indirectement responsable de deux autres décès.

— Trois morts, dit pensivement la reine. Quand je pense que j'ai envoyé Rozie dans la tanière de ce prédateur.

— Ce n'était pas exactement une tanière, Madame, la rassura sir Simon. Et il est évident que Harvie avait un faible pour Rozie. Le soir de la fête des anciens, il paraissait très désireux de la voir. Je crois qu'il venait juste de tuer Ferguson, ce qui avait dû l'épuiser. Il était très émotif…

— Vous voulez dire ivre ?

— Saoul comme un cochon, en vérité. Mentalement comme physiquement, s'occuper du cadavre dans la cave avait dû être éprouvant.

— N'était-il pas couvert de sang ? demanda soudain la reine, que la question venait d'effleurer.

Sir Simon sourit.

— Il semblerait qu'il ait eu la présence d'esprit de mettre une blouse trouvée sur place. Je l'ai vue avec le corps mais, comme un idiot, j'ai pensé qu'elle appartenait à Ferguson. En tout cas, après avoir fait le ménage, il est remonté noyer copieusement ses remords au bar. Ensuite, dans son délire larmoyant, il a voulu assurer Rozie de son affection. En fait, il lui a même légué un tableau, Madame. Il le mentionne dans sa lettre. D'après lui, elle l'avait admiré lors de sa visite.

— Je ne comprends pas. Vous dites qu'il a légué un tableau à Rozie ?

La reine les dévisagea l'un après l'autre.

L'inspecteur-chef Strong se pencha en avant. Ils avaient décidé de garder cette information pour la fin en raison de son caractère bouleversant.

— Madame, j'ai le regret de vous annoncer que lorsque la police française l'a trouvé hier, il était mort.

— Oh, fit la reine à mi-voix, posant la main sur le corgi roulé en boule à côté d'elle. Je vois.

— Il avait pris une grande quantité de cachets. Et comme dans le petit hôtel de banlieue dans lequel il résidait le ménage était souvent négligé, on ne l'a trouvé qu'au bout de deux jours.

— C'est donc pour ça que vous avez qualifié sa lettre de confession, dit Sa Majesté en hochant lentement la tête. Les dernières paroles d'un homme qui va mourir.

— Tout à fait, Madame, confirma Strong. Elles étaient adressées à une femme du nom de Lisa. Nous ne l'avons pas encore identifiée, mais nous enquêtons. Apparemment, Harvie a été pris de court par la vivacité d'esprit de votre secrétaire particulier. Il a écrit qu'il n'escomptait pas que quelqu'un ouvre la malle avant un certain temps. Et que le jour où cela arriverait, il serait difficile de déterminer les circonstances exactes de la mort de Ferguson. Quand il a entendu aux informations que sir Simon avait déjà trouvé le cadavre, il a compris que la partie était terminée.

— Que disait-il exactement à Lisa ?

— Oh, rien de très précis. Juste qu'il était désolé. Pas pour la mort de Ferguson, ce dont il semblait tout à fait satisfait, mais pour celles de Blake et de Mrs Harris. Et pour avoir fait entrer Sidney Smirke au palais. Nous ne le savions pas, mais c'était bien lui qui l'avait recommandé au départ. Probablement encore un de ses copains douteux de l'époque des beaux-arts.

— Était-il désolé pour les tableaux ? s'enquit Sa Majesté.

— Il n'en parle pas dans sa lettre, dit Strong. Je crois que c'étaient plutôt les vies humaines qui comptaient à ses yeux.

— Disons que c'est déjà ça. Et le trafic de biens endommagés ? Y avons-nous enfin mis un terme ?

Par « nous », Sa Majesté entendait « vous », ce dont sir Simon et sir James étaient parfaitement conscients.

— Oui, nous y avons mis fin, lui assura sir James. Ferguson effaçait tout de son téléphone mais il tenait un registre détaillé de ses fraudes sur son ordinateur. Il pensait que son PC était impossible à hacker, mais grâce à notre petit génie de l'informatique, il nous a livré tous ses secrets en moins d'une journée. Dont les noms de ses complices à l'intérieur et à l'extérieur du palais.

— Nous en avons arrêté la plupart, intervint le commissaire, étincelant plus que jamais de tous ses boutons.

Il semblait content de pouvoir dire quelque chose.

— Nous tenons les autres à l'œil. Ils pourraient nous mener à quelques organisations qui nous intéressent. Et pendant ce temps, les médias peuvent bien se régaler sur le fait qu'il y ait eu deux meurtres, toujours est-il que, grâce à l'aide de sir Simon, nous les avons résolus en un temps record. Au final, je dirais que nous avons fait de l'excellent travail d'équipe.

Sur ces mots, les quatre hommes se calèrent confortablement sur leurs sièges, satisfaits.

— Eh bien, je vous félicite tous, déclara la reine. Cet entretien fut très instructif.

— Nous n'avons fait que notre devoir, dit son secrétaire particulier, tout sourire.

— Oh, absolument, confirma Sa Majesté. Et je n'en attendais pas moins de vous. Très bon travail.

À force de répéter ce geste, le pauvre sir Simon allait finir par se faire une tendinite.

CHAPITRE 48

Après leur sortie, la reine demanda à Rozie de rester un peu.

Les deux femmes demeurèrent un instant silencieuses, se disant l'une et l'autre que c'était ici même qu'elles avaient échangé leur premier regard signifiant que la mort de Mrs Harris n'était peut-être pas accidentelle.

— Bien joué, déclara Sa Majesté.

— Devons-nous les laisser continuer à croire que Cynthia Harris faisait chanter Sholto et que c'est ce qui a tout déclenché ? lui demanda Rozie.

— Je pense, oui. C'est injuste mais c'est plus facile comme ça. Ainsi, vous restez extérieure à l'enquête. Et je ne veux pas compliquer inutilement la situation.

— Bien, fit Rozie avec un hochement de tête.

Comme son enthousiasme semblait très modéré, la reine se demanda si elle ne se sentait pas coupable d'avoir alerté Eric Ferguson en l'interrogeant sur un tableau disparu qu'elle était déterminée à retrouver. Et il avait pris peur à juste titre : c'était la seule erreur de l'équipe du trafic de biens endommagés, la seule fois où ils avaient commis une imprudence par convoitise, sans préparation ni souci des conséquences. Rozie aurait effectivement fini par interroger Mrs Harris. Même si cette dernière n'avait pas conscience de tout ce qu'elle savait, cela aurait permis de démêler le fil.

— Sir Simon a dit une autre chose inexacte, poursuivit la reine, quelque chose qui m'a fait réfléchir.

— Ah bon, Madame ? De quoi s'agit-il ?

— Vous rappelez-vous quand il a dit que Ferguson avait fait allusion à une vidéo dans un message adressé à Sholto ?

— Bien sûr, confirma Rozie. Quand la situation commençait « à chauffer ».

— Ça m'a rappelé quelque chose : une fois où j'ai aperçu Mr Ferguson, vers le début de l'été. Quand je posais pour mon buste, c'était lui qui encadrait l'équipe de tournage du documentaire.

Le regard de Rozie s'aiguisa.

— Ah bon ?

— Oui. Ils étaient en train de me filmer avec Lavinia Hawthorne-Hopwood et je me rappelle très distinctement avoir raconté que j'avais vu un tableau m'appartenant à Portsmouth. C'est vers cette époque que je vous ai demandé de vous en occuper, bien avant que vous lui en parliez.

— Je ne vois pas comment...

— Allons, Rozie. Ferguson était dans la pièce ce jour-là. C'est donc moi qui lui ai mis la puce à l'oreille, pas vous. Je pense que c'est à ce moment-là qu'il a contacté Sholto Harvie.

— Mais même dans ce cas, Madame, je...

— Vous n'avez fait que votre travail, l'interrompit la reine d'un ton catégorique. Bien que tout à fait involontairement, c'est moi qui ai déclenché tout cela. Et je m'estime heureuse qu'il n'y ait pas eu encore plus de victimes. Même si j'aurais évidemment préféré que cette pauvre Mrs Harris soit épargnée.

— Elle n'était pas des plus agréables, lui assura Rozie.

La reine constata que la jeune femme croyait, comme tant d'autres, qu'elle se montrait trop sentimentale envers son ancienne femme de chambre. Il n'en était rien, mais elle laissa faire.

Une semaine s'écoula. Tout le palais vaquait aux derniers préparatifs de la réception du corps diplomatique. La reine s'apprêtait à enfiler une robe du soir blanc et argent, agrémentée de quelques-uns de ses saphirs. Mais, profitant d'un moment de répit, elle demanda à ce qu'on la conduise au palais Saint-James pour un bref entretien.

Dans la voiture, elle se mit à penser à Sholto Harvie, qui avait succombé à une overdose volontaire de médicaments dans un hôtel minable de la banlieue parisienne. Comme il avait dû détester le cadre de ses derniers instants. Un homme qui ne vivait que pour le luxe…

Il avait demandé son pardon à « Lisa », mais il ne l'obtiendrait pas. La jeune Cynthia Harris était arrivée à Londres avec des rêves et des projets plein la tête, et il avait tout fichu en l'air pour son propre intérêt. Non seulement sa carrière mais aussi sa vie privée, en la poussant dans les bras d'un homme manipulateur et violent. Elle avait tenu le coup mais perdu le respect de tout son entourage. *Amère*, avait dit sir Simon. *Rancunière*. En vérité, Mrs Harris n'avait jamais fait preuve de la moindre rancune, si ce n'est en la retournant contre elle-même. Elle avait vécu et était morte seule. Il n'en fallait pas plus pour lui valoir l'affection de la reine.

Elle était bien placée pour savoir que Sholto n'avait aucune chance d'être pardonné, parce qu'elle savait très bien qui était « Lisa ». À l'époque où il était inspecteur adjoint des tableaux, Sholto la surnommait même « Mona Lisa ». Ce pouvait être le diminutif d'Elisabetta, lui avait expliqué ce spécialiste de Léonard de Vinci avec ses manières d'homme de cour. De la part de quelqu'un qui aurait dû l'appeler « Votre Majesté », c'était très culotté et même à la limite de l'impertinence. Mais il avait assez de charme pour que ça passe. Il devait croire que c'était suffisant pour excuser tous ses comportements. Il avait tort.

Au Royal Collection Trust, Neil Hudson accompagna la reine jusqu'à un lumineux atelier de restauration. Les Gentileschi récemment découverts sous le lit de la chambre d'amis de Sholto y étaient disposés côte à côte, sur des chevalets à hauteur de regard.

— Deux Muses, Madame. C'est un thème sur lequel Artemisia a plusieurs fois travaillé. Nous n'en sommes pas certains, mais celle qui tient une flûte doit être Euterpe, la déesse de la musique. Celle avec la couronne de fleurs doit être celle de la danse, Terpsichore. Nous essayons de récupérer les deux autres auprès de leurs propriétaires actuels afin de toutes les réunir. Cela prendra peut-être du temps. Mais ces deux-là feraient déjà de bonnes pièces centrales pour une exposition sur les femmes peintres que nous envisageons de monter. Qu'en dites-vous ?

Elle resta longtemps devant ces originaux, se rappelant combien elle les avait vite regardés la dernière fois – si sûre qu'elle était de les revoir peu après, une fois nettoyés. Les toiles qu'on lui avait présentées ensuite s'étaient avérées beaucoup plus plates et ternes que prévu. Maintenant, elle savait pourquoi. En comparaison, ces deux-là étaient envoûtantes. Elles étaient encore très sales mais les visages scintillaient, même orientés dans des angles délicats, que ce soit au-dessus d'une généreuse poitrine ou d'une épaule à demi tournée. On avait l'impression que les yeux vous interrogeaient et vous défiaient : me regardez-vous ou est-ce moi qui vous regarde ? Sa Majesté aimait la discrète subversion de ces créatures. Bien qu'il s'agisse de déesses un peu dévêtues, elle y reconnaissait des âmes sœurs. Des femmes qui pensaient à autre chose qu'au fait qu'on était en train de les peindre.

— Elles sont ravissantes. Splendides. Tout le monde n'a-t-il pas fait de l'excellent travail ? Qu'il est bon de les revoir.

CHAPITRE 49

Une semaine plus tard, Fliss se trouvait dans le petit logement de Rozie, au dernier étage du palais. Les deux sœurs étaient en train de se préparer pour la fête de Noël. Bien entendu, il ne s'agissait pas de la soirée officielle à laquelle toute la famille royale participerait bientôt. L'événement en question était un grand bal costumé auquel les proches étaient invités, où les bouteilles circulaient plus vite que les ragots et où l'ambiance endiablée faisait écho aux œuvres du Caravage accrochées aux murs.

La chambre sentait le tabac, le rhum et la rébellion. Vêtue d'une veste violette et d'un pantalon moulant à motifs cachemire, Fliss finissait de se mettre de l'eye-liner devant un miroir grossissant posé sur un chevet. Rozie était assise en tailleur face à la glace de la penderie, occupée à ajouter un bord bleu au scintillant éclair rouge qui lui couvrait la moitié du visage.

— Je me demande en qui sir Simon va être déguisé, lança Fliss.

— À ton avis ? lui répondit sa sœur.

— Tu crois vraiment ? Lequel ?

— Sean Connery, j'imagine. Ou Pierce Brosnan. Il fera sûrement dans le suave.

— Il a pris la grosse tête ?

— Non, il est plutôt raisonnable, reconnut Rozie. Il se

la joue même Mr Modeste. C'est le genre de chose qu'on vous enseigne dans les écoles privées. Mais tout le monde se demande surtout comment elle va le récompenser.

— Alors, là ! s'exclama Fliss. Qu'est-ce qu'il y a au-dessus de « sir » ? « Lord » ?

— Elle a des tas de médailles quasiment inconnues dans son chapeau. Selon moi, de chevalier commandeur de l'Ordre royal de Victoria, il va être promu chevalier grand-croix. Ce n'est pas rien.

— Si tu le dis.

— Elle lui prête aussi un cottage à Balmoral pour qu'il aille y passer les vacances de Noël avec sa femme.

— Sympa, répondit Fliss en relevant les yeux, son maquillage terminé. À propos... Tu as l'air beaucoup mieux, toi. Ça va, maintenant ?

— Oui, ça va, confirma Rozie. Même s'il y a des idiots partout, la plupart des employés de la Maison royale sont des gens bien. Ils triment autant que ceux avec qui je travaillais à la banque en étant beaucoup moins bien payés. Ils sont fiers de ce qu'ils font. Toute cette... Toute cette sinistre atmosphère semble avoir disparu.

— Cela ne tient souvent qu'à un tout petit nombre de personnes, dit Fliss. Parfois, on croit qu'un mal est profondément ancré alors qu'il suffit d'enlever un ou deux sociopathes et... *hop !*

Rozie était d'accord avec elle. Ces petites lettres pliées avaient allumé en elle une flamme de colère qui se réveillait encore de temps en temps. Mais on avait cherché à lui faire peur parce qu'elle faisait très bien son travail, plus qu'à cause de la couleur de sa peau. Elle pouvait recommencer à prendre de haut le racisme inconscient des hommes tels que Neil Hudson. En fait, si quelqu'un lui faisait comprendre que son « reine de Nubie » véhiculait des siècles de chosification, ce type serait sûrement mortifié. Il avait pourtant fait des études. Il aurait dû savoir. Elle était souvent étonnée de découvrir qui s'en rendait compte ou non. En dépit de son style très *establishment*, bourgeois blanc, produit de l'éducation privée, sir Simon se comportait toujours en parfait gentleman.

Les pensées de Fliss étaient déjà ailleurs.

— Dire que tu étais en train de rouler vers la maison d'un meurtrier quand je t'ai appelée ce soir-là…

— Et que j'étais sur le point de dormir au-dessus de deux tableaux volés.

— Et d'en recevoir un autre en cadeau. De la part d'un assassin. J'espère que tu ne vas pas le garder. Enfin, ça t'aura au moins permis d'échapper à l'abominable Mark.

— Comment ça ? demanda Rozie en se retournant d'un coup.

— Quoi ? Mais je croyais que tu étais au courant ! C'est Jojo qui me l'a dit. Ç'a été le scandale du mariage.

— Quel scandale ?

— Mark couchait avec Claire. Tu sais, la sœur de Jojo dont le copain était en voyage d'affaires ?

— Non, c'est pas vrai !

— Mais siiiii ! Ils ont été pris en flagrant délit par un invité qui s'était trompé de chambre. Mark avait passé la soirée à draguer une demoiselle d'honneur pour brouiller les pistes. Ç'aurait pu être toi mais, heureusement, tu étais partie.

— Comme tu dis, fit Rozie en secouant un peu la tête.

Soudain, elle commença à voir son stressant trajet en Mini sous un tout autre jour. Il arrivait parfois que des décisions en apparence mauvaises se révèlent finalement très bonnes. Elle étudia son maquillage dans le miroir.

L'éclair était impeccablement dessiné. Il ne lui manquait plus qu'à enfiler ses bottes rouges.

— J'ai eu de la chance, dis donc.

— Je ne l'ai jamais aimé, poursuivit Fliss. Sexy comme pas deux mais... un vrai *Backpfeifengesicht*. Hé ! Ces bottes te vont hyper bien. Tu devrais les porter plus souvent.

Tandis qu'elles avançaient vers la salle de bal, parmi d'innombrables Wellington, Nelson, Iron Man et Wonder Woman se dirigeant dans la même direction, elles rencontrèrent sir Simon et sa femme à la galerie des portraits. Le secrétaire particulier portait une perruque poudrée, une cravate blanche et une redingote rouge sur une culotte crème. Lady Holcroft était vêtue d'une grande robe de cour en soie. En fin de compte, ils n'avaient pas opté pour 007 et une de ses James Bond girls.

— Je ne comprends pas, avoua Rozie. Vous allez devoir m'expliquer.

— *Le Mouron rouge*, sourit sir Simon. C'était mon livre préféré quand j'étais petit garçon. Je ne manque jamais une occasion de me déguiser en sir Percy, son célèbre protagoniste. Rah est Marguerite Saint-Juste, l'épouse redoutablement futée de mon personnage.

— Elle a toujours été l'une de mes héroïnes, dit lady Holcroft. Quelle chance que nous nous soyons trouvés, vraiment.

— Et vous, qui sont vos héros ? demanda sir Simon tout en étudiant les cheveux roux, la combinaison et les bottes rouges de Rozie. Ah ! Bowie, bien sûr ! Aladdin Sane. Bravo. Et...

Il lança un regard interrogateur à Fliss.

— Prince, enfin ! J'aurais cru que c'était évident.

— Oh, je suis sûr que ça l'est. Désolé, je suis plus rock que pop.

— Funk, mais d'accord, dit Fliss en soupirant. Il vient de mourir, vous savez ? Comme Bowie. Le 21 avril. L'année a été dure.

— Le jour de l'anniversaire de la reine, fit remarquer sir Simon. Ç'a été une merveilleuse journée pour nous, à Windsor. Mais tout à fait tragique pour le funk. En tout cas, je dois admettre que vous lui rendez justice. Et si nous entrions ?

Ils se prirent tous les quatre par le bras et longèrent les rangées serrées de Rubens, Vermeer, Van Dyck et Canaletto. En regardant autour d'elle, Rozie se délecta d'être la seule à savoir qu'elle était désormais la fière propriétaire d'un Cézanne. Elle ne voulait pas le dire à sa sœur, mais elle avait décidé de garder son héritage. Certes, son dernier propriétaire était un meurtrier et un voleur mais, au moins, il avait acquis ce tableau légalement. Si elle ne l'acceptait pas, il serait acheté aux enchères par quelqu'un qui ne l'aimerait pas autant qu'elle. Elle l'accrocherait à un mur de sa chambre et l'enlèverait chaque fois que la voix de sa conscience lui rendrait visite. Elle chérissait le souvenir de ce week-end dans les Cotswolds. Elle n'aurait pas dû, mais c'était comme ça.

Tandis qu'ils se plongeaient dans les rires retentissants et le martèlement des basses de la salle de bal, le DJ annonça les Stones et la salle commença à s'agiter au rythme de *Jumpin' Jack Flash*. Rozie suivit la perruque sautillante de sir Simon jusqu'à la piste de danse.

CHAPITRE 50

Les bonnes et les habilleuses avaient déjà commencé à préparer les bagages pour Sandringham. Tout le monde attendait Noël avec impatience. Après l'année qu'ils venaient de passer, tous trouvaient qu'ils avaient grand besoin d'un moment de calme.

Deux jours avant le départ, le Bureau privé reçut un colis estampillé du ministère de la Défense et adressé à la reine. Ce fut Rozie qui l'ouvrit. Il contenait un tableau aux couleurs assez criardes sur lequel on voyait le *Britannia* entouré de plusieurs petits voiliers. Le paquet était accompagné d'un mot dans lequel le second lord de l'Amirauté présentait ses excuses pour le temps qu'avait pris la restauration.

La secrétaire adjointe porta aussitôt l'objet à Sa Majesté dans son bureau.

— Je me suis dit que vous aimeriez le voir dès son arrivée, Madame.

— Oh, juste ciel. Merci, Rozie.

Sentant que sa présence n'était plus requise, la jeune femme s'éclipsa.

La reine resta un bon moment debout devant son bureau à fixer le petit tableau. Après toutes ces péripéties, Rozie aurait probablement aimé partager cet instant, mais elle désirait vraiment être seule.

On avait remplacé le cadre doré originel par du bois nu, sûrement parce que cet abject gros bonnet de Whitehall qui le lui avait volé voulait cacher sa provenance. Le tenant du bout des doigts, elle se pencha doucement, presque précautionneusement, pour l'examiner à travers ses lunettes à double foyer, en commençant par le haut. Le second lord de l'Amirauté avait parlé de « restauration ». La toile paraissait, en effet, plus lumineuse que dans son souvenir.

Étaient-elles encore là ? Elle osait à peine vérifier.

Elle fit glisser son regard d'abord sur les drapeaux qui flottaient entre les mâts, puis vers le pont principal. Son cœur se mit à battre un peu plus vite… Mais oui, elles y étaient. Ces précieuses petites taches de peinture à l'huile, qui avaient survécu à un vol et à plus de cinquante années.

Comment les appelait-on, déjà ? Ça portait un nom. Elle parcourut en diagonale le message du second lord de l'Amirauté, auquel étaient jointes les notes dactylographiées du restaurateur.

« Relativement bon état. Non vernis. De légères retouches, probablement des repentirs contemporains attribués à l'artiste… »

« Repentirs. » Voilà. Le mot évoquait les regrets, un changement d'avis, l'artiste revenant sur son ouvrage.

En vérité, c'était Philip qui avait effectué ces retouches, dans un accès de fureur, environ six mois après l'arrivée de la toile.

— Vous savez, cet affreux petit tableau peint par l'Australien que nous ne savons pas où accrocher ?

— Le *Britannia* ?

— Oui.

— Je l'aime plutôt bien.

— Et moi, je déteste cette croûte. Avez-vous remarqué que le type ne comprend rien au vent ? Toutes les voiles de ce petit bateau vont dans ce sens, vous voyez ? Donc c'est que le vent doit souffler fort depuis la gauche. Mais les drapeaux du *Britannia* pendent comme s'il n'y avait pas la moindre brise. Je ne sais pas comment vous pouvez supporter ça.

— Je ne suis ni marin ni artiste. Mais vous êtes les deux. Pourquoi ne les modifieriez-vous pas, s'ils vous gênent tant que ça ?

— Il se pourrait bien que je le fasse.

Et il l'avait fait. Par un bel après-midi, installé dans son atelier, entouré de tubes de peinture à l'huile et de pinceaux trempant dans toutes sortes de pots. Sa Majesté ne faisait pas trop la différence mais, en revanche, elle avait remarqué qu'il en avait profité pour ajouter quelque chose sur le pont : trois minuscules taches blanches habilement disposées de sorte à ressembler à quelqu'un faisant un signe de la main.

— Est-ce que c'est moi ?

— Évidemment que c'est vous. Qui voudriez-vous que ce soit ?

— Comme c'est charmant.

Le visage du prince s'était un peu adouci.

— Vous savez, parfois, je pars en mer et, à mon retour, vous m'attendez sur le pont, avec vos lunettes de soleil et votre appareil photo, en faisant de grands signes.

— Pas si grands que ça.

— Mais si. Dans ces moments-là, vous semblez vraiment contente de me voir. Je suis toujours un peu impatient de retrouver votre bras qui s'agite pour moi.

Elle avait baissé la tête vers son visage encore taché de

bleu et de blanc, puis ils avaient échangé un baiser plein d'heureux souvenirs de tournée.

Chaque fois qu'elle voyait l'« affreux petit tableau » et ces minuscules taches – qu'elle aurait pu reconnaître n'importe où à une centaine de pas –, elle repensait à cet instant et à tout ce qu'il lui rappelait.

La place de cette œuvre n'était pas à Portsmouth. Sa place était devant sa chambre, ainsi qu'elle l'avait demandé ce jour-là, plus de cinquante ans plus tôt. En passant devant, Philip ne manquerait sans doute pas de dire : « Je n'ai jamais compris ce que vous trouviez à ce machin », comme il l'avait si souvent fait. Et il l'avait sans doute oublié, mais c'était lui qui l'avait accroché là.

Elle se voyait sur la toile. Et elle voyait aussi son mari naviguant vers elle, bronzé et éclatant de vie. C'étaient ces souvenirs qui rendaient le reste possible. Que pouvait-il exister de plus précieux ?

Remerciements

Merci, une nouvelle fois, à Sa Majesté Elizabeth II, qui a toujours été une source d'inspiration pour moi, aussi bien sur le plan littéraire que dans la vie. Merci également au duc d'Édimbourg d'avoir soutenu et encouragé la reine tout au long de son existence, et d'avoir apporté à cette série un personnage aussi attachant.

Charlie Campbell est toujours le meilleur agent du métier. Je serai éternellement reconnaissante à Grainne Fox et à l'équipe de Fletcher & Company, Nicki Kennedy, Sam Edenborough et tout le monde à ILA. J'ai beaucoup de chance d'avoir pour directeurs de collection Ben Willis au Royaume-Uni et David Highfill outre-Atlantique. Leurs équipes à Zaffre Books, William Morrow et HarperCollins travaillent sans relâche pour parfaire et promouvoir ces livres dans des délais très serrés. Un grand merci à tous ceux qui triment comme des forcenés.

Pour leur amitié et leur généreuse assistance, merci à Alice Young, Lucy Van Hove, Annie Maw, Mike Hallowes, Rupert Featherstone, Fran Lana, Oyinda Bamgbose, Lili Danniell, Abimbola Fashola, ainsi qu'à toutes celles et tous ceux qui ont demandé à rester anonymes. J'assume l'entière responsabilité des éventuelles erreurs et des libertés factuelles présentes dans ce récit.

Merci aux filles de The Place, The Sisterhood, The

Masterminds et The Book Club, qui sont beaucoup plus pour moi que de simples compagnes de lecture.

Merci à mes parents, grâce à qui j'ai grandi parmi les histoires, et à Emily, Sophie, Freddie et Tom, qui n'identifient pas toujours très bien les membres de la famille royale mais font que je ne me sens jamais aussi bien que dans la nôtre. Et à Alex – ma force et mon soutien –, merci pour tout.

SA MAJESTÉ MÈNE L'ENQUÊTE

RETROUVEZ BIENTÔT ELIZABETH II POUR UNE NOUVELLE AVENTURE !

La fille sur la plage fixait l'horizon par-delà l'estran. Ce matin-là, elle était venue vérifier que les observatoires situés au bout du chemin qui menait à la réserve naturelle de Snettisham avaient bien résisté à la violente tempête de la veille. C'était là que se cachaient les ornithologues amateurs venus de partout pour épier oies, mouettes et échassiers. Et la nuit, ces observatoires pouvaient aussi servir à s'abriter des brises marines glaciales pour boire quelques bières entre amis… ou pour des activités plus intimes. Le dernier gros orage en avait détruit plusieurs et les avait emportés jusque dans les lagons. La jeune femme était donc ravie de constater que, cette fois, les trois petits cochons de la Royal Society avaient construit leur maison en bois et non en paille. La dernière cabane était pleine de galets à cause de sa porte arrachée, mais elle tenait encore debout.

Elle prit le temps de contempler le paysage. Elle adorait cet endroit. Dans cette zone située à la limite de l'Est-Anglie, la région la plus orientale du Royaume-Uni, la côte fait face à l'ouest. Elle donne sur le Wash, un estuaire séparant le Norfolk du Lincolnshire où plusieurs fleuves viennent se jeter dans la mer du Nord. Mais pas d'aurore rose pâle ici. C'était derrière elle, au-dessus des lagons, que le soleil s'était levé. Devant elle, malgré un banc de nuages bas et lourds, la lumière marine prêtait au vaste ciel gris une légère nuance dorée qui se reflétait sur la vasière et empêchait de distinguer clairement la jonction avec la terre.

Derrière les lagons se tenaient les frontières marécageuses du domaine de Sandringham. Normalement, à quelques jours de Noël, la reine aurait déjà dû être arrivée. Pourtant, Ivy n'en avait pas encore entendu parler. C'était étrange. D'ordinaire, Sa Majesté était aussi fiable que le soleil et les marées. Idéal pour se repérer dans le temps.

Ivy leva les yeux vers des oies à bec court qui volaient en V depuis le large. Plus haut et plus près, un busard Saint-Martin tournait en rond. La plage de Snettisham avait quelque chose de rude, presque menaçant. Le chemin qu'elle foulait et les brise-lames en bois aux faux airs de squelettes qui jaillissaient de la vase étaient des vestiges de la guerre de son arrière-grand père. C'était l'extraction des galets utilisés pour construire les pistes des bases aériennes qui avait créé les lagons où les canards, les oies et les échassiers gloussaient et cancanaient par milliers. D'après son père, cela faisait des décennies que les mouettes avaient déserté les lieux à cause des exercices de tir d'artillerie. Leur retour était une victoire de la nature. Et Dieu savait si cette dernière en avait besoin, avec tout ce qu'on lui faisait subir.

La plupart des oiseaux étaient déjà repartis, mais ils n'avaient pas chômé. Constellé de traces de pattes, l'estran avait récemment été le théâtre d'un massacre en bonne et due forme : les garrots à œil d'or et les bécasseaux s'y étaient posés à marée basse et avaient dévoré tout ce qui vivait dans le sable. Du coin de l'œil, Ivy distingua soudain une masse noire et velue qui filait à toute allure. Elle reconnut un croisement de collie et de cocker né l'an passé au village, le chien de quelqu'un qu'elle ne tenait pas en haute estime. Visiblement seul, il se dirigeait vers le brise-lame le plus proche. Il avait remarqué quelque chose qui dépassait de la surface grise de l'eau et rebondissait contre un piquet de bois pourri.

La tempête avait apporté ici toutes sortes de détritus plus ou moins naturels. Des poissons morts flottaient parmi des bouteilles en plastique et de denses enchevêtrements de filets de pêche effilochés. Elle pensa aux méduses. Elles aussi s'échouaient là. Si le jeune chien essayait d'en manger une, il risquait de se faire piquer.

— Hé ! cria-t-elle. Viens ici !

L'animal l'ignora.

Elle se mit à courir à travers la bande de lichen et de criste-marine qui menait aux galets puis arriva sur le replat de marée, où les courants souterrains remplirent aussitôt les trous laissés dans le sable par ses Doc Martens.

— Arrête ça, idiot !

Le chien jouait avec quelque chose de mou et dégoulinant. Elle l'attrapa par son collier et le tira en arrière.

L'objet était un sac plastique. Un vieux sac de supermarché, informe et tout déchiqueté, dont les poignées nouées laissaient dépasser deux tentacules de couleur laiteuse. À l'aide d'un bâton ramassé par là, elle leva le sac assez haut pour le mettre hors d'atteinte du chien, puis regarda à l'intérieur. Non, ce n'était pas une méduse. Mais une créature marine pâle, bouffie et couverte d'algues. Alors qu'elle emportait la chose pour la mettre à la poubelle, le chien tira d'un coup sec sur son collier, la déséquilibrant. Le contenu glissa du sac déchiré et s'écrasa sur le sable sombre.

La jeune femme crut d'abord voir une sorte d'étoile

de mer mutante. Mais en y regardant de plus près et en écartant les algues avec son bâton, elle élimina cette possibilité. Elle s'émerveilla un instant en constatant combien cela pouvait sembler humain, combien ces tentacules rappelaient des doigts. Puis elle aperçut un scintillement doré. Un des tentacules était entouré de quelque chose de métallique, circulaire et brillant. Elle compta par réflexe les tentacules enflés et cireux : un, deux, trois, quatre, cinq. L'éclat provenait d'une bague autour de l'auriculaire. Les « tentacules » avaient des ongles, qui commençaient à se détacher.

Elle laissa tomber le bâton et hurla à en déchirer le ciel.

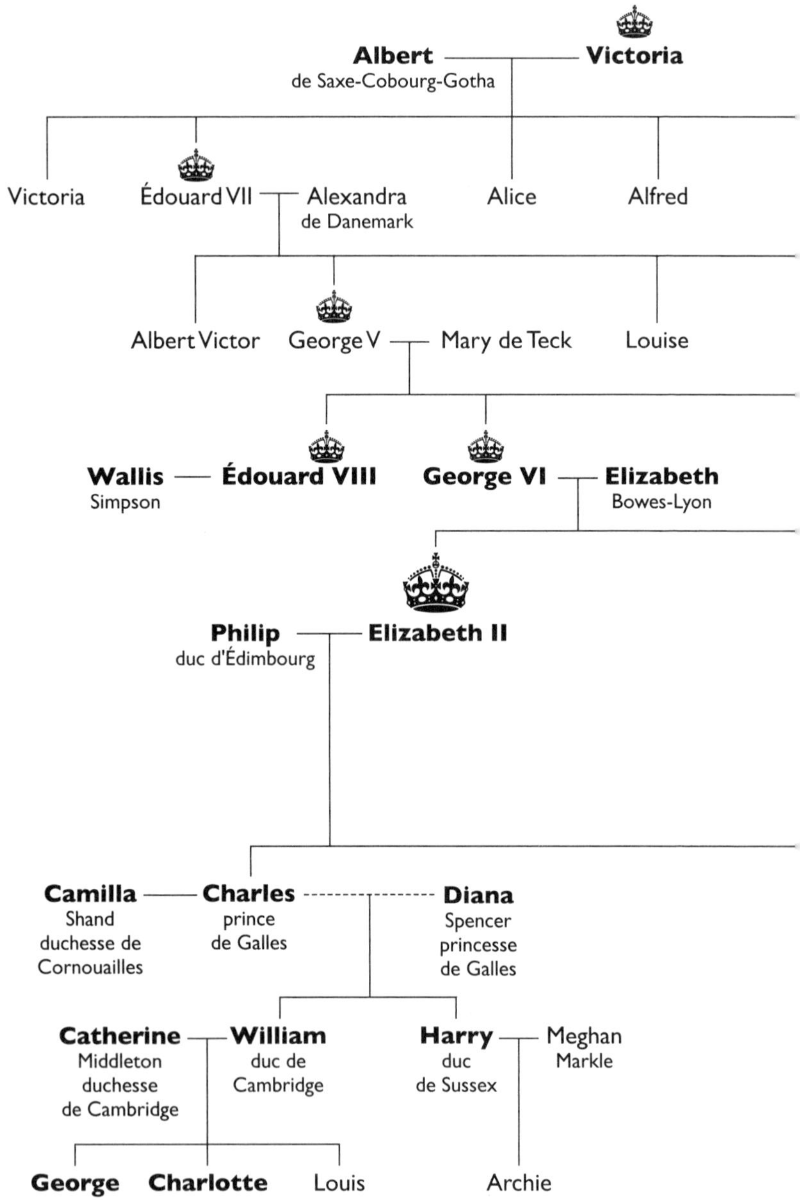

: rois et reines du Royaume-Uni
En gras : membres de la famille royale mentionnés dans ce volume
--------- : couples divorcés

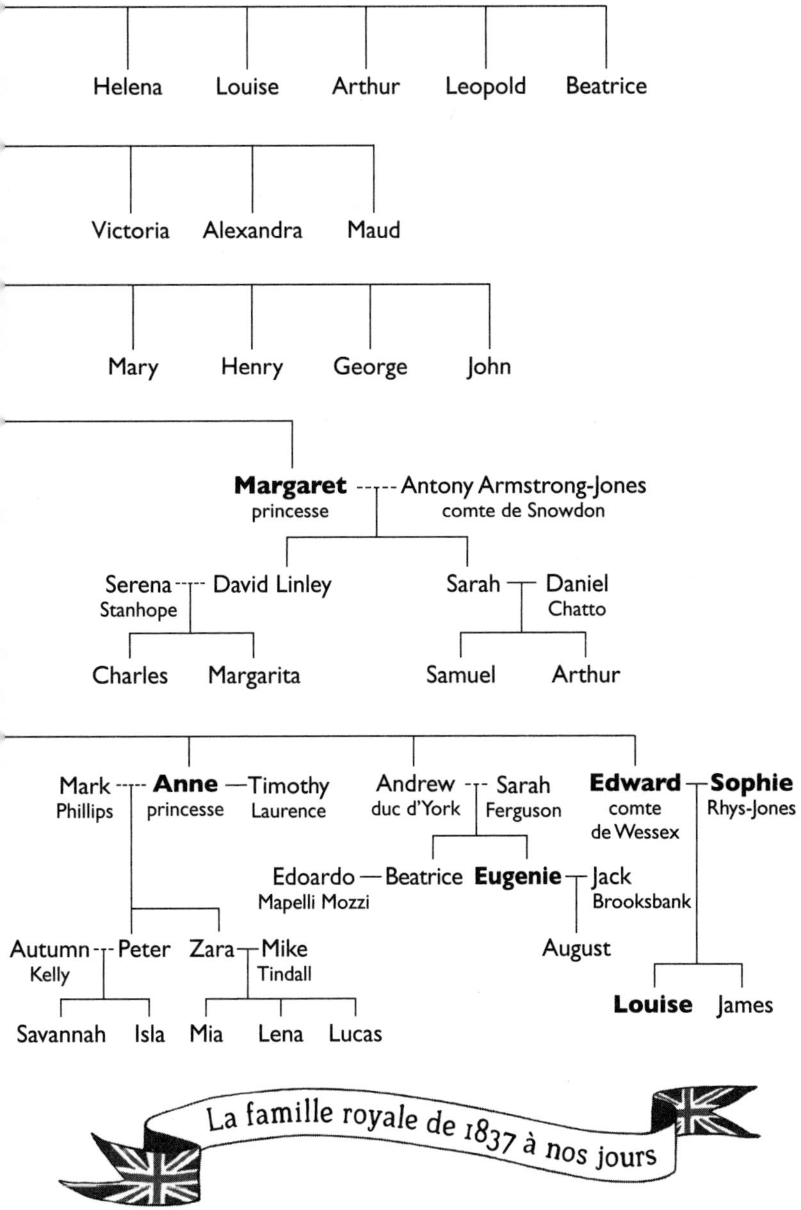

Helena
Louise
Arthur
Leopold
Beatrice
Victoria
Alexandra
Maud
Mary
Henry
George
John
Margaret
princesse
Antony Armstrong-Jones
comte de Snowdon
Serena
Stanhope
David Linley
Sarah
Daniel
Chatto
Charles
Margarita
Samuel
Arthur
Mark
Phillips
Anne
princesse
Timothy
Laurence
Andrew
duc d'York
Sarah
Ferguson
Edward
comte
de Wessex
Sophie
Rhys-Jones
Edoardo
Mapelli Mozzi
Beatrice
Eugenie
Jack
Brooksbank
Autumn
Kelly
Peter
Zara
Mike
Tindall
August
Louise
James
Savannah
Isla
Mia
Lena
Lucas
La famille royale de 1837 à nos jours

Composition et mise en pages
Nord Compo à Villeneuve-d'Ascq

MIXTE
Papier issu de sources responsables
FSC® C003309
FSC
www.fsc.org

L'éditeur de cet ouvrage s'engage dans une démarche de certification FSC® qui contribue à la préservation des forêts pour les générations futures.

Pour en savoir plus :
www.editis.com/engagement-rse/

Achevé d'imprimer en décembre 2021
dans les ateliers de Normandie Roto Impression s.a.s.
61250 Lonrai (Orne)
N° d'imprimeur : 2106698

Imprimé en France